Erasmus Herold
Und dein Lohn ist der Tod

Der Roman spielt hauptsächlich in allseits bekannten Stätten in Westfalen, doch bleiben die Geschehnisse reine Fiktion. Sämtliche Handlungen und Charaktere sind frei erfunden.

Bibliografische Information der Deutschen Nationalbibliothek
Die Deutsche Nationalbibliothek verzeichnet diese Publikation in der Deutschen Nationalbibliografie; detaillierte bibliografische Daten sind im Internet abrufbar über http://dnb.ddb.de

www.niemeyer-buch.de

Der Umschlag verwendet ein Motiv von shutterstock.com
Mysterious beautiful face Lucky Luke 2013
Druck und Bindung: AALEXX Buchproduktion GmbH, Großburgwedel
Printed in Germany
ISBN 978-3-8271-9564-7

Erasmus Herold

Und dein Lohn ist der Tod

CW Niemeyer

Für euch drei

Über den Autor:
Erasmus Herold wurde 1969 in Bonn-Beuel geboren. Aufgewachsen in Paderborn, wohnt er heute in Stromberg (bei Oelde), ist verheiratet und Vater von zwei Töchtern. Nach dem Abitur und einer Ausbildung zum Datenverarbeitungskaufmann arbeitete er erst in Paderborn, später in Gütersloh. Derzeit ist Herold in einem mittelständischen Unternehmen als IT-Leiter angestellt. Bereits in jungen Jahren schrieb Erasmus Herold Berichte für ortsansässige Computermagazine, machte sich später mit dem Programmieren von Onlinespielen (darunter Space-Intrusion.de und Insel-Pirat.de) einen Namen. Im Oktober 2009 erschien sein Debütroman „Krontenianer - Rendezvous am Bogen", ein spannender Zukunftskrimi. Beim „Deutschen Science Fiction Preis 2010" wurde er nominiert und erlangte mit seinem Debütroman Platz 5. Im Herbst 2012 hat Erasmus Herold seinen WestfalenKrimi „Und ich vergebe dir nicht" im CW Niemeyer Verlag, Hameln, veröffentlicht. Im Herbst 2013 folgte die Fortsetzung „Und dein Lohn ist der Tod", ebenfalls im CW Niemeyer Verlag, Hameln.

Zusätzliche Informationen und Leseprobe unter:
www.ErasmusHerold.de

1. Besuch / 05. März 2013 / 22:06

Ein kleines Geräusch hatte ausgereicht, um Victoria aufzuschrecken. Kurz nach zehn. Es war bereits dunkel und sie beinah eingeschlafen. Doch das Schlagen einer Tür oder Luke genügte, um hellhörig zu werden und sofort aufrecht im Bett zu sitzen. Obwohl Victoria sich in dieser Wohnung seit Langem heimisch fühlte, war es nicht das eigene Zuhause und sie reagierte sensibel auf die Laute, die um sie herum erklangen. Ihr Freund, Niclas Klohse, war ausgegangen. Männerabend mit Freunden. Sie dagegen hatte entschieden, zu warten, wollte sich später in der Nacht an ihn kuscheln und den nächsten Tag mit ihm verbringen.

Genau genommen übernachtete die Sechsundzwanzigjährige nie mehr als drei Tage pro Woche in den eigenen zwei Zimmern an der Körnerstraße, Küche und Bad inklusive.

„Gib deine Wohnung auf", hatte Niclas schon mehrfach zu ihr gesagt, doch irgendwie fand Victoria bisher nicht den Absprung, glaubte so, ihre Selbstständigkeit aufgeben zu müssen.

Abermals ein ungewöhnliches Knarzen. Vor dem Haus, am Carport. Irgendwer oder irgendwas gehörte dort nicht hin, da war Victoria sich absolut sicher. Ein kurzes Zögern, dann verließ sie das Bett. Verängstigt und zugleich neugierig huschte sie zum Fenster, raffte mit einer Hand diskret den Vorhang beiseite und spähte auf den Weg zum Haus. Rechts parkte Niclas' Audi, er selbst hatte das Fahrrad genommen. Um besser sehen zu können, wechselte die junge Frau den Standort. Als ob aus diesem Grund aufgehangen, eignete sich der sandfarbene Store hervorragend als Sichtschutz. Der unvermutete Anblick der offen stehenden Motorhaube ließ Victoria zusammenfahren, der Schein einer Taschenlampe ließ sie erstarren. Ein gelb schimmerndes Licht erhellte den Carport, leider zu schwach und zu kurz, um den Träger der Lampe im Lichtkegel zu zeigen. Victorias Herz raste, Adrenalin aktivierte ihren Körper in Vorbereitung auf den zu erwartenden Stress.

Hastig und ohne ihren Blick abzuwenden, fingerte sie über das Sideboard neben dem Bett. Irgendwo hatte ihr Handy gelegen, da war sie sich sicher. Sollte sich doch die Polizei des nächtlichen Besuchers annehmen. Ihre Suche verlief erfolglos.

Vor drei Monaten hatte Niclas das Festnetztelefon gekündigt.

„Wer braucht so etwas im Zeitalter von Handyflatrates?", hatte er gefragt.

Ich!, dachte Victoria in diesem Moment.

Sie erwischte sich in Gedanken mit der Frage beschäftigt, wie es nun weitergehen würde? Alarm schlagen und so versuchen den Angreifer zu vertreiben? Oder Hilfe organisieren, hinten raus, über die Terrasse? Vielleicht würde ein Nachbar auf ihr Klingeln hin öffnen und in ihrem Namen die Polizei alarmieren? Zu so später Stunde? Für Erfolg versprechend hielt Victoria diesen Gedanken nicht.

Also selbst zur Tat schreiten oder verharren und kapitulieren, wog sie ab.

Auf Zehenspitzen eilte sie vom Schlafzimmer hinüber zum Flur. Der Wechsel in den benachbarten Raum wurde belohnt mit der durch das Fenster gefundenen Aussicht auf einen Mütze tragenden Eindringling in dunkelblauen Jeans und brauner Lodenjacke. Leider fehlten markantere Merkmale. Nervös wischte Victoria ihre rötlichen Fransen beiseite, die nach vorne ins Gesicht gefallen waren, und rieb sich die Augen. Ein leiser Schlag, schon hatte der Unruhestifter die Motorhaube nach unten gedrückt und verschlossen.

Der nächtliche Besucher hat Niclas' Audi sabotiert!, für Victoria die einzig logische Erklärung.

Und genau diese Erkenntnis bereitete ihr Angst, sogar große Angst, denn es zeigte, wie einfach jemand Außenstehendes Victorias und Niclas' gemeinsames Glück gefährden konnte. Sie erschauderte. Wenigstens zwei weitere Stunden würden vergehen, bevor ihr Freund nach Hause käme.

Eine lange Zeit voller Ungewissheit.

Ohne Umschweife griff Victoria zum ersten Mantel auf dem Garderobenhaken, suchte ein Paar Schuhe, da verließ die fremde Person bereits das Grundstück. Erstaunt über das abgebrühte Verhalten, sich bei der Sabotage weder umzuschauen noch die Hauptstraße im Auge zu behalten, öffnete Victoria vorsichtig die Haustür. Sie blieb in der absoluten Dunkelheit, Schritt für Schritt folgte sie der Deckung der Lebensbäumchen. Ein unbekannter Lieferwagen parkte quer vor der Einfahrt, ein Transporter, vielleicht von Ford oder VW. Mit Autos kannte Victoria sich nicht besonders aus, aber das Logo auf der Beifahrerseite war ihr nicht unbekannt: Reinigungsdienste Kroschewski prangte dort in blaugrünen Buchstaben, darunter einige funkelnde, gelbe Sternchen inklusive Handynummer. Kalter Wind zerzauste Victorias rötliches Haar. Sie knöpfte den Mantel bis oben zu, und auch wenn sie den Winter mochte, in Schlafanzughose und mit den nackten Füßen in Turnschuhen war es kühl. Die Wetterstation hatte zwölf Grad gezeigt, frei von Regen. Für diese Nacht eine gute Prognose. Unterdessen kehrte ihr Herzschlag zu einem gemäßigten Rhythmus zurück, doch die Anspannung blieb. Und genau das spürte sie, als die Tür des Lieferwagens zugeschlagen wurde und ihr Herz von Neuem zu rasen begann. Der Motor wurde gestartet, die Scheinwerfer sprangen an.

Dies war der Moment, ein letztes Mal abzuwägen.

Verdammt, wohin habe ich nur das Handy gelegt?

Sie überdachte ihre Situation und wusste sogleich, wie sich viele andere Frauen in ihrer Situation verhalten hätten. Aber genau so wollte sie selbst nicht sein. Dann war es so weit, der Transporter fuhr an. Ohne zu zögern, tastete Victoria nach unten unter die Sitzbank ihres Piaggio-Motorrollers und erhaschte den Schlüssel. Zündung, Motorstart. Für den Griff in das Staufach unter dem Sitz blieb keine Zeit, würde es halt eine Verfolgung ohne Helm werden. Surrend und mit ausgeschaltetem Licht verließ sie das Grundstück, bog nach rechts ab und folgte den roten Rücklichtern.

Nummernschild: GT RK 383. Typisch!, dachte Victoria. *RK für Reinigungsdienste Kroschewski.*

Ohne zu bremsen, steuerte der Lieferwagen über die kommenden Kreuzungen und Victoria tat es ihm gleich. Die Verfolgung aufrecht zu halten, gestaltete sich einfach. Hielt der Fahrer doch konsequent die erlaubte innerstädtische Geschwindigkeit und das, obwohl die Stadt wie ausgestorben war. Eine Passantin mit Hund, zwei entgegenkommende Autos, ein Junge auf einem Fahrrad. Gütersloh schlief. Endlich begann der Motor des Piaggio-Rollers, Hitze vom Antrieb abzustrahlen und die Beine der jungen Frau wärmten auf. Hin und wieder vergrößerte Victoria ihren Abstand und verließ den Sichtbereich der Außenspiegel des Lieferwagens. Auch ohne eigenes Scheinwerferlicht reichte die Straßenbeleuchtung aus, um entdeckt zu werden und einem besonnenen Fahrer aufzufallen. Nun aber holte sie auf, denn sie wusste, bis zu Kroschewskis Firmensitz verblieben wenige hundert Meter.

Halb elf Uhr, und inzwischen kannte Victoria das Nummernschild, besaß den Namen des Geschäftsinhabers und war im Bilde über Statur und Größe des Eindringlings, der an Niclas' Audi hantiert hatte.

Kein schlechtes Ergebnis für ein paar Hobbyrecherchen, dachte sie. *Noch ein paar Informationen zum Täter, vielleicht die Haarfarbe oder andere markante Merkmale des Gesichts, dann kann die Polizei übernehmen, ermitteln und den Audi auf Verdachtsmomente überprüfen.*

In ihren Gedanken verloren setzte die Rollerfahrerin den Blinker zum Abbiegen. Orange pulsierendes Licht erhellte den dunklen Asphalt. Victoria fuhr erschrocken zusammen. Innerlich ohrfeigte sie sich für ihre Unüberlegtheit und riss den Richtungshebel auf Nullstellung. Vorsichtig bremste sie ab. Warum hatte sie nicht gleich die Hupe gedrückt, um auf sich aufmerksam zu machen? Was für ein Kardinalfehler!

Unabhängig von der Frage, ob Victoria bemerkt worden war oder nicht, setzte der Transportwagen seinen eigenen Blinker, die Bremslichter flackerten rot und er bog nach links auf den kleinen Vorhof der Firma Kroschewski Reinigungsdienste. Victoria wechselte die Straßenseite, an einer abgesenkten Einfahrt befuhr sie den Bürgersteig und ließ den Roller auslaufen. Noch bevor sie einen ersten Blick auf den Firmenparkplatz werfen konnte, parkte sie den türkisfarbenen Scooter und stieg ab.

An dieser Stelle ihrer Verfolgung kam sich Victoria das erste Mal albern vor. Wie sie geschätzte zwei

Kilometer von Niclas' Wohnung entfernt an der Wand eines fremden Hauses lehnte, in ihrer notdürftigen Bekleidung aus naturfarbenem Wintermantel, gestreifter Pyjamahose und Turnschuhen. Die Haare zerzaust und die Wangen wahrscheinlich gleißend rot vom kühlen Fahrtwind.

Nun ist es an der Zeit, meine Recherche abzuschließen.

Wie Drillinge reihten sich die Kastenwagen von Kroschewskis kleiner Fahrzeugflotte hintereinander, glichen einander in ihrer schlichten Standardausstattung und mit dem blau-grünen Schriftzug samt Sternen bis aufs Nummernschild. Einen Augenblick verharrte die Verfolgerin an der Ecke zum Grundstück und versuchte, den Fahrer ausfindig zu machen. Doch da war nichts außer Stille. Also begann Victoria ihre Spurenaufnahme. Das letzte Fahrzeug schied aus. GT RK 388, falsche Zulassung. Die beiden anderen Wagen waren quer zum Gebäude geparkt worden. Ohne den Standort zu verlassen, war keine Unterscheidung möglich. Über die Hauptstraße näherte sich ein Pkw. Um in ihrer fragwürdigen Kleidung nicht aufzufallen, zwängte Victoria sich zwischen dem ersten Transporter und der Hauswand hindurch. Das Geräusch einer knarrenden Wagentür ließ sie aufhorchen.

Die rothaarige Frau holte tief Luft und hinterfragte ein weiteres Mal, was sie hier tat. Ihre ursprüngliche Angst war verflogen, inzwischen war es vielmehr Neugier gepaart mit kribbelnder Anspannung, die sie vorantrieb. Das zweite Fahrzeug war seit Stunden nicht bewegt worden, die Hand auf der Motorhaube lieferte den Beweis. Fehlender Platz zwischen Kühler und Hauswand zwang Victoria nach rechts. Ein verstohlener Rundumblick, da erklang ein weiteres Geräusch.

Was habe ich schon zu befürchten?, überlegte Victoria. *Wenn ich bemerkt werde, erzähle ich von der Suche nach meinem davongelaufenen Hund. Niemand blickt den Zusammenhang zu Niclas' Wohnung.*

Erwartungsvoll trat sie aus ihrer Deckung heraus. Die Heckklappe des letzten Lieferwagens stand offen. Neugierig trat die junge Frau näher und entdeckte im Innern ein komplettes Sortiment an Reinigungsmaterialien, daneben eine Klappleiter, Besen, Haken und eine Wanne voller Tücher. Besonderes Interesse erweckte der Werkzeugkasten, der vollständig auseinandergeklappt worden war und so gar nicht in das Bild der ansonsten so aufgeräumten Ablagefläche passen wollte. Schritte hinter ihr ließen Victorias Puls nach oben schnellen. Ihre Beine zitterten, der Hals schnürte sich zusammen.

Es war anders gelaufen als geplant. Der Täter hatte sie überrascht.

Sie drehte sich um. Die Zeit, die ihr blieb, reichte kaum aus, um die Person zu identifizieren. Der Hammer, der von oben auf sie zuschoss, zerschmetterte ihr Stirnbein und drang beim ersten Schlag bis ins Gehirn ein. Blut spritzte strahlartig nach oben. Doch davon bekam Victoria nichts mehr mit.

... geschätzte vierzehntausendzweihundert Zuschauer sahen am heutigen Abend das Zweitligistspiel Paderborn gegen den 1. FC Kaiserslautern. Ein anfänglich ruhiges Spiel, doch bereits auf die ersten Tore folgten Verwarnungen. Nach insgesamt sieben gelben Karten, und wer wollte sich darüber wundern, kippte die Stimmung im Stadion. Viele Zuschauer kritisierten die Objektivität des Unparteiischen. Derzeit bemüht sich die Polizei ...

Ahmet Yilmaz deaktivierte den kleinen Radioempfänger, den er bei sich trug und verfluchte den fünften März, diesen Abend. Warum nur hatte Ackermann ihn nach Paderborn ausgeliehen, und seit wann war es Ahmets Job, eine wilde Meute Fußballfans zu kontrollieren?

Verdammt!, dachte er, doch diese Frage war die reinste Makulatur, und er wusste das. So war es halt, wenn ein Polizeihauptkommissar aus Gütersloh einem anderen aus Paderborn einen Gefallen schuldete, einen, den Ahmet Yilmaz nun ausbaden durfte.

Seit einer Dreiviertelstunde zogen die Fans oder besser gesagt Randalierer durch die Straßen der Universitätsstadt und feierten und pöbelten – ihren Sieg und vor Frust. Nicht weniger frustriert, aber gänzlich uninteressiert an Fußball, hockte Ahmet auf einem Mauervorsprung an der Hathumarstraße. Den Anschluss an seine Paderborner Kollegen hatte er bereits vor einer Stunde verloren. Den Gütersloher zumindest schien dieser Umstand nicht weiter zu stören. Sollten doch die anderen in erster Reihe kämpfen, er observierte stattdessen diese ein oder zwei Straßen in der Nähe der Paderquellen. Morgen würde er einen Bericht schreiben, und sollte jemand fragen, so war er halt von seiner Gruppe getrennt worden. Schließlich kannte er sich in Paderborn nicht besser aus als die zugereisten Fans. Missgelaunt zerrte er ein Päckchen Kaugummis aus der Jackentasche hervor, nahm das letzte und warf das Papier gleichgültig zu Boden. Vier weitere Stunden Dienst, so kalkulierte Ahmet, und so oft er auch auf seine Armbanduhr starrte, die Zeit verrann in gleichbleibend eintönigen Sekunden. Um der Kälte entgegenzuwirken, sprang er auf und lief einige Schritte umher. Es wurde Zeit auszutreten, irgendwo würde er sich erleichtern müssen. Da Ahmet nicht gerade zur Gruppe der Männer gehörte, die sich überall einfach so an eine Ecke oder Mauer stellen konnten, schaute er nach einem passenden Unterschlupf. Ein paar Meter die Straße Auf den Dielen entlang, entdeckte er viel freien Raum, geschützt von Hecken und Bäumen.

Zufriedenheit!

Von einem unerwartet hell-rot gleißenden Licht irritiert sowie einem handfesten Streit irgendwo hinter ihm, besser gesagt, hinter den Bäumen, aufgeschreckt, schloss Ahmet die Hose und kontrollierte die Umgebung.

Bengalisches Feuer, war sein erster Gedanke.

Ohne zu zögern, überwand der Einzelgänger die blickdichte Hecke, gewappnet, dem Grund des Tumultes auf den Zahn zu fühlen. Genauso hastig, wie er gestartet war, bremste er ab. Sie waren zu dritt, die zwei schrankgroßen Rocker, die ihm den Weg versperrten und ein Fußballfan des 1. FC, den sie zwischen sich drängten. Während der Dickbäuchige dem offensichtlich zufällig ausgewählten Opfer das bengalische Feuer vor den Augen schwenkte, zerrte der andere ein Messer hervor.

„Was is'n los? Scheiß Türke!", schrie der erste.

„Soll ich aus dir Döner schnitzen?", setzte der zweite nach.

Ihr Opfer, ein mittelgroßer hagerer Mann, Typ Familienvater, wirkte vollends eingeschüchtert. Seine Augen tränten vom hellen Licht, doch er traute sich nicht, ein einziges Wort zu sagen.

„Ihr habt euch den Falschen ausgesucht!", fauchte Ahmet zurück. „Seid ihr mutig genug, euch mit einem Bullen anzulegen?"

Im gleichen Augenblick zog er den Dienstausweis und hielt ihn der kleinen Gruppe entgegen.

„Eine türkische Bullensau! Wirst du uns jetzt verhaften?" Die Stimme des zweiten Rockers klang selbstbewusst und siegessicher.

„Versuchen wir einen zweiten und letzten Anlauf!", konterte Ahmet gereizt. „Ihr lasst den Kerl in eurer Mitte laufen, sofort und ohne ihm nachzusetzen." Ahmet räusperte sich. „Und mach' diese Scheißfackel aus! Anschließend verschwindet ihr in das Loch, aus dem ihr gekrochen kamt."

„Du wirst uns nichts tun? Darfst du uns denn einfach laufen lassen?" Mit diesen Worten riss der erste das bengalische Feuer nach oben und rammte es dem Kaiserslauterer auf den Oberkörper. Binnen Sekunden stand das Polyester der Windjacke in Flammen. Das Opfer schrie aus Leibeskräften, rüttelte sich frei und warf sich zu Boden. Ohne Unterlass, sich von einer auf die andere Seite werfend, versuchte der Mann den Brand seiner Kleidung zu löschen. Die Absicht, die Flammen mit den Händen zu ersticken, bereute er mehr, als den beiden Hooligans in die Arme gefallen zu sein. Sofort klebte das geschmolzene Plastik an seiner Haut fest und ließ ihn schmerzverzerrt zusammenbrechen. Fassungslos hatte Ahmet den Übergriff auf einen Wehrlosen beobachtet. Hier hatte jeder Spielraum gefehlt, um eingreifen zu können.

Überrascht von der echten Brutalität seines Kollegen, warf der zweite Rocker sein Messer auf den Gehsteig und ergriff Hals über Kopf die Flucht. Ohne über die nächsten Schritte nachzudenken, riss Ahmet seine Lederjacke vom Körper und stürmte auf das glimmende Opfer zu.

Wenn ich jetzt nicht handele ..., diesen Gedanken dachte er nicht zu Ende, da versetzte ihm der Feuerteufel einen herben Tritt und nutzte den Sturz des Polizisten, um seine eigene Flucht vorzubereiten. Ahmet raffte sich auf, erstickte das Feuer des am Boden Liegenden mit der Jacke und kontrollierte den Erfolg seines Einsatzes. Doch der Mann war übel zugerichtet. Diese Brandverletzungen würden ihn sein weiteres Leben lang begleiten. Der Griff zum Handy, der Krankenwagen war alarmiert. Ein beruhigendes Wort, dann richtete Ahmet sich auf und inspizierte das Umfeld.

In fünfzig Metern Entfernung glimmte der bescheidene Rest der Fackel. Die Fluchtrichtung des Täters war markiert und der Polizist bereit, seine Jagd zu beginnen.

Bis zu diesem Zeitpunkt hatte er keine Angst verspürt. Erregung, Nervenkitzel, Adrenalinausschüttung - ja. Aber vor den beiden Riesen zu bestehen, dafür war er ausgebildet worden. Zur Not blieb ihm der Zugriff auf die gehalfterte Dienstwaffe. Doch da waren andere Gefühle in seinem Kopf und in seinem Bauch:

Gefühle von Wut und Aggression und der Wunsch nach Vergeltung. Mit einer Hand über die Stirn wischend lief der kleingewachsene Türke los, schob währenddessen sein kurzes schwarzes Haar nach hinten und schreckte angewidert zusammen, als er den Geruch von verkohltem Fleisch witterte. Schnellen Schrittes spurtete er die nördliche Gasse entlang. Größe war kein Indikator für Geschwindigkeit. Das hatte er schon in seiner Schulzeit bewiesen. Und so trieb Ahmet seinen Körper zu Höchstleistung. Nach vierhundert Metern galt es die erste Entscheidung zu treffen, links oder rechts.

„Scheiße!", fluchte Ahmet in sich hinein. *„Wo lang? Wo lang?"*

Ohne lange Zeit zu verschwenden, wandte er sich nach rechts dem Weg zu, den er als Flüchtender auch selbst gewählt hätte. Und wieder jagte er los, kreuzte links, kreuzte rechts. Ein erster Sichtkontakt zum flüchtenden Ziel ließ ihn frohlocken. Voraus nur einer der beiden Rocker, aber zumindest war es sein Feuerteufel.

Zeit für Gerechtigkeit!

Mit jedem Schritt verkürzte sich der Abstand zwischen den beiden Kontrahenten, und so dauerte es nicht lange, bis der Vorweglaufende sich umschaute und die drohende Gefahr bemerkte. Von der Verfolgung geschwächt, brach dieser seine Flucht ab und bereitete sich darauf vor, dem Polizisten entgegenzutreten. Den Kleinen, Ahmet, erfüllten keine Zweifel, als Sieger aus dem bevorstehenden Kampf hervorzugehen. Ein Kämpfchen würde es geben, denn eine *einfache Verhaftung* erschien ihm wie die fehlende Alternative. Voller Wut sprang er auf den Gegner zu. Der Große, der Rocker, glaubte an seinen eigenen Erfolg.

Und so begann der Schlagabtausch. Einige Jabs, ein Cross und zwei Haken, dann lag Ahmet am Boden und rang nach Luft. Sein Mund schmeckte nach Blut, doch es war die Lippe, die aufgeplatzt blutete.

„Voll auf die Neun!“, schrie der Mann von einem Schrank. „Ich mache dich zu Türkenmus!“

Ahmet fluchte, kreiste den Kopf, suchte Orientierung, registrierte, was so eben geschehen war. Es war wichtig, dem Gegner keine Zeit zu lassen, um nachzutreten. Sich neu auf das Ziel einzustimmen. Den Erfolg fest vor dem inneren Auge zu visualisieren. Schon ging es in Runde zwei. Ahmet teilte aus und steckte ein. Inzwischen hatte er gelernt, sich vor des Rockers kräftigen Rechten in Acht zu nehmen und seine eigene Geschwindigkeit zum Einsatz zu bringen. Ein Diagonalgang, ein Seitenhaken zum Kopf, schon warf es Ahmet erneut zu Boden. Seine Sicht schwand, der Kopf schmerzte.

„Wirst du jetzt deine Kollegen rufen?“, spottete der Rocker verächtlich. „Irgendwer sollte dich retten.“

„Das Einzige, was ich rufen werde, ist *deinen* Krankenwagen.“ Ahmet stand auf, angeschlagen, aber ungebrochen kampfeslustig. „Vielleicht haben die auch etwas gegen deine Xenophobie?“

„Xeno ... was? Red' deutsch, du Arsch!“

„Xenophobie ist deutsch.“ Er stockte, am Arm deutete sich eine Prellung an, vom Magenschlag war ihm übel. „In dem Land, in dem meine Eltern geboren wurden, würden wir sagen: yabancı düşmanlığı. Du bist ja nicht nur dick, du bist auch doof!“

Die Provokation schlug ein. Schnaufend griff der Rocker zur Innentasche seiner Jacke, danach zierte ein Schlagring die Hand.

„Wollen wir mal schauen, wie lange du noch den Schlaumeier markierst?“ Mit diesen Worten stürmte er auf Ahmet zu, holte aus und zielte ins Gesicht. Der Kleine sackte zu Boden, machte sich kleiner, als er ohnehin schon war, sodass der Schlag des Gegners im Nichts verlief. Sofort wirbelte er herum und platzierte einen gestreckten, geraden Gegenschlag. Schnell und kraftvoll. Es knackte hörbar, als das Nasenbein brach. Unüberhörbar auch der Schmerzensschrei. Blut rann durch die hilflos geformten Hände des Rockers; Resignation in den Augen, die mit Tränen gefüllt waren.

„Wann sollte man aufhören?“ Ahmets Stimme klang ruhig, obgleich es in ihm drin anders aussah. „Wo ist die Grenze, die du für menschlich hältst?“

Auf die Knie gegangen hatte der Rocker eine Position gefunden, in der er die Nase stützen konnte. Unübersehbar die Schmerzen, die ihn quälten. Seine Jacke, die Schuhe, der Boden um ihn herum, mittlerweile erschien alles in dunklem Rot.

„Wer ist nun das Opfer?“ Ahmet erwartete eine Antwort. Vergeblich.

„Glaubst du, die Balance wurde wieder hergestellt?“ Sichtbar wütend ging der kleine Polizist auf den Knienden zu.

„Ist das fair?“, schrie er los. „Verbrennungen am gesamten Oberkörper! Und das bei einem unschuldigen Fußballfan.“

Rocker und Polizeibeamter, Auge in Auge.

„Was ist dagegen ein Nasenbeinbruch? Denkst du, du hast genug in die Waagschale geworfen?“

Ahmet horchte in sich hinein, doch da war nur Zorn wegen der eigenen Hilflosigkeit, Wut auf die geschehene Ungerechtigkeit, Tobsucht aus Unausgeglichenheit. Ohne zu zögern, holte er aus und trat zu.

Ein Pfiff, dazu ein Wink mit den Fingern, das reichte aus, um die Freunde zu informieren. Jonas würde den eingehenden Anruf nebenan entgegennehmen. Gefüllte Gläser, verschiedene Dinge zum Schnupfen und Rauchen, das Ganze vervollkommnet durch die Anwesenheit der offenherzigen Lulu. Eine Frau in einem Körper bebend vor Lust, bereit zu geben und ebenso gerne genommen zu werden. Wenn Jonas feierte, dann richtig, und ganz offensichtlich sprangen Lulus Funken auf die Anwesenden über. Aus welchem Grund also sollte der Gastgeber Einspruch erwarten, als er das Zimmer verließ? Sein Freundeskreis war hier, um zu feiern. Mit ihm, *zur Not* aber auch ohne ihn.

„... happy birthday lieber Jonas ...“, schallte es ihm nach wenigen Schritten aus dem Hörer entgegen.

Er war genervt und ärgerte sich über den verspäteten Anruf. Trotzdem riss er sich zusammen und antwortete seiner Anruferin, was sie hören wollte: „Eva! Schön, dass du dich meldest. Wie geht es dir?“

„Aber wie geht es dir?“, gab Eva gutgelaunt und zugleich müde die Frage zurück. „Heute an deinem Ehrentag! Schließlich wird man nicht jeden Tag zweiundvierzig Jahre alt.“

„Wir feiern ein bisschen. Schade, dass du zum Arbeiten nach Amsterdam fahren musstest.“

„Finde ich auch“, bedauerte Eva. „Sind Helga und die anderen Frauen auch da?“

„Ich habe entschieden, wenn du keine Zeit hast und schuften musst, machen wir einen Männerabend. Du weißt, Roland und die anderen Jungs.“

„Heute war echt anstrengend!", gestand Eva. „Und dann diese abendlichen Geschäftsessen. Ich bin froh, wenn ich gleich schlafen gehen kann. Ach so! Wie du wolltest, habe ich ein paar der Coffee-Shops abgeklappert. Ist bestimmt 'ne nette Mischung für dich dabei!"

„Okay, verstehe. Ganz nach dem Motto: Vorfreude ist die schönste Freude."

„So ungefähr", lachte Eva herzhaft. „Wenn du lieb bist, gibt's Donnerstag das Geburtstagsgeschenk, denn Mittwoch komme ich erst gegen Mitternacht zurück."

„Ist gut", stimmte er zu. Kurz hielt er inne. „Eva? Du hörst dich so nah an, fast, als ständest du im Raum nebenan."

„Weißt du was?", hauchte sie. „Ich hatte sogar überlegt, nach Hause zu kommen und gleich morgen früh zurückzufahren. Aber auf der A 2 ist so eine riesige Baustelle. Das hat mich auf dem Hinweg über eine Stunde aufgehalten."

„Ich freue mich, dass du an mich gedacht hast", blockte Jonas den restlichen Smalltalk ab. „Alles andere holen wir am Donnerstag nach."

Durchtriebenes Lachen schallte an Evas Ohr. Irgendwo in ihrer Nähe schlug eine Turmuhr halb elf. Jonas stutzte.

„Was ist?", fragte sie.

„Ich dachte, ich hätte den Halb-elf-Schlag der Hl. Christ Kirche gehört. Du weißt, diesen melodischen Dreiklang?"

„Hast du eine Ahnung, wie viele Kirchen es in Amsterdam gibt? Weit über fünfzig."

„Verstehe! Die Jungs rufen! Wahrscheinlich Notstand beim Bier!"

„Dann feiert noch schön, bis übermorgen."

„Ich vermisse dich", flüsterte Jonas. *Ich vermisse deinen Körper,* dachte er.

Ohne Evas Antwort abzuwarten, legte er auf.

Gemächlich, und seit Tagen nur noch auf drei Zylindern laufend, bog der silberne Honda Concerto vom Grenzweg in die Mozartstraße ein. Die Sonne ließ sich Zeit, erhob sich schließlich strahlenlos und ohne Glanz und ersetzte nach und nach die Straßenbeleuchtung der Kreisstadt. Bisher war es ein milder Winter gewesen, der Gütersloh vor Schnee bewahrt hatte, alles in allem so ganz nach Sarahs Geschmack. In einem Zustand zwischen Wachen und Schlafen parkte die brünette Frau entlang der Straße, beendete die MP3-Wiedergabe ihres Autoradios und stieg aus. Eine Zeit lang musterte sie das gegenüberliegende Mehrfamilienhaus, dann lief sie auf den zweiten Aufgang zu.

Nächste Woche würde Sarah zweiunddreißig Jahre alt werden, und noch war ihr unklar, wie sie auf diesen speziellen Tag reagieren sollte. Seit einiger Zeit verspürte sie ein unbekanntes, befremdliches Unwohlsein, vielleicht, weil viele ihrer Freundinnen bereits schwanger waren, einige sogar mit einem zweiten oder dritten Kind. Sarah dagegen hatte nicht einmal den passenden Mann. Nach ihrem Umzug von Emsdetten nach Gütersloh hatte sie etliche Freunde gefunden, sowohl im Kollegenkreis, als auch in der Nachbarschaft. Nur der rechte Partner war nicht in ihr Leben getreten.

Als sie die Briefkästen erreichte, verwischte Sarah ihre privaten Gedanken, wie die braunfarbene Haarsträhne, die sie hinter das Ohr klemmte, und überprüfte die Namensschildchen. Sie klingelte. Viermal. Ahmet Yilmaz reagierte nicht. Der Versuch, mittels

Handy Kontakt aufzunehmen, verendete auf der Mailbox. Unerwartet öffnete sich die Haustür, und eine ältere Dame trat, skeptisch das Wetter prüfend, ins Freie.

„Guten Morgen“, grüßte Sarah. „Das trifft sich gut. Da können Sie mich ins Haus lassen.“

„Na, hören Sie mal. Ich kenne Sie doch gar nicht!“

„Mein Name ist Sarah Berger, Kriminalpolizei Gütersloh. Ich möchte zu Ahmet Yilmaz. Dritte Etage, ist richtig, oder?“

„Zum Ahmet?“, stutzte die Hausbewohnerin. „Wissen Sie, ich sage ihm laufend, er hat die Musik zu laut. Das hat er nun davon!“

Überzeugt trat sie beiseite, nach draußen zum Bürgersteig.

„So schlimm wird's wohl nicht werden“, scherzte Sarah und verschwand im Treppenaufgang.

Die Klingel funktionierte, das zeigte ein weiterer Versuch an der Wohnungstür. Doch erst nach hartnäckigem Klopfen schwang die Tür auf.

„Herr Yilmaz?“

Schlaftrunkene Augen blickten Sarah entgegen.

„Gegen Sie wurde die Anschuldigung erhoben, durch zu laute Musik rücksichtslos auf die Gefühle Ihrer Nachbarn einzuwirken.“

„Ach Scheiße!“, fluchte der kleine Mann und öffnete die Tür vollends. „Ist dir die alte Meyner im Treppenhaus über den Weg gelaufen?“

„Sie hat mir unten aufgemacht.“

„Okay.“ Yilmaz rieb über seine dunklen Haare, versuchte wach zu werden.

„Komm rein, Sarah. Und schließ die Tür.“

„Was ist mit deinem Gesicht passiert?!“ Ungläubig musterte Sarah Ahmets unübersehbare Verletzungen an Lippe und Wange. Ahmet wandte sich ab und lief den Flur entlang. „Humpelst du?"

„Aische hat sich letztes Wochenende von mir getrennt. Ehrlich gesagt, ich fühle mich nicht so besonders." Ahmet verschwand im Bad und überließ Sarah sich selbst. Als er kurz darauf in das Wohnzimmer trat, trafen ihn fragende Blicke.

„Was ist?", fluchte er genervt.

„Aische? Die Spuren in deinem Gesicht? Bestimmt nicht!"

„Habe ich das behauptet?", antwortete Ahmet, während er ein frisches T-Shirt überstreifte, die Jeans wechselte und Strümpfe und Schuhe zusammentrug.

„Aische, das war Sonntag. Mein Gesicht, das war gestern."

Da Sarah sich keinen Reim auf die Worte ihres Partners machen konnte, fragte sie nach.

„Was ist passiert?"

„Die Kurzfassung?"

Sarah nickte.

„Bengalisches Feuer, Fußballfan in Flammen, Rocker auf der Flucht."

„Und du mitten drin ... Richtig?"

Ahmet überlegte, bevor er antwortete.

„Das Ganze ist ausgeartet. Ich fürchte, ich bin derzeit etwas unausgeglichen."

„Ich weiß, was du meinst", stimmte Sarah zu, zugleich dachte sie an die ein oder andere Freundin, ob nun verheiratet oder schwanger, und seufzte in sich hinein.

Ahmet verschwand zur Küche und kehrte mit einer Laugenbrezel in der Hand zurück.

„Mein Frühstück! Willst du auch?"

Sarah schüttelte den Kopf.

„Ich gehe davon aus, wir haben einen neuen Fall?" Ahmet prüfte die Zeit an seinem Handy. „Es ist kurz vor acht und man wird nicht jeden Tag von seiner hübschen Kollegin abgeholt."

„Lass den Scheiß, du Schwätzer! Wenn du fertig bist, bringe ich dich auf den aktuellen Stand."

„Schieß los!"

„Wir haben eine tote Frau, Mitte zwanzig. Vermutlicher Todeszeitpunkt: gestern Abend. Kennst du den Reinigungsdienst Kroschewski?"

Ahmet überlegte. „Hinterm Franz-Birkhan-Ring?"

„Genau genommen Gneisenaustraße. Wahrscheinlich ist die Frau selbst dorthin gefahren, ihr Roller parkte an der Hauptstraße. Seltsamerweise trug sie unterm Mantel eine Schlafanzughose. Ackermann sagt, es ist unser Fall und wir sollen sofort rüberfahren. Deshalb bin ich hier."

Deshalb bist du hier, wiederholte Ahmet in Gedanken und suchte sein Schlüsselbund. Er griff zur Jacke, fand dort auch die Schlüssel und öffnete die Wohnungstür. „Dann lass uns starten."

„17:00 Uhr, länger arbeiten wir eigentlich nie."

Herr Kroschewski, ein Mann Ende fünfzig, mit grauem Haarkranz und schelmischem Grinsen, wirkte nett und hilfsbereit. Er war bereits von einer Streife vernommen worden, doch es machte ihm nichts aus, das Wenige, das er wusste, erneut zu erzählen.

„Was bedeutet ‚eigentlich'? Wie lange haben Sie gestern Abend gearbeitet?", hakte Ahmet nach.

„Drei Mitarbeiter benutzen die Reinigungsfahrzeuge, Vronie macht die Abrechnungen und ich bin verantwortlich für die Kundenakquise. Macht genau fünf Mitarbeiter, wir sind halt ein kleiner Betrieb. Gestern Abend war ich der Letzte. Habe abgeschlossen um ..., warten Sie."

Herr Kroschewski griff zu seinem Mobiltelefon und prüfte die eingegangenen Anrufe.

„Es war um drei Minuten nach fünf. Ich hatte gerade den Hauptschlüssel eingesteckt, da klingelte meine Frau durch."

Er zeigte das Handy zuerst Ahmet, anschließend der Kollegin.

Nachdenklich betrachtete Sarah den Notizzettel, den einer der Streifenpolizisten ihr bei der Ankunft übergeben hatte.

„Niemand von Ihnen kannte Frau Victoria Lirot?"

„So haben wir es zu Protokoll gegeben", bestätigte Herr Kroschewski.

„*Kennen* und *gesehen haben* sind ja bekanntlich zweierlei", griff Ahmet ein. „War Frau Lirot möglicherweise eine Kundin? Vielleicht ist sie Ihnen oder den anderen in den letzten Tagen hier in der Nähe der Firma aufgefallen?"

„Würde ich ausschließen. Zumindest kann ich mich nicht erinnern."

„Wir benötigen eine vollständige Kundenliste, zusätzlich eine Aufstellung aller Reinigungseinsätze der letzten vier Wochen." Sarah zerrte eine Visitenkarte aus der Manteltasche hervor und reichte diese Herrn Kroschewski. „Sollten Sie oder Ihre Kollegen sich an Reibereien mit Kunden erinnern oder Ihnen fällt noch etwas Neues ein, lassen Sie es uns wissen."

„Werden eigentlich die Wagen untereinander getauscht?", bohrte Ahmet nach. „Oder nutzt jeder Mitarbeiter einen fest zugewiesenen?"

„Jeder hält sein eigenes Fahrzeug in Schuss. So weiß ich, wer für welche Schäden verantwortlich ist."

Kroschewski wies in Richtung seines Büros. „Soll ich die entsprechenden Akten raussuchen lassen?“

„Gerne“, bestätigte Sarah. „Wir sehen uns in der Zwischenzeit auf dem Grundstück um.“

Kroschewski verschwand und Stefan Wagner, Kollege der Spurensicherung, tauchte auf.

„Hallo Leute! Ist eine üble Sache. Der Hammer ging direkt durch bis ins Gehirn. Lirot war auf der Stelle tot.“

„Hammer?“

„Ein Schlosserhammer, das wohl in Deutschland am weitesten verbreitete Modell. Quadratische Bahn mit abgerundeter Pinne quer zum Stiel. Das Kopfgewicht schätze ich auf vierhundert Gramm. Ein Schlag hat vollends ausgereicht.“

„Abgerundete Pinne?“, lachte Ahmet auf. „Hast du das auf deiner Uni gelernt?“

Stefan war vorbereitet und konterte: „Wusstest du eigentlich, dass die Türken im Jahre 1060 erstmals den Schafsdarm als Kondom benutzten?“

Ahmet lächelte.

Stefan fuhr fort: „Und 1872 revolutionierten es die Engländer, indem sie den Darm vorher aus dem Schaf entnahmen.“

Sarah lachte erheitert auf und grinste Ahmet spitzbübisch an. Dessen auf Stefan gerichteter Blick sprach Bände.

„Ach, fick dich!“, fluchte er. „Ich überprüfe die Lieferwagen. Versuch du, Sarah mit deinem Hammer zu beeindrucken.“

Mürrisch stampfte er davon.

„Ist nicht seine Woche“, prognostizierte Sarah. „Was habt ihr ansonsten gefunden? DNA-Spuren, Fingerabdrücke, gibt es eine Überwachungskamera?“

Gelassen winkte Stefan ab und überspielte den Wortwechsel mit Ahmet.

„Wir konnten bisher nur das Fahrzeug untersuchen, hinter dem Victoria Lirot tot aufgefunden wurde. Vom Fahrer Sven Körner habe ich bereits Abdrücke genommen. Im Innenraum gibt es unzählige Spuren. Doch ich bin nicht sicher, ob uns das weiterhilft. Schließlich ist der Transporter ein alltägliches Arbeitsmittel. Zumindest konnte ich zwei Haare sicherstellen, die gehen gleich ins Labor. Videoüberwachung, hier?" Stefan zeigte über das Grundstück. „Glaube ich nicht, musst du aber noch selbst überprüfen."

Sarah und Stefan hatten sich eine Zeit lang unterhalten, da kehrte Ahmet zurück. Die Finger der rechten Hand hatte er schützend in einem leeren Tütchen einer Packung Taschentücher vergraben, zwischen seinen Fingerspitzen klemmte ein länglicher Zettel.

„Was hast du entdeckt?", interessierte sich Sarah sofort. „Einen Kassenbon?"

„Datiert auf gestern Abend, 19:03 Uhr. Von meinem Lieblingsbaumarkt im Westen Güterslohs."

„Also hat Kroschewski gelogen!"

„Oder, er weiß nicht alles, was auf seinem Grundstück passiert."

Der Kriminaltechniker öffnete einen leeren Klarsichtbeutel, um das Beweisstück zu sichern, fischte nach dem Kassenbon und verschloss den Zippverschluss.

„Auf jeden Fall solltet ihr mit Sven Körner reden, dem Fahrer des Wagens", schlug Stefan vor. „Vielleicht hat er später noch einen Ausflug gestartet."

„Ich hole ihn her, bin gleich wieder da", mit diesen Worten ließ Ahmet die beiden Kollegen stehen und verschwand ein zweites Mal.

Das Büro von Herrn Kroschewski roch nach Zigarettenrauch und Reinigungsmitteln, die zuhauf entlang einer Wand aufgetürmt standen. Der Teppich besaß Stellen, die so abgetreten waren, dass der gummierte Boden sichtbar wurde. Sein Schreibtisch war überfrachtet mit Dokumenten. Offensichtlich fehlten Lust oder Zeit, in den eigenen Räumen die vorhandenen Reinigungskenntnisse anzuwenden. Trotz alledem waren Sarah und Ahmet froh, diesen Raum nutzen zu dürfen, um Sven Körner ungestört zu verhören.

„Sieht jetzt gerade nicht so gut aus für Sie!"

Körner reagierte befangen auf die Aussage von Kommissar Yilmaz und rutschte unruhig über die Sitzfläche des Stuhls. Sein Gesicht wirkte unscheinbar. Geprägt von einer etwas zu großen Nase, waren die hellen Augen und der Mund so durchschnittlicher Standard, dass das Gesicht wenig zu bieten hatte, was einem im Gedächtnis haften bleiben sollte. Das ihm eigene, dunkelblonde Haar war kurz geschnitten und sah aus, als würde er selbst daran Hand anlegen. Bekleidet mit einem grauen Arbeitsanzug seiner Firma, ließ er ein Bein nervös über den Boden zappeln.

„Gewebeklebeband, ein großes Bund Kabelbinder, ein Baumwollbeutel, ein komplettes Pannen-Werkzeugset, ein Schokoladenriegel", las Ahmet die Artikel des Kassenbons vor. „Ich denke, wir werden die Schokolade bei einer Darmspiegelung finden."

Sarah riss überrascht über Ahmets Vorschlag die Augenbrauen nach oben. Sven Körner verkrampfte sich und brachte die Arme schützend vor seinen Bauch in Stellung.

„Kasse 2, steht hier. Ob die Kassiererin sich an Sie erinnern wird?"

Verhalten schüttelte der Befragte den Kopf.

„Ist Ihnen klar, was da draußen passiert ist?“, fragte Sarah mit ruhiger Stimme. „Wir haben eine tote Frau auf dem Grundstück Ihrer Firma gefunden. Direkt hinter Ihrem Transporter. Dessen Heckklappe stand offen, das Mordwerkzeug stammt aus Ihrem Werkzeugkasten.“

Betroffen blickte Körner auf.

„Und dann dieser Kassenbon, den wir vorne zwischen den Sitzen gefunden haben“, fügte Ahmet hinzu.

„Liefern Sie uns eine bessere Geschichte, wenn Sie können.“ Sarah lehnte sich an Kroschewskis Schreibtisch, überkreuzte die Beine und wartete auf eine Antwort.

„Ich ...“, stotterte Körner. „Ich ... habe mir heimlich etwas dazuverdient.“ Schnappte nach Luft und fuhr fort. „Sie werden es doch nicht dem Boss erzählen?“

Gleichzeitig griff er zu seinem Portemonnaie, öffnete das Scheinfach und beförderte zwei Hunderteuroscheine hervor.

„Das habe ich gestern Abend verdient.“

Weder Sarah noch Ahmet reagierten.

„Da war ein Mann. Er erklärte mir, dass er spät in der Nacht einen Schrank zu transportieren habe“, führte Körner angespannt aus. „Ich bekam das Geld und legte, nach Feierabend, den Autoschlüssel auf das linke Vorderrad. Heute Morgen stand der Transporter wieder an seinem Platz, dahinter, in einer Lache aus Blut, die tote Frau. Es war schrecklich, sie dort so liegen zu sehen! Bevor ich den Fund melden konnte, suchte ich den Schlüssel. Er war vom Rad abgerutscht und lag unter dem Fahrzeug.“

„Geben Sie uns einen Namen ...“, forderte Sarah teilnahmslos, „... und überlassen Sie meinem Kollegen die Scheine.“

Zögerlich überreichte Körner das Geld und Ahmet begann damit, die aufgedruckten Seriennummern abzuschreiben. „Ich kannte den Mann nicht. Das müssen Sie mir glauben! Er war groß, trug Jeans und eine braune Jacke."

Der Angestellte dachte wirklich, er würde wertvolle Hinweise geben. Sarah sah ihn an und wusste sofort, wie belanglos seine Auskünfte waren. Ahmet fragte weiter.

„Haare? Alter? Wie ist er hergekommen?"

„Schwer zu sagen, ... unter diesen Umständen. Vielleicht kam er zu Fuß."

„Die Geldscheine wirken neuwertig", wechselte Ahmet das Thema und wedelte mit den Banknoten. „Über die Seriennummern lässt sich möglicherweise der auszahlende Geldautomat und das dazugehörige Konto ermitteln. Wollen Sie das zurück?"

„Natürlich! Was soll das?", brummte Körner und verstaute die Scheine in der Hosentasche. „Sonst noch was?"

„Nein, vorerst nicht. Sie können gehen." Sarah schaute zu Ahmet, der widersprach nicht.

Ahmet wartete, bis Körner den Raum verlassen hatte.

„Weißt du, was mich wundert? Es ist inzwischen fast zehn Uhr und niemand hat sich bisher in der Zentrale gemeldet, um Victoria Lirot als vermisst zu melden. Ich hätte erwartet, dass es einen Freund oder Mann wundert, wenn seine bessere Hälfte über Nacht in der Schlafanzughose das Haus verlässt."

Sarah grübelte.

„Es sei denn, Victoria ist einem Geheimnis auf die Spur gekommen, das keinen Aufschub erlaubte. Diese Überlegung unterstreicht zumindest die Bekleidung."

„Du denkst, sie ist ihrem Mörder in die Falle gefolgt?"

Sarah zuckte die Achseln.

„Schon möglich. Komm, ich lade dich auf einen Kaffee ins Miner's ein. Vielleicht fällt uns dort noch etwas anderes ein."

Die beiden Kollegen waren gerade in den silbernen Honda eingestiegen, da klingelte ein Handy.

„Hier Sarah Berger. Was gibt es?"

Ahmet erkannte die Stimme seines Vorgesetzten, doch er verstand nicht den Inhalt dessen, über das sie sprachen. Sein Verdacht bestätigte sich, nachdem Sarah aufgelegt hatte.

„Warum genau darf *ich* mich von Andreas anpfeifen lassen, wenn *du* dein Handy ausgeschaltet hast?"

Ahmet griff überrascht zur Tasche und überprüfte sein Smartphone.

„Entschuldigung. Wahrscheinlich ist der Akku leer."

„Ich soll dich *sofort* im Revier abliefern. Ihr zwei hättet etwas zu besprechen. Hört sich nach einem gemütlichen Ackermann-Morgen an."

„Na toll! Erst weckst du mich und nun kann ich mir Schläge abholen", knurrte Ahmet.

Sarah fragte nicht nach, was ihr Partner meinte. Nach einem halben Jahr gemeinsamen Dienstes hatten sie sich so gut kennengelernt, dass sie wusste, wann man Ahmet an der langen Leine hielt.

5. Anders als geplant / 06. März 2013 / 08:25

Niemand erwartete die Männer, die hinter die Häuserreihe am Iburgweg eingebogen waren und nach einer verdeckten Parkmöglichkeit suchten. Die meisten Berufstätigen hatten ihre Wohnungen bereits verlassen, um ihrer Arbeit nachzugehen. Nicht so der Bewohner des zurückstehenden dritten Hauses. Dessen Jalousien waren verschlossen und bescheinigten ein ausgedehntes Schlafbedürfnis. Flink und unauffällig nutzten die Eindringlinge den Schutz der drei Weiden, folgten dem künstlich angelegten Gartenweg zur Terrasse und verschwanden im Schacht der Kellertreppe. Die Buchenholztür war unverschlossen, ob aus Unachtsamkeit oder Gedankenlosigkeit hatte keine Bedeutung, und so wurde die erste Hürde überwunden, ohne Spuren zu hinterlassen. Das einfallende Licht der kleinen Unterflurfenster reichte aus, damit die zwei Männer sich notdürftig orientieren und den Ausgang zum Flur erahnen konnten. Darauf bedacht, leise und unauffällig vorzugehen, tasteten sie nach rechts und links. Ihre schwarzen, viel zu großen Strumpfmasken juckten und behinderten die Sicht. Unerwarteter Tumult durchbrach die Stille, als der Stoffbeutel des größeren Mannes in umherstehenden Gartengeräten hängen blieb und Spaten, Harken und Besen scheppernd zu Boden warf. Aufgeschreckt sprang sein Freund beiseite.

„Verdammter Scheiß!", schrie er schmerzerfüllt auf. „So ein verdammter Nagel hat mir das Bein zerkratzt!"

„Sei still und beiß die Zähne zusammen." Der Tollpatsch blickte nach unten. „Deine Hose ist hin, den Rest wirst du überleben."

„Halt deine Augen auf! Wenn Jonas uns im Haus erwischt, bevor wir zuschlagen, kannst du unser Vorhaben vergessen."

„Glaub mir, Roland hat das Erdloch nicht umsonst gesucht", schimpfte der Große missmutig.

„Der Reiz des Verborgenen, des Nichtsichtbaren ist unbestritten. Das gilt auch für unseren Einsatz."

„Toller Spruch!"

„Nörgle nicht und denk darüber nach. Und nun zur Tür, ab nach oben."

Zügig spurteten die beiden ins Erdgeschoss. Verlassene Räume und der nicht vorhandene Duft von Kaffee bestätigten den Verdacht, dass ihr Opfer noch schlief.

„Er ist bestimmt oben."

„Pssst, schau mal hier."

Das Wohnzimmer zeigte Spuren einer durchzechten Nacht, es roch nach kaltem Schweiß und Alkohol. Über ein Dutzend benutzter Gläser stand verteilt auf dem Couchtisch und am Tresen der altbackenen Hausbar. Frische rotbraune Stellen befleckten den Teppichboden. Geleerte sowie halb volle Flaschen Sekt, drapiert wie die Läufer eines Marathons, belagerten die Fensterbank. Ein umgeworfener Beistelltisch, dazu ein Meer aus Salzgebäckkrümeln und die Spuren weißen Pulvers waren die Indizien einer exzessiven Feier.

„Was für ein Dreck! Er hat nicht einmal aufgeräumt."

„Und du hast nicht geholfen."

„Du auch nicht!"

„Vielleicht erinnerst du dich? Ich war beschäftigt!"

„Beschäftigt ... das ist gut! Zumindest so lange, bis gefilmt wurde. Ich weiß noch, wie du über die offene

Hose gestolpert bist und dir fast dein Ding abgerissen hast."

„Glaubst du etwa, ich will solche Bilder im Internet wiederfinden? Zumindest ist das nichts, was Nachbarn und Ehefrauen sehen sollten."

Eine kurze Pause, da registrierte er das aufgerissene Hosenbein seines Freundes.

„Verdammter Shit! Schau mal, dein Bein."

Ein zwanzig Zentimeter langer Schlitz zierte den Stoff ein Stück oberhalb des Knies. Blut hatte die Stelle um die Öffnung rot gefärbt.

„Sieht gefährlicher aus, als es ist. Du hast doch gesagt, ich werde es überleben. Nun lass uns keine Zeit verlieren und die Kamera suchen. Vielleicht liegt sie noch irgendwo hier unten."

„Oder, Jonas hat sie mit nach oben ins Schlafzimmer genommen."

„Hey Timo, was denkst du? Hat er sich, nachdem wir alle abgehauen sind, noch selbst mit Lulu vergnügt?"

„Was hättest du getan?"

Die Frage blieb unbeantwortet im Raum stehen, die Stimmung zwischen den Eindringlingen gefror.

„Suchen wir die silberne Digitalkamera!"

Schubladen waren zur Genüge vorhanden. Der Flur, die Küche, die Gästetoilette, all diese Orte boten dutzende Stellen, wo Jonas den Fotoapparat einfach hatte abstellen können. Eine verschlossene Kommode weckte Timos Interesse.

„Schau mal hier, ist abgeschlossen."

„Lass den Quatsch! Warum sollte er die Kamera im Flur einschließen? Jonas dürfte froh gewesen sein, nach dieser Nacht noch das Bett zu finden."

„Wo hast du den Beutel? Ich will nach oben!"

Timos Freund verschwand im Wohnzimmer und kehrte kurz darauf mit dem Beutel zurück.

„Zeit, es ihm heimzuzahlen! Und zieh dir endlich wieder die Strumpfmaske in's Gesicht! Schließlich soll unsere Aufmachung Jonas darüber im Unklaren lassen, wer ihm das bevorstehende Abenteuer angetan hat. Denk daran: Oben kein einziges Wort!"

Das Schlafzimmer lag rechts der Treppe, der die beiden schwarz gekleideten Männer in das ausgebaute Dachgeschoss gefolgt waren. Ihre Befürchtung, dass Jonas nicht alleine sein könnte, bestätigte sich nicht und vereinfachte den ausgeklügelten Plan. Sie nutzten das Überraschungsmoment und stürmten ins Zimmer. Für gewöhnlich benötigte Jonas Zeit, um aufzuwachen und dem anstehenden Tag entgegenzublicken. Nicht heute. Binnen eines Augenaufschlags erkannte er die drohende Gefahr. Jemand war in seine Wohnung eingedrungen! Trotz stechender Kopfschmerzen schnellte er hoch, verlor im selben Moment das Gleichgewicht, als einer der Männer ihm den Arm nach hinten riss. Jonas geriet in Panik.

„Was wollt ihr von mir, ihr Schweine!", keifte Jonas aufbrausend, und versuchte sich gegen den verdrehten Arm zu wehren.

Erfolglos. Noch bevor er eine Chance bekam, seine Peiniger zu identifizieren, wurde es dunkel. Die übergestülpte Stofftasche ließ ihn atmen, einen Ausblick genehmigte er nicht. Mit geschickter Routine verknotete der eine Täter die Enden der Tragegriffe, während der andere Jonas' Handgelenke auf dem Rücken mit Kabelbindern zusammenstrippte. Soviel der Langschläfer auch zappelte, der Kampf war zu Ende, bevor er überhaupt begonnen hatte.

„Glaubt ihr wirklich, ich hätte Angst vor zwei halbstarken ‚Men in Black'?", versuchte Jonas das uneingeschüchterte Opfer zu spielen. „Ihr Penner!"

Für seine Beschimpfung kassierte er eine Kopfnuss von Timo und dieser wiederum einen giftigen Blick seines Mitstreiters. Einschüchtern, ohne Gewalt, das war ihr Plan.

Auf einer kleinen Kommode entdeckten sie die gesuchte Kamera. Ein Griff, und das Beweisstück war in der Hosentasche verschwunden.

„Redet jetzt endlich jemand mit mir?", startete Jonas einen weiteren Versuch, zu den Tätern Kontakt aufzubauen. „Würde mich nicht wundern, wenn ihr euch rächen wollt. Seid ihr es, Jens, Niclas?"

Keine Antwort, stattdessen Taten. Jonas verließ sein Bett unsanfter, als er es wahrscheinlich für diesen Morgen geplant hatte. Ihn zwischen sich nehmend navigierten die Eindringlinge das Opfer durch das Treppenhaus nach unten.

„Ich habe nur einen Schlafanzug an! Das ist jetzt nicht euer Ernst?!"

Jonas versuchte nicht, sich auf den Stufen zu widersetzen. Er war gefesselt und blind, keinesfalls war er dumm.

„Wie kann ich euch überreden zu gehen? Wollt ihr Geld?"

Welchen Monolog Jonas in den nächsten Minuten auch begann, zu keiner Zeit erhielt er Antwort. Langsam realisierte er eine echte Gefahr für seinen Körper und sein Leben. Aus seiner ursprünglichen Überheblichkeit wurden Besorgnis und Angst. Vielleicht könnte er andere Menschen auf seine Situation aufmerksam machen, also entschied Jonas, abzuwarten. Er bemerkte, dass sie zu dritt den Weg durch seinen

Keller nahmen und ihn anschließend durch den Garten schubsten. Der kalte Boden brannte an den nackten Fußsohlen. Draußen unternahm er genau einen Versuch, um nach Hilfe zu schreien. Zu schmerzhaft war der Schlag, als dass er es ein weiteres Mal wagen würde. Abermals kreisten Jonas' Gedanken, auf der Suche nach einer Erklärung. Zu ungewohnt war die neue Situation, in der er selbst nicht alles kontrollieren und steuern konnte. Für gewöhnlich gab *er* den Ton an. Nun aber war er hilflos, auf Gedeih und Verderb jemandem ausgesetzt, den er nicht erkannt hatte. Abrupt blieb die Gruppe stehen, eine Tür wurde geöffnet und der Mann im Schlafanzug in eine andere Position gedreht. Ohne zu zögern, drückten die beiden Entführer Jonas über die Ladekante des Kombis. Ein lauter Knall, die Tür war verriegelt, das Opfer eingeschlossen.

Angespannt betrachtete Ahmet sein Spiegelbild. Außer ihm war die Herrentoilette der Mordkommission verlassen. Wie so häufig, bekleidet in schwarzem Hemd und dunkelblauen Jeans, ärgerte er sich über die widerspenstigen Bartstoppeln am Hals, die ihm regelmäßig den Kragen zerstachen. Ein letzter Blick auf sein Alter Ego erinnerte ihn daran, heute Abend die dunklen Augenbrauen nachzuschneiden. Ansonsten mochte er sein langes, schmales Gesicht mit der vorstehenden, markanten Nase. Zögerlich betätigte er den Wasserhahn und erfrischte sein Gesicht mit einer Handvoll des kühlen Nasses. Dann brach er auf, in die Höhle des Löwen.

„Ich würde gerne deine Version der Geschehnisse hören. Was ist in Paderborn passiert?"

Polizeihauptkommissar Ackermann, ein Mann Anfang fünfzig, schob seinen Schreibtischstuhl beiseite und nahm Platz. Im Gegensatz zu Ahmet Yilmaz war er kräftig untersetzt. Niemand kannte sein genaues Gewicht, obwohl die Kollegen des Reviers sich gelegentlich darüber unterhielten. Mit einer knappen Geste gewährte er Ahmet Yilmaz den Stuhl gegenüber. Das Büro war letzte Woche renoviert worden und noch immer hing der Geruch des frischen Anstrichs in der Luft. Die zwei Kunstdrucke, die in der Vergangenheit die Wände geziert hatten, standen am Boden. Bisher hatte niemand die Zeit gefunden, Nägel in die Wand zu schlagen. Ansonsten war der Raum unverändert, alles penibel aufgeräumt, wie eh und je.

Andreas Ackermann griff zum Gürtel seiner hellbraunen Stoffhose und raffte den Bund über den kräftigen Bauch. Ohne seinen Blick von Ahmet abzuwenden, rieb er die Hand durch den grau werdenden Bart und seufzte.

„Es war ein einfacher Gefallen von einem Kriminalhauptkommissar aus Gütersloh an ein anderes KHK aus Paderborn. Was genau kann man schwer verstehen an: ‚Fahr rüber, unterstütze die Kollegen vor Ort und verhalte dich unauffällig?'"

Ahmet verweigerte die Antwort. Stattdessen verließ er den Stuhl, den er gerade eben erst besetzt hatte und wandte sich zum Fenster. Die Menschen, die vor dem Gebäude der Kreispolizeibehörde Güterslohs vorfuhren und ihr Auto verließen, waren größtenteils winterlich gekleidet. Einige rannten, um schnell in die geheizte Vorhalle zu gelangen. Hinter der Scheibe der dritten Etage erweckte die Sonne den Eindruck, es würde schöner werden als Ahmet es gestern Abend in seinem kleinen Radioempfänger gehört hatte.

In Gedanken blitzten die Erlebnisse der vergangenen Nacht vor den Augen des Polizisten auf. Er hatte die Nerven verloren, alles war aus dem Ruder gelaufen. Angetrieben von blinder Wut war er auf den Rocker losgestürmt, um ein Opfer zu rächen, das er nicht einmal kannte. Ahmet war sich darüber im Klaren, die Rache war nicht das eigentliche Problem: Tief in ihm drin, hatte ihn ein Drang getrieben, den Randalierer zusammenzuschlagen und ihn zu vernichten.

„Wenn du mich suspendieren wolltest", holte Ahmet aus, „lägen meine Dienstmarke und die P99 schon längst auf deinem Schreibtisch."

Ackermann schaute skeptisch.

„Also: Was hat noch größere Priorität, als die Abmahnung eines dienstbeflissenen Polizisten, der gerächt hat, was kein Richter je wiedergutmachen könnte?"

Ackermann sprang auf und schlug seine Faust auf den Tisch.

„Bist du jetzt Gott? Mensch Ahmet! Ich verstehe dich nicht. Warum lässt du dich immer wieder auf solche Geschichten ein? Es war eine einfache Aufgabe, die du da gestern zu erfüllen hattest."

Ahmet zeigte sich unbeeindruckt. Der Polizeihauptkommissar nahm wieder Platz.

„*Ich* bin der Verantwortliche dieses Morddezernats! Ich brauche ein Team, auf das ich mich verlassen kann!"

„Warum schickst du mich dann auf einen beschissenen Aushilfsjob?"

Andreas Ackermann musterte die Blessuren seines Kollegen.

„Der Einsatz hat seine Spuren in deinem Gesicht hinterlassen."

Abermals schwiegen die beiden sich an, bis Ahmet irgendwann die Stille durchbrach.

„Wie geht es dem Mann?"

„Dem Opfer oder dem Rocker?"

„Dem Unglücksvogel, natürlich."

„Der Mann heißt ..." Ackermann griff zu seinem Notizblock. „Detlef Schwarz, ist Familienvater von zwei kleinen Kindern, darüber hinaus begeisterter Fußballfan des 1. FC Kaiserslautern."

Ahmet nickte hektisch, als wolle er seinen Vorgesetzten drängen, zügig fortzufahren.

„Herr Schwarz hat schwere Verbrennungen am Oberkörper erlitten. Bengalisches Feuer, das ist

Teufelszeugs! Die Magnesiumpartikel haben sein Gesicht getroffen, er wird Narben davontragen. Glück im Unglück. Eines der glimmenden Stücke hat nur knapp das rechte Auge verfehlt."

Ahmet reagierte betroffen auf die Schilderung Ackermanns.

„Und warum das alles?", fluchte Ahmet verbittert. „Weil er zur falschen Zeit am falschen Ort war, oder weil er der gegnerischen Fußballmannschaft angehört?"

„Willst du wissen, wie es dem anderen geht?" Ackermann deutete auf den Notizblock.

„Eigentlich nicht!"

„Ich erzähle es dir trotzdem! Der Rocker heißt Ralf Schönborn, liegt derzeit im Koma. Neben der zertrümmerten Nase besitzt er mehrere Knochenbrüche der Gesichtsknochen. Verdammt! Wir kennen uns schon so lange und ich denke, wir sind befreundet. Ganz gleich unseres Verhältnisses halte ich dich für ein wildes, unkontrollierbares Tier!"

Andreas blickte Ahmet in die Augen und Ahmet merkte, wie es ihm den Hals zuschnürte.

„Die beiden Hooligans hatten es auf einen Unschuldigen abgesehen. Das waren Barbaren!"

„Verflucht! Bist du denn was Besseres?"

Ahmet schluckte den Kloß in seinem Hals herunter und atmete gepresst aus.

„Nachdem Patrick uns verlassen hat, hielt ich es für eine gute Idee, dich an Sarahs Seite zu stellen.[1] Du gibst ihr den Halt, den sie braucht. Gleichzeitig können wir kaum leugnen, dass Sarah dich zügelt."

---

[1] Anmerkung: Patrick Gruber und Sarah Berger ermittelten als Partner in: Und ich vergebe dir nicht, ISBN 978-3-8271-9562-3

Ahmet wollte ins Wort fallen und widersprechen, doch Andreas riss mahnend die Hand nach oben.

„Ihr seid ein gutes Ermittlerteam! Da solltest du deine Laufbahn nicht für so einen Scheiß wie gestern gefährden. Das ist es nicht wert."

„Ich behalte also meine Marke?"

„Solange ich dich schützen kann, werde ich das tun. Drück dir selbst die Daumen, dass der Rocker deinen Angriff überlebt und aus dem Koma erwacht. Nun lass Sarah die Arbeit nicht alleine machen und zisch ab. Heute Abend erhalte ich einen ersten Bericht."

„Andreas, danke." Ahmet erhob sich und verließ Ackermanns Büro.

7. Eine Spur / 06. März 2013 / 10:32

Sarah musste sich eingestehen, dass ihr der Anblick von Victoria Lirots Leiche auf den Magen geschlagen war. Eine junge Frau, deren Schädel von einem Hammer aufgeplatzt, ausblutend am Boden lag, bekam auch eine Kriminalkommissarin nicht jeden Tag zu sehen. Laut Stefan Wagner war es ein einziger Schlag gewesen, mit dem das Opfer getötet worden war, ein schneller und wahrscheinlich kaum schmerzhafter Tod. Dessen ungeachtet, sollte die Einladung Ahmets zum Kaffee darüber hinwegtäuschen, welchen Eindruck die tote Frau im Nachhinein auf Sarah hinterließ.

Sarah erinnerte sich an vergangene Tage, zurück an eine Zeit, als sie durch die Wälder Emsdettens gepirscht war, um ihren Vater auf der Jagd zu begleiten. In ihrem Teenyalter waren Vater und Tochter an den Wochenenden häufig gemeinsam unterwegs gewesen, und meist waren es Wildschweine, die im Revier zum Abschuss freigegeben waren. Sarah liebte es, Spuren auszuwerten, die gespreizten Hufe der Schweine im weichen Boden ausfindig zu machen, Kratz- und Schlammspuren an den Bäumen vor ihrem Vater zu entdecken oder sich in geduckter Haltung durch die Trampelpfade der Wildtiere zu schleichen.

„Du bist eine gute Spurenleserin", hatte ihr Vater sie häufig gelobt, ohne auch nur zu ahnen, welchen Beruf seine Tochter eines Tages ausüben würde.

Genau diese Wochenenden mit dem Vater hatte Sarah immer genossen. Zwar liebte sie auch ihre

Mutter und sie mochte ihren Bruder, doch abseits der direkten Zivilisation erfreute sie sich der besonderen Beachtung und des Freiraums, den ihr Vater ihr ließ. Ein einziges Mal hatte er sie ermutigen können, eigenhändig das Gewehr anzulegen und auf ein wildes Schwein zu schießen. Ein Konflikt, denn sie wollte das Tier, auf das sie zielte, nicht sterben sehen. Gleichwohl wollte *sie* den, der ihr so viel beigebracht hatte, nicht enttäuschen. Als sie endlich abdrückte, waren ihre Augen verschlossen und der Schuss ging ins Leere. Aufgeschreckt rannte das Wildschwein davon. Seit diesem Tag hatte er sie nie wieder zum Schießen ermutigt, obwohl Vater und Tochter noch etliche Male zur Jagd aufbrachen. Die Zeit verging, und aus Sarah wurde eine junge Frau, die irgendwann ihr Zuhause verließ, um studieren zu gehen.

Auch wenn sie den Tieren nie ein Haar gekrümmt hatte, war die Kommissarin im vorletzten Jahr gezwungen gewesen, ihre Dienstwaffe zum Schutz des eigenen Lebens einzusetzen. Eine Erfahrung, die sie sich selbst gerne erspart hätte.

Erfolglos versuchte Sarah, jemanden in ihrer Autowerkstatt zu erreichen, um den Honda Concerto zu einer Reparatur anzumelden. Zeit verrann, doch Ahmets Gespräch mit Ackermann zog sich hin. Ungeduldig schaukelte die Polizistin auf ihrem Bürostuhl hin und her und starrte gelangweilt auf das E-Mail-Programm. Ein ohrenbetäubendes Fiepen, der Hinweis auf eine eintreffende Nachricht, ließ sie wie elektrisiert zusammenfahren. Irgendein Spaßvogel aus dem Großraumbüro hatte in ihrer Abwesenheit am Lautstärkeregler ihres PCs gespielt. Sofort wurde an den benachbarten Tischen getuschelt und gelacht.

„Ziemlich witzig, ihr Pfeifen!", fauchte Sarah, erhob sich von ihrem Stuhl und suchte den Übeltäter.

„Yeaah!", erklang es hinter einem der Stützpfeiler, der den vermeintlichen Missetäter vor Sarahs Blicken schützte.

„Lass sie! Sie sind wie Kinder", beruhigte Jana vom fünf Meter entfernten Schreibtisch aus. „*Die da drüben* werden immer kleine Jungs bleiben!"

Dann erhob Jana ihre Stimme, damit jeder im Raum sie hören konnte: „Besser, sie spielen an deinem PC, als sie spielen an sich selbst rum! Nicht wahr, Jungs?"

„Ziemlich witzig, Fräulein Dorn!"

„Du kannst uns mal."

„Komikerin."

Unbeirrt wandte sich Jana ihrer vorherigen Tätigkeit zu und setzte die Recherche in der Datenbank der Gütersloher Kriminalpolizei fort.

Sarah überlegte, ob sie Jana für die Unterstützung danken sollte oder sie genau dafür hasste. Was ging es die Kollegin an, wenn die Jungs ihr einen Streich spielten? Glaubte Jana etwa, sie wäre nicht in der Lage, sich selbst zu behaupten?

Sarah verwarf ihre Gedanken, als die Tür zu Ackermanns Büro aufschwang und Ahmet heraustrat. Die halbe Minute, die sie benötigte, um die elektronische Nachricht von Stefan auszudrucken, reichte aus, damit ihr Partner den eigenen Autoschlüssel holen konnte. Zeit, das Fahrzeug zu wechseln.

„Wir können los", erklärte Ahmet und ließ sich nicht die geringste Gefühlsregung zu seinem Gespräch mit Andreas anmerken. „Wenn ich das vorhin richtig verstanden habe, wolltest du mir einen Kaffee spendieren?"

„So sieht es aus!", stimmte Sarah zu. „Fahren wir."

Jana schaute nicht auf, als Sarah und Ahmet gingen, sondern konzentrierte sich auf ihre Recherche. Sarah wertete diese Gleichgültigkeit positiv. Vielleicht hatte Jana ihr wirklich nur beistehen wollen.

Eine Viertelstunde genügte für die Fahrt von der Kreispolizeibehörde an der Herzebrocker Straße bis in die Innenstadt. Ahmet bemühte sich, die innerorts gültige Geschwindigkeit einzuhalten. Zu oft schon war er als Polizist in Zivil mit der Stadtstreife aneinandergeraten, weil er versucht hatte, seine Verstöße gegen die Verkehrsregeln mit polizeilichen Ermittlungen zu rechtfertigen.

Nach exakt fünfzehn Minuten erreichten sie die Tiefgarage unter dem Kolbeplatz. Kurz vor dem Ziel bemerkte Sarah Ahmets Armbanduhr.

„Etwas Neues in Schwarz?", zog sie ihren Partner auf.

Ahmet schenkte Sarah einen irritierten Blick und steuerte den Passat, Baujahr zweitausendzehn, nach unten.

„Ah, die Uhr. Ist schön, nicht wahr? Aber du hast recht, nicht nur mein Auto ist schwarz, meine Hemden sind es auch ...", er blickte zum Innenspiegel, „... und zweifelsohne sind es auch meine Haare. Hab ich dir eigentlich schon mein seidiges Brusthaar gezeigt?"

„Darf ich dir einen Rat geben?", konterte Sarah.

„Natürlich! Jeder Rat, der mir hilft, mich zu bessern, ist mir willkommen, liebe Freundin."

„Mir reichen drei Worte: Nerv nicht so!"

„Ich weiß, dass die Stimmen in meinem Kopf nicht real sind", blödelte Ahmet, „aber sie haben so wahnsinnig geile Ideen."

Sarah schüttelte schmunzelnd den Kopf und wies den Weg zum hinteren Teil der Tiefgarage. Um diese

Uhrzeit gab es ausreichend Platz. Sie parkten neben dem Treppenaufgang, anschließend ein kurzer Fußmarsch, dann betraten sie das Miner's.

Die Bedienung, eine gut gelaunte, rothaarige Frau mit Pferdeschwanz und schwarz gerahmter Brille, platzierte die bestellten Cappuccinos zwischen den beiden Polizisten.

„Hallöchen! Sorry, für's Warten. Ist viel los, heute." Mit diesen Worten war sie auch schon wieder verschwunden, um die nächsten Kaffees und Milchmixgetränke vorzubereiten.

Während Sarah ihren Milchschaum löffelte, ließ Ahmet den Inhalt seines mittlerweile dritten Tütchen Zuckers im Becher verschwinden.

„Bevor wir losgefahren sind, hast du eine E-Mail ausgedruckt?", brachte Ahmet die gemeinsame Ermittlungsarbeit zurück auf den Tagesplan. „Erste Informationen zu Victoria Lirot?"

Sarah durchwühlte die Taschen ihres Mantels auf der Suche nach Stefans Nachricht.

„Die Ergebnisse der Forensik", bestätigte sie und reichte ihrem Partner das gefaltete Blatt Papier. „Ich hatte mir allerdings mehr erhofft."

Ahmet studierte den eine halbe Seite füllenden Text, dann stutzte er.

„Was bedeutet das hier unten?"

Er zeigte auf die letzte Zeile und zitierte den Satz: „Sei glücklich, damit provozierst du sie alle am meisten."

Kaum sichtbar bewegten sich Sarahs Mundwinkel, bemühten sich, ein kleines Lächeln zu formen.

„Vergiss das!", erklärte sie knapp und zeigte auf die Ergebnisse der Rechtsmedizin.

„Wie du meinst", begnügte sich Ahmet. „Dann schauen wir mal, was wir an Ergebnissen haben."

Abermals überflog er Stefans Bericht.

„Es gibt Fingerabdrücke an dem Hammer, mit dem Victoria erschlagen wurde. Die Abdrücke sind jedoch nicht aktenkundig, bringen uns also vorerst nicht weiter. Der Hammer selbst ist in Deutschland derart verbreitet, dass er in fast jedem Baumarkt zu kaufen ist. Aufgrund der Gebrauchsspuren geht Stefan von mehrjähriger Benutzung aus."

„Das bedeutet, der Hammer wurde vielleicht nur im Affekt benutzt", stimmte Sarah zu. „Weil der Täter von Victoria überrascht wurde ..."

„Oder verfolgt, oder bedroht."

„Einverstanden. Somit unterstellen wir, der Hammer wurde nicht zum Tatort mitgebracht."

„Stopp!", unterbrach Ahmet. „Das ist sogar belegt. Hier steht: ‚Herr Kroschewski hat den Hammer als sein Eigentum erkannt. Am Stiel waren seine Initialen eingeprägt'."

„Dann ist der Abend vielleicht anders verlaufen als vom Täter geplant."

„Schon möglich", willigte Ahmet ein. „Leider sind dies die einzigen forensischen Erkenntnisse, denn laut Stefan existierten in dem Lieferwagen keine weiteren verwertbaren Spuren."

„Das Fahrzeug wurde in der Nacht definitiv bewegt." Sarah versuchte, sich an den Namen des Mitarbeiters zu erinnern. „Ach ja, Herr Körner. Er hat bestätigt, dass der Transporter gemäß Tacho gut dreißig Kilometer gefahren ist."

„Wieso weiß er das?"

„Ist doch logisch. Körner hat den Wagen illegal verliehen, da wollte er sicherstellen, dass er nicht durch einen überhöhten Kilometerverbrauch auffällig wird und hat sich den Anfangs- und Endstand notiert. Gleichwohl ist das Fahrzeug in der Nacht niemandem aufgefallen. Ich habe das heute Morgen bei der Verkehrsüberwachung prüfen lassen, während ich auf dich warten durfte."

Sarah griente, vermied es aber, ihr Gegenüber nach dem Gespräch mit Andreas zu fragen. Ahmet nahm einen großen Schluck Kaffee und konzentrierte sich erneut auf den Ausdruck.

„Was ich nicht verstehe: Was hat Victoria da nachts gemacht? Im Schlafanzug, unterwegs auf einem Motorroller?"

„Jemand, der eine Tat plant, kleidet sich für gewöhnlich anders", gab Sarah zu bedenken. „Wäre da nicht ihr eigener Roller vor Kroschewskis Grundstück, ich hätte auch eine Entführung in Erwägung gezogen."

Ahmet nickte.

„Was mir gerade einfällt ... Hat schon jemand ihren Mann oder Freund aufgetrieben? Ich kann mir nicht vorstellen, dass so eine Schnecke Single sein soll."

Wenig überrascht leckte Sarah den letzten Milchschaum vom Löffel. „Frauen sind für dich nichts anderes als der Spiegel deiner eigenen Herrlichkeit. An ihnen erprobst du deinen fragwürdigen Charme."

„Der Erfolg gibt mir recht", erwiderte Ahmet selbstbewusst.

Sarah griff zum Handy und wählte Ackermanns Nummer. Es schellte nur einmal, dann stand die Leitung.

„Hallo Andreas. Kannst du mir sagen, ob Oren schon etwas aus Lirots Umfeld herausgefunden hat?"

Die Kommissarin lauschte den Informationen ihres Vorgesetzten, während sie versuchte, die

Papierserviette unter der Kaffeetasse zu befreien, um diese als Notizzettel zu benutzen. Ahmet reichte ihr eine Alternative, die ausgedruckte E-Mail mit der freien Rückseite nach oben zu verwenden. Einen Kugelschreiber besorgte er ihr vom Tresen.

Drei notierte Adressen später bedankte sich Sarah und legte auf.

„Victoria hat, nein, sie hatte einen Freund. Er heißt Niclas Klohse."

„Was meinst du damit?", hakte Ahmet nach. „Sie haben sich vorher getrennt oder ‚*hatte*' aufgrund ihres Todes?"

„Ach so, entschuldige. Ich meine, sie verbrachten ihr Leben miteinander. Trotzdem besaß Victoria Lirot eine Zwei-Zimmer-Wohnung in der Körnerstraße und Niclas Klohse bewohnte ein Haus in der Bultmannstraße. Laut Ackermann hatte Oren Glück bei einer geschwätzigen Nachbarin von Victoria. Die hat ihm alles erzählt. Eine Streife war bereits bei Herrn Klohse zu Hause, eine weitere bei dessen Firma."

„Klohse ist selbstständig?"

Sarah betrachtete den notierten Namen und lächelte.

„Gemeinsam mit drei Kompagnons betreibt er eine Firma für Solartechnik. Die Teuto-Solarlicht. Der Betrieb war heute Morgen jedoch verschlossen, die Streife traf niemanden an."

„Denkst du, der Freund hat mit dem Verschwinden Victorias zu tun?" Ahmet leerte seinen Cappuccino und betrachtete Sarahs fast vollen Becher.

„Nun mach schon!", forderte er sie auf. „Legen wir los!"

„Immer mit der Ruhe, da ist noch mehr!", bremste Sarah ihn, kramte erneut in ihrer Manteltasche und präsentierte den Kassenbon des Baumarkts. „Mangels verwertbarer Spuren von Stefan per Hauspost zurückgeschickt."

„Ist das der Bon, den ich in dem Reinigungsfahrzeug gefunden habe?"

„Genau. Vielleicht führt uns dieses Beweisstück auf eine neue Fährte."

„Was meinst du?", fragte Ahmet.

„Fünfter März, 19:03 Uhr. Möglicherweise kann uns Frau König weiterhelfen."

„Frau König, wer ist das?"

„Die Kassiererin von Kasse zwei! Sie hatte gestern Abend Dienst und arbeitet heute wieder ab elf."

„Habe ich da irgendetwas verpasst?", grübelte Ahmet erstaunt.

„Ich hatte heute Morgen *viel* Zeit", grinste seine brünette Partnerin. „Herr Gröbber, Geschäftsführer des Baumarkts, verriet mir Frau Königs Schichtplan. Der Name der Kassiererin steht übrigens im Klartext oben rechts am Bon."

Ahmet entriss Sarah den Kassenzettel. „Böyle bir bok, den Hinweis habe ich übersehen. Es würde uns auf jeden Fall weiterhelfen, wenn sich diese Frau an einen Kunden erinnern könnte, der Klebeband, Kabelbinder und eine Stofftasche gekauft hat. Aber wie wahrscheinlich ist das?"

„Wir werden es sehen."

Sarah leerte genüsslich den Becher und leckte über ihre Lippen, als die rothaarige Bedienung an ihren Tisch zurückkehrte.

„Darf ich schon mal abräumen? Ihr seid doch schon fertig, oder?"

„Wir sind schon im Abflug", bestätigte Sarah.

„Hier ist heute wieder was los", hektisch, aber zugleich beschwingt, räumte die junge Frau die Tassen zusammen. „Das glaubt einem niemand. Ich hatte schon wieder so einen Kunden, der ernsthaft fragte: Habt ihr eine Toilette?"

Die beiden Kommissare schauten die Bedienung verdutzt an.

„Ich hasse es, wenn man mich das fragt. Soll ich etwa sagen: Nein, wir scheißen am Balkon!"

Ahmet lachte lauthals auf, Sarah klopfte der Bedienung gekünstelt die Schulter.

„Halt durch", erklärte Sarah, „in sieben Stunden hast du Feierabend. Wir sehen uns."

„Ja, macht's gut. Bis dann."

Sarah trat nach draußen auf den Kolbeplatz, ihr Kollege folgte ihr.

„Weißt du, Paderborn war ein Fiasko", begann der kleine Türke mit einem Mal unaufgefordert zu erzählen. Ohne die Geschichte zu verschönern, schilderte Ahmet seinen Tag Sonderdienst, wie er von seiner Gruppe getrennt worden war, in der Innenstadt auf die beiden Rocker und deren Opfer traf und wie die Situation um Detlef Schwarz eskalierte.

„Natürlich kann ich mich an den Kunden erinnern!"

Frau König, eine Frau Ende vierzig, war eine quirlige Frau mit, für Ahmets Geschmack, viel zu großen Ohrringen. „Wissen Sie, eigentlich hätte ich heute Morgen keinen Dienst. Ist ja klar, denn ich habe erst gestern Abend gearbeitet. Aber der Mann einer befreundeten Mitarbeiterin hat morgen Geburtstag. Da gibt es wohl noch einiges vorzubereiten."

Irgendwie scheint sie gar keine Luft zu benötigen, dachte Ahmet und betrachtete wie hypnotisiert den Takt, in dem Frau Königs Ohrringe hin- und herschwangen.

„Für mich war es auch nicht so einfach, jetzt gleich wieder einzuspringen. Schließlich habe ich zwei Jungs. Also habe ich meinen Mann mit den beiden zum Schwimmen geschickt. Tobias und Henry. Sind tolle Kinder."

„Frau König", bremste Sarah sie aus. „Vielleicht können Sie uns erklären, warum Sie sich an den Kunden erinnern können, um uns anschließend mit einer Beschreibung weiterzuhelfen."

Ahmet betrachtete die Standardmöbel des Aufenthaltsraums, den ihnen der Geschäftsführer für die Befragung seiner Angestellten überlassen hatte. Zufrieden mit der Ausstattung der eigenen Polizeiwache, rümpfte er die Nase und wandte sich den beiden Frauen zu.

„Unser Großer, der Tobias, ist derzeit auf so einem Öko-Tripp. Keine Plastiktüten, kein Wegwerfgeschirr, keine umweltschädlichen Verpackungen."

Sarah nickte freundlich und hoffte, Frau König so zum entscheidenden Hauptteil ihrer Geschichte antreiben zu können. Die Kassiererin betrachtete ein weiteres Mal den Kassenbon, den die Kommissarin ihr überlassen hatte.

„Sehen Sie diesen Stoffbeutel? Ich weiß noch, wie ich beim Abkassieren schmunzeln und an unseren Tobias denken musste. Der Kunde war übrigens total unfreundlich. Machte noch so einen Spruch, nur weil ich das witzig fand. Leute gibt es, da glaube ich, die würden am liebsten ohne ihre Mitmenschen leben."

„Könnten Sie uns den Mann beschreiben?", mischte Ahmet sich in das Gespräch der beiden Frauen ein.

„Das kann ich."

In den kommenden drei Minuten notierte Sarah jede Kleinigkeit, an die sich Frau König rückwirkend erinnern konnte. Vollends überraschend endete ihre Täterbeschreibung, als sie die zwei Polizisten mit einer Frage konfrontierte.

„Denken Sie, Informationen zur EC-Karte des Mannes würden Ihnen weiterhelfen?"

„Sie kennen die Kontonummer?" Aufgebracht sprang Ahmet vom Tisch, auf den er sich gesetzt hatte.

„Natürlich nicht! Wissen Sie, wie viele Leute ich in einer einzigen Schicht abkassiere? Aber sehen Sie das Kürzel hier oben auf dem Bon. Der Kunde hat mit Karte gezahlt, und zwar mit einer Bankkarte der Volksbank. Herr Gröbber kann Ihnen sicherlich den Transfer samt Kontonummer am PC ausdrucken. Soll ich ihn rufen?"

Ungläubig über die unerwartete handfeste Spur zum möglichen Täter von Victoria Lirot antworteten die beiden Kommissare mit einem entschiedenen *Ja!*

Ihr Ziel lag am anderen Ende Güterslohs, westlich der Kreisstadt. Niclas Klohse würde heute Morgen nicht zur Arbeit fahren. Entgegen des ursprünglichen Plans sollte sich nun Timo Seibold darum kümmern, dass die beiden Nachmittagstermine doch eingehalten wurden. Nervös betrachtete Niclas den Innenspiegel, während er seinen dunkelblauen Audi Kombi über die Landstraße stadtauswärts steuerte.

„Du sagst mir rechtzeitig Bescheid, wenn ich abbiegen muss?"

Roland Eckert rutschte ungeduldig über den Beifahrersitz und verfolgte den Richtungspfeil in der Navigationssoftware seines Smartphones.

„Die Endstation dieser Reise wird dir gefallen! Keine Sorge, ich sage dir Bescheid!"

„Glaubst du, Timo hält dicht und zieht das Ganze mit uns gemeinsam durch? Ich hätte es besser gefunden, wenn er mit von der Partie gewesen wäre. So hatten wir es doch besprochen."

„Niclas, reg dich ab! Du hättest sein Bein sehen sollen. Der verdammte Nagel hat ihm tief ins Fleisch geschnitten."

Roland prüfte die Uhrzeit.

„Es ist halb elf. Inzwischen sollte sein Hausarzt die Wunde versorgt haben und Timo kann die Zeit bei Teuto-Solarlicht absitzen. Wer weiß, ob wir bis heute Nachmittag passend zurück sind."

Sie fuhren ein Stück die Landstraße entlang, bevor sich Niclas erneut an Roland wandte.

„Ich hatte ja auch nur gedacht, falls wir drei ..."

„Schon klar. Wenn wir drei das gemeinsam durchziehen, dann hängen wir zu gleichen Teilen drin. Niemand haut den anderen in die Pfanne."

Niclas nickte.

„Achtung!" Roland betrachtete sein Smartphone. „In fünfzig Metern rechts abbiegen!"

Niclas folgte der Anweisung, doch er blieb beunruhigt: „Heute Morgen beim Überfall, da war Timo noch besorgt, dass du bei der Entführung nicht dabei gewesen bist. Jetzt mache *ich* mir halt Sorgen."

„Es ist okay, dass du dir darüber Gedanken machst, aber wie lange kennst du Timo jetzt schon? Der steht auf unserer Seite." Roland zeigte zum Kofferraum. „Hauptsache, unser Fahrgast bekommt, was er seit Langem verdient!"

Jählings signalisierte das Handy den Verlust der GPS-Verbindung. Gleichgültig verstaute sein Besitzer das Telefon in der Hosentasche.

„Was nun?", erkundigte sich Niclas irritiert.

„Nächste rechts und nach sechshundert Metern links. Kurz darauf führt ein kleiner Pfad in den Wald." Roland zuckte mit den Schultern. „Schließlich war ich schon einmal hier."

Abermals betrachtete Niclas den Innenspiegel. „Jonas ist so ruhig. Ob es ihm gut geht?"

„Du machst dir jetzt nicht wirklich Sorgen um ihn?", ärgerte sich Roland. „Es wird Zeit, diesen Spinner in seine Schranken zu weisen. Jonas ist nicht der alleinige Geschäftsführer!" Er erhob die Stimme. „Teuto-Solarlicht gehört uns vieren zu gleichen Teilen!"

„Stimmt schon!", bejahte sein Freund. „Gestern Abend hat er es auf jeden Fall übertrieben."

Er bremste neben dem kleinen Waldstück ab und parkte seinen Audi rückwärts in den Waldarbeiterweg.

„Jonas hält seine Intrigen für ein Spiel und wir sind seine Marionetten. Ich kenne ihn seit dem Studium, aber so kann es nicht weitergehen."

„Deshalb sind wir hier", lenkte Niclas ein. „Schlagen wir ihn mit seinen eigenen Waffen! Ich bin gespannt, wie sich Jonas nach einer Nacht hier draußen fühlt."

Die beiden Männer verließen das Fahrzeug und gingen zum Heck. In provozierendem Gleichklang klopfte Roland mit den Fingerknöcheln über die Scheibe. Hingerissen zwischen Furcht und Neugier hatte Jonas während der Fahrt im Kofferraum geschwiegen, hatte gelauscht und sich bemüht, die Stimmen der zwei Männer zu erkennen. Auch wenn es ihm nicht gelungen war, den Inhalt des Gesprächs zu verstehen, jetzt hielt er es für angebracht, auf sich aufmerksam zu machen und das Spiel zu beenden.

„Lasst ihr mich nun raus? War eine nette Tour, ihr hattet euren Spaß. Nun kommt! Wir fahren zurück zur Firma und klären, was euch stört."

Die Kofferraumklappe schwang auf, doch keiner der Entführer sagte ein Wort. Sie griffen ihr Opfer an den Schultern und hievten es über die Ladekante nach draußen ins Freie. Anschließend griff Roland den großen Rucksack, der ebenfalls im Fond gelegen hatte, und schnallte ihn auf seinen Rücken. Fröstelnd tapste Jonas von einem Fuß auf den anderen, der kühle Wind wehte über seine nackten Füße.

„Sachte Jungs! Kann mir jemand diese alberne Kapuze vom Kopf nehmen? Schuhe wären auch nicht schlecht."

Es blieb ein Monolog, den Jonas über die kommenden Meter immer wieder anstimmte. Keiner der beiden Männer reagierte auf seine Worte oder auf seine

Beschimpfungen und sie reagierten auch später nicht, als Jonas verunsichert um Hilfe und Verständnis bettelte.

Dann erreichten die drei ihr Ziel.

Die kleine Lichtung inmitten des Waldes war dem Rehwild in der Vergangenheit ein Zufluchtsort und Futterplatz gewesen. Eine zerbrochene und größtenteils zerfallene Futterkrippe gab Zeugnis von der einstigen Unterstützung durch den Menschen. Das knöchelhohe Gras war feucht, doch trotz der Jahreszeit verströmte es einen unglaublich frischen Geruch. In die vier Himmelsrichtungen waren sieben oder acht Trampelpfade durch das Gehölz erkennbar. Offensichtlich suchten die Tiere an diesem abgeschiedenen Ort noch immer Schutz, wenngleich sie auf fremde Hilfe verzichten mussten.

„Bleib stehen!", forderte Roland Jonas mit schroffer Stimme auf, gab damit seine Stimme preis und rettete dem Entführten gleichzeitig das Leben. „Vorauszulaufen, ohne sehen zu können, kann tödlich sein!"

Bestürzt hielt Jonas inne, schwankte hin und her, fast, als stände er auf einer Seemannsplanke, auf der jeder seiner Schritte der letzte sein könnte.

„Bist du das Roland?", fragte er verunsichert. „Was habt ihr mit mir vor?"

Roland griff Jonas am Arm und zerrte ihn drei Schritte beiseite. Dann gab er Niclas ein Zeichen, ein Auge auf den gemeinsamen Begleiter zu werfen. Er selbst trat wieder nach vorne, kniete nieder und durchwühlte das braune, verwelkte Laub. Als er die verborgenen Bretter zu greifen bekam, zerrte er mit aller Kraft daran und befreite den darunterliegenden Schacht von seinem Sichtschutz. Unter lautem Getöse stürzten zwei der Streben nach unten, dazu Unmengen des verdorrten Laubs. Ohne sehen zu können, erahnte Jonas sofort, was sich kurz vor seinen Füßen ereignete.

„Und jetzt?“, rief er aufgebracht. „Wollt ihr mich in einem stinkenden Loch versenken?“

Ein Klaps an den Hinterkopf brachte den Kompagnon zur Ruhe, und diesmal war es nicht Roland, der seine Hand gegen Jonas erhoben hatte.

„Wow!“, staunte Niclas. „Was ist das?“

„Ein Spielplatz aus vergangenen Kindheitstagen. Genau genommen, ein Wartungsschacht einer unterirdischen Zisterne. Ich war letzten Herbst mal in meiner kompletten Klettermontur da unten. Der Zugang ist inzwischen verrostet genauso wie das Vorhängeschloss. Über die Jahre haben Geröll, Matsch und Steine ihren Rest dazu beigetragen, dass der Schacht nur einen Ausgang hat.“ Roland zeigte auf den Rand. „Hier oben! Ich habe etwas gebraucht, bis ich dieses Loch wiedergefunden habe. Es sind einfach zu viele kleine Waldstücke zwischen Gütersloh, Wiedenbrück und Herzebrock.“

Echte Angst erfüllte den Gefesselten, als er kurz darauf das Geräusch eines aufklappenden Messers registrierte. Ab diesem Moment verlor er jede Gewissheit, ob dieser Tag eine schlichte Revanche werden sollte.

„Vielleicht habe ich mich nicht immer korrekt verhalten ... Timo? Roland? Niclas?“

Wie angewurzelt verharrte das Opfer auf seiner Stelle und lauschte. Jeder Schritt konnte nun der letzte sein. Er schluckte und spürte, wie sein Hals trocken nach Luft rang. Seine Atmung schnappte. Unter dem Baumwollbeutel kochte sein Kopf, die Füße zitterten auf dem nasskalten Boden.

„Timo? Lass den Scheiß!“ Verzweiflung prägte Jonas’ Stimme. „Du bist doch der Vernünftigste von uns allen. Du musst die anderen bremsen!“

Die Wirkung des Geräusches seines aufschnappenden Messers war Niclas nicht entgangen. Sogleich kreisten seine Augen und suchten den Boden nach einem brauchbaren Gegenstand ab. Er entdeckte einen großen Stein, bückte sich danach und stellte sich hinter Jonas. Langsam und zugleich genüsslich ließ Niclas die Klinge der Stichwaffe über den Stein schleifen. Jonas keuchte vor Angst, fuhr herum und sah sich der unmittelbaren Gefahr gegenüber. Vorsichtig tastete er mit den Füßen nach hinten, machte einen Schritt nach dem anderen rückwärts. Abermals glitt die Schneide über den Stein und verbreitete Angst bei dem, der nicht sehen konnte.

„Es reicht jetzt!", rief Roland. „Schneid ihn auf!"

„Bitte nicht! Das kann doch nicht das Ende sein", flehte Jonas. „Es muss doch eine andere Lösung geben?"

„Schneid ihn auf!", wiederholte Roland.

Jonas brach zusammen, kippte auf seine Knie und schluchzte. Seine gesamte Körperhaltung signalisierte Resignation und Unterwürfigkeit.

Endlich, dachte Niclas. *So ist es recht!*

„Jetzt schneid ihn endlich auf!", wiederholte Roland ein weiteres Mal. „Schneid endlich den Beutel auf."

Jonas, tief in den eigenen Gedanken versunken, war sich nicht sicher, ob er die letzten Worte richtig verstanden hatte. Doch von einem Augenschlag auf den nächsten eröffnete sich ein Hoffnungsschimmer, ein Halm, den er jetzt nur noch zu greifen brauchte.

Jonas benötigte ein wenig Zeit, bis seine Augen im hellen Tageslicht sehen konnten. Er musterte die Lichtung, auf der sie sich befanden, und er entdeckte das im Durchmesser gut einen Meter messende Loch, das direkt vor ihm in die Tiefe stürzte. Da waren Roland und Niclas, Timo konnte er nicht entdecken.

„Was wird das nun?“, fragte Jonas vorsichtig, ungewiss über das, was seine Geschäftspartner für ihn geplant hatten.

Niclas’ Handy klingelte und störte den Augenblick. Da er die Nummer des Anrufers nicht kannte, schaltete er stumm. Sollte die Mailbox das Gespräch übernehmen. Niclas verstaute sein Telefon und betrachtete Jonas argwöhnisch. „Nun zurück zu dir! Wie fühlt es sich an, wenn man die Kontrolle verloren hat?“

Jonas verweigerte die Antwort. Er wusste um die Wahrheit dieser Worte.

„Wir machen es so“, erklärte Roland in strengem Ton. „Du lässt dir dieses Seil um den Bauch binden, daran lassen wir dich runter.“ Währenddessen holte er den Strick aus dem Rucksack. „Hier sind eine Menge Utensilien drin, um so einigermaßen durch den Tag zu kommen. Verzichtest du auf Gegenwehr, schicke ich dir dieses Bündel samt Inhalt hinterher.“

Jonas nickte und trat auf Roland zu. Niclas schloss unterdessen sein Messer und ließ es in die Tasche gleiten. Dann half er seinem Freund beim Anbinden.

„Wie lange?“, hauchte Jonas und hoffte auf eine Antwort.

„Was denkst du, hast du verdient?“

„Was ist im Rucksack?“

Niclas öffnete den Beutel und betrachtete den Inhalt. „Eine Decke, Kabelbinder, ein Walkie-Talkie ...“ Er kramte weiter unten. „Ein Schokoriegel und vier Flaschen Bier. Alles, was du für eine gemütliche Party dort unten brauchen kannst.“

„Nun dreh dich um!“, befahl Roland. „Und du gibst mir dein Messer!“, richtete er seine Worte an Niclas.

Abermals wurde Jonas flau im Magen, da hatte Roland bereits das Plastikband an seinen auf den Rücken gebundenen Händen durchtrennt und den Partner nach vorne gestoßen. Überrascht schrie Jonas auf, doch Roland und Niclas sicherten das Seil und ließen den Achtzig-Kilo-Mann so sanft sie konnten nach unten. Mehrmals schlug Jonas an die Seitenwände und abschließend hart am Boden auf. Entmutigt blickte er den Schacht nach oben und betrachtete das kleine helle Lichtquadrat weit über seinem Gefängnis. Dann lockerte sich das Seil, rutschte über die Kante und fiel vollends zu ihm nach unten. Kurz darauf folgten der Rucksack und ein abgetragener Parka.

9. Folgenreicher Morgen / 06. März 2013 / 10:36

Der Lärm der städtischen Müllabfuhr schreckte Isabel auf und riss sie aus ihrem Traum. Müde betrachtete die dunkelhaarige Frau die Schlafzimmerkommode, anschließend ihr eigenes Abbild in dem Spiegel darüber. Nahebei stand eine Vase voll verwelkter Rosen. Sie seufzte. Ihr Leben befand sich im Umbruch und die Blumen schienen nicht das Einzige zu sein, das verdorrte. Frustriert kämpfte Isabel gegen den Schlaf in ihren Augen.

Was für ein beschissener Morgen!, dachte sie. Die Langschläferin ahnte nicht, dass sich ihr Gedanke wiederholen würde, noch bevor sie das Bett verließ. Ein Blick zur Uhr verpasste der Laune den nächsten Dämpfer.

Noch beinahe eine Stunde hätte ich schlafen können. Verschissene Müllwerker!

Müde streifte ihre Hand über die benachbarte Liegefläche. Das Laken war kalt und unbenutzt. Offensichtlich hatte Roland in der letzten Nacht anderswo übernachtet.

Na toll! Isabel ordnete ihre Gedanken und überlegte. *Ach ja - die Geburtstagsparty!*

Wie nicht anders zu erwarten, dürfte ihr Mann bei Jonas oder Timo untergekommen sein. Ersterer feierte genau ein Ereignis pro Jahr: Seinen Geburtstag. Kein Weihnachten, kein Schützenfest, keine Nachbarschaftsparty. Und da Jonas an diesem Ehrentag bereitwillig zahlte, wussten seine Freunde den Abend auszukosten.

Jonas und Isabel. Ein Gedanke, der Isabel aufstoßen ließ. Sie hasste ihn! Heute.

Keinesfalls ließ sich leugnen, dass Jonas ihr anfangs gefallen hatte, als er, Niclas, Timo und Roland Ende 2009 die Teuto-Solarlicht GmbH, angelehnt an ihre Region, den Teutoburger Wald, gegründet hatten.

Jonas, blond, durchtrainiert, mit ausgeprägt markantem Gesicht und kleiner Stupsnase, verstand es, sich als Frauenschwarm und Rädelsführer zu inszenieren. Von Beginn an hatte er die Kontrolle des Start-up-Unternehmens an sich gerissen, und keiner seiner Kompagnons bremste die teils zweifelhaften Konzepte, obwohl sie als gleichwertige Partner registriert waren. Die monatlichen Einkünfte ließen die vier Inhaber leben, ohne in vierzig, fünfzig oder gar sechzig Wochenstunden hinter dem Schreibtisch versauern zu müssen. Also nickten sie ab, was Jonas vorgab, solange der eigene Lebensstandard nicht infrage gestellt wurde. Beinahe, und bei dieser Überlegung musste Isabel schmunzeln, wären sie und Jonas gemeinsam in der Kiste gelandet. Rückwirkend war Isabel froh, dass es nicht passiert war. Zu viele schnell wechselnde Frauengeschichten, albernes Machogehabe und sein permanentes Bedürfnis, immer im Mittelpunkt stehen zu wollen, so sah Isabel ihn heute.

Einen Monat nach Firmengründung hatte Roland, den sie aus gemeinsamen Zeiten auf der Uni kannte, sie ins Kino eingeladen. Bald folgte ein feudales Abendessen, irgendwann ein Wochenende in einer Fischerhütte am See. Es hatte nicht lange gedauert, bis Roland ihr Herz eroberte und schon kurz darauf trauten sie sich, sich trauen zu lassen. Bereits damals besaß Roland wenig Haare, zu viele Östrogene, wie er immer sagte, und die wenigen Flusen, die ihm blieben, ergrauten bereits. Doch Isabel liebte seinen klaren Verstand, die blauen Augen und seine rationale Art, mit der er sie immer wieder auf den Boden der Tatsachen zurückholte. Mehrmals hatte er versucht, seinen überdimensionierten Bauch loszuwerden. Vergeblich waren seine Versuche gewesen, fast kontraproduktiv.

In Gedanken, zwischen Vergangenheit sowie dem Hier und Jetzt, lachte Isabel verbittert auf, griff zu ihren Zigaretten und entzündete einen der Stengel. Genussvoll sog sie den Qualm in ihre Lungen. Inzwischen hielt sie ihren Mann für einen Versager und Arschkriecher, insbesondere nachdem sie ihn in Geschäftsterminen mit Jonas erlebt hatte.

Isabel streckte sich, hievte die Beine aus dem Bett und bereitete sich vor, aufzustehen. In diesem Moment war eh nicht mehr an Schlaf zu denken. Die letzte Schicht hatte ihr zugesetzt, manche der Einsätze waren nicht so einfach zu verarbeiten, da hatten es eine Kassiererin im Supermarkt oder eine Industriekauffrau im Büro leichter. Doch ungeachtet der Schattenseite, überwiegend machte der Beruf ihr Spaß. Überrascht entdeckte sie ihr aufgeklapptes Handy am Boden und griff danach.

Shit!, fluchte sie, verlor die Kontrolle über die Kippe und verfolgte, wie die glühende Zigarette über den Teppichboden dahinrollte. Trotz schneller Bergung sorgte das entstandene Brandloch für erneute Frustration.

„Was machst du da unten am Boden, du kleines Scheißteil?", beschimpfte Isabel ihr Mobiltelefon. „Wird Zeit, dich auszutauschen!"

Irgendetwas innerhalb des Gerätes schien beim Sturz von der Nachttischkonsole abgebrochen zu sein. Das klappernde Geräusch ärgerte Isabel dermaßen, dass sie entschied, Roland solle es an diesem Morgen nicht besser ergehen, als ihr selbst. Zeit, den Ehemann anzurufen, um Klartext zu reden, was aus seiner Zusage würde, ihr das seit Tagen versprochene Handy aus der Firma mitzubringen.

„Fuck!“, wetterte sie, als sie die elektronische Nachricht entdeckte, die ihr Jonas bereits gestern Abend um kurz nach zehn geschickt hatte. Für einen Augenblick überlegte Isabel, die Nachricht ungelesen dem virtuellen Papierkorb zuzuführen. Dann siegte die Neugier, mit fatalen Folgen für ihre von vornherein schlechte Laune sowie die angeschlagene Beziehung zu Roland.

Isabel schluckte, die Tränen rannen ihr die Wange entlang. Wutentbrannt verkrampften sich die Finger in die Bettdecke, während sie angewidert die geöffneten Fotos ihres Posteingangs betrachtete.

Roland mit seinem Genießergrinsen, dachte sie und verspürte ein unstillbares Verlangen, sich zu übergeben. Insbesondere wegen der kaum bekleideten Frau, die mit nackten Pobacken auf seinen Knien ruhte. Betrachtete Isabel die Bilder eins bis drei in schnellem Wechsel, so glaubte sie erkennen zu können, wie die fremde Frau sich auf den ausgestreckten Beinen ihres Mannes rieb.

Was für ein beschissener Morgen!, dachte Isabel abermals und schleuderte das lädierte Handy gegen den Schlafzimmerschrank, wo es in unzählige Stücke zersprang. Das Gesicht voller Tränen, schaute Isabel auf. Mit einem Mal verlor Zeit jede Bedeutung, ihre Arbeit, die heutige Schicht, alles wurde belanglos. Eine Abfolge aus Flüchen und Beschimpfungen wechselte mit Wutausbrüchen und Selbstzweifeln.

Zwischenzeitlich war Isabel über den Boden gekrochen und hatte versucht, sämtliche Einzelteile ihres Handys wieder zu einem Ganzen zusammenzufügen. Ohne die geringste Ahnung, warum Jonas ihr diese

Aufnahmen zugespielt hatte, wollte Isabel versuchen, die Beweise zu retten, die kurz zuvor Opfer ihrer Wutattacke geworden waren. Außer sich vor Zorn schrie sie: „Roland, du Schwein!"

Als Isabel zum zweiten Mal ihr Spiegelbild erblickte, das geprägt war von geröteten und völlig verweinten Augen, von wild zerzausten Haaren und von verwischtem Kajal, den sie gestern Abend nicht abgeschminkt hatte, erschrak sie. Für einen Atemzug hielt sie inne und ließ ihre Gedanken erneut um die E-Mail und das *Warum* kreisen. Es bestand kein Zweifel: Die Nachricht war von Jonas geschickt worden, gestern Abend, kurz nach zehn.

„Aber wieso?", überlegte sie laut. „Aus welchem Grund hat Jonas mir diese Fotos geschickt?"

Erneut stiegen Tränen in ihre Augen. Herr und Frau Eckert hatten sich auseinandergelebt, da machte Isabel sich nichts vor. Trotz alledem lebten sie die gemeinsame Ehe als Zweckgemeinschaft, aus der jeder seine ganz eigenen Vorteile zog. Doch Roland zusammen mit einer fremden Frau zu sehen hatte geschmerzt und sie verletzt. Nach einer halben Stunde voller Leid und Wut stand Isabels Entscheidung fest: Ihr Mann hatte von der verbotenen Frucht gegessen, hatte ihre Zweckgemeinschaft Ehe mehr als vertretbar strapaziert. Sollte er doch bleiben, wo der Pfeffer wächst.

Auf dem Weg zur Dusche fischte Isabel das schnurlose DECT-Telefon aus der Basisstation und wählte die Nummer der Auskunft. Fünf Minuten später bestätigte ein Mitarbeiter des Pronto-Schlüsseldienstes, dass die Schlösser zur Wohnung des Ehepaars noch bis Mittag ausgetauscht wären.

„Was mir immer noch unklar ist ...“, Ahmet stockte, irritiert vom Kampf eines Baumarktbesuchers mit dem Verschluss seines Einkaufswagens, „... warum leiht sich der Mörder einen Transporter bei Sven Körner? Für die zweihundert Euro hätten ihm Europcar oder Sixt einen Wagen mit Samtausstattung geliefert. Zudem kauft der Täter noch ein Pannenwerkzeugset. Wofür? Erwartet er mit dem geborgten Fahrzeug liegenzubleiben?“

Sarah zerrte gequält die Schultern nach oben, während sie zielstrebig auf Ahmets Auto zusteuerte. „Keine Ahnung. Ein Werkzeugset enthält Schraubenzieher, Zange und Hammer ...“

„Aber nicht den Tatort-Hammer“, fiel Ahmet ins Wort. „Der wurde eindeutig als Kroschewskis Eigentum identifiziert.“

„Versuchen wir einen anderen Ansatz: Wenn der Mörder den Baumarkt kurz nach sieben verließ, ausgestattet mit dem Stoffbeutel voller Utensilien, dann blieben ihm in dem geliehenen Fahrzeug maximal dreißig Kilometer Aktionsradius. Das wissen wir von Körner.“

Ahmet betätigte die Schlüsselfernbedienung und die Blinker des dunklen Passats signalisierten die Freigabe der Türen. „Du solltest bedenken, dass sich die Wegstrecke halbiert, wenn er ein festes Ziel angefahren ist. Fünfzehn Kilometer hin und die gleichen fünfzehn Kilometer zurück. Und genau das grenzt die Spielwiese zumindest auf das äußere Umfeld Güterslohs ein.“

Sarah nickte beifällig. „Soweit stimme ich dir zu. Irgendwann später ereignete sich die Tat auf dem

Grundstück von Kroschewski, vielleicht zielsicher geplant, vielleicht geschehen im Affekt. Vermuteter Todeszeitpunkt laut Labor ist übrigens zwischen zweiundzwanzig und vierundzwanzig Uhr. Was bleibt: Wir haben nicht die geringste Ahnung, warum sich Victoria Lirot dort des Nachts in ihrem Schlafanzug aufgehalten hat!" Sie zeigte auf Ahmets Auto. „Fährst du mich zum Revier? Dann kann ich den Honda anschließend in die Werkstatt fahren."

„In die Werkstatt? Die silberne Drei-Zylinder-Gurke? Bist du sicher, dass sich das lohnt?"

„Ich habe den Wagen von meinem Bruder und musste ihm versprechen, die Zweihunderttausend-Kilometermarke voll zu machen. Also werde ich das flicken lassen."

Ahmet agierte als Chauffeur und navigierte Sarah aufs Revier. Wenig später brach er selbst auf, um dem Firmensitz der Teuto-Solarlicht einen persönlichen Besuch abzustatten, denn Niclas Klohse hatte sich trotz hinterlassener Rückrufbitte auf der Mailbox nicht gemeldet.

Während Sarah auf die Einschätzung des Werkstattmitarbeiters wartete, um über die Reparatur ihres Autos zu entscheiden (Ahmet sollte besser nicht jede ihrer Geschichten glauben), durchkämmte sie zu Fuß die Nachbarschaft. Wenig Grün zierte das Industriegebiet, das war ihr gleich aufgefallen, weniger wegen der winterlichen Jahreszeit, sondern vielmehr aufgrund der Unmengen an Beton, mit denen man zugegossen hatte, was leben und zum Himmel wachsen könnte.

Das Aufjaulen eines Tieres erweckte Sarahs Interesse, sie lauschte und folgte der vermuteten Richtung. Auf einem Hinterhof erblickte sie einen kleinen Mischlingshund. Sein Ohr blutete, und während er zitternd und skeptisch den neuen Ankömmling musterte, suchte er ein, zwei Schritte hinter sich Schutz, nahe einer Häuserecke. *Bamm*! Der Aufprall eines tischtennisballgroßen Kiesels sprengte Putz aus der Wand einen halben Meter neben dem Hund, grölendes Siegesgeschrei folgte. Erschrocken und zugleich überrascht fuhr die Kommissarin zusammen. Offensichtlich hatten die zwei Jungen die unbekannte Frau bereits bei ihrem Eintreffen bemerkt, doch die Anwesenheit eines Erwachsenen beeindruckte sie nicht. Trotz ihrer gerade einmal vierzehn oder fünfzehn Jahre wirkten die Jugendlichen selbstbewusst, rissen ihre Hände in die Höhe und feierten den für sie erfolgreichen Angriff gegen das verwahrloste, verängstigte Tier. Erst jetzt erkannte Sarah, warum der kleine Mischling nicht der Klügere war und einfach den Rückzug antrat. Wahrscheinlich vollends ausgehungert fixierte er den abgebissenen Hotdog, der auf halber Strecke zwischen ihm und den beiden Jungs lag. Ein Köder, dem er nicht widerstehen konnte. Erneut trat er aus seinem Schutz hervor. Drei, vier Schritte, da näherte sich das nächste Geschoss und traf den Hund am Rücken. Jaulend schrie das Tier auf und beschritt die Flucht zur Häuserecke.

„Soll das komisch sein?", fauchte Sarah. „Euer Spiel endet genau jetzt!"

Schon bückte der Größere sich erneut und fasste einen dicken Backstein. Ahnungslos trat der Mischling ins Freie, nicht in der Lage, die drohende Gefahr zu wittern, die von den Jungs auf der anderen Seite des Hinterhofs ausging.

„Schluss damit!", schrie Sarah noch lauter als zuvor. Ungehalten trat sie auf die beiden Tierquäler zu, griff zu ihrem Handy und erwischte die Jugendlichen mit einem verwackelten Schnappschuss. Sie blieb stehen, fotografierte ein weiteres Mal, war zufrieden, und noch während das Handy an seinen Platz in Sarahs Tasche heimkehrte, baute sie sich vor den beiden auf.

„Fliegt hier ein weiterer Stein, tragt ihr die Konsequenzen. Wie ich sehe, seid ihr straffähig."

„Was willst du *alte* Kuh von uns?", keifte der Kleinere und stemmte seine Hände in die Taille.

„Ich bekomme sofort das Foto, das du von uns gemacht hast!", schloss der zweite sich wutentbrannt an. „Niemand hat dir erlaubt, mich zu fotografieren!"

„Erstens bin ich gerade mal einunddreißig Jahre alt. Statistisch gesehen also nicht einmal Halbwertszeit ..."

Der Kleinere schaute irritiert, verstand nicht, was Sarah meinte.

„... und zweitens, wie hohl bist denn *du*? Was genau bedeutet: ich bekomme das Foto? Soll ich dir einen Abzug per Mail schicken?"

Unbeeindruckt vom Gespräch der drei Personen und dem, was sich vor seinen Augen abspielte, tapste das hungernde Tier aus seinem Versteck, blieb für einen Moment zögerlich stehen und näherte sich dann dem Hotdog auf bis dato nicht da gewesene Nähe. Sarah bemerkte sofort, wie sich die Hand des älteren Jungen um den gegriffenen Backstein verkrampfte.

„Ist das Ihr Hund? Oder haben Sie hier irgendetwas zu sagen?", wetterte er uneingeschüchtert, wenngleich verblüfft von Sarahs unerwarteter Gegenwart. Sarah vermied es, die Polizistin rauszukehren und mit ihrem Dienstausweis auf Recht und Ordnung zu pochen.

„Ich bin einfach eine Frau", entgegnete sie ruhig und gleichwohl immer die Hand mit dem gegriffenen Stein beobachtend, „die es hasst, wenn so verzogene

Arschlöcher Tiere quälen, anstatt sich die letzten funktionierenden Hirnzellen zu Hause an der Playstation aufzureiben."

„Schauen Sie einfach nicht zu! Wollen Sie wegen eines solchen Hundes Ärger machen?", mischte sich der Kleinere wieder ins Gespräch ein. „Und außerdem ist einer der beiden Controller kaputt. Battlefield im Singleplayer-Modus ist voll öde."

„Seid ihr zwei eigentlich Brüder?"

Die Frage blieb unbeantwortet, denn die Zeitspanne hatte ausgereicht, damit der Hund den Hotdog erreichte. Sarah wusste, das war eine Position, an der das Tier auf keinen Fall dem massiven Geschoss ausweichen konnte. Gierig schlang der kleine Mischling das erste Stück in sich hinein.

Der ältere Junge grinste, hatte offensichtlich den gleichen Gedanken wie die Frau ihm gegenüber. Siegessicher hob er den Arm und fixierte das Ziel.

„Lass es!"

„Oder was?"

„Oder ich zeige dir, wie es sich anfühlt, wenn man sich mit einem Stärkeren anlegt."

Ohne sich aus der Ruhe bringen zu lassen, musterte er Sarah von oben bis unten. Der kleinere der beiden, der nicht auf die Frage geantwortet hatte, ob sie Brüder wären, trat unsicher nach hinten.

„Gut gebaut sind Sie ja! Aber ich stehe eher auf die Blonden, die sind gefügiger."

„Gefügiger? Kannst du gleich bekommen!", konterte Sarah unbeeindruckt.

Genau an diesem Punkt riss er seinen Arm nach oben und holte aus, um den Hund mit einem finalen Wurf niederzustrecken. Der Aktion folgte eine Gegenaktion und Sarah schlug dem Jungen derart hart gegen den Unterarm, dass diesem die Kontrolle über den Greifmuskel entglitt und der Stein nur wenige Zentimeter entfernt auf einer Betonplatte aufschlug. Verdutzt verfolgten sowohl Hund als auch Steinewerfer das Geschehen, da schrie sein Begleiter von hinten wie wild los.

„Verdammte Scheiße! Adrian! Sie hat eine Knarre!" Aufgebracht und bleich sprang er auf die beiden Kontrahenten zu, fasste Adrian am Arm und zerrte ihn von der fremden Frau fort. „Unten drunter! Sie trägt einen Schulterholster mit Pistole!"

Der ungeplante Einblick unter Sarahs Mantel veränderte die Situation auf einen Schlag. Innerlich amüsiert, äußerlich konzentriert, wartete die Polizistin ab, was passieren würde. Als die Jugendlichen Hals über Kopf flüchteten, atmete Sarah tief aus, die Anspannung fiel ab. Sogleich prüfte sie das Wohlergehen des Hundes. Doch Mischling samt Hotdog waren verschwunden. Sarah lächelte zufrieden. Im Winter den Schulterholster zu tragen, hatte sich heute, wenn auch indirekt, das erste Mal bewährt.

Die Situation veränderte sich, als sie wenig später den Hinterhof verließ und den Rückweg zur Werkstatt antrat. Der kleine Streuner hatte an der Hauptstraße auf sie gewartet und funkelte Sarah nun mit glänzenden Augen an.

„Was ist?", fragte sie, ohne eine echte Antwort zu erwarten. „Lauf nach Hause zu deinem Herrchen oder Frauchen!"

Frei von Dankbarkeit trottete der Mischling von dannen, passierte das Grundstück der Gütersloher Molkerei, anschließend das Gelände eines Autohändlers und, schon fast aus Sarahs Blickfeld verschwunden, die Parkplatzfläche eines Supermarktes.

Unvorhergesehen, an einer Abzweigung, haderte der Hund, hockte sich hin und wartete ab. Erst als Sarah Minuten später an ihm vorbeiging, setzte er sich von Neuem in Bewegung und tapste seiner Retterin hinterher.

„Na? Haben Sie eine neue Freundin gefunden?“ Der Werkstattmitarbeiter zeigte auf die kleine Hundedame. „Curly hat hier eine Zeit lang abgehangen. Dann haben wir sie fortgejagt, nachdem sie zweimal zwischen unsere Reifenstapel geschissen hat.“

Überrascht stellte Sarah fest, dass sich ihre Hoffnung, den zerzausten Streuner abgeschüttelt zu haben, nicht erfüllt hatte. Stattdessen lag der Hund, alle viere von sich gestreckt, einen Meter hinter ihr am Boden, den Kopf zwischen den Vorderpfoten.

„Curly?“, horchte Sarah neugierig auf. „Was ist denn das für ein Name?“

„Thomas isst immer diese Schokoriegel“, beantwortete der Mechaniker die Frage. „Eines Tages hat die da ...“ Er zeigte auf die Hündin. „... Thomas ein *Curly Wurly* aus dem Rucksack stibitzt. Seitdem hat sie den Namen weg!“

Inzwischen kramte der Mann die Mängelliste zu Sarahs Pkw hervor, ein vergilbtes Blatt mit handschriftlichen Notizen.

„Eigentlich war ich froh, als Curly verschwand. Unser Chef sieht's nicht gerne, wenn wir hier einen Hund durchfüttern.“

„Was ist mit meinem Wagen? Lohnt es da noch, Euros reinzuschießen?“

„Ich denke schon. Der Zylinderfehler bereitete dir ja die größten Sorgen. War ein Problem mit den Ventilen und der Einspritzung. Das habe ich sofort erledigt.

Bremsen, Querlenker und das Reifenprofil hinten solltest du irgendwann machen lassen."

Er reichte Sarah die Mängelliste, die zugleich auch Pro-forma-Rechnung war und zwinkerte ihr zu.

„Ist gut ... Einhundertachtzig Euro? Erledigen wir das wieder ohne Mehrwertsteuer?" Sarah befreite ihr Portemonnaie aus der Gesäßtasche.

„Du bist bei der Polizei. Bringt uns das auf Dauer keine Probleme?"

„Ich bin bei der Kriminalpolizei. Bring jemanden um und wir bekommen Stress mit unserer Geschäftsbeziehung. Keinesfalls jage ich Steuerpreller."

„Dann bekomme ich genau einhundertachtzig Euro in bar. Curly gibt es gratis dazu. Schau, sie hat dich bereits in ihr Herz geschlossen."

Sarah schaute zu Boden, schwang herum und stutzte.

„Woher wusste der Hund, welches Auto ich fahre?"

Die Seitentür ihres silbernen Honda Concerto stand auf und Curly genoss ganz offensichtlich den flauschigen Stoff des Beifahrersitzes. Mit einem Mal tauchte Thomas hinter ihrem Fahrzeug auf, lächelte schelmisch und winkte.

„Wie Micha bereits sagte: Curly gibt es gratis dazu."

Einem unbeugsamen Kampf aus Hilferufen, Klettersuchen und unbändigen Schlägen gegen das verrostete Wartungstor folgten Phasen vollständiger Entkräftung und Ausweglosigkeit.

Später. Die Minuten verstrichen, während Jonas zusammengekauert die Zeit überdauerte, die er verdammt war, in diesem Loch abzusitzen. Irgendwann stülpte er die Stofftasche um und betrachtete sein Überlebensset.

Bier? Na toll!, maulte er in Gedanken, und das, obwohl seine Kumpane genau wussten, wie sehr er diesen Gerstensaft hasste. Vielleicht hatten Niclas, Timo und Roland dieses Getränk aber auch genau deshalb zu seinem Proviant erkoren. Missmutig und angeekelt leerte er die erste Flasche, um seinen Flüssigkeitsbedarf auszugleichen.

Vier Flaschen mit je einem halben Liter, überlegte er, *das dürfte für vierundzwanzig Stunden ausreichen.*

Jonas breitete die Wolldecke notdürftig unter sich aus.

Sie werden mich die Nacht hier unten schmoren lassen.

Inzwischen war es etwas wärmer geworden. Die Sonne stand genau im Zenit und erhellte den viereckigen Schacht, aus dem Jonas bis jetzt keinen Ausweg entdecken konnte. Der Querschnitt von einem guten Meter reichte aus, um jeden seiner Kletterversuche bereits nach Kurzem zu beenden. Gleichzeitig würde ihm in dieser Nacht der Platz fehlen, um ausgestreckt schlafen zu können. Wenn er überhaupt ein Auge zumachen würde. Bis zur ersehnten Kante oben, weit über ihm, schätzte er sieben, vielleicht acht Meter, unmöglich, ohne fremde Hilfe zu erreichen. Zu seiner eigenen Überraschung waren inzwischen zwei Stunden vergangen, die er hier unten verbracht hatte, doch er fror nicht, öffnete stattdessen sogar den Parka.

Erdwärme, dachte er. Ein einziges Wort bestätigte all seine seit Wochen durchgespielten Überlegungen, die Teuto-Solarlicht trotz wirtschaftlicher Schwierigkeiten durch die bröckelnde staatliche Förderung weiter auszubauen. *Im Untergrund unserer Erde schlummert ein mächtiges Potenzial, auch im Winter.*

Er suchte sein Smartphone, um sich entsprechende Notizen zu machen, schaute an sich herunter und lachte Ironie getrieben auf. Abgenutzter Parka und Schlafanzug, mehr war ihm nicht geblieben. Jonas betrachtete seine nackten, dreckverschmierten Füße. Der kleine Zeh blutete, den anderen Fuß zierte ein langer Schnitt, der schon wieder aufgerissen war. In mühsamer Kleinarbeit begann Jonas, die Steinbrocken unter seinen Fußsohlen zu sortieren und auszurichten, um das Ganze anschließend mit der Wolldecke in einen erträglichen Fußboden zu verwandeln. Notdürftig trocknete er die verletzten Stellen mit dem Taschentuch, das er in seiner Jacke fand.

Zusammengekauert, das Wort *bereuend* hätte er selbst nie benutzt, dachte er an die unzähligen Male, die er seine Freundschaft zu Niclas, Timo und Roland des eigenen Egos wegen strapaziert hatte.

Wie er Niclas' Audi über fünf Tage als persönlichen Ersatz rekrutierte, weil der eigene Wagen in der Werkstatt stand und Jonas selbst nicht bereit gewesen war, einen Mietwagen auszuleihen. Er dachte an den verzweifelten Timo, den er auf dem Junggesellenabend dermaßen abfüllte, dass dieser seine Hochzeit mit

Helga verschlief, zumal Jonas obendrein die Klinke des Hotelzimmers entfernt und den Hochzeitsanzug samt Ringen versteckt hatte. Und natürlich dachte er an die Geschichte mit Roland, dem er auf der Arbeit heimlich Lippenstiftspuren am Hemd drapierte. Es war zu komisch, zumindest empfand Jonas es so, wenn der zum Narren gehaltene Roland gerade ihm vom Streit mit Isabel erzählte.

Je länger Jonas in der Einsamkeit seines Gefängnisses darüber nachdachte, wie sehr er seine Freunde immer wieder verschaukelt hatte, desto mehr wunderte es ihn, dass die drei ihm nach vier langen Jahren noch immer die Freundschaft hielten. Und spätestens an diesem Punkt wurde Jonas klar, gestern Abend, auf seiner eigenen Geburtstagsparty, hatte er den Bogen überspannt.

Anstatt des Hausarztes hatte er eine Apotheke aufgesucht, einen Satz großer Pflaster und antiseptisches Desinfektionsspray gekauft, danach war er ins Büro zurückgefahren. Eine Zeit lang spielte er mit dem Gedanken, Helga auf ihrer Arbeitsstelle anzurufen, entschied sich letztendlich aber dagegen. Keinesfalls wollte Timo seine Frau mit einer Verletzung behelligen, die ihn in Erklärungsnot bringen würde, wie und wo er sich derart stark am Bein verletzt hatte. Darüber hinaus zu fantasieren, was seine drei Kompagnons heute Morgen außerhalb der Firma trieben, anstatt ihn zum Arzt zu fahren, würde seine Situation nicht vereinfachen.

Der Duft des frischgebrühten Pfefferminztees erfüllte das kleine Büro. Timos aufgerissene, mit Blut beschmierte Hose lag auf dem Boden vor dem Schreibtisch, Timo saß dahinter, vorne auf der Kante des Lehnstuhls. Eines der Spültücher, getränkt mit Desinfektionsspray, diente ihm zum Säubern der Wunde. Mit schmerzverzogenem Gesicht befreite er den tiefen Schlitz, den der rostige Nagel aus Jonas' Keller in seinem Bein hinterlassen hatte, von Dreck. Zufrieden betrachtete er sein Werk, nahm den Becher mit Tee und freute sich über den ersten Schluck. Zu seiner Überraschung begann die Wunde von Neuem zu bluten. Genervt griff Timo das Spray, benetzte das Bein mit Desinfektionslösung und wischte die roten Spuren beiseite. In Erwartung weiterer Schmerzen entfernte er die Schutzfläche bei einem der Pflaster und spannte den breitspurigen Verband quer über die Hautöffnung. Das ganze Bein brannte, nachdem er fertig war.

Vielleicht ist das Pflaster zu stramm über der Wunde, grübelte er und betrachtete kritisch seine Arbeit. *Ich werde es so lassen. Wer weiß, was passiert, wenn ich den Verband noch einmal ablöse.*

Abermals griff er zu seinem Tee und nahm einen großen Schluck.

Einige Minuten später wurde der Schmerz zur Nebensache und Timo stand auf. Ohne in seine Hose zurückzukehren, verließ er das Büro, humpelte den Flur entlang und öffnete die Metalltür zur Werkhalle. Niemand war da, wie ausgestorben. Mit festem Griff zur Klinke stützte er sich ab, um die zwei Betonstufen zu überwinden, die den Bürotrakt mit der Werkstatt verbanden. Die Oberlichter standen auf, frischer Wind wehte bis nach unten. Keiner der Firmenbullis parkte an seinem Platz, das gestern bereitgestellte Material war verschwunden. Langsam, immer auf sein verletztes Bein achtend, hinkte Timo von der einen Seite der Halle auf die andere. Immerhin eine Strecke von beinahe fünfundzwanzig Metern. Keine Frage: Als Jonas, Niclas, Roland und er entschieden hatten, die alte Halle abzureißen und eine neue errichten zu lassen, hatten sie in die Zukunft geplant und ausreichend groß gebaut. Schnaufend erreichte der Verletzte die Einsatzpläne der Mitarbeiter. Mit druntergehaltenem Finger folgte er den Namen passend zum heutigen Mittwoch. Jens und Tobias installierten Sonnenkollektoren auf der Grundschule in Spexard. Max, Sven und Johannes montierten Wärmetauscher bei den städtischen Gaswerken Güterslohs. Alexander und Aygül nahmen Maß am Sportplatz des FCs. Liam und Jens-Zwo (den Zusatz ‚Zwo' hatte ihm Jonas verpasst, weil Bahlow später bei der Teuto-Solarlicht begonnen hatte zu arbeiten als Jens Karlmann) befestigten mehrere Dachgestelle in einem Wohnpark östlich der Stadt. Ganz offensichtlich waren *alle* Teams verplant, jeder Arbeiter war unterwegs. Für gewöhnlich begleiteten sie mit je einem Geschäftsführer die kleinen Gruppen, zumindest überwachten sie mehrmals pro Tag deren Arbeitsablauf. Doch nach der schrägen Geburtstagsparty gestern Abend und dem für Jonas überraschend verlaufenen Mittwochmorgen mussten die Teams am heutigen Tag autark arbeiten. Und so war Timo nach seinem Unfall auserkoren worden, im Firmensitz die Stellung zu halten, bisher keine wirklich anspruchsvolle Tätigkeit für den durchtrainierten Mann von eins achtzig mit gepflegtem Seitenscheitel im an sich blonden Haar. Erst gegen Nachmittag wurden die zwei neuen Investoren erwartet, die in Erwägung zogen, mehrere ihrer Mietobjekte in Gütersloh mit Fotovoltaikanlagen auszustatten. Gern gesehene Kunden! Denn einerseits bescheinigten die Auftragsbücher auch in diesem Monat einige Abschlüsse, aber andererseits wirkten die verwirrenden und teils annullierenden Aussagen zu Subventionen durch die Politik stagnierend auf die Investitionsbereitschaft der Anleger und somit auf die Umsätze des kleinen Start-Up-Unternehmens.

Für gewöhnlich führt Jonas Gespräche dieser Art, vergegenwärtigte sich Timo und lächelte verschmitzt, *heute wohl eher nicht!*

In der Werkshalle gab es für Timo nichts weiter zu tun. Er kehrte um, doch noch während er herumschwang, blieb er erschrocken stehen. Auf einer Edelstahlplatte, aus der Dunkelheit des Materiallagers, grinste ihm sein verzerrtes Spiegelbild entgegen.

Sakrament! Erschrocken vom eigenen Abbild.

Wie er dort so stand, in seinen karierten Shorts mit nackten Beinen und dem riesigen Pflaster, das wahrscheinlich jeder Zivildienstleistende hätte besser platzieren können. Es wurde Zeit, eine andere Hose aufzutreiben, die ihm seine Souveränität zurückbringen würde.

Nachdem Timo sich nun vergewissert hatte, auf keinen seiner Kollegen zu treffen, kehrte er in den Gebäudekomplex mit den vier Büros und dem kleinen Küchenraum zurück, mit dem Ziel, Jonas' Arbeitszimmer einer genauen Inspektion zu unterziehen. Neugierig blätterte er durch die geöffnete und ungeöffnete Post, begutachtete die abgelegten Verträge der Unterschriftenmappe, um anschließend zu prüfen, was sich hinter den drei verschlossenen Schranktüren verbarg. Unter sanfter Gewalt gaben die anspruchslosen Möbelschlösser nach und sprangen auf. Es würde nicht allzu schwierig sein, die Türen später wieder zu verschließen, ohne Spuren zu hinterlassen. Eine Zeit lang stöberte Timo ziellos in Jonas' Besitz umher, da fiel ihm die Digitalkamera ein, die er mit Niclas zusammen sichergestellt hatte.

Niclas und Roland, unterwegs mit Jonas.

Seine Suche hatte ihn abgelenkt und er war derart in sein Tun vertieft, dass er ganz vergessen hatte, wohin die beiden Freunde, und natürlich den besonderen Gast nicht zu vergessen, aufgebrochen waren. Das Erdloch, ein zweifelsohne gutes Versteck, um Jonas eine Nacht *schwitzen* oder besser *frieren* zu lassen.

Was zu viel ist, ist zu viel, bescheinigte Timo sich selbst. *Es wurde endlich Zeit, dass Jonas begriff, dass die drei bereit waren, mit ihm zu brechen.*

Unkonzentriert betrachtete er die Fächer des aufstehenden Schrankes.

Ach ja, die Digitalkamera!

Behutsam und immer auf sein verletztes Bein achtend, humpelte er nach nebenan. Er griff den Fotoapparat, dazu Jonas' Handy und trug beides zum Schreibtisch. Ein letzter Schluck Tee, dann stellte er den leeren Becher zur Seite und betrachtete die zwei Geräte.

Niclas hatte heute Morgen in Jonas' Schlafzimmer die Kamera gefunden, die sie alle kompromittieren würde, doch Timo hatte das Handy bemerkt, den vielleicht sogar besseren Fang!

Ein unsagbarer Schatz, gefüllt mit digitalen Daten.

Interessiert lehnte sich Timo in seinem Lehnstuhl an, schaltete den Fotoapparat ein und blätterte durch die gestrige Fotosammlung. Wie jedes Jahr hatte es eine atemberaubende Geburtstagsparty gegeben. Essen, Getränke, was zu Schnupfen, alles vom Feinsten. Und dann folgten die Bilder Lulus ... Diese Taille. Diese *Oberweite.* Timo schloss die Augen und träumte, *Hubraum* ging noch immer vor Leistung.

Dann, gegen Ende der Bildershow, verschnürte es Timo den Hals. Natürlich war der weibliche Gast für ihr Engagement am letzten Abend bezahlt worden, Jonas ließ sich da nicht lumpen. Doch die drei Freunde hatten in ihrem berauschten Zustand Lulu bedingungslosen körperlichen Einsatz abverlangt, hatten Dinge gewagt, die sie sich nie getraut hätten, von ihren eigenen Frauen zu fordern. Eine Nacht, drei Männer, ein Vollweib und eine unglaubliche Orgie. Und das alles verewigt auf einer digitalen Speicherkarte.

Ein letztes Mal betrachtete Timo die Nahaufnahme Lulus, dann bestätigte er den Löschvorgang aller Fotos. Zufrieden prüfte er den leeren Chip, als er sich an einen Zeitungsbericht der *Glocke* erinnerte, in dem ein Computerexperte beschrieb, wie einfach digitale Reliquien mit entsprechender Software zu restaurieren seien. Timo zögerte, dann öffnete er den Bodendeckel der Kamera, entfernte die SD-Karte, um ihr Leben mit einer Schere zu beenden. Drei Schnitte und der Elektronikschrott landete im Mülleimer.

„Hier Pizzeria Giovanni", meldete sich die brummig tiefe Stimme nach dem zweiten Telefonklingeln.

„Und hier ist Timo."

„Hallo Timo. Was machen die Geschäfte?"

„Wir haben zu tun, das ist das Wichtigste. Und bei euch?"

„Laufend rufen Leute an und stören bei der Arbeit. Hahaha. Eine Pizza Tonno, wie gewohnt?"

„Eine Tonno, richtig."

„Ist gut. Lieferung in einer guten halben Stunde."

„Danke Giovanni. Auf bald."

„Auf bald."

Abermals kreisten Timos Gedanken um Lulu. Unruhig wechselte sein Blick zwischen Kamera und Handy, gespannt, ob sich seine Befürchtung bestätigen würde.

Wenn Jonas seine Geburtstagsparty genutzt hat, um verfängliche Beweise gegen seine drei Kompagnons auf der Digicam zu erstellen, was sollte ihn davon abgehalten haben, weitere Fotos mit seinem Handy zu schießen?

Der vierstellige Code, der den Zugang zu Jonas' Telefon sichern sollte, zwang Timo zu einem müden Lächeln. Die Aufnahmen der integrierten Kamera landeten für gewöhnlich auf der zusätzlich eingesteckten Speicherkarte, einer verkleinerten Version der SD-Karte des Fotoapparates. Da er keinen Adapter besaß, mit dem er von seinem PC aus auf die digitalen Daten zugreifen konnte, öffnete er das Batteriefach des Handys und bohrte eine aufgebogene Büroklammer in die Aussparung, unter der sich der Reset-Knopf befand. Binnen Sekunden startete das Telefon neu, doch entgegen seiner Erwartung nicht in jungfräulichem Zustand und nicht ohne Codenummer. Verärgert schleuderte Timo das Handy über die Tischplatte. Eine Zeit lang haderte er mit sich selbst, bevor er begann, verschiedene Zahlenkombinationen auszuprobieren, um auf diesem Weg in das Telefon einzubrechen. Zu seiner eigenen Überraschung traf er bereits nach wenigen Versuchen ins Schwarze: 0503, Jonas' Geburtsdatum. Schnell war die Bildergalerie aufgespürt und wie erwartet glich sie der des Fotoapparates in fast allen Motiven. Er sah seine Vermutung bestätigt: Ohne das sichergestellte Handy wären Niclas, Roland und er weiterhin durch Jonas erpressbar gewesen.

Ein Bild wechselte das andere, als Timo mittendrin stutzte: Ausgiebig betrachtete er die Aufnahmen fünfundvierzig, sechsundvierzig und siebenundvierzig. Nicht, weil Lulu sich lusterfüllt über Rolands beiden Knien rieb, sondern weil genau diese drei Fotos einen Transfervermerk enthielten. Flugs überprüfte Timo den Nachrichtenausgang und staunte nicht schlecht über seine Entdeckung:

foto0045.jpg 05.03.2013 22:08 @Isabel.Eckert
foto0046.jpg 05.03.2013 22:08 @Isabel.Eckert
foto0047.jpg 05.03.2013 22:09 @Isabel.Eckert

Jonas, du alter Hurensohn, schimpfte er in Gedanken. *Wieso hast du das getan?*

Ungläubig schüttelte Timo den Kopf. Hatte Jonas wirklich drei der geschossenen Aufnahmen auf elektronischem Wege an Rolands Ehefrau geschickt? Ja, er hatte! Daran gab es keinen Zweifel! Warum? Dazu fand Timo keine passende Antwort. Doch sofort war er sich der Konsequenzen für seinen Freund bewusst.

Denk nach! Denk nach!, trieb er sich selber an. *Isabel benutzt zwei Handys, ein privates und eines gestellt vom Arbeitgeber.*

Erneut prüfte er die drei Mitteilungen im Nachrichtenausgang. Alle Fotos wurden auf Isabels privates Telefon übertragen. Timo entsann sich an das alte Gerät zum Aufklappen. Schon lange sollte Roland ihr etwas Neues besorgen. Vielleicht hatte Isabel das Handy noch gar nicht benutzt, vielleicht lag es noch, wie so häufig, in ihrer Wohnung, ohne dass sie die Nachrichten bemerkt hatte. Sofort griff Timo zum eigenen Handy und wählte Rolands Nummer. Zeit für Schadenbegrenzung! Es schellte.

„Der von Ihnen gewählte Teilnehmer ist derzeit nicht erreichbar, wird aber per SMS über Ihren Anruf informiert."

„Fuck!", schimpfte Timo.

Er probierte es ein zweites und ein drittes Mal, doch Roland war im Augenblick nicht erreichbar.

Ruf an, sobald dich die SMS über meine Rückrufbitte informiert, betete Timo insgeheim.

Gut denkbar, dass sich Roland, Niclas und Jonas inzwischen an dem verlassenen Lüftungsschacht im Wald befanden, möglicherweise in einem Funkloch ohne jeden Empfang.

Also ging es zuerst um Jonas.

Bei dem Gedanken an die Entführung ihres Kompagnons wurde Timo irgendwie mulmig zumute und er befürchtete, mit der Polizei in Konflikt zu kommen. Schließlich waren sie keine Schulkinder mehr und ihr

Anspruch auf Lausbubenstreiche war verjährt. Bei dem, was sie getan hatten und bei dem, was sie tun würden, ging es um Straftaten. Es ging um Entführung, Freiheitsberaubung und ... Er erlaubte seinem Gehirn nicht, diesen Gedanken zu Ende zu denken.

Unvermitteltes Schellen riss Timo aus seinen Gedanken.

Ahhh! Es wird Zeit für das italienische Mittagessen.

Zielstrebig marschierte er auf die mit Milchglas verkleidete Eingangstür zu. Erschrocken hielt er inne. Vor der Tür wartete ein dunkel gekleideter Mann, soviel konnte Timo durch das gestrichene Glas erkennen und er wusste, Giovannis Pizzafahrer lieferte in heller Einheitskleidung. Ein weiteres Klingeln, da trat der Mann vor der Haustür bereits beunruhigt hin und her. Ein zaghafter Faustschlag gegen die Tür, dann folgte ein zweiter, kräftiger, drängender.

„Kriminalpolizei Gütersloh!", rief eine laute Stimme. „Öffnen Sie sofort die Tür. Das Gebäude ist umstellt!"

13. Einsam / 06. März 2013 / 13:37

Seit einer halben Stunde, wenn auch immer wieder mit Pausen, malträtierte Jonas das Vorhängeschloss der Wartungstür, die möglicherweise eine Flucht aus seinem Verlies versprach. Doch so spitz die Steine auch waren, mit denen er auf das rostige Eisen einschlug, der massive Verschluss erfüllte seine vorbestimmte Aufgabe. Völlig verschwitzt brach er ab, um die lädierten Finger auszuruhen. Noch vor dem ersten Schlag war ihm nicht klar gewesen, wie er die unzähligen Steine beiseiteschaffen sollte, die die zum Schacht aufschwingende Tür in mehreren übereinanderliegenden Schichten versperrte. Doch so weit plante der Mann nicht. Erst einen Schritt, dann den nächsten.

Nach der erfolglosen Kraftanstrengung öffnete er die zweite Flasche Bier und nahm einen großen Schluck, bemüht, den herben Geschmack, den er so hasste, zu ignorieren. Im Wettstreit gegen die Schachtwand sowie dem Wartungstor zu unterliegen, kratzte an Jonas' Ego, dennoch war er taff genug zu erkennen, wann eine Schlacht verloren war. Frustriert griff er zum Walkie-Talkie, das ihm Roland und Niclas im Rucksack heruntergeworfen hatten. Genau wie vor zwei Stunden zeigte es keine Funktion. Der An- und Ausschalter ließ es im Inneren des kleinen schwarzen Geräts klicken, doch die rote Kontrolllampe blieb unverändert dunkel.

„Was für ein Mist!", fluchte Jonas und nahm sich nun die Zeit, zu untersuchen, ob das Funkgerät vielleicht beim Wurf beschädigt worden war.

„Alles in Ordnung", murmelte er und begutachtete das Batteriefach der Rückseite.

„Ihr elenden ...“, schimpfte er los und entnahm die eingelegten Mignonbatterien. „Falsch herum eingelegt!“

Jonas änderte die Polung der beiden Zellen, verriegelte den Deckel und drückte den Schalter. Sofort bestätigte die rote LED die Richtigkeit seines Handelns. Leises Rauschen durchströmte den Schacht. Nacheinander wechselte der durch seine körperliche Arbeit stark verdreckte Mann die Kanäle und erhielt ein Signal auf Kanal 6.

„Hallo? Hallo! Kann mich irgendjemand hören?“, rief Jonas bei gedrückt gehaltenem Sendeknopf. Nichts geschah.

„Ist da jemand, der mir helfen kann?“

Zuerst blieb es ruhig, dann unterbrach ein Knacken die Stille.

„Wir können dich hören“, antwortete eine ihm vertraute Stimme. „Helfen können wir dir nicht!“

Jonas frohlockte, fand Mut und witterte eine Chance, die kommende Nacht wieder zu Hause verbringen zu können.

„Roland, Niclas, seid ihr das?“

„Wir waren uns gar nicht so sicher, ob du hinter die Hürde mit den Batterien kommst, aber Timo hat auf diesen Joke bestanden.“

Für einen Augenblick wurde es ruhig, dann wechselte die Stimme am Funk.

„Hey, hier ist Niclas. Wie ergeht es dir da unten in deiner neuen Wohnung? Hast du schon Eisfüße?“

Jonas zwang sich, zuerst nachzudenken. Nur zu klar war ihm, wie schnell er den aufkeimenden Hoffnungsschimmer mit einem falschen Wort zerstören konnte. Er schluckte und betätigte den Sendeknopf.

„Das mit den Batterien ...“ Er überlegte, suchte ein passendes Wort. „... das war *witzig*. Ich habe wirklich eine Zeit gebraucht, um das zu ... ja, um das zu *schnallen*.“

„Gerade noch rechtzeitig!“, weckte Niclas Jonas' Hoffnung. „Wir haben vor zwei Minuten gezahlt. Weißt du, wir waren bei deinem Lieblingsitaliener in Wiedenbrück. Viel größer dürfte die Reichweite der Walkie-Talkies wohl nicht sein.“

„Also befinde ich mich zwischen Gütersloh und Wiedenbrück?“, versuchte Jonas seinen Standort auszufragen.

„Warte mal! Ich muss das Auto aufschließen und übergebe an meine Begleitung.“

Es dauerte einige Sekunden, die Verbindung knackte und Roland meldete sich.

„Wir fahren jetzt zurück.“

„Ihr kommt, um mich abzuholen?“, wollte Jonas bestätigt wissen.

„Bleib auf Empfang“, erklärte Roland, ohne eine greifbare Zusage zu machen. „Wir melden uns wieder.“

Es klingelte in Timos Ohren, seine Gedanken überschlugen sich. Hatte er das richtig verstanden?

Kriminalpolizei Gütersloh? Das Gebäude ist umstellt?

Schweiß benetzte die Stirn, die Beine wurden schwach, die Wunde unter dem Pflaster brannte.

Reiß dich zusammen, denk nach und vor allem denk logisch!, maßregelte er sich selbst.

Einen Schritt vor den anderen führend, lief er auf die Haustür in ihrem milchigen Glas zu. Abermals hämmerte der dunkel gekleidete Mann gegen den Rahmen.

„Nun machen Sie schon auf! Glauben Sie etwa, ich könnte nicht sehen, wie Sie mich von drinnen aus dem Flur heraus beobachten?"

Wenig später schwang die Tür auf. Verschlossen, introvertiert, sich irgendwie schützen wollend, behielt Timo die Hand auf der Klinke.

„Haben Sie einen Termin?", platzte er unüberlegt heraus.

„Kriminalpolizei Gütersloh. Ahmet Yilmaz."

Für einen Augenblick musterte Ahmet den mittelgroßen Mann, wie er mit unter den Armen durchgeschwitztem, königsblauem Hemd die Tür stützte, oder diese ihn. Markant stach die karierte Shorts hervor, dazu das längsverlaufende Pflaster, das offensichtlich, obwohl verknittert und in sich verklebt, eine Wunde verbarg. Timo bemerkte den Augenausdruck des Polizisten und wollte sich rechtfertigen.

„Ihr Gebäude ist natürlich nicht umstellt!", kam ihm Ahmet mit seiner eigenen Aussage zuvor.

„Sie nehmen mir den kleinen Spaß doch wohl nicht übel?"

Bedächtig und besonnen bleiben, dachte Timo. *Jetzt keine Fehler machen.*

„Bitte verzeihen Sie mein Auftreten." Er zeigte an sich runter, fasste den Stoff seiner Shorts. „Ich habe mir eben in der Werkstatt mein Bein an der Schneidebank verletzt. Da kam ihr Besuch überraschend, schließlich musste ich zuerst die Wunde versorgen. Wie genau kann ich Ihnen helfen?" Ahmet nickte und trat einen Schritt näher.

„Ich suche Niclas Klohse. Habe ich ihn gefunden?"

Timo schüttelte den Kopf. „Leider nein. Ich bin Timo, Timo Seibold. Niclas hat heute Morgen einen Termin, irgendwo außerhalb Güterslohs. Genaues weiß ich leider nicht."

„Seltsam", überlegte Ahmet. „Ich habe es mehrmals auf seinem Handy versucht, sogar auf seinem privaten Anrufbeantworter. Herr Klohse scheint vom Erdboden verschluckt zu sein."

„Das wohl eher nicht. Heute Morgen haben wir noch in der Firmenküche zusammen gesessen und Kaffee getrunken. Anschließend ist er aufgebrochen."

„Wohin?"

„Keine Ahnung. Hatte ich eben schon gesagt."

Ahmet grübelte. Noch dachte er nicht daran, die Eingangstreppe zu verlassen.

„Sehen Sie eine andere Möglichkeit, Ihren Partner zu erreichen? Es ist wichtig!"

„Sonst wären Sie nicht hier."

„Was meinen Sie?"

„Ich denke, es wird wichtig sein, wenn die Polizei persönlich vorbeikommt. Wollen Sie mir auch sagen, worum es geht, also, warum Sie hier sind?"

„Nein, das geht nicht", antwortete Ahmet.

Auch wenn er sich nicht darum riss, Niclas Klohse die grausame Nachricht von seiner erschlagenen Freundin Victoria Lirot zu überbringen, aber einerseits war es sein Job, andererseits ging es darum, die Ermittlungen voranzutreiben. Für gewöhnlich passierten die meisten Morde durch Menschen aus dem direkten Umfeld eines Opfers.

„Einmal Pizza Tonno. Macht neun Euro." Der Pizzabote war wie aus dem Nichts erschienen, baute sich zwischen dem in Zivil gekleideten Polizisten und Timo Seibold auf und erwartete seine Bezahlung. Timo griff in die Brusttasche seines Hemdes und kramte einen Zehn-Euro-Schein hervor.

„Der Rest ist Trinkgeld, aber kein Spruch über meine Hose", grinste er. Offensichtlich hatte seine anfängliche Angespanntheit nachgelassen. Das bemerkte auch Ahmet, ohne dies weiter zu bewerten. Sie waren doch alle nervös, wenn die Polizei an der Wohnungstür schellte!

„Aye-Aye. Und guten Appetit." Mit diesen Worten war der Ausfahrer auch schon wieder verschwunden.

Ahmet griff zur Jackentasche und zerrte eine seiner zerknickten Visitenkarten hervor.

„Herr Klohse muss mich sofort anrufen. Noch heute!"

„Ich richte es ihm aus, sobald er zurückkehrt", bestätigte Timo und wackelte mit dem Pappkarton seiner Pizzalieferung hin und her.

„Schon verstanden", grinste Ahmet. „Dann guten Hunger!"

15. Verbindung abgebrochen / 06. März 2013 / 14:05

Sie passierten das Ortsausgangsschild Wiedenbrücks und wählten die Landstraße in Richtung Norden. Verfrorene unbestellte Felder ruhten im Wechsel mit ungleichmäßig angepflanzten Buchenwäldern. Das säuselnde Geräusch der unermüdlich kreisenden Windräder übertönte den Schrei eines jagenden Bussards. An der kommenden Kreuzung bogen sie ab, Niclas fuhr, Roland saß auf dem Beifahrersitz. Rückbank und Kofferraum waren leer, noch immer wartete Jonas in seinem Verließ, dem ehemaligen Lüftungs- und Wartungsschacht einer stillgelegten Wasserzisterne.

Unerwartet brach Niclas' Audi zur Fahrbahnmitte aus, die Kontrolllampen flackerten gelb und rot, die Reifen quietschten. Der Wagen schlingerte und rutschte zur Fahrbahnmitte. Panisch trat Niclas das Bremspedal.

„Zum Teufel!", schrie Roland geschockt auf, „was war denn das?"

„Keine Ahnung!", schimpfte Niclas. „Das Auto ist einfach so ausgebrochen!"

Nervös steuerte er zur eigenen Fahrspur zurück, und nachdem er sich vergewissert hatte, allein auf der Landstraße unterwegs zu sein, begann Niclas kontrollierte Lenkbewegungen nach links und rechts auszuführen.

„Ist dir das schon einmal passiert?"

„Noch nie", bestätigte Niclas und überprüfte das Spiel der Lenkung. „Die letzte Inspektion ist überfällig, aber der Wagen ist bisher reibungslos gelaufen."

Der Fahrer beschleunigte und nahm Fahrt auf.

„Was ist mit Jonas? Du wolltest ihn anrufen und über die bevorstehende Nacht informieren.“

Roland grinste und griff zum Handschuhfach.

„Was denkst du, wie oft hat er in der Zwischenzeit versucht, uns zu erreichen?“

„Sei froh, wenn seine Batterien noch funktionieren.“

In Vorfreude auf das bevorstehende Gespräch aktivierte Roland das Funkgerät, betätigte den Sendeknopf und rief seinen Kompagnon. Für einen Moment blieb es im Äther ruhig, dann stand die Leitung.

„Mensch Freunde!“, verkündete Jonas. „Es wird Zeit, mich abzuholen. Die Sonne hat den Zenit überschritten, die Schatten werden länger. Wusstet ihr, dass es ...“ Eine Pause. „*... in meiner Behausung* schon dunkel wird?“

Der Verkehr nahm schlagartig zu, als Niclas von der Zubringerstraße auf die Bundesstraße einbog. Im gleichen Maß stieg sein Unbehagen bezüglich der Fahrtauglichkeit seines Audis.

Bis zur Firma wird er schon halten, dachte er. *Soll die Werkstatt die Karre gleich heute Nachmittag durchsehen.*

Dann überspielte er die Situation und heizte Roland an, bei Jonas erneut falsche Hoffnung zu wecken und den Partner hochzunehmen, so wie er es selbst in der Vergangenheit mit ihnen getrieben hatte.

„Ein schönes gemütliches Bett. Was, denkst du, ist so etwas in unserer Konsumgesellschaft wert? Was ist es *dir* wert?“

Roland zeigte sichtliche Freude an Jonas' Notlage und sandte über Funk eine nicht ernst gemeinte Anfrage nach der nächsten.

Aus dem Nichts, auch nur für einen Augenblick hörbar, störte ein metallenes Klappern. Kurz darauf sprangen die Schrauben samt Scheiben von den Gewinden am Bauteil 45A-23 und stürzten nach unten. Der Hinterreifen erwischte die eine oder andere Unterlegscheibe und schleuderte die Plättchen scheppernd den Radkasten entlang. Niclas und Roland erschraken zu gleichen Teilen, doch die ruckartige Steuerbewegung des Fahrers reichte aus, damit das geschwächte Lenkgestänge brach, endgültig seine Form veränderte und aus den verbliebenen Verankerungen riss. Der dunkelblaue Kombi rutschte, die Hinterräder schlingerten über die Mittellinie hinaus. Mit einem Mal befanden sie sich im Gegenverkehr. Ein entgegenkommender Lkw älteren Baujahrs sowie ein gelb gestrichener Transporter hatten begonnen, einen Traktor zu überholen. Roland schrie auf, drehte verzweifelt den Kopf beiseite und verschaffte sich zusätzlichen Halt am Tür- und Haltegriff. Niclas steuerte gegen, doch das Lenkgestänge folgte seinen eigenen Vorgaben, bis das Fahrzeug vollends ins Schleudern geriet. Der Brummifahrer reagierte schlagartig, die Reifen des Lkws blockierten, Splitt wirbelte auf. Der nachfolgende Transporter brach aus und wirbelte herum. Ein kreischender Ruck und der Audi mit Niclas und Roland rutschte wieder auf seine Spur zurück, genau vor den abbremsenden Lastwagen. Der Kombi schwankte, als Niclas das Lenkrad nach links und rechts verriss. Zuerst verlor das linke Hinterrad die Bodenhaftung, das Vorderrad folgte unmittelbar. Wie in Zeitlupe registrierte der Fahrer den drohenden Überschlag seines Wagens, Hunderte von Bildern flogen an seinem inneren Auge vorbei. Gedanken an Victoria, an seine Firma Teuto-Solarlicht, sogar Erinnerungen an die eigene Kindheit erschienen ihm. Der letzte Blick galt seinem Freund Roland. Der hielt die Augen fest verschlossen und rutschte mit verkrampften Händen den Beifahrersitz entlang.

Plötzlich ging es ganz schnell. Der Audi wirbelte durch die Luft. Einmal. Zweimal. Die Kofferraumklappe brach ab, die Scheiben zerbarsten. Radkappen und Kleinteile aus dem Innenraum, darunter Rolands Walkie-Talkie, wirbelten nach draußen. Als der Lastwagen den auf der Fahrerseite schlingernden Audi rammte, durchbrach ein markerschütternder Knall die vorangegangene Stille der Landstraße. Die anschließende Explosion sandte einen gleißenden, kurzlebigen Feuerball zum Himmel. Sofort standen die beiden Fahrzeuge in Flammen, brannten lichterloh. Noch gerade rechtzeitig kamen der Fahrer des Traktors und der des Transporters zum Stehen. Der nachfolgende Verkehr bremste teils überrascht, teils überfordert, eher zaghaft. Bis die Fahrzeuge eine vorschriftsmäßige Rettungsgasse gebildet hatten, vergingen etliche Minuten. Dennoch bestand wenig Hoffnung, dass Feuerwehr oder Krankenwagen bei ihrem Eintreffen Leben retten konnten.

„Beschmierst du mir mit deiner Nase die Scheibe, werden wir Streit bekommen, noch bevor ich darüber nachdenke, dich in irgendeinem heruntergekommenen Viertel auszusetzen!"

Sarah ließ keinen Zweifel daran, wie ernst die Drohung ihr war. Allein der Glaube fehlte, dass Curly ein einziges ihrer Worte verstand. Wohl oder übel würde Sarah am Ende der Fahrt all den Dreck, der verworren im Fell des kleinen Mischlings hing, vom Beifahrersitz suchen müssen. Mehr Einsatz war jedoch nicht zu erwarten.

„Also still sitzen und keinesfalls bewegen!"

Curly dachte gar nicht daran, vom kuschligen Beifahrersitz aufzustehen, hatte es doch für sie in den letzten Wochen keinen vergleichbar weichen Schlafplatz gegeben. Ein zufriedenes, wenngleich zaghaftes Gähnen signalisierte Zustimmung, dann verschwand der Kopf zwischen den Vorderpfoten.

„Wir fahren jetzt zu Maren", erklärte Sarah nach einer Weile, und schon jetzt musste sie sich eingestehen, wie gut ihr ein kleiner Racker wie Curly gefiel. Zumindest, wenn man nicht dauerhaft verantwortlich war.

„Dort werden wir dich durchchecken lassen und mal schauen, ob du einen Besitzer hast. Trägst du einen Chip, wissen wir schnell, zu wem du gehörst."

Curly drehte den Kopf und wählte die andere Pfote, um ihr Haupt darauf abzulegen. Mehr Rückmeldung gab es nicht. Die Kommissarin lächelte, dann konzentrierte sie sich erneut auf die Straße.

Wenige Minuten später hielt der silberne Honda auf dem Parkplatz der Kleintierpraxis Wischnewski. Zufrieden über das geschmeidig ruhige Fahrverhalten ihres reparierten Stadtflitzers drehte Sarah den Schlüssel aus dem Zündschloss, kraulte Curly in einem Anflug von Hingabe den Nacken und bereute ihr Tun im gleichen Moment, in dem sie an ihren Fingern roch.

„Du benötigst sooo dringend ein Bad!", tadelte Sarah den vierbeinigen Begleiter. „Lass uns schauen, wie Maren dir helfen kann!"

Die Polizistin verließ das Auto, half Curly an der Beifahrerseite heraus und klingelte am Haupteingang der Praxis. Die kleine Hündin folgte gemächlich. Eine junge Frau mit blonden Haaren und weißem Kittel öffnete.

„Hallo Anna. Ist Maren da?"

„Hey Sarah! Ja, sie sitzt im Behandlungszimmer zwei. Heute ist nicht viel los, sie hat sicher Zeit für dich." Anna entdeckte Curly. „Und, wen hast du uns da mitgebracht?"

„Sie heißt Curly, aber eigentlich wären Lumpi oder Stinki die passenderen Namen. Kann ich mir mal die Hände waschen?"

„Klar! Neben dem Wartezimmer ist die Besuchertoilette. Soll ich deinen Hund in der Zwischenzeit zu Maren bringen?"

„Mach das! Es ist allerdings *nicht* mein Hund. Maren sollte mal seinen Identifikationschip prüfen."

„Hey Liebes, lass dich drücken", begrüßte Maren Sarah mit ausgestreckten Armen. „Hast du die Schmach schon verarbeitet? Acht Siege in *WII-Sports-Tennis,* alle an einem einzigen Abend!"

„Spotte du nur. Ich habe gestern und vorgestern trainiert. Sonntagabend bekomme ich die versprochene Revanche."

„Kannst du haben!", neckte Maren und strich ihr braun gelocktes Haar hinter die Ohren.

„Du hast die Haare gefärbt?", stellte Sarah überrascht fest und berührte eine einzelne Strähne aus Marens Locken.

„Sehen fast aus wie meine."

„Stimmt. Braun und braun, einmal glatt gekämmt, einmal kraus."

Maren nahm den Hund vom Behandlungstisch und setzte ihn auf dem Boden ab.

„So, du hast einen neuen Freund?"

„Wer erzählt so etwas?"

„Anna!" Maren zeigte auf den kleinen Mischlingshund.

„Ach, du meinst Curly? Nein. Ein paar Jungs haben das Knäuel mit Steinen beworfen und ich bin dazwischen gegangen. Anschließend hatte ich den Hund an den Fersen kleben. Ich dachte, du hilfst mir, seine Besitzer zu finden."

„Das würde ich. Funktioniert aber nicht! Keine Hundemarke, kein Knopf im Ohr und auch kein Datenchip unter der Haut. Dieser Hund ist nicht registriert, gehört quasi niemandem."

„Na toll", mäkelte Sarah. „Kannst du beim Tierheim anrufen und das Tier abholen lassen?"

„Tierheim? Ist das dein Ernst? Nimm ihn mit, du brauchst jemanden bei dir zu Hause, der auf dich wartet und sich um dich kümmert. Wie lange bist du nun schon Single?" Maren überlegte und lachte. „Bring ihm *WII-Tennis* bei. Vielleicht kommst du zu einem würdigen Gegner."

Überrascht zog Sarah die Augenbrauen nach oben und schüttelte bedauernd den Kopf: „Auf gar keinen Fall. Curly ist süß, aber sie stinkt. Laut Micha ist sie nicht einmal stubenrein. Vergiss es! Außerdem muss ich los. Ahmet wartet."

Maren musterte Sarah, ging auf sie zu und umarmte sie. „Fahr nur! Curly bleibt hier. Anna wird sie waschen, anschließend machen wir einen Gesundheitscheck, aber ich erwarte da keine Überraschungen. Nach der Arbeit kommst du wieder vorbei, um dir ein jungfräuliches Bild zu machen."

„Ich brauche keinen Hund", widersprach Sarah zögerlich.

„Wir werden sehen", schmunzelte Maren. „Wir werden sehen."

Blaulicht und Frontscheinwerfer des RTWs blitzten im Wettkampf um die größte Aufmerksamkeit, während der Einsatzwagen über die L 788 dahinschoss. Im Vergleich zum vorangegangenen Einsatz hatte der Verkehr stark zugenommen, unzählige Menschen kehrten nach der Mittagspause zu ihren Arbeitsplätzen zurück. Trotz der alltäglichen Routine herrschte eine gesunde Anspannung im Einsatzwagen, sowohl bei Jan, dem Fahrer und Rettungsassistenten, als auch bei Issy, der begleitenden Sanitäterin. Beide waren über die Jahre zu einem eingespielten Team zusammengewachsen, und auch wenn sie sich während der Fahrt wenig unterhielten, hatten sie ein gutes, vertrauensvolles Arbeitsverhältnis miteinander. Mit bewährtem Griff aktivierte Jan das Martinshorn. Bei der aktuellen Geschwindigkeit die anderen Verkehrsteilnehmer gegen den Fahrtwind zu warnen war es ein fast aussichtsloses Unterfangen. Viel zu spät wichen die meisten Fahrzeuge aus oder bemerkten die aufjaulende Tonfolge überhaupt nicht. Doch das RTW benötigte jede verfügbare Aufmerksamkeit, um sich gegen den Mittagsverkehr zu behaupten. Wieder einmal bremste Jan wegen eines unaufmerksamen Pkw-Fahrers ab, vergewisserte sich, dass die Spur des Gegenverkehrs für ein Überholmanöver befahrbar war und wechselte die Seite. Mühelos beschleunigte der Rettungswagen blinkend und jaulend, und noch bevor ihm die nächsten Autos entgegenkamen, hatte Jan zwei weitere Pkws, einen Transporter und eine kleine Gruppe Fahrräder überholt.

Etliche Meter später.

Mehrere Fahrzeuge warteten mit blinkendem Warnlicht am Seitenstreifen. Gerne hätte Jan ein einziges Mal angehalten, um sich bei den Menschen für das vorbildliche, aber viel zu selten vorkommende Verhalten zu bedanken. Doch dafür fehlte die Zeit, denn es fehlte immer an Zeit, wenn es zum Einsatz und damit um Leben oder Tod ging. Gelassen verfolgte Issy die Überholmanöver ihres Kollegen und beobachtete die eigene Position auf dem Navigationsgerät. Irgendwann rutschte sie auf die Kante des Beifahrersitzes, griff zum Armaturenbrett und löste das Lautsprechermikrofon des Funkgerätes.

„Hier RTW fünf. Wir nähern uns dem Unfallort über die L 788 aus Richtung Gütersloh. Erwartetes Eintreffen in zwei Minuten. Befindet sich die Feuerwehr am Unfallort? Was ist mit dem Notarzt? Wer ist verfügbar?"

Die Leitung knackte, dann meldete sich eine rauchige Stimme.

„Hier Leitstelle. Die Feuerwehr hatte bereits einen Löscheinsatz, ist derzeit mit der Bergung von Verletzten beschäftigt. Wir erwarten zwei oder drei Unfallopfer. Der Notarzt wird erst nach euch eintreffen. Derzeit befinden sich alle NAWs im Einsatz. Ihr seid fürs Erste auf euch allein gestellt."

„Verstanden. Ende."

Issy schaltete das Funkgerät in die Ausgangsstellung und seufzte: „Bleibt wieder alles an uns hängen?"

„Hoffentlich wird das nicht so ein Ding wie letzten Dienstag in Spexard." Jan löste den Blick von der Straße und zwang ein Lächeln heraus. Dem ungeachtet hatte die Sanitäterin bereits ihre Augen verschlossen, sammelte sich für die anstehende Aufgabe. Jan war an dieses Prozedere gewöhnt. Ohne das Gespräch fortzuführen, konzentrierte er seinen Blick zurück auf die Straße.

An der Kreuzung zwischen Gütersloh und Herzebrock bremste Jan scharf, um mit dem Rettungswagen nach links auf die L 927 einzubiegen. Das Gaspedal von Neuem tief durchgetreten, rief er die komplette Leistung des Mercedes Vito ab, immer sein Ziel vor Augen, möglichst schnell den Opfern vor Ort zu helfen. Wie programmiert klappten kurz vor der Ankunft Issys Augenlieder nach oben und erspähten ein Meer von Blinklichtern und Blaulicht. Zwei Polizeistreifen hatten den Unfallort abgesperrt und leiteten den nachfolgenden Verkehr über die Feldwege zu einer parallel verlaufenden Straße um. Orange Lichter, aufgestellt in einer weitläufigen Kurve, blitzten und blinkten und waren trotz des wolkenlosen Tages weithin sichtbar. Jan und Issy entdeckten zwei ausgebrannte Fahrzeuge. Jan schluckte. Das Feuer hatte in gnadenlosem Raubbau alles zerfressen, was brennbar gewesen war. Lediglich die verkohlten Skelette des zerstörten Lkws und eines irgendwie darin verkeilten Pkws hatten den Unfall überdauert. Ein Löschzug der Feuerwehr, bestehend aus Einsatzleitwagen, Tanklöschfahrzeug und Hubrettungsfahrzeug, der aus der entgegengesetzten Richtung eingetroffen war, parkte entlang der Straße. Überall lagen Schläuche und Verbindungsstücke. Einige Feuerwehrleute schleppten schweres Werkzeug zum Unfallort, während sich eine zweite Gruppe neben der Straße auf dem Grünstreifen positionierte. Skeptisch beobachtete Issy deren Handeln. Der überwiegende Teil der Männer blieb auf Abstand. Fast war es so, als könnten sie sich dem Geschehen nicht entziehen, wenngleich sie tausendmal lieber woanders gewesen wären als hier. Nur zwei oder drei, der in

Blau gekleideten Einsatzkräfte, knieten am Boden. Issy fluchte, denn auf diese Entfernung war nicht zu erkennen, was sie dort unten hantierten. Jan bremste den Rettungswagen auf Schrittgeschwindigkeit ab. Überschüssiges Löschwasser floss die Straße entlang und er befürchtete überfrierende Nässe. Dann war es so weit: Nur wenige Sekunden und sie würden aufbrechen, um die Erstversorgung der Verunglückten sicherzustellen. Issy deaktivierte das Martinshorn.

„Park da hinten bei den Feuerwehrleuten!“ Sie zeigte zu der abseitsstehenden Gruppe und hoffte, sie kämen trotz der ausgebrannten Fahrzeugwracks nicht zu spät, um zu helfen. „Vielleicht konnten die Jungs jemanden aus dem Feuermeer retten.“

„Ist gut“, stimmte Jan zu und navigierte den Krankenwagen an dem geparkten Löschzug vorbei.

Ein Mann in Blau kam ungeduldig auf sie zugerannt und winkte.

„Folg ihm!“, erklärte Issy und bereitete sich vor, aus dem Wagen zu springen.

Der Moment, in dem die Sanitäterin das Einsatzfahrzeug verließ, glich einem Schalter, den man in Issys Kopf umgelegt hatte. Es ging darum zu funktionieren, zu helfen, Leben zu retten. All die Einsätze, die sie in den letzten Jahren durchgeführt hatte, ließen sie und mit Sicherheit jeden anderen Menschen nicht gleichgültig. Immer wieder ereigneten sich Situationen, da brach die beste Schutzmauer ein wie eine Styroporwand im Sturm. Selten ließ sich ein Einsatz im Vorfeld abschätzen, nur manchmal wussten die Einsatzkräfte, wer in einen Unfall verwickelt war und welche Verletzungen die Opfer davontrugen. Und immer wieder ereigneten sich Extreme. Da gab es Zusammenstöße mit Kindern und Jugendlichen, starke

Entstellungen, sogar abgetrennte Gliedmaßen oder die Verunstaltung der Leidtragenden durch Feuer. In jedem einzelnen Fall ein harter Einsatz für die menschliche Psyche ausnahmslos aller Retter.

Issy riss den Sanitätskoffer aus dem Heck des RTWs, zerrte einen Satz Latexhandschuhe über die Hände und versuchte sich in dem Durcheinander aus Feuerwehrfahrzeugen, Schläuchen, Blinklichtern und umherlaufenden Menschen zu orientieren. Die Luft roch verbrannt, nach entzündetem Öl und verschmortem Plastik. An den Wracks tropften Schaum und Wasser und verbanden sich auf dem Boden zu einer zähflüssigen Mischung, ein schleimig-schmieriger Sud, den zwei Feuerwehrleute begannen, mit Schaufeln und Sand einzudämmen. Ein gellender, von Schmerzen getriebener Schrei hallte über das Feld. Erschrocken fuhr Issy zusammen, doch der Wehruf trieb sie zur Eile.

„Bitte folgen Sie mir!"

Ein weiterer Schrei übertönte den Tumult der Unfallstelle. Issy schaute sich um und erkannte den Feuerwehrmann, der ihnen gewunken hatte.

„Bin sofort bei Ihnen!" Geschwind griff sie den Koffer. „Wie viele Verletzte? Wie ist der Status?"

„Es sind drei! Es ist schrecklich!" Der Feuerwehrmann rannte los. „Ich informiere Sie auf dem Weg."

Mit spärlichem Schulterblick prüfte er, ob Issy ihm folgte. „Zwei hatten keine Chance. Der eine ist vollständig verbrannt, der andere zumindest schrecklich entstellt. Der dritte hat starke Brandverletzungen, aber er lebt. Schwache Atmung, ungleichmäßiger Puls."

Er lebt, dachte die Sanitäterin, *ich habe es gehört.*

Mittlerweile hatte Jan seine eigene Ausrüstung besorgt und war zu den beiden aufgeschlossen. Noch bevor er sich vorstellen konnte, ertönte ein erneuter bitterlicher Schrei, leiser, verhaltener und wehmütiger als die beiden vorangegangenen. Jan verwarf seinen Gedanken und bemühte sich, ein Bild des Unfallhergangs anzufertigen.

„Hat jemand Erkenntnisse, wie der Unfall passiert ist?", fragte er während des Laufens.

„Wir haben die Aussage eines Kastenwagenfahrers. Nach ihm müsst ihr anschließend schauen. Der Vorfall ist nicht spurlos an dem Mann vorübergegangen."

„Später", bestätigte Issy.

Zu dritt schlängelten sie sich zwischen den geparkten Löschfahrzeugen hindurch und näherten sich der Gruppe Feuerwehrleute.

„Offensichtlich", fuhr der Mann in Blau fort, „musste der Lkw stark abbremsen, weil der entgegenkommende Pkw seine eigene Fahrbahn verlassen hatte. Warum, das ist noch unklar. Niemand hat ein anderes Fahrzeug oder Hindernis gesehen. Es gab keinen Grund zu überholen oder die Spur des Gegenverkehrs zu benutzen!"

Sie erreichten den Grünstreifen. Die Traube der stehenden und knienden Feuerwehrleute öffnete sich, um die Retter in Weiß durchzulassen. Auf dem Boden lagen drei Menschen, auf Planen gebettet, notdürftig mit Decken abgestützt. Zwei der Opfer waren verdeckt worden, offensichtlich erwartete niemand ein Lebenszeichen. Die dritte Person wies mittlere Verbrennungen im Gesicht und am Oberkörper auf. Die Beine schienen fast unversehrt und waren zugedeckt. Sofort bemerkte Issy den herben, markanten Gestank von verbranntem menschlichem Fleisch. Es fiel ihr nicht leicht, einen angenehmen Gedanken zu finden, der sie ablenkte.

„Wir benötigen Ihre Unterstützung!", äußerte einer der Männer. „Bis eben hat der Rechte sich noch bewegt. Doch nun atmet er kaum noch. Er scheint in Schockzustand gefallen zu sein."

„Der Notarzt steckt noch fest", erklärte Jan konzentriert, „wir übernehmen die Erstversorgung."

Sofort kniete Issy sich auf den Boden, öffnete ihren Sanitätskoffer und injizierte dem Patienten eine klare Flüssigkeit. Anschließend folgte eine Infusion, dessen Flasche sie einem der Feuerwehrmänner zum Festhalten übergab. „Das nimmt die Schmerzen und bringt den Kreislauf in Bewegung", erklärte sie knapp.

Jan wandte sich an Issy: „Ich überprüfe trotz alledem die Lebensfunktionen der zugedeckten Opfer."

Die Sanitäterin nickte ihrem Kollegen zu und dieser hob vorsichtig mit Hilfe eines der Feuerwehrmänner die erste Decke an. Zum Vorschein kam ein verbrannter männlicher Körper. Nase, Ohren und Mund hatte das Feuer bis zur Unkenntlichkeit versengt. Der Reißverschluss der Winterjacke war in den Oberkörper eingebrannt worden.

Wie schrecklich, dachte Jan, *auch wenn wir Leben retten wollen, manchmal wünschen wir uns, es ist zu spät.*

Der Rettungsassistent bedeckte die Leiche und überprüfte das zweite Opfer. Alles, was an diesem Menschen einmal menschlich gewesen war, war verschwunden.

Issys Infusion schlug an. Das dritte Opfer, ebenfalls ein Mann, hustete, begann zu keuchen. Roter Schleim trat aus Mund und Nase hervor und blockierte die Atemwege. Im Koffer fand die Sanitäterin Tupfer und Röhrchen, um eine vorübergehende Atmung zu gewährleisten.

„Wo bleibt der Notarzt?", rief sie nach hinten. „Prüft das jemand über die Leitstelle?"

Sofort kümmerte sie sich wieder um die Betreuung ihres Patienten. Nach und nach zerteilte sie die Pakete mit den sterilen, nicht-flusenden Wundauflagen zu Streifen und versorgte die stärkeren Verbrennungen im Gesicht. Der Mann schloss seine Augen. Behindert durch die Brandverletzungen atmete er ungleichmäßig, aber zumindest atmete er.

„Ich besorge die mobile Trage“, teilte Jan mit und zeigte zum Rettungswagen. „Bin sofort zurück!“

„Ist gut. Ich versorge währenddessen den Oberkörper.“

Die Verbandsschere mit ihrer abgewinkelten Klinge erschien ihr geeignet, den Stoff über der Brust und den Armen aufzuschneiden. Besonnen begann Issy am Kragen, arbeitete sich anschließend neben der Knopfreihe nach unten vor. Gelegentlich zuckte ihr Patient zusammen und schlug die Arme zur Seite. Bei dem Versuch, die Gliedmaßen vorsichtig an den Körper zurückzuführen, streifte Issy die Decke mit den beiden Leichen. Jählings rutschte die Hand des zweiten Opfers ins Freie. Die Sanitäterin schluckte, griff nach der Hand und hob die Decke an, um das Brandopfer von Neuem zu verhüllen. Sie stutzte, wechselte ihre Position und betrachtete das fast unverletzte Handgelenk. Ein Muttermal in Form eines kleinen Herzens, positioniert zwischen Mittelfinger und Ringfinger, so etwas hatte sie schon einmal gesehen. Sie schob die Decke ein weiteres Stück beiseite und erkannte, ohne zu zögern, die Armbanduhr, die sie selbst ausgesucht hatte. Die Initialen R und I würden die Rückseite prägen. Sie haderte, schluckte, Tränen schossen Issy ins Gesicht. Geschockt sprang sie auf, trat neben das Tanklöschfahrzeug und betrachtete die ausgebrannten Fahrzeugskelette. Die Felgen des verkeilten Autos erkannte sie unter Hunderten. Nun war sie sich sicher. Schreiend brach Issy zusammen, fiel auf ihre Knie, und während die Tränen unaufhörlich rannten, brannte ihr Herz. Sofort stürzten die ersten Feuerwehrleute auf die Sanitäterin zu, wollten helfen, ohne zu verstehen, was mit Issy geschehen war.

„Isabel, was ist denn los?" Der Mann, der sich vor sie niedergekniet hatte, schaute ratlos zu seinen Kollegen. „Schnell! Holt Jan hierher. Der kennt Isabel Eckert besser."

Andreas Ackermann genehmigte es niemandem, sich nach ihm im Besprechungsraum einzufinden. Ein unausgesprochenes Gesetz, an das sich seine Mitarbeiter für gewöhnlich hielten. Als der Polizeihauptkommissar das Zimmer betrat, lehnten Sarah Berger und Stefan Wagner an der durchgehenden Schrankwand der linken Seite des Raums. Stefan war erst vor wenigen Minuten von einer dringlichen Spurensicherung zurückgekehrt und hatte just begonnen, seiner Kollegin die ersten Ermittlungserkenntnisse zu berichten. Mit ganzem Körpereinsatz gestikulierte er vom Geschehen am Unfallort und unterhielt direkt oder indirekt alle Anwesenden im Raum. Jana Dorn und Oren Bührmann saßen am ovalen Besprechungstisch und Oren schenkte Kaffee in der vor ihm aufgereihten Tassen. Ahmet fehlte, trat aber direkt hinter Andreas ins Zimmer, noch bevor dieser die Tür schließen konnte.

„Sorry, Chef. Ich war noch unterwegs im Fall Lirot."

„Sind wir das nicht alle?", entgegnete Stefan vom Fenster aus.

„Okay. Setzt euch!" Ackermann wählte einen Stuhl abseits der Eingangstür. Hasste er es doch, wenn die Kollegen anderer Fachbereiche in seinem Rücken die Tür aufrissen und mit einem spartanischen ‚Tschuldigung' verschwanden. Für gewöhnlich liebte es Ackermann, sehen zu können, wen man auf dieser Dienststelle eingestellt hatte, obwohl er nicht in der Lage war, die Bitte-nicht-stören-Schilder zu lesen, die er selbst vor jeder Besprechung an der Tür platzierte.

„Lass ihn in Ruhe!", flüsterte Sarah Stefan zu. „Was ist da eigentlich zwischen euch beiden?"

Stefan wusste, dass Sarah ihn nicht ohne eine Antwort aus der Sache entlassen würde.

„Später", wich er aus und setzte sich, vielleicht beschwichtigend, vielleicht einen Keil treibend zwischen Ahmet und Sarah.

„Möchte jeder Kaffee?", fragte Oren. Ohne die Antworten abzuwarten schubste er fünf Becher in Richtung der Teilnehmer, einer blieb stehen. „Zweimal mit Milch, zweimal mit Milch und Zucker, einer nur mit Zucker und einer in nacktem Schwarz."

Sogleich griff Ahmet den Zuckerspender und süßte nach. „Hey Oren! Du wirst mich doch heute nicht überraschen und besser gesüßt haben, als an anderen Tagen?"

„Wahrscheinlich nicht", bestärkte Sarah. „Aber der Tag wird kommen, da wird er dich linken."

Oren lächelte verlegen und nippte an seinem tiefschwarzen Getränk.

„Fangen wir an!" Ungeduldig schlug Andreas die Hände als Zeichen gemeinsamen Einstiegs zusammen. Im gleichen Atemzug stand er auf, wandte sich dem Flipchart hinter ihm zu. „Wir haben die Leiche Victoria Lirots. Nur noch wenige Stunden, dann ist diese Frau bereits einen Tag lang tot. Gleichen wir unsere bisherigen Fakten ab und schauen, wo wir weitere Spuren miteinander verbinden können." Er öffnete einen der Filzstifte und notierte Victorias Namen am oberen Rand des Blattes.

„Tatort: Kroschewskis Reinigungsdienst." Eine entsprechende Notiz dokumentierte er daneben. „Was haben wir noch?" Fragend kreiste sein Blick über die fünf Anwesenden.

„Sven Körner ...", ergänzte Sarah. „... einer der Angestellten Kroschewskis, der eines der Fahrzeuge unerlaubt und auf eigene Kasse über Nacht verliehen hatte."

Andreas notierte den Namen und den Grund des gemeinsamen Kontaktes, dazwischen ein Pfeil mit Verbindung zum Reinigungsdienst.

„Frau König."

Andreas schaute Ahmet fragend an.

„Das ist die Kassiererin des Baumarktes. Wir fanden einen verwertbaren Kassenbon in dem ausgeliehenen Reinigungsfahrzeug. Der Zeitpunkt des Einkaufs passt in das Zeitfenster, in dem der Bulli von Körner verliehen wurde."

„Verstehe, Frau König." Der Polizeihauptkommissar notierte den Namen. „Gibt es in dieser Richtung irgendwelche Erkenntnisse?"

„Ich habe eben eine Information der Bank erhalten." Ahmet beugte sich vor und schaute an Stefan vorbei zu Sarah. „Sorry. Ich konnte dich noch nicht informieren."

„Schon gut", wiegelte die Partnerin ab und dachte an ihre eigenen unerwarteten Geschehnisse rund um Curly.

„Was ist nun?", bohrte Ackermann.

„Uns zum Glück wurde der Einkauf nicht bar, sondern mit Karte bezahlt. Herr Völker, Geschäftsführer der dazugehörigen Filiale der Volksbank, hat uns den Kunden herausgesucht. Das Prozedere wurde etwas in die Länge gezogen, schließlich benötigten wir zuerst die Freigabe des Staatsanwalts." Ahmet betrachtete die Notiz-Software seines Handys, die er nach seinem Telefonat mit Herrn Völker mit den neuen Informationen gefüttert hatte. „Die Kreditkarte gehört einem gewissen Roland Eckert, wohnhaft in der Wilhelmstraße hier in Gütersloh. Die Adresse habe ich eben über das Einwohnermeldeamt bestätigen lassen."

„Damit hätten wir einen weiteren Teilnehmer auf der Flipchart, Herrn Eckert. Läuft die Fahndung?"

„Alle Daten sind raus, die Streifen sind informiert", bestätigte Ahmet. „Gesucht werden Roland Eckert sowie der Lebensgefährte von Victoria Lirot. Der Mann ist seit heute wie vom Erdboden verschluckt."

Überrascht verfolgte Stefan die Entwicklung des Falls, bevor er sich nach vorne beugte und sich räusperte. „Der Name von Victorias Freund lautet wie?"

„Niclas Klohse."

„Dann habe ich Neuigkeiten", versicherte der Kriminaltechniker. „Vermutlich wurden beide Männer gefunden. Ich muss allerdings noch den bestätigenden Gebissvergleich der Zahnärzte abwarten."

Fragend richteten sich die Augen aller Anwesenden auf den kleinen hageren Mann, unbeschwert fuhr er fort.

„Gegen 14:15 Uhr ereignete sich ein schwerer Unfall auf der L 927 in Richtung Wiedenbrück. Das Auto konnte trotz massiven Brandschadens über die Fahrzeugnummer identifiziert werden, Besitzer: Niclas Klohse."

„Ein Unfall?", wollte Jana wissen.

„Derzeit nicht sicher zu beantworten. Zeugenaussagen beschreiben ein unkontrolliertes Ausbrechen des Fahrzeugs kurz vor dem Zusammenprall. Aus diesem Grund lasse ich die Reste des Wagens derzeit ins Labor überführen."

„Das heißt ...", rekapitulierte Sarah. „... wir haben den Freund Victorias gefunden. Dazu den Benutzer der Kreditkarte aus dem Baumarkt, den wir in Verdacht haben, Victoria erschlagen zu haben. Und beide sind bei einem gemeinsamen Unfall ums Leben gekommen?"

„Wir müssen die Leichen erst gesichert bestätigen", bremste Stefan. „Aber genau so könnte es sein."

19. Spurensicherung / 06. März 2013 / 16:48

Grauverhangener kalter Nieselregen fiel in unregelmäßigen Schüben, benetzte die Herzebrocker Straße samt Parkplatz vor der Kreispolizeibehörde, um in den kommenden Minuten über der Innenstadt niederzugehen. Unzählige Tropfen rannen an der Fassade aus Glas und Stein nach unten, um letzten Endes im Kiesbett zu versickern. Nach und nach mehrten sich die Regenschirme, die die Besucher im Schirmständer neben dem Haupteingang der Wache deponierten. Doch ganz gleich, wie viele es noch werden würden: Tom, diensthabender Polizist an der Rezeption, empfing jeden Besucher mit seiner ihm eigenen gelassenen und ruhigen Art.

Seit eineinhalb Monaten verfügte die kriminologische Abteilung über ein zweites Labor zur Spurensicherung auch an großen Objekten, eine Halle von zehn mal zwölf Metern. Zufrieden wartete Stefan im Türrahmen, rieb über seinen Nacken und das rechte Ohr. Er freute sich, an diesem Tag ein würdiges Objekt für die Tatortuntersuchung sichergestellt zu haben, zumal der aufkommende Regen die makellose Überführung bedroht hatte. Optisch leicht wie eine Feder und doch beinahe eine Tonne schwer schwebte das Wrack des ausgebrannten Audi Kombis, das einmal Niclas Klohse gehört hatte, von vier kräftigen Eisenketten getragen von der Decke.

„Von mir aus kann es losgehen“, erklang eine Stimme vom Flur. „Du solltest dich umziehen.“

Eingekleidet in einem weißen Einwegoverall schlurfte Rafael Strunk, Mitarbeiter der Spurensicherung, an Stefan vorbei.

„Bin gleich so weit", bestätigte Wagner. „Ich wollte *dies alles* erst einmal auf mich wirken lassen. Güterslohs Straftatenhistorie ist überschaubar, keine Frage. Und trotzdem freue ich mich auf die Analyse eines so großen Objektes in unseren eigenen Räumen. Ehrlich gesagt hatte ich die Überführungen nach Bielefeld satt."

„Ist recht. Nun lass uns anfangen und zeigen, wohin uns die Weiterbildungsmaßnahmen aus drei Schulungsblöcken und Projektarbeit gebracht haben."

„Hey Rafael. Bleib ruhig und warte ab, bis ich umgezogen bin! Der Wagen ist vollständig ausgebrannt, das macht die Spurensuche nicht einfach."

Stefan verschwand im Nebenraum, wechselte die Kleidung und kehrte dann ebenfalls in weißem Vollkörperanzug gekleidet zurück. Rafael hatte währenddessen begonnen, das Autowrack aus allen Blickwinkeln zu fotografieren. Der mehrfache Überschlag im Verlauf des Unfalls hatte massive Schäden verursacht. Die Heckklappe sowie die Reste zweier Reifen samt Felgen und abgerissener Radaufhängung, die vordere Stoßstange und die Beifahrertür lagen abseits, verteilt auf rollbaren Tischen. Die gesamte Karosse war mit Kratzern und Beulen überzogen, hatte jeden Charme vergangener Tage verloren. Rafael positionierte ein Rollbrett neben den in der Luft hängenden Überresten, legte sich mit dem Rücken nach unten, Gesicht nach oben darauf und griff zu seiner Kamera. Langsam, mit den Beinen sich voranschiebend, fotografierte er den Audi auf der gesamten Unterseite.

„Gut!", lobte Stefan und umrundete das angekettete Wrack.

Hier und da blieb er stehen, konzentrierte seinen Blick auf einzelne Verdachtsmomente und marschierte anschließend weiter. Irgendwann griff er zu seiner Kladde, notierte, was ihm bisher aufgefallen war.

„Bin fertig!“, erklärte Rafael, während er sein Rollbrett beiseiteschob.

„Ich übertrage die Bilder ins System und mache anschließend die Bildanalyse.“

„Dann bleibt mir die Zeit, den Unterboden genauer zu inspizieren. Dir überlasse ich den Innenraum.“

Stefan grinste tückisch.

„Na toll!“, schimpfte Rafael von dem in der Ecke auf einem dreieckigen Plateau errichteten Arbeitsplatz. „Dort, wo die beiden gekokelt haben.“

„Etwas mehr Respekt. Dort sind zwei Menschen verbrannt.“

„Das ist das Gleiche! Ich bekomme die Drecksarbeit.“

„Lehrjahre sind ...“

Rafael fiel ihm ins Wort. „... keine Herrenjahre ... Manchmal bin ich wirklich froh, dass niemand meine Gedanken lesen kann.“

Schon klar, grinste Stefan.

„Ich wäre ja so was von am Arsch! Was ist eigentlich mit den Opfern?“

„Wir werden die toxikologische Untersuchung nach hinten schieben. Die übereinstimmenden Zeugenaussagen bestätigen einen Fahrer im Lkw und zwei Personen im Audi. Der Fund von drei Leichen und die Identifikation von Roland Eckert durch seine eigene Frau am Unfallort sind somit stimmig.“

„Das stelle ich mir schrecklich vor“, mutmaßte Rafael. „Du kommst als Sanitäterin an einen Unfallort und identifizierst eines der Opfer als deinen eigenen Ehemann.“

„Ja. Das ist grausam.“

„Soll ich die Identität der Opfer über DNA-Abgleich und Zahnanalyse bestätigen lassen?“

„Zahntechnische Daten von Klohse und Eckert habe ich bereits bei den behandelnden Zahnärzten angefordert. Die Identität des Lkw-Fahrers konnte ich über den Arbeitgeber in Erfahrung bringen.“

„Den Arbeitgeber, wie das?“

„Der Lastwagen war nicht vollständig heruntergebrannt, der hintere Aufbau blieb erhalten und damit der Schriftzug der Bielefelder Spedition. Aber den Zahnarzt des Toten recherchiere ich noch. Schau mal in der Akte. Du darfst das gerne übernehmen.“

„Ist gut. Was ist mit dem DNA-Abgleich?“

„Kümmere dich bitte später darum.“

Stefans Versuche, die Motorhaube aufzusperren, scheiterten. Offensichtlich klemmte der Sperrhaken durch die Verformung der Karosserie. Nachdem er in zwei Schränken nachgesehen hatte, gab er auf und wandte sich an Rafael.

„Für gewöhnlich benötige ich kein schweres Werkzeug.“

Der Kollege wies auf die gegenüberliegende Seite. „Versuch es mal im zweiten oder dritten von links.“

Eine Brechstange half das Ziel zu erreichen und den Zugang zum Motor freizulegen. Bestückt mit Taschenlampe und Schraubenzieher betrachtete er nacheinander jedes Modul des Antriebsaggregats und entfernte verbrannte Verkrustungen, die seine Analyse beeinträchtigten.

Eine halbe Stunde später bedeckten den Boden Kleinteile und Ausschuss, die Stefan während des Werkens aus dem Motorraum beseitigt hatte. Der Vollkörperanzug, mittlerweile fast vollständig verdreckt, begann vor dem Bauch aufzureißen.

„Soll ich dir einen neuen Überzieher besorgen?“, erkundigte sich Rafael, der seinem Kollegen seit geraumer Zeit von der Seite aus über die Schulter schaute.

Stefan beugte sich auf und streckte den Rücken durch. „Das tut gut! Selbst für einen Gernegroß wie mich.“

„Gernegroß? Aber was genau ist dann unser Ahmet?“

Stefan lachte und wirkte dabei einen Moment lang richtig offen und gelöst.

„Kleiner gibt es immer!“, stimmte er zu.

Überrascht über den Zustand seines Tyvek-Anzugs legte er Schraubenzieher und Taschenlampe beiseite.

„Du hast recht, wir sollten darauf achten, keine eigenen Abdrücke zu hinterlassen. Selbst wenn das Feuer die meisten DNA-Spuren vernichtet hat.“

Ein zaghaftes Klopfen, dann schwang die Tür auf und Linda Francis, Sachbearbeiterin der Bereiche Archiv und Materialverwaltung, trat ein. Gesicht und Körperbau wirkten kindlich, obgleich Linda kurz davor stand, die Grenze zur Vierzig zu überschreiten. Gekleidet in einer Kombination aus Burlington-Pullover und knielangem Faltenrock orientierte sie ihren Kleidungsstil am konservativen Aussehen der meisten ins Berufsleben zurückgekehrten Mütter. Doch jeder im Haus wusste, dass Linda Single war.

„Herr Wagner?“

„Frau Francis?“

Ein grimmiger Augenausdruck traf Stefan mitten ins Gesicht, mit einem weiteren betrachtete Linda den Arbeitsanzug ihres Kollegen.

„Du hast dich da etwas dreckig gemacht.“ Sie zeigte auf Stefans Bauch und lachte gekünstelt vor Vergnügen über den kleinen Scherz.

„Lass uns teilen“, schlug Stefan vor. „Komm, ich drück dich!“

Belustigt über die Schlagfertigkeit Stefans, erwartete Rafael den Grund für Lindas Besuch.

„Wohl eher nicht.“ Lindas Gesichtsausdruck wurde abermals ernst. „Hier fehlt schon wieder eine Unterschrift! Wie oft soll ich noch hinter dir herlaufen?“

Suchend klopfte Stefan über die Brusttasche, nahm dann den Stift, den Linda ihm samt Klemmbrett entgegenhielt.

„Eine Packungseinheit Chloranilsäure, ein Paket Kaliumhydroxid.“

Mit geschwungenem Namenkürzel bestätigte der Forensiker seinen Einkauf, übergab das abgezeichnete Dokument und feixte: „Ist mir immer eine Freude, dich zu sehen, Linda.“

Sie prüfte die Unterschrift und erweiterte genervt das Tagesdatum.

„Gut, das war's.“ Sogleich zeigte sie ihre Rückseite und marschierte von dannen. „Wird das mit der Unterschrift das nächste Mal funktionieren?“, rief sie über die Schulter zurück.

„Dann würden wir dich hier unten weniger sehen“, entgegnete Stefan. „Ich fänd's schade.“

„Und du könntest mir weniger auf den Hintern schauen, genau wie gerade in diesem Moment.“

Ein kontrollierender Blick Lindas, ein errötetes Gesicht Stefans, dann schlug die Tür und sie war verschwunden. Vor Lachen prustend, sahen die Männer sich an, und die Atmosphäre entspannte sich. Als die beiden verstummten, reichte ein Zucken in Stefans Mundwinkel aus und sie lachten erneut, bis die Situation ihre Komik verlor und der Ehrgeiz des Tatortermittlers zurückkehrte.

„Ich ziehe mich um. Anschließend muss der Motor raus!"

„Ist nicht dein Ernst?" Verblüfft schob Rafael die Kapuze seines Anzuges nach hinten. „Du willst aus diesem Schrott den BFB-1.8T-Reihenvierzylinder ausbauen?"

„Kompliment!" Stefan verbeugte sich gespielt. „Woran hast du das Aggregat erkannt? Die Plastikkomponenten sind verbrannt, der restliche Teil ist größtenteils Standard der gesamten Baureihe."

„Ich war im Vorteil", schilderte der zweiundzwanzigjährige Kollege stolz. „Von unten konnte ich den für den 1.8er typischen Riemenspanner erkennen, eine Modellveränderung Audis, um gelegentlichen quietschenden Geräuschen nach dem Kaltstart entgegenzuwirken."

„Wir benötigen mehr Spielraum, deshalb muss der Motor ausgebaut werden." Stefan deutete auf die eingedrückte Fahrerseite. „Besonders rechts fehlt uns ein freies Sichtfeld. Die Zeugen haben ausgesagt, der Wagen sei unkontrolliert ausgebrochen. Genau das will ich überprüfen."

Wenig später erschien Stefan in frischem Schutzanzug.

Gesteuert über ein Bedienpult an der Wand, angetrieben über eine massive Winde unter der Decke, senkte er das aufgeknüpfte Wrack des Audi Kombis nach unten. Knapp über dem Boden überprüfte Rafael, ob die von ihm positionierten Holzbalken an der richtigen Stelle lagen, um das Gewicht der Karosserie abzufangen, dann gab er ein Zeichen und Stefan senkte den Metallkoloss ab. Knarzend bestätigte das aufbrechende Holz das Gewicht des Fahrzeugs, zugleich lockerten sich die Ketten und bekamen Spiel.

„Ich muss zuerst die Motorhaube entfernen. Löst du die vier Metallfesseln? Und wir brauchen die dünnen Stahlseile, um den Motorblock daran zu befestigen."

„Wird gemacht", stimmte Rafael zu. „Sag mal, was hältst du eigentlich von Linda, abgesehen davon, dass sie irgendwie 'nen Schuss hat?"

Stefan überlegte gespielt. „Du meinst, ob ich sie mal ..."

Er grinste und Rafael grinste auch.

„Auf ihre Art ist sie schon heiß. Nur verstehe ich nicht, warum Linda sich immer so bieder kleidet. Aber ich denke, es geht dir gar nicht darum, ob mir ihre Kleidung gefällt ..."

„Eher nicht."

„Ja. Ich würde sagen, Linda ist mein Typ. Auch wenn sie fünf Jahre älter ist. Allerdings hat Erfahrung bekanntlich noch nie geschadet."

Stefan hing noch einen Moment seinen Gedanken nach, dann entfernte er die Befestigung der Motorhaube und gemeinsam stellten die beiden den schweren Metalldeckel zur Seite. Schrittweise löste der Kriminologe die Reste des Kabelbaums, lockerte das Hasenohr vom Katalysator, trennte die Antriebswelle und die Wasserschläuche, um als Letztes damit zu beginnen, das Motorlager abzuschrauben. Rafael fädelte die Stahlseile ein und befestigte die Ösen in den von der Decke herabhängenden Haken. Über das Bedienpult zog er die Ketten aufwärts und spannte die Seile.

„So ist gut. Halt an!"

Stefan löste die verbliebenen Halterungen, dann wuchteten sie den Motorblock samt Getriebe mithilfe der Winde nach oben heraus.

„Das wäre geschafft."

Zufrieden betrachteten die beiden Spurenermittler den ausgekernten Motorraum mit freiem Blick auf das Lenkgestänge.

„Da ist ja alles verbogen oder abgerissen."

„Die Frage ist nur ...", murmelte Stefan, „warum?"

Nach und nach, mit entsprechendem Werkzeug und speziellem Schmutzlöser bestückt, entfernte und reinigte er jedes einzelne Element der Lenkung und übergab es Rafael zur Dokumentation. Es dauerte nicht allzu lange, da glich das Aussehen von Stefans weißem, gerade erst gewechseltem Ganzkörperanzug dem des ersten.

„Holst du mal den Fotoapparat?"

Neugierig beugte Rafael seinen Oberkörper über den Kotflügel. „Du hast etwas gefunden?"

„Habe ich! Schau hier." Mit der Taschenlampe beleuchtete er den Tatort. „Jemand hat diese Gewinde bearbeitet und die Sicherungen an den Scharnieren geschwächt."

„Und das kann nicht beim Unfall durch die Überschläge des Autos passiert sein?"

„Das können wir ausschließen!", entgegnete Stefan selbstsicher. „Der Motorraum wirkte wie ein Käfig, das Feuer hat die Verfärbungen verursacht und mit Sicherheit auch alle DNA-Spuren menschlichen Einsatzes vernichtet. Aber diese Kratzer ..." Stefan fuhr mit dem Lichtstrahl über die manipulierten Stellen. „ ... werden wir auf jeden Fall Werkzeug zuweisen können. Zweifelsfrei eine Manipulation durch Menschenhand."

Anerkennend klopfte Rafael Stefan auf die Schulter, bevor dieser ihn wieder scheuchte.

„Los, hol den Fotoapparat! Ich informiere Andreas Ackermann."

20. Geplauder im Regen / 06. März 2013 / 17:12

„Aus welchem Grund benutzten Niclas und Roland das gleiche Auto?"

„Wahrscheinlich, weil sie zurück nach Gütersloh wollten."

„So meine ich das nicht. Warum waren die beiden *gemeinsam* unterwegs?"

„Weil sie in der gleichen Firma arbeiten. Dritter im Bunde ist Timo Seibold, den habe ich vorhin bei der Teuto-Solarlicht angetroffen, als ich eigentlich Niclas Klohse über den Tod seiner Freundin informieren wollte. Der Timo ist ein seltsamer Knilch in Shorts. Wenn du gesehen hättest, wie der sein verletztes Bein verpflastert hat, du hättest dich weggeschmissen."

Sarah blieb im Haupteingang des Polizeigebäudes stehen und schaute Ahmet fragend an.

„Willst du wirklich nach draußen?"

„Lass uns beide da an der Seite unterstellen. Ich brauch unbedingt was zu Rauchen."

„Einverstanden. Ich folge dir."

Während der Nieselregen über Gütersloh niederging, hechteten die beiden Kommissare unter den überdachten Unterstand für Fahrräder. Ahmet kramte eine zerknickte Schachtel hervor und fischte eine Zigarette heraus. Anfänglich verweigerte das Feuerzeug seine Einsatzbereitschaft. Genervt schüttelte Ahmet den Arm und verteilte das Gas, dann zündete eine kleine Flamme, ausreichend, um den Tabak aufglimmen zu lassen.

„Prima", würdigte er beim Ausatmen. „Hast *du* je geraucht?"

Sarah schüttelte den Kopf. „Geraucht habe ich nie. War wahrscheinlich die einzige Droge, die ich nicht ausprobiert habe."

„Andreas hat mir deine Vorgeschichte erzählt, bevor er uns als Partner eingeteilt hat."

„Es war nicht einfach. Erst ist es Alkohol, plötzlich probierst du Ecstasy. Irgendwann besitzt du eine beachtliche Sammlung anderer Partydrogen. Und danach? Zur Abhängigkeit von Kokain und Co. ist es ein ganz kleiner Schritt, das kannst du mir glauben."[2]

Ahmet akzeptierte Sarahs Antwort, sagte nichts und wartete ab. Nicht einmal einen Zug an seiner Zigarette erlaubte er sich.

„Und am Ende, da bist du bereit für jeden Pakt mit dem Teufel. Ich hatte einen Lebensgefährten, der mich in diesen Drogensumpf hineingezogen hat. Wahrscheinlich könnte ich ihm sogar eine Teilschuld geben, dass ich mich so schwer damit tue, dauerhaft eine neue Beziehung einzugehen."

Ahmet warf seine Zigarette zu Boden, löschte die Glut mit der Sohle seines Schuhs und trat hinter den Stumpen.

„Aber nun bist du im Heute und Jetzt! Wahrscheinlich waren Stefans Worte passender, als ich ursprünglich dachte. Was hatte er noch geschrieben?"

Sarah wusste sofort, welchen Text ihr Partner meinte.

„Sei glücklich, damit provozierst du sie alle am meisten."

„Richtig, das war es", bestätigte Ahmet. „Sei glücklich!"

---

[2] Anmerkung: Sarah Berger verarbeitet die Ausläufer ihrer Drogensucht in: Und ich vergebe dir nicht, ISBN 978-3-8271-9562-3

Für einen Augenblick schwiegen sie sich an und beobachteten, wie die eingeschaltete Beleuchtung des Parkplatzes die feinen Regentropfen in der hereinbrechenden Dunkelheit durchdrang.

„Können wir noch einmal über den Fall reden?"

„Natürlich. Da haben wir die drei Kompagnons der Teuto-Solarlicht. Darüber hinaus gibt es einen vierten Geschäftsführer." Ahmet griff zum Handy und startete die Notiz-Software. „Jonas Falkner, so heißt der vierte. Über ihn wissen wir bis jetzt nichts."

„Hältst du es für denkbar, dass dieser Eckert, nachdem er den Transporter ausgeliehen und anschließend im Baumarkt eingekauft hat, Frau Lirot erschlagen hat? Und das alles im Auftrag von Herrn Klohse, mit dem er später zusammen im Auto unterwegs gewesen ist?"

„Klar ist das denkbar. Auftragsmord hört sich immer so hochtrabend an, jeder denkt gleich an Mafia und Camorra, aber in Wirklichkeit wird es dich überraschen, wie viele Morde dieser Art im letzten Jahr in NRW verübt worden sind. Frag die Datenbank. Aber, weißt du ..., irgendwas stört mich an dieser Geschichte."

„Willst du jetzt nach Hause oder magst du mich begleiten?" Sarah betrachtete Ahmets Gesicht, seine dunklen Augenbrauen, den kräftigen Bartwuchs und dieses spitzbübische Grinsen, mit dem ihr Partner seine momentane, über die überraschende Frage Sarahs entstandene Unsicherheit versuchte zu überspielen.

„Was genau hätten wir vor?"

„Ich würde gerne zu der Zwei-Zimmer-Wohnung in der Körnerstraße fahren."

„Victorias Wohnung?"

„Ja. Irgendwer muss doch etwas gesehen haben, falls das Reinigungsfahrzeug in der letzten Nacht dort gewesen ist."

„Du meinst, Kroschewskis Fahrzeug?"

„Überleg doch mal! Irgendwie erscheint die Geschichte um Frau Lirots Ermordung unstimmig. Vielleicht ist ihr der Transporter vor dem Haus aufgefallen, vielleicht war der Fahrer sogar bei ihr zu Hause? Letztendlich haben wir Victorias Motorroller neben Kroschewskis Grundstück entdeckt. Was, wenn sie den Täter von ihrer Wohnung aus verfolgt hat? Lass uns die Nachbarn befragen, dazu die Leute am Anfang und Ende der Straße. Bestenfalls finden wir einen Zeugen, der unseren Einsatz zur späten Stunde mit einer Beobachtung honoriert."

„Wie du weißt, ist Aische ausgezogen. Ersatz für sie gibt es auch keinen. Also, was sonst könnte ich mir Besseres vorstellen, als mitten in der Nacht Leute zu befragen?"

„Spinner!" Sarah knuffte ihre Faust an Ahmets Schulter. „Es ist nicht mal sechs!"

In den folgenden zwei Stunden befragten Sarah und Ahmet sämtliche Bewohner aus Victorias Mietshaus, darüber hinaus die Nachbarn der angrenzenden Häuser und die auf der gegenüberliegenden Straßenseite. Und obwohl die beiden erst bei Kroschewski vorbeigefahren waren und mit dem Handy einen der Transporter fotografiert hatten, hatte nicht ein einziger Anwohner das Fahrzeug gestern oder in den Tagen zuvor gesehen.

21. Funkstille / 06. März 2013 / 18:23

Die Beine an der steilen Wand gen Himmel gestreckt, lag Jonas mit dem Rücken auf der doppelt zusammengefalteten Decke und betrachtete die aufziehenden Sterne. Romantisch hätte die Aussicht sein können, insbesondere mit Eva im Arm, seiner derzeitigen Freundin. Doch an den Füßen zu frieren und den Kopf nicht wirklich behaglich ablegen zu können, nahm seiner Gefangenschaft jeden Reiz. Seit Stunden schwieg die Funkverbindung zu Niclas und Roland, und noch immer war Jonas sich nicht sicher, ob dies eine weitere Intrige war, um ihn über die nächsten Stunden zum Narren zu halten. Gelegentlich hatte er ein Signal nach draußen in die weite Welt abgesetzt, aber niemand schien ihn zu hören. Nun ruhte das Walkie-Talkie auf der Türklinke der verrosteten Wartungstür, eingestellt auf niedrigster Lautstärke, lauschend nach Neuigkeiten auf Kanal 6.

Nach einem vollständigen Tag fernab der eigenen Wohnung knurrte Jonas' Magen. Zum wiederholten Mal hielt er den Schokoriegel in der Hand, den seine Freunde ihm als einzigen Proviant neben den vier Flaschen eingepackt hatten.

Esse ich den Riegel, oder trinke ich das dritte Bier?, überlegte er. *Oder spare ich mir beides bis morgen auf, wer weiß, was kommt.*

Unvorhergesehen kamen ihm Rolands Worte in den Sinn: „Ein schönes, gemütliches Bett. Was, denkst du, ist so etwas in unserer Konsumgesellschaft wert? Was ist es *dir* wert?"

Er stand auf, streckte seinen Körper durch und reckte sich.

„Ich habe es verstanden!“, schrie Jonas so laut er konnte. „Keine Streiche, kein Ärger auf Kosten eines anderen!“

War es denkbar, dass er seine Kumpels hören konnte, dass sie irgendwo dort oben am Rand seines Schachtes saßen und sich amüsierten, es genossen, wie er um seine Befreiung flehte?

Er lauschte, stand ganz still, wie erstarrt. Der Wind fegte über die Lichtung, hier und da ein Vogellaut, sonst nichts. Verzweifelt wandte sich Jonas der anderen Seite der Schachtwand zu und horchte erneut. Wie er es in vergangenen Tagen bei der Bundeswehr gelernt hatte, schloss er die Augen, öffnete den Mund und verstärkte die Kraft seiner Ohren mit dahinter gehaltenen Handflächen. Vorübergehend ließ er die Umgebungsgeräusche auf das Bewusstsein wirken und war erstaunt, welches Bild sich von dem Waldstück acht Meter über ihm in seinen Gedanken formte. Nur von Niclas, Roland oder auch Timo konnte er keinen Laut hören. Frustriert und kleinlaut nahm er auf seiner Decke Platz und wickelte eine Ecke über die abgekühlten Füße. Den Rücken gegen die kalte Wand zu lehnen machte ihm nichts aus, der Parka wärmte vollends.

Jonas dachte darüber nach, was Roland ihn über Funk gefragt hatte: „Erzähl uns von Lulu! Wie ist der gestrige Abend zu Ende gegangen? Wie ist es für Lulu gewesen? Jetzt, wo Timo nicht dabei ist, kannst du uns doch alle Einzelheiten erzählen!“

Timo hat die beiden nicht begleitet!, schoss es Jonas in den Kopf. *Entführt worden war er nur von Niclas und Roland.*

In Gedanken versunken riss er den Schokoriegel aus seiner Verpackung und biss herzhaft hinein. Binnen

Sekunden hatte er mehr als die Hälfte verschlungen, bevor ihm bewusst wurde, wie er über die Notration hergefallen war. Doch das interessierte ihn nicht. Nicht in *diesem* Moment!

Warum ist mir das nicht gleich aufgefallen? Was ist mit Timo gewesen? Den Einbruch heute Morgen in meinem Haus hat unser Athlet auf jeden Fall begleitet. Ich habe ihn an seiner Statur erkannt, bevor sie mir den stinkenden Stoffbeutel über den Kopf gestülpt haben.

Die nächsten Minuten überlegte Jonas, warum nur zwei seiner Freunde in sein Haus eingedrungen waren, ihn anschließend in den Kofferraum verfrachtet hatten. Später, nach einem Zwischenstopp, an den er sich erinnern konnte, folgte die Entführung in veränderter Konstellation.

War Niclas der Drahtzieher dieses Komplotts? Einmal gemeinsam unterwegs mit Roland, das andere Mal im Einsatz mit Timo?

Doch so viel seine Gedanken auch kreisten, eine Lösung zu den Fragen, die ihn beschäftigten, fand er nicht.

Jonas begann sich auf die kommende Nacht einzurichten, den Parka zu verschnüren, die Decke neu auszubreiten und den ein oder anderen pikenden Stein erneut zu wenden.

Sitzen oder zusammengerollt liegen?, grübelte er.

Zuerst würde Jonas sich quer von Ecke zu Ecke setzen, schauen, ob er auf diese Art in den Schlaf finden konnte. Doch schnell machte sich eine fehlende Polsterung im Rücken bemerkbar, die auch der zusammengerollte Rucksack nicht ausgleichen konnte. Er schloss die Augen, begann zu dösen, zu träumen von morgen, einem Tag voll guten Essens und einer ausgiebigen Portion bequemen Schlafes im eigenen King-Size-Bett.

Jählings, er war gerade eingenickt, knackte die Funkverbindung seines Walkie-Talkies.

„Hey! Gib mal her. Ich will auch mal ausprobieren!"

Jonas schoss hoch, tastete desorientiert durch die Dunkelheit und stieß das kleine Gerät von seinem Lagerplatz, der Türklinke. Die rote LED leuchtete, sie flackerte! Signalisierte eine bestehende Verbindung.

Kein Traum! Ich habe mich nicht getäuscht!

Er fingerte den Boden entlang, fand das Mobilfunkgerät und betätigte den Sendeknopf.

„Hallo! Hallo?"

Der Bruchteil einer Sekunde wurde für den Gefangenen zur Ewigkeit.

„Voll krass! Da ist jemand", knackte es aus dem Lautsprecher.

„Ja! Hier spricht Jonas. Ihr müsst mir helfen!"

„Wer ...st du? Wa... mac... du da dra.....?"

Die Qualität der Verbindung verschlechterte sich.

„Ihr verlasst meinen Funkbereich!", rief Jonas entsetzt. „Kommt zurück! Lauft in die andere Richtung!"

„Wir kö... ni... ... Was ... ..."

Dann. Stille. Die LED am Funkgerät bekundete den Abbruch der Funkverbindung.

Deprimiert und gebrochen sackte Jonas zusammen. Kanal 6 war tot, genauso wie die anderen Kanäle.

22. Zu zweit / 06. März 2013 / 19:16

Erschlagen von der ergebnislosen Befragung Victorias ehemaliger Nachbarn, sackte Sarah auf ihren Bürostuhl. Der ganze Aufwand war umsonst gewesen, für ihre Ermittlungen weder Lichtblick noch Fortschritt. Ahmet hatte den Feierabend dem Schreiben des Tagesberichts vorgezogen, und inzwischen fragte sich auch Sarah, was sie um diese Zeit noch im Polizeirevier zu tun hatte, das nicht auch morgen erledigt werden könnte. Also würde sie den PC herunterfahren, die Kladden verschiedener Fälle sorgsam im Körbchen ausrichten und anschließend nach Hause fahren. Da schwang die Tür von Ackermanns Büro auf.

„Habe ich doch richtig gehört." Andreas trat in das Großraumbüro, offensichtlich überrascht, noch drei seiner Angestellten um diese Zeit bei der Arbeit vorzufinden. „Wie ist es draußen an der Körnerstraße gelaufen?"

Sarah schaltete ihre Schreibtischlampe aus, danach den Monitor.

„Gar nichts ist gelaufen!", entgegnete Sarah frustriert. „Ich war mir sicher, dass es eine Verbindung zwischen Frau Lirot und dem Transporter geben könnte. War wohl ein Schuss ins Wasser."

„Also kein brauchbarer Zeuge?", hakte Andreas nach.

„Nein ... Letzten Endes war Ahmet stinkig. Ich habe meinen Termin verpasst und sollte zu dieser Uhrzeit auch nicht hiersein."

„Termin? Warte mal. Ich habe einen Anruf für dich entgegengenommen."

Andreas Ackermann verschwand in seinem Büro und kehrte kurz darauf mit einem Post-it-Zettel zurück. „Eine Frau Sarkay hat versucht, dich zu erreichen."

„Bestimmt nicht!", lachte Sarah. „Du meinst Frau Sarikaya. Das ist Maren!"

„Die Tierärztin?"

„Genau. Was hat sie gesagt?" Sarah lächelte vor sich hin. „Dass ich unzuverlässig bin und Verantwortung übernehmen soll? Oder einfach, dass ich meinen Termin in der Praxis verpasst habe?"

„Weder noch. Sie bat, ich solle dir ausrichten, euer Gast hätte sie begleitet. Du könntest später bei ihr vorbeischauen und deinen Beitrag leisten."

Erwartungsvoll faltete Andreas den gelben Zettel zusammen und hoffte auf nähere Informationen, was dieser Anruf für Sarahs weitere Planung ihres Abends bedeuten sollte. Offensichtlich hatte Andreas in seiner Fantasie bereits eine ganz eigene, klare Vorstellung entwickelt.

„Sag! Was genau habt ihr drei da eigentlich vor?"

Bemüht, seine Distanz als Vorgesetzter zu wahren und gleichzeitig interessiert, die Kollegin zu necken, zuckten seine Mundwinkel süffisant auf und ab.

Schon klar!, dachte Sarah. *Kannst du haben!*

„Zuerst ein großes Schaumbad!", begann sie Andreas' Vorstellungen auszubauen. „Wahrscheinlich werden wir uns abwechselnd um unseren Neuzugang kümmern müssen. Und später ..." Sie überlegte kurz. „Hoffentlich entkomme ich allein nach Hause, sonst geht das ganze Remmidemmi von vorne los. Ich glaube, so belastbar bin ich heute nicht mehr."

Andreas nickte gedankenversunken, wandte sich ab und betrat sein Büro.

„Es gibt ganz offensichtlich schlechtere Arten, seinen Abend zu verbringen", rief er, dann verschloss er die Tür.

Das Fell glänzte, aber nicht minder die Augen, als Curly Sarah entdeckte. Aufgeregt sprang der kleine Mischlingshund umher, bis Sarah ihm die Aufmerksamkeit widmete, die er von ihr erwartete. Anschließend lief er an das Ende des Wohnungsflurs und nahm auf einer ausgedienten Wolldecke Platz, die Maren der Hündin als Lager eingerichtet hatte.

„Hallo Sarah. Wie ich sehe, hat dich die Nachricht erreicht." Maren nahm Sarah in den Arm, dann zeigte sie auf Curly. „Frisch gewaschen, die Kleine. Untersuchung ohne Befund. Außer dem aufgeschrammten Ohr und zwei kleinen Blutergüssen am Bauch, kein Grund zur Sorge."

Sarah grinste verstohlen. „Ich brauche aber keinen Hund."

„Aber sie braucht *dich*! Außerdem bringt so ein Tier etwas Bewegung in dein Leben."

„Andere nennen das Chaos!"

Maren lachte.

„Was hast du eigentlich Ackermann am Telefon erzählt?"

„Wieso, was meinst du?"

„Ich glaube, er dachte, Curly wäre ein männlicher Gast."

„Ein Mann?"

„Seine Fantasie scheint da etwas mit ihm durchgegangen zu sein. Aber ich habe ihm erzählt, was er hören wollte. Dann ist er mit Schaum vor dem Mund in seinem Büro verschwunden."

Ungläubig verdrehte Maren die Augen.

„Und du bist dir sicher, dass du nicht auch noch einen Mann benötigst?"

„Meinst du nicht, ein Hund würde fürs Erste reichen?"

Sie betrachtete Curly, die alle viere von sich gestreckt auf der Decke träumte, ihren Blick aber standhaft auf Sarah fixierte.

„Dann haben wir das mit Curly ja soweit geklärt." Abermals drückte Maren ihre Freundin.

„Welcher Mann wäre denn wohl der richtige für dich?", begann Maren die Männerthematik von Neuem aufzurollen. „Was ist mit diesem Ackermann, deinem Chef? Wäre das dein Typ?"

„Andreas? Er ist zu alt, hat zu wenig Haare, zudem als Ausgleich zu viele Cordhosen."

„Zu alt? Mein Schatz, du wirst nächste Woche zweiunddreißig!"

„Nun fang du nicht auch noch damit an!", stöhnte Sarah. „Meine Mama hat schon immer gesagt: Du musst einen Mann gefunden haben, bis du fünfundzwanzig bist. Sonst bleiben nur die hässlichen, die verheirateten oder die geschiedenen für dich übrig."

Sarah und Maren setzten sich ins Wohnzimmer, Curly folgte und bezog an Sarahs Füßen Position.

„Ist doch alles kein Problem! Bestimmt gibt es mehr als einen Mann bei der Gütersloher Polizei. Was ist mit Ahmet?"

„Südländischer Typ. Ein echter Pluspunkt. Direkter Arbeitskollege, K.-o.-Kriterium. Das gibt immer Streit. Ist nur eine Frage der Zeit."

„Was ist mit Stefan?"

„Du gibst nicht auf, oder?"

„Stefan?"

„Logisch und zielstrebig, bringt mich zum Lachen. Aber das reicht mir nicht aus."

„Du weißt schon, was man von Tausendschönchen sagt, die sich jedem Mann verweigern?“

Sarah errötete. „Dass sie als alte Jungfern sterben?“

Die beiden Frauen schauten sich an, dann kicherten sie.

„Es ist ganz anders als gedacht!", rief Sarah enthusiastisch in den Hörer des Telefons. „Victoria hat nicht zu Hause geschlafen, sondern bei ihrem Freund Niclas."

„Woher willst du das wissen?" Ahmet klang schlaftrunken, eigentlich morgens nichts Ungewöhnliches.

„Stefans Bericht! Der Audi wurde sabotiert. Jemand hat das Lenkgestänge bearbeitet."

„Ganz langsam!", versuchte Ahmet seine Gedanken hintereinander zu sortieren. „Stefan hat herausgefunden, dass sich jemand am Audi zu schaffen gemacht hat?"

„Genau! Und jetzt stell dir folgendes Szenario vor: Victoria, die bei Niclas schläft, bemerkt den Täter, wie er draußen vor dem Haus an Niclas' Audi schraubt. Warum sie ihren Freund nicht informiert, keine Ahnung, da fehlt mir im Moment auch die passende Erklärung. Auf jeden Fall entscheidet sie, die Verfolgung aufzunehmen."

„Sie hätte die Polizei rufen können?", fiel Ahmet ins Wort.

„Das hätte sie vielleicht auch getan, sofern sie genügend Anhaltspunkte sammeln konnte. In ihrem Fall war der Reinigungswagen möglicherweise ums Eck geparkt oder der Täter hatte sich vermummt. Ich denke, ihr fehlten entsprechende Hinweise, um diese Person später gesichert durch die Polizei aufspüren zu lassen. Also ist sie selbst zur Tat geschritten, ist auf ihren Roller gesprungen und hat die Verfolgung aufgenommen."

Ahmet gähnte hörbar müde.

„Wie sich zeigte, ein tödlicher Fehler! Dann schließt deine neue These aber aus, dass Roland Victoria erschlagen hat. Warum sollte er den Wagen seines Freundes sabotieren, sich dabei erwischen lassen und anschließend die Freundin erschlagen? Ein Auftragsmord, initiiert durch ihren Freund Niclas, erscheint damit unlogisch."

„Lass mich darüber nachdenken und vor allem, zieh dich an! Wir sind gleich bei dir."

„Wir? Was bedeutet das?"

„Ist 'ne Überraschung, wart's ab."

„Sarah?" Ahmet gähnte von Neuem. „Entwickelt sich da zwischen uns beiden ein neuer Service? Wirst du mich nun jeden Morgen wecken und abholen?"

„Erwarte nichts, dann wirst du auch nicht enttäuscht!"

Ohne ein weiteres Wort legte sie auf.

24. Euphorisch / 07. März 2013 / 07:17

Ahmet war auf dem Weg zur Dusche, ein morgendliches Prozedere, das den Polizisten von seinem Bett zur vorbereiteten Kaffeemaschine, von dort zur Tageszeitung im Briefkasten und anschließend vorbei am Frühstücksfernsehen bis ins Badezimmer lotste. Heute würde er sich beeilen. Bis zu Sarahs angekündigter Ankunft blieb wenig Zeit. Während er mit dem Rasierer seinen Bartwuchs bekämpfte, bereitete Ahmet die Zahnbürste vor und ließ warmes Duschwasser vorlaufen. Shampoo und Duschgel in einem, solche Erfindungen vereinfachten das Leben eines jeden Mannes, ebenso das Aftershave in Kombination mit der Pflegemilch.

Wenig später marschierte ein nackter Ahmet vor dem Kleiderschrank auf und ab, um für sich selbst zu entscheiden, ob er heute das schwarze Hemd mit dunkel besticktem Schulterteil oder den anthrazitfarbenen Rippenpulli tragen würde. Er entschied sich für Schwarz. Abermals schellte das Telefon und Ahmet fluchte. Ein ruhiger Tagesbeginn sah irgendwie anders aus. Noch genervt beim Griff zum Hörer, verschwand sein Unmut, als er Sarahs Nummer im Display erkannte.

„Sag nicht, du stehst schon unten vorm Haus? Ich habe mich wirklich beeilt, aber *dieser* Zeitrahmen sprengt meine Möglichkeiten."

„Nicht aufregen, lieber Ahmet. Erinnerst du dich noch, was ich dir vorhin am Telefon gesagt habe?"

Ahmet ließ sich Zeit, ohne zu antworten.

„Erwarte nichts, dann wirst du nicht enttäuscht", rief sie ihm in Erinnerung. „Wir müssen umdisponieren!"

„Was meinst du? Du kommst jetzt doch nicht vorbei, um mich abzuholen?"

Ahmet kannte Sarah seit nunmehr zwanzig Monaten, nur wenig später hatte Ackermann die zwei als Partner zu einer Arbeitsgruppe zusammengefasst. Ein Gespür dafür zu entwickeln, was Sarah antrieb, was sie interessierte, war für Ahmet niemals schwer gewesen. Sich ihrer Wissbegier zu widersetzen, das jedoch war aussichtslos. Wenn die Kollegin sich etwas in den Kopf gesetzt hatte, hielt sie mit der Zähigkeit eines Löwen daran fest.

„Ich habe die halbe Nacht gegrübelt und das nur, weil Stefan seinen Bericht noch gestern Abend ins System gestellt hat."

„Dieser Lump!", lästerte Ahmet. „Wie konnte er das tun!"

„Hör auf! Schließlich habe ich mich noch in den Polizeirechner eingewählt, anstatt mit hübschen Männern auszugehen. Also bin ich selbst schuld."

„Du hättest *mich* anrufen können", schlug Ahmet vor.

„Schon klar!", ließ Sarah ihren Kollegen unbeeindruckt abblitzen. „Ich muss *jetzt* unbedingt in die Bultmannstraße und die Nachbarn von Niclas Klohse befragen, ob sie in der vorletzten Nacht den gesuchten Transporter bemerkt haben."

Ein Bellen störte das Gespräch zwischen Sarah und ihrem Kollegen. Erschrocken hielt Ahmet den Hörer beiseite.

„Was genau war jetzt das? Es würde mich kaum wundern, wenn du bereits die gesamte Gütersloher Hundestaffel in den Kofferraum deines asiatischen Raumwunders verstaut hättest, bereit, auf Klohses Grundstück keinen einzigen Stein auf dem anderen zu lassen."

„Du Spinner! Sag einfach ‚Hallo' zu Curly. Bestimmt werdet ihr schnell Freunde."

„Ich soll durch einen Telefonhörer mit einem Hund reden? Und du nennst mich einen Spinner?"

„Hahaha", lachte Sarah aus vollem Herzen. „Dann lernt ihr euch halt später kennen!"

„Ich befürchte, es wird sich nicht umgehen lassen! Solange der Hund sein Bein nicht an mir reibt oder seine schnoddrige Nase an meiner Hose putzt, hat er noch nichts verscherzt."

„Curly ist eine *Sie*."

„Noch eine Frau im Team? Ich werd' verrückt!"

Für einen Moment wurde es still, außer den Fahrtgeräuschen, die im Hintergrund gelegentlich durchdrangen. Vermutlich musste Sarah sich auf den Verkehr konzentrieren, möglicherweise bedurfte der Hund einer Platzzuweisung.

„Treffen wir uns bei Klohse zu Hause? Es lässt mir keine Ruhe."

„Fahr du schon vor und ich genieße noch schnell meinen Kaffee. Anschließend folge ich dir. Solltest du einen Hinweis auf Kroschewskis Firmenwagen finden, hättest du ein Indiz, dass der Fahrer allem Anschein nach den Audi Klohses sabotiert hat. Frau Lirot könnte den Vorfall bemerkt haben und ihre private Verfolgung wurde ihr zum Verhängnis."

„Siehst du! Genau das hat mich heute Nacht wachgehalten, zumindest vorübergehend", erklärte Sarah beharrlich. „Ich will keine Zeit verlieren, bevor meine Zeugen alle das Haus verlassen und zur Arbeit fahren."

„Das war mir bereits klar, als ich deine Nummer im Display gesehen habe. Aber ich wollte hören, ob ich mit meiner Vermutung recht behalten würde. Viel Erfolg und bis gleich!"

Sarah traf auf Schüler, die hektisch oder schnatternd in Gruppen zu ihren Schulbussen liefen. Sie wartete vor Wohnungstüren, die trotz mehrfachen Schellens verschlossen blieben oder an denen sie Bewegung hinter dem Türspion bemerkte. Sich als Polizistin auszuweisen, schien früh morgens in Deutschland nicht die allergrößte Bedeutung zu haben. Gelegentlich reagierten die Bewohner, manche ungeniert in Schlafanzug oder Boxershorts, andere in feinem Anzug oder gekleidet im Kittel einer Supermarktkette. Hinweise konnte niemand geben, und für gewöhnlich brachten sie vor, alle des Nachts zu schlafen.

Mittlerweile stand Sarah vor einem Haus am Ende der Bultmannstraße. Zwischen Klohses Grundstück und diesem reihten sich gut und gerne zwanzig weitere, vorwiegend bestückt mit Einfamilienhäusern, aber auch zwei größere mit unzähligen Mietwohnungen. Sie klingelte, wartete und irgendwann öffnete sich die Tür.

„Guten Morgen, Kriminalpolizei Gütersloh."

Sarah zeigte die Polizeimarke und betrachtete die Frau, wahrscheinlich eine Hausfrau und Mutter, die dem Aussehen nach mit den Auswirkungen und Spuren der Frühstückszubereitung ihrer kleinen Racker zu kämpfen hatte.

„Polizei?", fragte sie unsicher. „Haben wir etwas verbrochen?"

„Nein", beruhigte Sarah sofort. „Kein Grund zur Sorge. Sie könnten mir allerdings mit einer Auskunft weiterhelfen."

Sarah nahm ihr Handy aus der Manteltasche und zeigte das Foto, das sie von Kroschewskis Transporter geschossen hatte. „Frau Grabowski, können Sie mir sagen, ob Ihnen dieses Fahrzeug in der vorletzten

Nacht irgendwo in der Bultmannstraße aufgefallen ist?"

Aus dem Wohnungsflur drang Lärm. Ein Streit, offensichtlich ein Kampf um die Frage, wer zuerst den Text auf der Rückseite der Cornflakesschachtel lesen durfte und wer von den divergierenden Kindern das Puzzle heraustrennen konnte, ohne mitten durch die Motive zu schneiden.

„Entschuldigen Sie, ich muss zurück in die Küche, sonst macht der Wischmopp wieder Überstunden. Zu ihrer Frage ..." Frau Grabowski warf einen prüfenden Blick auf die Anzeige des Handys. „Nein, dieses Fahrzeug habe ich nie gesehen. Aber gehen Sie mal zum alten Schubert."

Sie trat einen Schritt ins Freie und beugte sich vor.

„Da hinten, sechs Häuser zurück, direkt hinter dem hohen Haus."

„Herr Schubert?"

„Richtig. Und lassen Sie sich nicht abwimmeln, falls er nicht gleich öffnet. Er hört schlecht! Ich kümmere mich ab und an um ihn, halte seine Wohnung in Schuss. Seitdem er im letzten Monat eine neue Hüfte bekommen hat, schläft er nachts nicht besonders gut. Ich denke, so jemand könnte etwas gesehen haben."

Ein Knall. Offensichtlich war eine Müslischüssel dem Kampf um die Cornflakespackung zum Opfer gefallen. Dem Lärm folgte das Geschrei eines Kleinkindes.

„Ich hoffe, ich konnte Ihnen helfen. Sie hören ja, ich muss in die Küche."

„Verstehe."

Sarah grinste und dachte an Curly, ihren eigenen Zuwachs, der zufrieden und glücklich auf dem Beifahrersitz ihres Hondas wartete. Zumindest hoffte Sarah das.

„Danke für Ihre Hilfe und gutes Gelingen in der Küche."

Herr Schubert öffnete schneller als erwartet. Wie stark er in seiner Mobilität eingeschränkt war, war nicht zu übersehen. Mühsam lehnte der Mann, so um die siebzig, auf seinem hölzernen Stock, während er die fremde brünette Frau argwöhnisch betrachtete, die ihn so früh morgens behelligte.

„Da sind Sie ja schon wieder. Waren doch erst vor einer Viertelstunde an meiner Haustür."

„Niemand hat auf mein Klingeln reagiert."

„Was wollen Sie? Ich kaufe nichts und mir geht's schon schlecht genug!"

Sarah zeigte ihre Dienstmarke.

„Polizei? Das ist ja interessant."

„Finden Sie?", entgegnete Sarah gelassen.

„Sind Sie genauso korrupt wie Ihre Kollegen aus München? Der Bericht lief ja gestern Abend auf allen Sendern."

„Da ging es um Polizisten der Verkehrsstreife. Ich bin Kommissarin der Kreispolizeibehörde hier aus Gütersloh."

„Dennoch sind die Münchner Kollegen. Oder etwa nicht?"

„Sie haben es nicht so mit der Polizei?" Sarah bemerkte den inneren Widerstand des Rentners, den es zu überwinden galt, wenn sie sich einen brauchbaren Hinweis erhoffte. „Frau Grabowski lässt durch mich Grüße überbringen."

Der Rentner wurde hellhörig und wartete ab, was die Polizistin zu erzählen hatte.

„War ein nettes Pläuschchen. Ihre Kinder schienen in der Zwischenzeit die Küche unter Kontrolle zu haben. Bevor ich ging, bat sie mich, auf keinen Fall den Gruß an Sie zu vergessen."

Der Mann schürzte die Lippen, räusperte sich und richtete sich auf.

„Alte Stinker! Diese Lausbuben. Drei Kinder haben die Grabowskis gemacht. Einer weniger wäre auch genug gewesen! Womöglich hätte die Erziehung der Eltern für zwei Kinder ausgereicht, mit den dreien hat's nicht geklappt!"

Sarah hob überrascht die Augenbrauen.

„Aber Frau Grabowski ist okay. Da kann ich nur Gutes sagen. Glauben Sie, ein alter Sack wie ich könnte so eine Wohnung ohne Unterstützung in Schuss halten? Vergessen Sie's. Hier sähe es aus wie auf 'nem Scheißhaus."

„Dann ist es doch gut, dass Sie Unterstützung bekommen."

Schubert stutzte.

„Und was wissen Sie? Kennen Sie irgendjemanden aus dieser Straße, um sich ein Urteil bilden zu können? Ihr schnüffelt hier rum, dann seid ihr wieder weg!"

„Mir scheint, ich kann nicht mit Ihrer Unterstützung rechnen?"

„Wieso?", keuchte der Rentner. „Weil ich meine Meinung sage, die vielen zu unbequem ist? Weil unser System alte Menschen durch das Netz fallen lässt? Geschissen auf diesen Sozialstaat."

„Ehrlich gesagt bin ich mir auch nicht sicher, was mich im Alter in diesem Land erwartet. Herrn Klohse, Nachbar aus Ihrer Straße, und Frau Lirot, dessen Freundin, beschäftigt diese Frage nicht mehr. Sie sind beide tot. Ermordet."

„Das ist der Punkt, an dem ich Ihnen helfen soll?" Spitzbübisch lachte der Mann über das, worauf dieser

Wortwechsel hinausgelaufen war. Sarah hatte sich mit ihm gemessen und er fand, sie hatte es gut gemacht. „Was wollen Sie wissen?"

Die Kommissarin zeigte ihr Handy samt Foto.

„Dieser Transporter könnte in der vorletzten Nacht irgendwo in dieser Straße gehalten haben?"

„Von Dienstag auf Mittwoch?", überlegte Schubert.

„Richtig."

„Genau so ist es!", bestätigte er, ohne zu zögern. „Meine neue Hüfte hält mich wach, da sitze ich des Nachts immer mit Decke nebenan im Garten. Glauben Sie mir, das ist besser als jede Talkshow im Fernsehen!"

„Sie haben den Wagen wirklich gesehen?"

„Absolut. Er parkte direkt vor der Parkfläche von Klohses Haus. Schauen Sie, dort drüben." Er zeigte mit seinem Stützstock quer über die Straße. „Sie können den freien Parkplatz genau sehen. Dort, wo die ‚Blauen' mit Absperrband die Einfahrt abgesperrt haben."

25. Schönborn / 07. März 2013 / 08:47

Als Sarah ihren am Anfang der Bultmannstraße abgestellten Honda erreichte, parkte Ahmets Passat direkt dahinter. Weder ihr Partner noch Curly waren irgendwo zu sehen. Irritiert schaute Sarah in die verschiedenen Richtungen. Ein Pfiff ließ sie aufhorchen, dann erschienen die beiden am Ende eines kleinen Siedlungsdurchgangs. Mit dürftigem, aber freudigem Bellen begrüßte die Hundedame ihr Frauchen.

„Hey! Wir waren eine kleine Runde spazieren im Riegepark. Curly hatte ein dringendes Bedürfnis, dass wir nicht deinem frisch reparierten Auto zumuten wollten."

Sarah grinste. „Danke!"

„Keine Ursache. Ich glaube, wir haben uns sogar schon ein bisschen angefreundet."

Ahmet tätschelte gespielt den Kopf der Hündin. Curly nahm Platz und drapierte den Kopf zufrieden zwischen den Vorderpfoten.

„Dein Gesichtsausdruck lässt keinen Zweifel daran, dass du erfolgreich gewesen bist", lächelte Ahmet.

„Ich habe einen Zeugen, der Kroschewskis Wagen gesehen hat! Damit beantworten wir zumindest die Frage, warum Victoria mitten in der Nacht an der Gneisenaustraße gewesen ist. Die Indizien lassen vermuten, dass sie den Saboteur von Niclas' Audi gesehen und anschließend verfolgt hat."

„Bleibt die Frage nach der Identifikation des Fahrers und dem zugleich einstweiligen Mörder. Wir ... oh, entschuldige, mein Handy vibriert."

Als Ahmet Ackermanns Rufnummer im Display erkannte, schluckte er.

„Ich befürchte, es gibt schlechte Neuigkeiten aus Paderborn. Geht ihr zwei schon mal vor, ich folge euch gleich."

Sarah drückte seine Hand als Zeichen der Aufmunterung und er nickte zögerlich.

„Komm, Curly, wir gehen zum Auto."

Ahmet beendete das Vibrieren und nahm das Gespräch entgegen.

„Yilmaz", meldete er sich knapp.

„Andreas Ackermann."

„Du hast Neuigkeiten von Ralf Schönborn?"

„Ja. Woher weißt du das?"

„Es ist kurz vor neun. Um diese Uhrzeit lässt du mich für gewöhnlich in Ruhe. Also muss es etwas Wichtiges sein, wenn du anrufst."

„Ich hatte ein Telefonat mit dem Klinikum Paderborn. Der Rocker liegt weiterhin im Koma. Sein behandelnder Arzt erwähnte die Überprüfung auf Freigabe zur Organspende. Ahmet, du weißt, was das bedeutet?"

„Schönborn hatte schon bessere Tage?"

„Spinnst du?", schrie Andreas durchs Telefon. „Du nimmst das nicht ernst!"

„Wieso schützen wir die Täter?", keifte Ahmet zurück. „Wer kümmert sich um Detlef Schwarz? Sein Gesicht, sein Trauma, sein verpfuschtes Leben, an das er jeden Morgen erinnert wird, wenn er zum Rasieren in den Spiegel schaut?"

„Du bist nicht das Gesetz!", hielt Andreas in gleicher Lautstärke und Aggressivität dagegen. „Und diese Diskussion hatten wir bereits mehrfach!"

„Ich habe Schönborn die Nase gebrochen, na schön. Er hat mich geschlagen, ich ihn. Andreas! Sag mir, was würde passieren, wenn ich den Kürzeren gezogen hätte und der Rocker geflohen wäre? Eine Notiz in den Akten? Eine Fahndung nach unbekannt?"

„Die Presse ist alarmiert, Schönborns Gang hat einen Anwalt auf den Weg geschickt. Ich will dich warnen! Hier kommt mehr in Bewegung, als du vielleicht erwartet hättest. Ich sehe schon die kommenden Schlagzeilen vor mir: Polizist schlägt unbeteiligten Zeugen besinnungslos ins Koma. Ralf Schönborn auf der Schneide zum Tod."

„Das glaubst du nicht wirklich?"

„Ich kenne dich, Ahmet, seit Jahren. Wir sind Freunde! Doch von Zeit zu Zeit schaltest du dein Gewissen aus, verlierst jedes Gespür von Zeit und Raum. In diesen Augenblicken möchte ich dich nicht zum Feind haben."

Ahmet stöhnte.

„Was ist mit euren Ermittlungen?", wechselte Andreas das Thema.

Andreas' Tonfall verlor an Aggressivität, seine Solidarität zu einem Arbeitskollegen und Freund, die gemeinsame vergangene Zeit, all das gewann wieder die Oberhand.

„Wir haben eine Erklärung für Frau Lirots Tod. Das berichten Sarah oder ich dir später ausführlich auf dem Revier. Derzeit machen wir uns Gedanken um die Identitäten des Täters, der den Wagen ihres Freundes sabotiert und dadurch Klohse und Eckert getötet hat und dem sie anschließend selbst zum Opfer gefallen ist."

„Also war Victoria Lirot kein ausgewähltes Opfer?"

„Allem Anschein nach nicht! Der Anschlag galt Niclas Klohse. Inwieweit Herr Eckert beteiligt war, werden uns die weiteren Ermittlungen zeigen. Ich bin der Überzeugung, dass dieser Fall nur von innen heraus zu lösen ist. Sobald wir das Motiv für den manipulierten Querlenker gefunden haben, werden wir den Mörder finden."

Andreas sagte nichts, doch Ahmet wertete sein Schweigen als Zeichen des Vertrauens. „Was geschieht nun mit mir?"

„Was meinst du?"

„Steht noch kein Verfahren gegen mich an?"

Ackermann lachte verbittert auf.

„Du meinst ein Disziplinarverfahren? Da soll die Staatsanwaltschaft kommen! Noch habe ich meine schützende Hand über dir. Aber wenn Schönborn stirbt, werden sie dich des Totschlags bezichtigen."

Die Konsequenz von Andreas' letztem Satz verstand Ahmet sofort.

Isabel hatte den Rest der Woche frei bekommen, verständlich bei dem, was ihrem Mann gestern Nachmittag widerfahren war. Tränenerfüllt und hilflos auf der Suche nach jeder Form von Ablenkung, stellten sich weder der Stadtpark noch das Waldgelände nahe Wiedenbrück als hilfreiche Alternativen dar. Zu groß brannte der Schmerz, den der Tod des Lebenspartners in ihrem Herzen hinterlassen hatte. Vergessen waren die kleinen Streitereien vergangener Tage, Rolands Blicke auf fremde Frauen und sogar Jonas' SMS mit den Bildern der exzessiven Geburtstagsparty. Isabels Herz war gebrochen. Zu leben ohne Roland, bedeutete jeden Verlust von Vertrautheit, eine Leere im gemeinsamen Ehebett und darüber hinaus einen unausgefüllten Platz auf dem Weg ins Älterwerden.

Sie hatte wenig geschlafen, viel geweint. War unruhig durch die Wohnung gewandelt, ohne erkennbare Richtung, ohne Ziel.

Warum nur waren Niclas und Roland zusammen im Audi unterwegs gewesen?

Immer wieder beschäftigte Isabel genau diese eine Frage und zu keiner Zeit fand sich die Antwort. Wem nur könnte sie die Schuld geben an dem, was sich am gestrigen Nachmittag dermaßen brutal in ihr Gedächtnis gebrannt hatte?

Eine Sanitäterin findet am Unfallort den eigenen Mann. Tot.

Eine unglaubliche Vorstellung, präsentiert wie aus einer Reality-Show eines beliebigen Privatsenders.

Trotzdem wahr! Und wieder die Schuldfrage, die beschäftigte Isabel seit Stunden.

Gut für Niclas, dass er die Verantwortung mit in sein eigenes Grab genommen hat!

Voll von Hass und Wut schnäuzte sie die Nase, betrachtete das verweinte Gesicht im Spiegel des Badezimmers und richtete sich auf. Kaltes Wasser hatte die Wangen gerötet, doch das half, den Irrsinn im eigenen Kopf abzukühlen. Irgendwer musste ihr helfen, die neue Situation zu verarbeiten, das alles zu verkraften. Doch einer dieser Lethargie behafteten Psychologen würde es bestimmt nicht sein!

Sie griff zum Telefon und drückte einen der Kurzwahlspeicher. Es schellte. Noch einmal zog sie die Nase hoch, versuchte irgendwie die Gedanken zu ordnen.

„Ich bin es, Isabel. Hallo."

„Mein Gott, Issy. Es ist entsetzlich! Wir haben es ... wir haben es gestern Abend erfahren. Aber wir waren wie versteinert! Timo ist schrecklich aufgelöst." Helga legte eine Pause ein. „Entschuldige, das war taktlos. Wie erst muss es dir ergehen? Das alles tut mir irrsinnig leid für dich!"

„Wir sind befreundet, seitdem unsere Männer die gemeinsame Firma gegründet haben. Hast du Zeit zum Reden? Ich brauche ..."

„Issy! Ich bin für dich da! Das ist gar keine Frage."

„Danke", hauchte Isabel.

„Mein nächster Job ist erst für heute Abend gebucht. Was soll's, ich kann den Auftrag auch verschieben."

„Nein! Bitte nicht."

„Wenn du willst, koche ich Kaffee oder Tee und mache uns den Kamin an."

Im Hintergrund klingelte es an Isabels Tür.

„Es schellt. Entschuldige, ich will nachsehen, wer es ist. Ich melde mich wieder."

„Natürlich! Und solltest du damit zögern, komme ich vorbei, um dich zu holen. Dafür sind Freundinnen da!"

„Danke, Helga."

Der Dreiklang-Gong neben der Wohnungstür läutete, zweimal. Lulu betrachtete ihre Armbanduhr, eine Ballon Bleu de Cartier, besetzt mit elf kreisrunden Diamanten, und grübelte, wer sie zu dieser Uhrzeit besuchen würde. Gelegentlich hatte sie ihre Freier auch morgens bedient, das brachte ein zusätzliches Trinkgeld. Doch irgendwann entschied Lulu, ihrer Dienstleistung nur noch in den Abendstunden nachzugehen. Einerseits buchten nach acht die reichsten Kunden, andererseits - und so waren Lulu und ihr Mann übereingekommen - konnten die beiden Eheleute auf diesem Wege zumindest den größten Teil ihrer Freizeit miteinander verbringen, die zweite und dritte Mahlzeit des Tages teilen und nach dem Abendessen ein wenig Zeit in Zweisamkeit verbringen. Erst danach trennten sich ihre Wege. Für gewöhnlich ging der Ehemann früh schlafen. Seine Arbeitszeiten konnte er selbst wählen, das half ihm als Frühaufsteher. Lulu dagegen stürzte sich in die Nacht und verwöhnte jeden, der die Qualität ihrer Arbeit mit klingender Münze bezahlen konnte.

Abermals schlug der Gong.

Höchstwahrscheinlich ein ehemaliger Freier, auf der Suche nach morgendlicher Befriedigung, dachte sie. *Ich will nachsehen, wer es ist und wie er ausschaut und danach entscheiden, ob mich eine Extrarunde lockt.*

„Ich komme!", rief Lulu quer über den Flur, während sie in das halbseidene Negligé und die braunglänzenden hochhackigen Schuhe schlüpfte. Ein Blick zum Spiegel, ein gekünsteltes Lächeln, die Brüste hoch in Form gerückt, dann war sie bereit und öffnete die Wohnungstür.

„Oh, du bist es!", entgegnete sie konstatiert und so, wie ihre Mundwinkel nach unten sackten, taten es ihre gepuschten Brüste dem gleich.

28. Entführung und Freiheitsberaubung / 07. März 2013 / 10:02

Getrieben von einem Wechselbad aus Albträumen und Trauer, hatte Timo wenig geschlafen, wahrscheinlich keine vier Stunden. Immer wieder war er aufgeschreckt, schweißgebadet und verstört. Anschließend erneut in den Schlaf zu finden war nicht einfach gewesen.

Als der Hahn früh morgens krähte, erschien es Timo wie eine Erlösung, denn schlechter als seine Nacht gewesen war, würde sein Tag nicht werden können.

Genau das dachte er zumindest.

Wie an jedem Wochentag, galt Timos erstes Ziel dem Büro, später würde er die eine oder andere Tagesbaustelle inspizieren, die Installationsarbeiten der Sonnenkollektoren begutachten und mit technischem Rat zur Seite stehen.

Mit einem Schlag hatte sich Timos Arbeitsleben verändert, das wurde ihm erst so richtig bewusst, als er durch die leerstehenden Büroräume seiner damaligen Freunde streifte. Unverhohlen rannen Tränen seine Wange entlang. Er schluchzte und besann sich glücklicher und erfolgreicher Tage, an denen sie alle zusammengearbeitet und ihre Freizeit miteinander geteilt hatten. Timos Rundgang endete an seinem eigenen Schreibtisch und er überlegte, was nun aus der Teuto-Solarlicht werden sollte, nachdem Niclas und Roland gestorben waren. Noch immer hielt die Polizei ihm gegenüber Informationen zurück, kein Wort darüber, wie es zu dem Unfall auf der Landstraße 788 draußen vor Gütersloh gekommen war. Ein Wildwechsel?

Gegenverkehr? Ein geplatzter Reifen? Alles war denkbar. Nervös knabberte Timo an den Fingernägeln, denn eines kannte er genau: Den Grund, aus dem die beiden Freunde ihren Ausflug unternommen hatten.

Jonas!

Und an genau diesem Punkt stellte sich für Timo ein weiteres Problem dar. Die halbe Nacht hatte er darüber nachgedacht, ohne dass er eine Lösung gefunden hätte. Jonas steckte in einem Wartungs- oder Lüftungsschacht, irgendwo in den Wäldern zwischen Gütersloh und Wiedenbrück. Noch präziser konnte Timo den Ort des Gefängnisses gar nicht beschreiben, denn er kannte ihn nicht. Niclas, als Initiator der Entführung, hatte Roland und Timo überzeugt, dass es an der Zeit war, Jonas eine Abreibung zu verpassen, die er so schnell nicht vergessen würde. Roland steuerte dem gemeinsamen Komplott das geniale Versteck bei: einen Schacht weitab der nächsten Siedlung, verlassen und geschützt im Wald. Genau genommen war ein kleines Stück Metall – ein herausragender Nagel in der Werkbank aus Jonas' Keller – schuld gewesen, dass das Trio die Entführung nicht gemeinsam beenden konnte. Ohne sein verletztes Bein würde Timo das Versteck im Wald kennen!

Plötzlich wurde ihm ein ganz anderer, schrecklicher Gedanke bewusst. Ohne genau diese Wunde wäre Timo längst tot. Ebenfalls verunglückt an Bord des Audi Kombi.

Aufgewühlt betrachtete Timo die digitale Anzeigestation des Temperaturaußenfühlers: Zwölf Grad! Keinesfalls war es für Jonas eine angenehme Nacht gewesen.

Doch im Gegensatz zu den beiden anderen, lebte er.

Abermals kontrollierte er die Anzeige und rief den Tiefstwert der vergangen Nacht ab.

Zweifelsohne ungemütlich, aber nicht lebensbedrohlich!

Nachdem Timo sich selbst einen heißen Tee zubereitet hatte, verfiel er erneut ins Grübeln. Gewissensbisse trieben ihn, Trauer störte seine Konzentration.

Die Situation ist verfahren, dachte er. *Irgendwie muss ich Jonas retten!*

Die glattpolierte Oberfläche des Schreibtisches bannte seinen Blick, ließ unbemerkt die Minuten verstreichen.

„Morgen Chef!"

Überrascht schreckte Timo auf.

„Wir haben die Hohlrohre für die Kabelführung vergessen." Gekleidet in einem grauschwarzen Arbeitsanzug mit dem Logo der Teuto-Solarlicht auf Brust und Rücken, schaute ein älterer, grauhaariger Mitarbeiter zur Bürotür herein.

„Guten Morgen, Tobias", entgegnete Timo beiläufig. „Wie kommt ihr voran?"

„Die Anlage auf dem Satteldach der Grundschule ist soweit montiert. Wir legen gerade die Kabel zu den Gleichrichtern. Leider haben wir die Hohlrohre vergessen."

„Kann schon mal passieren", akzeptierte Timo die doppelte Fahrt.

„Ob Jonas das auch so lachs sieht?", spottete Tobias frei heraus.

„Wahrscheinlich nicht! Also besorge ich fix das fehlende Material und bin danach wieder verschwunden!"

„Ist gut."

Tobias musterte Timo mit väterlich, wohlwollendem Blick. „Geht es dir gut? Du scheinst heute nicht weniger neben der Spur zu stehen als wir."

„Niclas und Roland sind tot!"

„Das ist ein Witz?“

„Leider nicht.“

Tobias trat auf Timos Schreibtisch zu und nahm auf dem davor stehenden Sessel Platz.

„Was ist passiert?“

„Die zwei waren gestern Mittag gemeinsam unterwegs. Ihr Audi hat sich überschlagen. Ich kenne nicht die Unfallursache, aber es gab sogar ein drittes Opfer: einen Lkw-Fahrer aus Bielefeld. Über den Rest behält die Polizei derzeit Stillschweigen.“

„Wahnsinn!“, stöhnte Tobias und öffnete den Reißverschluss seiner Arbeitsjacke. „Was sagt Jonas dazu?“

„Er weiß es noch nicht“, antwortete Timo wahrheitsgemäß. „Er ist geschäftlich unterwegs“, log er.

Betroffen erhob sich Tobias aus dem Sessel. „Was ist mit Isabel, was mit Niclas' Freundin?“

„Na ...“ Timo überlegte. „Wie würde es dir gehen?“

„Gestern Morgen habe ich noch mit Roland Späße gemacht“, erinnerte sich Tobias. „Wir müssen einfach jeden einzelnen Tag unseres Lebens genießen. Niemand weiß, was der kommende bringt.“

„Bitte erzähl den anderen noch nichts“, bat Timo eindringlich, während er zustimmend nickte. „Ich hole euch zum Feierabend zusammen und unterrichte das gesamte Team von den Geschehnissen. Du weißt, ich mag kein Gerede.“

„Schon klar.“

Verloren schlug Tobias seine Handflächen ineinander.

„Ich besorge die Hohlrohre, dann bin ich weg. Mensch, was für ein beschissener Tag!“

Das kannst du laut sagen, dachte Timo und griff zu Ahmets Visitenkarte.

```
Ahmet Yilmaz
Kommissar
Kreispolizeibehörde Gütersloh
0172 / 9211052
```

Eine Zeit lang spielte Timo mit der Visitenkarte in seinen Händen, betrachtete den Schriftzug auf der Vorderseite und das Logo der Rückseite.

Wie soll ich Jonas retten, wenn ich nicht weiß, wo die anderen ihn versteckt haben?

Abermals drehte er die Karte zwischen den Fingern.

Entführung und Freiheitsberaubung von Jonas Falkner.

Nachdenklich legte er die Karte auf dem Schreibtisch ab, mit dem schwarzblauen Logo nach oben. *Entführung, Freiheitsberaubung und Mord, denn er wird sterben, wenn ich ihn nicht suchen lasse. Das alles ist komplett aus dem Ruder gelaufen! Ich werde dafür meinen Kopf hinhalten müssen.* Timo schluckte.

Ich entscheide, wie die Geschichte um Jonas endet.

Er beugte sich vor, angelte Ahmets Visitenkarte und griff zum Telefon. Schnell waren die elf Ziffern getippt, dann schellte es.

„Yilmaz", meldete sich der Polizist mit tiefer Stimme.

Timo verharrte unverrichteter Dinge. Er atmete kräftig, doch er sagte kein Wort. Hastig drückte er die rote Taste und beendete das Gespräch. Mit einer neuen Idee im Kopf stand er auf, schnappte Schlüsselbund und Mobiltelefon und verließ das Büro.

Helga weiß Rat. Helga weiß immer Rat!

Schwacher Wind drückte von Osten gegen die Baumkronen und ließ die Äste im Wind wanken. Eine Gruppe Eichelhäher hatte begonnen, ihr Brutgeschäft vorzubereiten und die Nester auszubauen. „Räääätsch! Räääätsch!“ - der markante Ruf der Rabenvögel war leicht aus dem anderer Vogelstimmen herauszuhören. Als ein unerwartetes Ereignis die vertraute Stille störte, verstummte die gesamte Kolonie schlagartig. Zuerst war es nur ein schwaches, säuselndes Geräusch, das der Wind zu ihrer Baumgruppe hinübertrug. Doch je weiter die beiden tiefschwarzen Quads dem festgefahrenen Landwirtschaftsweg folgten, desto störender empfanden die Vögel den ansteigenden, dröhnenden Lärm der Viertakt-Einzylinder-Motoren. Aus den angrenzenden Bäumen flüchteten Amseln und Rotkehlchen panisch gen Himmel. Selbst Eichelhäher verließen vereinzelt ihr Brutgelage, wussten nicht, wie sie auf die unbekannte Gefahr reagieren sollten. Die überwiegende Anzahl jedoch verharrte verängstigt in ihren Nestern, bemüht, mit dem eigenen Leben die glatten, olivbraun gefärbten Eier ihrer Nachkommenschaft zu schützen.

Knatternd hielten die Geländefahrzeuge an der Weggabelung unterhalb der Bäume. Die beiden Fahrer unterhielten sich, währenddessen zeigte der eine nach rechts, der andere nach links. Dann ging es weiter. Die Motoren heulten auf und verlangten von den Vögeln das letzte Stück Mut. Dreck, von den dicken Ballonreifen aufgegriffen, flog nach hinten und die Quads entfernten sich voneinander. Schon nach wenigen Metern bremsten ihre Fahrer wie abgesprochen, und nachdem sie den Motor ausgeschaltet und ihr Gefährt verlassen hatten, nahmen sie ihre Motorradhelme ab und genossen die kühle Märzluft. Die männlichen Fahrer, der eine siebzehn, der andere achtzehn, trugen ihr dunkles, fast schwarzes Haar strukturiert in Stufen geschnitten und zu einer Windstoß-Frisur gestylt. Während der ältere Junge bereits die Motorradjacke geöffnet und ein handgroßes Gerät mit Ferrit-Antenne herausgezogen hatte, war der jüngere damit beschäftigt, den widerspenstigen Reißverschluss vom eingeklemmten Futterstoff zu befreien.

„Was ist los, Mann?“, rief Jannik und aktivierte einen Schalter neben einer analogen Skala. Sogleich zuckte die Nadel unruhig hin und her.

„Der Scheiß klemmt! Warte ... So, jetzt geht's!“, rief Simon zurück.

Jannik streckte den abgespreizten Daumen nach oben und wartete geduldig ab.

Simon besaß ein ähnliches Gerät. Farbe und Aufbau unterschieden sich leicht von Janniks Modell, aber auch sein kastenförmiger Apparat besaß am Kopfteil eine Ferrit-Antenne, darunter eine analoge Anzeige samt Ein- und Ausschalter. Wie bei den Messungen vor wenigen Minuten, war es an Jannik, zu beginnen. Langsam drehte er das Gerät um den Oberkörper herum von links nach rechts, behielt mit der Ferrit-Antenne den Horizont im Auge und wiederholte seine Prozedur, bis die Anzeigenadel eine minimale Intensität bestätigte. Nun zeigte die Achse der Spule zum eingepeilten Sender.

„Ich hab's“, rief er und schaltete ab. „Nun du!“

Simon nickte und aktivierte sein Gerät. Genau wie sein Freund zuvor, vollführte er eine Drehbewegung mit dem Oberkörper und führte die Antenne in einer kreisenden, halbrunden Bewegung um sich herum. Zur Bestätigung seiner Messung wiederholte auch er seinen Durchlauf. Als die Nadel den Tiefpunkt erreichte, nickte er zufrieden und zeigte mit ausgestrecktem Arm in Richtung des ermittelten Ziels.

„Das ist es!", rief Jannik zufrieden, der mit seinem Oberarm den Kurs des Freundes bestätigte.

„Los, weiter! Es ist bald Mittag und ich bekomme Kohldampf."

Simon hatte sein Gerät als Erster transportsicher verstaut, den Helm übergestülpt und das Quad gestartet. Mit mächtigem Gas drängte er sein Gefährt vorwärts, drehte eine ausladende Kurve über ein brachliegendes Maisfeld und kam vor Jannik zum Halten.

„Wir haben keine Zeit", erklärte er durch das halbgeschlossene Visier.

„Du hättest frühstücken sollen! Dann bist du allgemein besser erträglich", flachste Jannik. „Die Funkleistung bestimmt die Reichweite. Ziehst du unsere bisherige Wegstrecke ab, kann das Ziel nicht allzu weit entfernt liegen. Also geben wir den Pferden die Sporen."

Simon riss erneut am Gashahn und umrundete Jannik ein um das andere Mal, bevor dieser endlich den Motor startete und seinem Freund auf die eingemessene Route folgte. Entschlossen und ihr Ziel fest vor Augen, preschten die beiden Jungs auf ihren PS-Monstern über das ungenutzte Feld. Frost und Kälte hatten jahreszeitliche Spuren auf dem ausgehärteten Acker hinterlassen, nichts Lebendiges, nichts Grünes, das die kräftigen Ballonreifen der Quads hätten beschädigen können. Ein Feldhase schreckte auf und schnitt Simons Fahrbahn. Geistesgegenwärtig trat er die Bremse und steuerte gegen. Unbeeindruckt und mit großen Schritten hoppelte der Hase von dannen.

„Gut reagiert!“, rief Jannik, der aufholte und zur rechten Seite seines Freundes aufschloss.

„Machen wir eine weitere Messung?“

„Später! Siehst du da vorne das Waldstück? Dort neben der kleinen Straße?“

„Natürlich!“

„Los! Ein Wettrennen auf drei! Eins, zwei, drei ...“

Die Jungen beschleunigten ihre Geländefahrzeuge von Ehrgeiz getrieben und forderten ihren Maschinen die maximale Leistung ab. Am Ende des Feldes behinderten aus dem Boden ragende Baumstümpfe die Ausfahrt. Während Jannik nach rechts ausscherte, um die hölzernen Überbleibsel zu umfahren, entschied sich Simon für einen direkten Weg mittendurch. Er bremste ab und näherte sich den letzten verbleibenden Zentimetern zum Hindernis mit Feingefühl, um alsdann das Quad durch schlagartige Beschleunigung aufzurichten. Ein Rad nach dem anderen überquerte die Barriere zur Straße, gleichwohl zu langsam, um gegen Jannik zu gewinnen.

„Shit!“, fluchte er, als seine Reifen den Asphalt berührten.

„Geschwindigkeit gegen Technik“, lachte Jannik. „Ein eindeutiges Ergebnis würde ich sagen.“

Unzufrieden schaltete Simon den Motor aus.

„Der Verlierer darf beginnen!“, entschied er, öffnete die Lederjacke und kramte das Messgerät hervor. In Erwartung, den Ursprung des verfolgten Signals gefunden zu haben, richtete er die Antenne sofort auf das kleine Waldstück aus. Halb nach rechts gewandt, halb nach links ermittelte er den Ausschlag seiner Funkpeilung.

„Es kommt wirklich aus diesem Wald!“, bestätigte Simon euphorisch. „Kanal 6. Identisches Funkmuster, wie gestern. Wir haben das Ziel gefunden.“

Jannik aktivierte sein eigenes Gerät und bestätigte kurz darauf die Messung. „Ist ja kein wirklich großer Wald, trotzdem könnte die Suche nach der genauen Position des Senders in Arbeit ausarten.“

„Es reicht, das Heu zu verbrennen, dann haben wir die Nadel!“

„Ist nicht dein Ernst, oder?“ Entgeistert schaute Jannik Simon an.

„Ich mache nur Spaß! Was denkst du?“

Simon formte die Hände zu einem Trichter und begann aus Leibeskräften zu rufen: „Hallo! Hallo? Können Sie mich hören?“

Die beiden Freunde lauschten, keine Antwort.

„Komm! Wir lassen die Quads hier stehen und durchstreifen den Wald. Die *Funkpeiler* sollten wir mitnehmen, auch wenn hier sonst niemand ist.“

Simon betrachtete die Parkposition seines Quads und schätzte den Verkehr der kleinen Straße ab. Lediglich einen Traktor auf dem Weg zum Feld konnte er am Horizont entdecken, ansonsten niemanden.

„Ist gut. Wenn ich nur an die schweißtreibenden Stunden denke, bis wir die Bausätze montiert hatten.“

„Und genau aus diesem Grund nehmen wir unsere Technik mit.“

Jannik verstaute sein Gerät und übernahm die Führung. Mit großen Schritten folgte Simon und schloss am Waldrand zu seinem Freund auf.

„Da vorne ist ein Trampelpfad!“, wies Jannik den Weg ging erneut voraus.

Nachdem die Freunde eine Zeit lang hintereinanderhergelaufen waren, öffnete sich eine Lichtung vor ihnen.

„Wie eine Insel", staunte Simon. „Ein abgeschiedenes kleines Kuschelplätzchen. Ich glaube, ich kehre im Sommer mal mit Leonie hierher zurück."

„Damit sich die Rehe die Augen zuhalten müssen, wenn ihr es wie die Karnickel treibt?"

„So ungefähr", protzte Simon und schlug Jannik breit grinsend auf die Schulter.

„Sag mir Bescheid, wenn du hierherfährst!"

Ein fragender Blick traf Jannik.

„Nicht, dass ich zur gleichen Zeit mit Jacqueline hier bin."

Die beiden Jungen lachten und freuten sich auf die warme Jahreszeit.

„Schau!"

Sie entdeckten eine zerfallene Futterkrippe, daneben ein großes tiefes Loch, quadratisch, oben an der Kante mit Steinen ummauert. Vorsichtig traten sie an den Rand und richteten die Augen nach unten.

„Wow! Das ist mal ein Loch", staunte Simon.

„Sieht mir aus wie ein Wartungsschacht. An den Seiten gibt es noch Spuren abgebrochener, rostiger Steigbügel."

„Ist jemand da unten?", rief Jannik mit vorgebeugtem Oberkörper.

„Ja. Helft mir!", säuselte ihm eine Stimme ins Ohr. „Ihr seid meine Retter!"

Empört drehte sich Jannik zu Simon um und stieß ihn zurück. „Was soll der Scheiß? Ich will wirklich wissen, ob sich jemand dort unten befindet, du nicht?"

Simon zuckte verlegen die Schultern.

„Also hauch mir nichts ins Ohr, sondern öffne deine Augen und finde heraus, ob du jemanden dort unten liegen siehst!"

„Entschuldige. War doof von mir."

Simon kniete nieder und beugte sich nun selbst über den Rand. Für einen Moment ließ er das Dunkel der Ausschachtung auf seine Augen wirken, dann war er sich sicher.

„Dort unten ist niemand! Aber ich sehe eine Decke, einige Flaschen, vielleicht einen Beutel oder Rucksack."

„Verdammt, verdammt!", fluchte Jannik. „Hat uns dieser ..., wie hieß er noch gleich?"

„Ich glaube, *Jonas*. Genau, *Jonas!* Das hat er über Funk gesagt", erinnerte sich Simon.

„Richtig! Hat uns dieser Jonas wohl einfach nur verarscht?"

„Wenn du mich fragst, hörte sich der Hilferuf echt an."

Frustriert, sich vergeblich auf die Suche gemacht zu haben, nahmen die beiden am Rand des Schachtes Platz.

„War aber trotzdem voll cool!", durchbrach Simon irgendwann die Stille. „Ein bisschen wie Geocaching, nur nicht mit Satellitenortung, sondern per Funk."

„Hast recht. Hat auf jeden Fall Spaß gemacht!"

Jannik wühlte in seiner Jacke und legte anschließend den Funkpeiler neben sich auf den Boden.

„Holen wir uns die Bestätigung, dass dies das Ziel unserer Suche ist."

„Gute Idee!", stimmte Simon zu.

Jannik betätigte den Einschalter und die tänzelnde Nadel bekundete die unmittelbare Nähe des eingestellten Senders.

„Siehst du das?" Simon zeigte nach unten in den Schacht. „Dort auf der Klinke der verrosteten Tür!"

Im Sekundentakt verließen die Suchanfragen Janniks Peilsender, im gleichen Rhythmus blinkte die rote LED des zurückgelassenen Funkgeräts.

„Dort liegt der Sender! Ein Motorola-Funkgerät, XTK-Klasse. Aber, wo genau ist dieser Jonas geblieben?“

Dicke Regentropfen prasselten in melodischem Gleichklang auf die Panoramaglasscheibe, das Dach und die Motorhaube von Ahmets schwarzem Passat. Unaufhörlich bekämpften die Scheibenwischer das herabströmende Wasser, bemüht, den beiden Polizisten ein freies Sichtfeld zu verschaffen. Seit nunmehr einer Minute beobachteten Sarah und ihr Kollege den Gebäudekomplex der Teuto-Solarlicht.

„Wie ausgestorben."

„Ich verstehe das nicht", stimmte Sarah zu. „Entweder die Mitarbeiter sind ausgelastet und von morgens bis abends unterwegs oder hier kreist der Pleitegeier."

„Gestern war es nicht anders." Ahmet löste den Gurt und wählte eine entspanntere Sitzposition. „Außer Herrn Seibold habe ich niemanden angetroffen, und ehrlich gesagt sah der mit seiner Verletzung am Bein auch nicht wirklich arbeitsfähig aus."

„Verletzung?"

„Ja. Ein beachtliches Pflaster entlang des Oberschenkels."

„Das verstehe ich nicht. Wieso konntest du sein Bein sehen?"

„Weil er mir in Unterhose geöffnet hat. Ist doch logisch!"

Sarah lachte belustigt auf.

„Männerlogik, würde ich sagen! Seibold ist wirklich halbnackt an die Tür gekommen und hat dir geöffnet?"

„So sieht's aus."

Sarah griff mit der Hand nach hinten und tastete nach Curly, die es sich im Fußraum hinter dem Sitz gemütlich gemacht hatte. Genügsam schnupperte die Hündin an Frauchens Hand, keinesfalls interessiert, bei diesem Regen ins Freie gelassen zu werden.

„Glaubst du, dass Jonas Falkner oder Timo Seibold etwas mit der Sabotage des Audis zu tun haben?" Sarah löste nun ebenfalls den Gurt und versuchte in Ahmets Gesicht zu lesen.

„Halte ich für wahrscheinlich. Vier Geschäftsführer in einem Unternehmen? Schreit das nicht förmlich nach Streitereien und Unstimmigkeiten?"

„Das bedeutet, wir müssen raus in den Regen?"

„Wenn wir wissen wollen, wo unsere Verdächtigen sich zur Tatzeit aufgehalten haben, bleibt uns keine andere Wahl."

Gerade im Begriff die Tür zu öffnen, hielt Ahmet inne, als sein Handy klingelte. Die Freisprecheinrichtung übernahm den Ruf und zeigte den Namen des Anrufers im Display.

„Oren Bührmann!"

„Lass mich!", rief Sarah aufgekratzt und ungeniert und schon hatte sie die grüne Taste neben dem Radio gedrückt, um das Gespräch des Kollegen entgegenzunehmen.

„Hallo Oren. Was gibt es Neues?"

Für einen Augenblick blieb es ruhig, man merkte förmlich, wie es in Orens Kopf rattern musste. Warum eine Frauenstimme, obwohl er doch Ahmets Nummer gewählt hatte?

„Ähhh, hallo? Könnte ich Ahmet Yilmaz sprechen?"

„Geht nicht", scherzte Sarah. „Du sprichst ja mit mir."

„Sarah?" Oren lachte gepresst. „Verstehe."

„Jetzt lass dich von meiner Kollegin mal nicht aus dem Konzept bringen", riet Ahmet und griff in das laufende Gespräch ein. „Warum rufst du an?"

„Ich habe einige Punkte bezüglich der Ermittlungen *Teuto* für dich geklärt, ähhh ... für euch. Andreas will mich auf einen anderen Fall ansetzen, da wollte ich vorher meine Informationen loswerden."

„Guter Junge!", scherzte Ahmet. „Lass hören!"

„Punkt eins: Die EC-Karte von Roland Eckert. Der Geldtransfer wurde mittels Pin-Verfahren bestätigt. Damit hätte theoretisch jeder die Karte zum Bezahlen nutzen können, der den Pin-Code kannte. Ob nun seine Frau Isabel oder einer seiner Kompagnons. Der Erfolg eines derartigen Kartenbetrugs hängt an der Wachsamkeit der Kassiererin."

„Wie wahr", bestätigte Ahmet.

„Eines war interessant!", holte Oren aus. „Über genau diese Karte wurde häufiger im Baumarkt eingekauft. Immer Kleinteile bis fünfhundert Euro. Es scheint fast so, als diene der Baumarkt als Ersatzteillager, wenn man bei der Teuto-Solarlicht vergessen hat, Material nachzubestellen."

„Die gekauften Gegenstände gehen vollständig in den Bestand des Unternehmens?", hakte Sarah nach.

„Das war nicht ganz einfach zu recherchieren. Herr Gröbber war zwar hilfsbereit, aber nicht wirklich erfreut, abermals die Polizei in seinem Geschäft zu haben."

„Gröbber? Das ist der Geschäftsführer?"

„Stimmt genau."

„Ich kann Gröbber mal anrufen", parierte Ahmet, „und ihn fragen, ob wir auch die Streifenwagen zurückhalten sollen, die mehrmals die Woche bei ihm vorfahren, um sich um seine Diebstahldelikte zu kümmern!"

„Schon gut!", beruhigte Oren. „Er hat mir ja weitergeholfen und eine Liste zusammengestellt, was mit der Kreditkarte von Roland Eckert im Zeitraum eines Jahres gekauft wurde. Vorwiegend Kabelbinder, Schrauben, Hohlrohre zur Kabelführung und Silikon."

„So wie es aussieht, bringt uns die Karte nicht wirklich weiter", steuerte Sarah enttäuscht bei. „Was hast du noch für uns?"

„Punkt zwei: Der Transporter aus Kroschewskis Reinigungsbetrieb. Entwickelt sich ebenfalls zur Sackgasse. Wer schon soll den Fahrer mitten in der Nacht gesehen haben?"

„Ich!", unkte Sarah. „Ich habe einen Zeugen!"

„Ach wirklich?"

„Herr Schubert, ein älterer Herr, hat das Fahrzeug mitten in der Nacht vor Klohses Haus gesehen. Diese Aussage bringt uns zur Sabotage des Audis und zur Verfolgung und Ermordung Frau Lirots."

„Trotzdem bleibt der Fahrer ein Phantom", lenkte Ahmet ein. „Uns fehlt die Identität oder ein Hinweis auf seine Person."

„Das wird nichts!", blockte Oren. „Die Spurensuche hat den Transporter für Kroschewski freigegeben. Kein Haar, nicht der kleinste Anhaltspunkt, der euch helfen würde."

„Na prima", stöhnte Sarah frustriert auf.

„Bleibt Punkt drei: Niemand weiß, wo sich Jonas Falkner aufhält. Rückmeldungen der Streifenwagen genau null!"

„Ich übernehme das mit Sarah zusammen", erklärte Ahmet. „Timo Seibold, Jonas Falkner und Isabel Eckert stehen auf unserer heutigen Tagesroute."

„Ach wirklich?", staunte Sarah. „Dann lass uns loslegen!"

Im Hintergrund hörten sie Oren mit Papier rascheln. „Okay. Mehr habe ich auch nicht auf meinem Zettel. Viel Erfolg!“

„Danke, Oren!“

Ahmet beendete die Freisprechverbindung, als ihm die Liste vorangegangener Anrufe ins Auge stach.

„Wenn ich nur wüsste, wer mich da vor unserer Abfahrt angerufen hat?“

„Du kanntest den Anrufer nicht?“

„Nein. Er hat kein Wort gesagt, nur geschnauft ...“

„Geschnauft?“, wunderte sich Sarah.

„Ja! Stark geatmet! Dann wurde aufgelegt. Ich werde später eine Rückverfolgung veranlassen, der übermittelten Rufnummer sei Dank.“

„Bekommst du öfters perverse Anrufe?“, lachte Sarah schadenfroh. „Ruf ... mich ... an ... Ahmet ... geht ... dran ... Könntest du zu deinem Slogan machen! Aber schön dabei stöhnen.“

„Was hast du heute gefrühstückt?“, maulte Ahmet verstimmt. „Curly den Fressnapf geleert?“

„Nicht aufregen! Wir gehen jetzt da raus in den Regen, das kühlt dich ab. Bestimmt!“

Auf das mehrfache Klopfen reagierte niemand. Die Büros hinter den Fenstern lagen im Dunkeln. Offensichtlich war niemand vor Ort.

„Wundert es dich nicht, dass sie nicht einmal eine Sekretärin oder einen ständig anwesenden Mitarbeiter haben, der sich um die Laufkundschaft kümmert?“

„Laufkundschaft in einem Unternehmen für Solartechnik? Ich weiß nicht.“

Der Regen ließ nach und Sarah ging zum Auto, um Curly die Tür zu öffnen. Vorsichtig tapste der Hund ins Freie und beschnüffelte den Bordstein.

„Bedenke, dass gestern zwei Mitarbeiter dieser Firma gestorben sind. Das bringt jeden Rhythmus ins Schwanken. Heute kann es anders sein, als an gewöhnlichen Tagen."

„Mag sein", stimmte Ahmet zu. „Trotzdem, ein einfacher Hinweis - ein Pappschild im Fenster – würde helfen, keine Kunden zu vergraulen."

Mit einem Mal spitzte Curly die Ohren, richtete seinen Kopf nach links und sprintete los.

„Dein Hund!"

„Na toll!", stöhnte Sarah. „Vielleicht hat sie eine Katze oder 'ne Ratte gewittert."

„Wäre doch schön, wenn Curly das Souvenir gleich mitbringen würde. Falls das klappt, mach dir schon mal Gedanken, wie du die Streunerin hinterher transportiert bekommst. Mein Auto - kannst du vergessen!"

Unerwartetes Bellen, eher zaghaft als furchtsam, brachte der Hündin die volle Aufmerksamkeit der Polizisten.

„Komm!" Ahmet rannte los. „Schauen wir, wen dein Hund gerissen hat."

„Du kannst mich mal! Wenn der Hund Mist baut, kann sich Maren auf was gefasst machen!"

Sarah schäumte.

„Warum nur habe ich mich dazu überreden lassen, ein Tier bei mir aufzunehmen?"

Mit großen Schritten liefen die beiden Ermittler um das Bürogebäude herum, folgten der breiten Durchfahrt und erreichten die angebaute Werkhalle. In der Einfahrt parkte ein Firmenbulli, daneben ein älterer, ergrauter Mitarbeiter, in Schach gesetzt von der kleinen Mischlingshündin.

„Würden Sie den Hund zu sich nehmen?", bat der Mann, der sich als Tobias Breitschneider vorstellte.

„Ich mag es nicht, wenn Tiere an mir hochspringen und meine Kleidung besabbern."

Aufgeregt sprang Curly hin und her, bellte und freute sich ganz offensichtlich etwas getan zu haben, von dem sie glaubte, dass es Sarah gefiel.

„Komm zu mir!", rief Sarah und war sichtlich überrascht, wie der Mischlingshund ihrer Anweisung folgte.

Mit wedelndem Schwanz hockte sich die Hündin zwischen die drei Erwachsenen, ohne auch nur einen Augenblick den Mann aus den Augen zu lassen, den sie soeben für ihr Frauchen aufgespürt hatte.

„Sie haben den Hund noch nicht so lange?"

„Seit gestern", gab Sarah zu. „Wieso?"

„Sein Verhalten scheint Sie zu überraschen. Das könnte es nicht, wenn sie sich seit Jahren kennen würden."

Ahmet zeigte seine Polizeimarke. „Ich bin Ahmet Yilmaz. Das ist meine Kollegin Sarah Berger."

Tobias reichte zur Begrüßung die Hand, erst Sarah, dann Ahmet.

„Wie kann ich Ihnen helfen?"

„Ist recht ausgestorben, Ihre Firma? Vorne ist abgeschlossen und hinten treffen wir nur einen einzigen Mitarbeiter an."

„Wir ... hatten gestern zwei Todesfälle. Ein schrecklicher Tag! Trotzdem muss die Arbeit weitergehen. So ist unser Leben, nicht wahr?"

Getrieben von neuen Ideen, entschied Curly, ihren Platz zu verlassen. Ohne die Anwesenden eines weiteren Blickes zu würdigen, entschwand sie durch die Toreinfahrt. Sarah schüttelte gleichgültig den Kopf, dann richtete sie sich erneut an Tobias: „Was ist mit Jonas Falkner und Timo Seibold? Wo treiben die beiden sich rum, wenn sie nicht wie andere Leute vormittags arbeiten müssen?"

„Mit Timo habe ich mich noch vor zehn Minuten unterhalten. Stand sein weißer Benz nicht vorne vorm Büro?"

„Nein, dort war niemand."

„Dann haben Sie ihn just verpasst." Tobias Breitschneider trat beiseite und betrachtete eines der Seitenfenster zum Hauptgebäude, fast so, als könne er durch das Fenster abschätzen, ob sich noch jemand im Innenbereich aufhalten würde.

„Bestimmt können Sie uns deren Nummern aufschreiben?"

„Sie meinen die Handynummern?", vergewisserte sich Tobias.

„Selbstverständlich."

Ahmet öffnete seine Jacke und holte einen kleinen Block samt Stift hervor.

„Kein Problem. Ich habe ein gutes Zahlengedächtnis."

Eifrig, und ohne zu zögern, kritzelte der Angestellte die Ziffernfolgen hintereinander.

Papier, wie altmodern, dachte Sarah, beugte sich vor, um besser sehen zu können und übernahm zwei Einträge in den Adressspeicher ihres Telefons.

„Die obere gehört Timo, die untere Jonas." Tobias gab Block und Stift an Ahmet zurück.

Ahmet stutzte.

„Die erste Telefonnummer kenne ich!"

Er griff dann nach seinem eigenen Handy, öffnete die Liste zustandegekommener Anrufe und grinste zufrieden. Anschließend hielt er seiner Partnerin Notizblock und Mobiltelefon entgegen und Sarah verglich die handschriftliche mit der digitalen Ziffernfolge.

„Das gibt es doch nicht", staunte sie.

„Siehst du doch!“, triumphierte Ahmet und drückte die Taste für Rückruf. „Nun wissen wir, wer mir vorhin in den Hörer gestöhnt hat.“

31. Ende einer Ehe / 07. März 2013 / 10:32

Der Berufsverkehr zwischen Nordring und Franz-Birkhan-Ring verlangte Timos volle Konzentration, doch er war unruhig, in Gedanken versunken und wenig aufmerksam. Immer wieder wechselte er in seinem schneeweißen Mercedes die Spur, um frustriert festzustellen, dass er keinen Vorsprung gewann. Das Radio nervte, kein Sender, der ihm gefiel. Timo öffnete das Fenster, benötigte Luft zum Atmen, Sauerstoff für das Gehirn. Zum wiederholten Mal vibrierte sein Handy, das machte ihn wahnsinnig.

„Zum Henker! Schon wieder dieser Yilmaz", schimpfte er mit sich selbst. „Wieso nur habe ich schlafende Hunde geweckt?"

Die Straßen blieben überfüllt und Timo entschied, ein weiteres Mal die Fahrbahn zu wechseln. Reifen quietschten, eine Hupe lärmte. Um Haaresbreite hätte er einen Schulbus voller Kinder auf ihrem Weg zum Schwimmunterricht tranchiert. Geschockt trat er zur Bremse und steuerte den Mercedes zum Seitenstreifen. Der Mittvierziger war nicht mehr er selbst, seitdem er seine Freunde verloren hatte.

Ist es wirklich ein Unfall gewesen oder steckt vielleicht mehr dahinter, als die Polizei preisgibt?

Timo wusste es nicht. Doch ein furchtbarer Verdacht trieb ihn, ließ den gestandenen Mann nicht mehr zur Ruhe kommen und machte ihm selbst Angst.

Wohin hatten Niclas und Roland Jonas gebracht? Und vor allem: Hatten sie Jonas wirklich in dem ausgesuchten Erdloch abgesetzt oder war das Opfer möglicherweise entkommen?

„Verdammte Geburtstagsparty!", schimpfte Timo und schlug seine Hand wutentbrannt aufs Lenkrad. „Ich muss Jonas finden! Noch heute!"

Er setzte den Blinker und fädelte sich erneut in den Verkehr ein. Zehn Minuten später erreichte er das Mehrparteienwohnhaus, in dem er mit Helga wohnte.

Helga scheint zu Hause zu sein, freute er sich, als er die geöffnete Tür des französischen Balkons in der vierten Etage bemerkte. *Sie hat bestimmt eine Idee, was wegen Jonas zu unternehmen ist.*

Zufrieden, wenngleich nervös und angespannt, parkte er auf seinem angemieteten Abstellplatz und verließ das Auto, nachdem er seine Notebook-Tasche gegriffen hatte. Die Eingangstür im Erdgeschoss stand offen, ein Holzkeil verhinderte, dass sie zufallen konnte. Der Fußboden glänzte feucht. Die Putzfrau des Reinigungsdienstes grüßte freundlich und leerte ihren Eimer am Bordstein.

„Hallo", entgegnete Timo knapp.

Es ärgerte ihn, wenn die Eingangstür offen stand. Jedermann hatte dann Zugang zum Haus. Und es wäre auch nicht das erste Mal, dass ein Fahrrad abhandengekommen wäre oder sich fremde Personen im Hausflur herumtrieben. Das alles schien der Reinigungsfrau gleichgültig zu sein, Hauptsache, sie blieb im Zeitplan. Kleines Glück: der Aufzug stand bereit und öffnete seine Edelstahltür unmittelbar nach dem Drücken des Knopfes. Timo wählte Etage IV. Noch immer klebte Kaugummi neben der Griffstange. Die Putzfrau hatte er noch nie im Aufzug reinemachen sehen, also würde der weiße Knubbel noch in hundert Jahren dort hängen.

Endlich erreichte Timo sein Ziel, presste den Wohnungsschlüssel ins Schloss und entriegelte die Tür.

Eisig zog der Wind vom Wohnzimmer durch den Flur hinaus ins Treppenhaus.

„Hallo Helga! Überraschung, ich bin schon zu Hause."

Er stellte sein Notebook neben die Garderobe und lauschte. Helga antwortete nicht, nichts Ungewöhnliches, kein Grund sich zu sorgen. In der Regel verließ seine Frau das Bett nie vor zehn. Das Los, wenn man noch spät nachts arbeitete. Er würde Helga unter der Dusche überraschen, das würde ihm guttun, das würde ihn ablenken. Zielstrebig lief er zum Badezimmer, doch der Raum stand leer. Es duftete nach Duschgel und Parfüm. Aber er kam zu spät, zu spät, um seine eigene Frau nackt zu überraschen.

„Helga? Ich bin da!"

Timo schaute im Schlafzimmer, anschließend im Wohnzimmer.

„Ach, da bist ..."

Er erstarrte, seine Knie begannen zu zittern. Dann knickte er ein und fiel zu Boden. Verzweifelt kroch er auf allen vieren auf Helga zu. Die Beine der Länge nach ausgestreckt, die Hände über dem Bauch gefaltet und den Blick starr gegen die Decke gerichtet, zeigte seine Frau nicht die geringste Regung.

„Helga! Helga?"

Timo zitterte. Erste Tränen rannen seine Wange entlang. Er schluchzte.

„Warum nur?", rief er, fast überrascht keine Antwort zu hören.

Er zwang sich, sich zu konzentrieren, fühlte den Puls. Kein Puls! Erneut schossen Tränen aus seinen Augen, tropften auf Helgas Bauch, auf ihren großen Busen.

„Lass mich nicht allein zurück, bitte nicht!"

Timo entdeckte das halb geleerte Glas Rotwein, bemerkte ihre blau angelaufenen Lippen. Sofort konnte er eins und eins zusammenzählen.

„Was soll ich anfangen ohne dich?"

Von Neuem kreiste der Blick zwischen dem Glas und seiner Frau. Wut, Trauer, eine unsagbare Leere, die Gefühle gingen mit ihm durch. Timo verlor seine letzte anerzogene Fassung und brach in ein hilfloses Weinen aus, in einen Tränenfluss, den er seit Kindheitstagen nicht mehr erlebt hatte.

Es dauerte Minuten, bis Timo ruhiger wurde und seine Kontrolle zurückerlangte. Mit dem Ärmel der Jacke trocknete er sein Gesicht, dann betrachtete er seine Frau. So schön, so verletzlich, so tot. Entschlossen beugte er sich vor, seine Helga zu küssen, anschließend den Rest ihres Glases zu leeren und mit ihr gemeinsam das Leben zu beenden.

Das Vibrieren seines Handys hielt ihn davon ab, wirkte wie ein Weckruf, wie ein klitzekleiner Schritt zurück ins wahrhaftige Leben. Niedergeschlagen nahm er das Gespräch entgegen, wusste, wer anrief und ihn seit einer Stunde nicht in Ruhe ließ. Ohne den Anrufer zu Wort kommen zu lassen, begann er zu reden.

„Ich möchte den Selbstmord meiner Frau Helga Seibold melden. Bitte kommen Sie schnell, Neißeweg 15."

Timo hatte gesagt, was es zu sagen gab, danach legte er auf.

„Eins - eins - null. Einsatzzentrale der Kreispolizei Gütersloh. Bitte nennen Sie den Grund Ihres Anrufes."

Simon schluckte, dann fasste er seinen Mut zusammen.

„Simon Saalbach. Yo, Mann, und guten Tag."

Jannik nickte ihm aufmunternd zu, glücklich darüber, dass sein Freund die Aufgabe übernommen hatte, bei der Polizei anzurufen. Jannik selbst mochte es lieber unauffällig, am besten jedem Ärger aus dem Weg gehen oder, um es mit seinen eigenen Worten zu sagen: Unter dem Radar bleiben.

„Wir befinden uns in einem Waldstück nordwestlich von Gütersloh. Wenige Schritte vor uns befindet sich ein Schacht beachtlicher Tiefe." Simon gelang es nur schwerlich, die eigene Nervosität zu verstecken. Unaufhaltsam trat er von einem Fuß auf den anderen. „Verstehen Sie mich?"

„Ich bin noch immer in der Leitung", versicherte eine männliche, wenngleich zarte Stimme. „Rufen Sie aufgrund eines Notfalls an?"

„Selbstverständlich!", versicherte Simon.

„Bitte erzählen Sie weiter."

„Wir empfingen einen Notruf über CB-Funk. Das war gestern Abend."

Jannik sprang seinem Freund ins Sichtfeld.

„Bist du verrückt?", flüsterte er. „Willst du, dass sie uns drankriegen wegen unterlassener Hilfeleistung?"

Simon seinerseits reagierte mit ausgestrecktem Mittelfinger und kehrte Jannik den Rücken zu.

„Wir haben den Notruf anfangs für einen Spaß gehalten, doch heute Morgen scannten wir das Trägersignal."

„Was bedeutet das?", hinterfragte der Mann der Notrufzentrale nüchtern.

„Es bedeutet, dass der Hilferufende noch immer das Funkgerät eingeschaltet hatte. Er sendet! Also haben wir uns vor einer Stunde auf die Suche gemacht."

„Sie sagten: Wir?"

Grimmig zeigte Jannik Simon die geballte Faust.

„Yo, Mann! Mein Freund und ich", entgegnete Simon, ohne Namen zu nennen.

„Verstehe. Sie sollten nun aber zum Grund Ihres Anrufes vordringen!"

„Vordringen? Das ist gut! Wir haben diesen Schacht aufgespürt und auch das Funkgerät. Es liegt da unten!"

„Was ist mit dem Hilferufenden? Ist er verletzt, oder schlimmer?"

„Nein. Er ist nicht da!"

„Hören Sie? Solche Dinge ereignen sich jeden Tag. Andauernd werden Leute als vermisst gemeldet. Üble Scherze, Streitereien in der Familie oder die Angehörigen haben einfach vergessen, dass der Gesuchte sich sogar bei Ihnen ..."

„Nun hören Sie mal!", fiel Simon ins Wort. „Glauben Sie echt, wegen so etwas würde ich bei den Bullen anrufen? Wir kennen den Fremden nicht einmal. Eigentlich sollte er uns scheißegal sein. Aber das hier macht mir Sorgen!"

Für einen Moment sagte niemand etwas, dann hakte der Polizeibeamte nach. „Was bitte macht Ihnen Sorgen?"

Simon zeigte mit seiner freien Hand zum Boden, so als könne sein Gesprächspartner am anderen Ende der Leitung seine Geste sehen.

„Der große Blutfleck im Laub, genau gegenüber der Stelle, wo wir noch vor wenigen Minuten gesessen haben."

Frei von Scheu umringte eine Gruppe Kinder den Leichenwagen, der abseits des Trubels geparkt hatte. Überall standen Nachbarn in den Fenstern oder trafen sich auf dem Parkplatz, um wenigstens von hier unten einen Blick auf das Geschehen werfen zu können. Sarah und Ahmet waren vor wenigen Minuten am Tatort eingetroffen, wenig später das Team der Spurensicherung, Stefan und sein Kollege Rafael. Ein junger Streifenpolizist sicherte den Zugang zum Mietshaus, sich nicht ganz darüber im Klaren, ob Stefan es mit seiner Anweisung ‚Sie lassen niemanden hier durch, bevor ich das Treppenhaus nicht freigegeben habe' ernst gemeint hatte oder nicht. Insbesondere als Polizeihauptkommissar Andreas Ackermann höchstpersönlich am Einsatzort erschien, erinnerte er sich an Stefans Worte.

„Guten Morgen Herr Ackermann", grüßte der abgestellte Polizeimeisteranwärter umsichtig.

„Morgen!" Der Hauptkommissar wirkte aufgrund der undurchsichtigen Aneinanderreihung der vergangenen Todesfälle mehr als unzufrieden. Und genau das ließ er jeden spüren. „Sind unsere Leute schon oben?"

„Zwei von der Kripo und die Spurensicherung."

„Gut, dann wollen wir schauen, welches Szenario uns hier erwartet."

„Entschuldigung, aber Sie müssen warten", folgte der Streifenpolizist der Anweisung Stefans.

„Ist nicht ihr Ernst? Was glauben Sie? Dass ich die Ermittlungsarbeiten behindere oder aus Unachtsamkeit Spuren beschädige?"

„Wagner sagte: Lass niemanden nach oben."
„Polizeimeisteranwärter? Erstes Lehrjahr?"
Vasilli Sabo nickte, verbissen und pflichtbewusst.
„Sie können das vielleicht noch nicht wissen. Wird ein Tatort durch die Spurensicherung gesperrt, gilt das für jeden, außer für die Kripo. Was, denken Sie, ist unser Job, wenn nicht genau dort zu ermitteln, wo das Unheil geschehen ist?"
Ohne eine Antwort abzuwarten, zwängte sich Andreas an dem Streifenpolizisten vorbei und verschwand im Treppenhaus.
Rotweißes Absperrband blockierte den Zugang zur Wohnung, im Hausflur roch es nach Reinigungsmitteln und Ammoniak. Andreas seufzte, als er sich unter der Polizeibanderole hindurchzwängen musste. Seine Hose spannte und drückte auf seinen Magen, der ohnehin den gesamten Morgen hindurch zwickte.
„Ich kann das nicht glauben!" Andreas öffnete seinen Mantel und nutzte die Wandgarderobe der Seibolds. Anschließend ließ er sich Zeit, sein Hemd zurück in den Hosenbund zu schieben und vergewisserte sich der Aufmerksamkeit seiner Crew.
„Sarah und Herr Seibold befinden sich nebenan im Schlafzimmer", erklärte Ahmet, während er im Türrahmen zum Wohnzimmer lehnte. „Wir warten noch immer auf den Arzt."
„Wie geht es *ihm*?"
„Beschissen!" Ahmet wartete ab, als bedürfte der Vorfall keiner weiteren Erklärung.
Doch Andreas besaß den längeren Atem, übte sich in Geduld und gewann das Kräftemessen.
„Herr Seibold kam nach Hause. Die Wohnungstür war abgeschlossen. Nichts Ungewöhnliches", fuhr Ahmet fort. „Er suchte seine Frau in Badezimmer,

Schlafzimmer und Wohnzimmer. Dort fand er Helga Seibold am Boden. Ohne Regung, wahrscheinlich längst tot."

Ahmet schaute zum Schlafzimmer hinüber. Sarah hatte die Tür geschlossen, um den Ehemann von den Geschehnissen in seiner eigenen Wohnung abzuschirmen.

„Seibold ist am Ende, kaum seiner selbst. Er benötigt zwingend ärztliche Unterstützung."

„Es riecht nach Farbe?", erkannte Andreas und schaute sich suchend um.

„Das kleine Zimmer hinten links", zeigte Ahmet. „Irgendjemand wünschte sich eine Veränderung."

Währenddessen trat Stefan durch den Türrahmen, in Gedanken versunken, ganz in seine Arbeit vertieft.

„Mord oder Selbstmord?"

„Kann ich noch nicht sagen, Chef. Wo ist Herr Seibold? Ich habe noch einige Fragen an ihn."

Ahmet zeigte zum Schlafzimmer.

„Gib mir eine erste Einschätzung", drängte Andreas.

„Später!", wich Stefan aus. „Lass mich erst die Spuren sichern. Eines kann ich dir sagen: Der Tod wurde durch Vergiftung herbeigeführt. Die blaugefärbten Lippen der Toten sprechen eine eindeutige Sprache. Der Wein riecht leicht bitter, daher spekuliere ich auf Natriumfluorid oder Carbofuran. Beide Stoffe lassen sich auch von Laien einigermaßen leicht besorgen."

Mit diesen Worten ließ Stefan den Hauptkommissar stehen und lief auf das Schlafzimmer zu. Rafael erschien währenddessen in der Wohnzimmertür.

„Hallo Andreas", grüßte er beiläufig, schulterte seine Tasche mit der Ausstattung zur Spurensicherung und bereitete sich vor, nach draußen auf den Hausflur zu treten.

„Was ist hier vorgefallen?“, hielt Andreas ihn auf. „Wenn Stefan nichts sagt, erwarte ich eine Einschätzung von dir.“

„Von mir?“, zögerte Rafael. „Ich ...“

„Was soll der Scheiß?“ Stefan, gerade im Begriff, die Türklinke zum Schlafzimmer zu drücken, schwang herum und schrie Andreas an. „Ich hatte gesagt: ‚später!‘“

„Sollte es dir nicht klar sein ...“, erhob Andreas seine Stimme „Ich bin hier der Oberzampano, dein Chef, das oberste Glied in der Hierarchie.“

„Nichts, worum wir diskutieren müssen!“, fauchte Stefan zurück. „Wir sind mitten in der Spurensicherung und offensichtlich macht hier jeder, was er will! Die Reinigungskraft im Erdgeschoss, hat die jemand gesehen? Man hat sie sogar wischen lassen, nachdem der erste Streifenwagen eingetroffen war. Arbeiten hier eigentlich nur Idioten?“

Rafael schaute stumm zu Boden, bestrebt, jedem Konflikt aus dem Weg zu gehen.

„Dann kommen wir in die Wohnung, als Ahmet gerade die offenstehende Tür des französischen Balkons verschließt.“

„Ich wollte verhindern, dass die Leute aus den benachbarten Wohnungen gaffen“, gestand er kleinlaut. „Ich habe extra nur den Handballen benutzt, um den Riegel zu versperren.“

„Warum fasst du das Scheißfenster an?“

„Tut mir leid.“

„Jetzt lass Rafael seine Arbeit im Treppenhaus und an der Wohnungstür erledigen“, blaffte Stefan Andreas an. „Wir wollen sichern, was noch zu sichern ist. Zum Reden bleibt anschließend Zeit.“

Andreas atmete kräftig aus und schaute auf seine Armbanduhr. „Ich habe den Bericht um drei Uhr auf meinem Schreibtisch."

Stefan blieb unbeeindruckt. „Wenn ihr euch nützlich machen wollt, geht nach draußen und sucht den Bereich unterhalb des Fensters nach Spuren ab." Dabei zeigte er auf das Balkonfenster, das Ahmet geschlossen hatte.

„Du glaubst nicht wirklich, dass jemand von draußen reingeklettert ist?", erkundigte sich Ahmet.

„Nein, ich gehe nicht davon aus. Die Außenwände sind glatt verputzt, es gibt weder Vorsprünge noch Regenrinnen oder Kanten, über die jemand in die Wohnung geklettert sein könnte. Genauso wenig glaube ich, dass jemand nach der Tat aus dem Fenster gesprungen ist. Vier Etagen auf harten Boden, das ist nicht zu schaffen."

„Wonach sollen wir dann suchen?"

„Vielleicht hat der Täter, sofern es nicht Seibold selbst gewesen ist, etwas nach draußen geworfen. Ich weiß nicht, irgendetwas, das uns hilft."

„Nun geh schon!", wies Andreas Rafael an. „Sichere deine Spuren!"

Schüchtern tauschte der Spurenanalytiker Blicke zwischen Stefan und Andreas aus, dann kroch er unter dem Absperrband der Wohnungstür hindurch nach draußen.

„Also reden wir später?" Stefan hatte sich ein Stück weit beruhigt, zumindest wirkte es so.

„Einverstanden", stimmte Andreas zu. „Lass mich nicht warten!"

Der Kriminologe ließ vom Streit mit Ackermann ab, klopfte an die Tür zum Schlafzimmer und trat ein.

„Etwas gereizt heute, unser Stefan", staunte Ahmet. „Kommst du mal mit? Ich möchte dir etwas zeigen!"

Andreas griff zur Brusttasche, kramte eine Rolle mit Pfefferminz hervor und steckte eines in seinen Mund.

„Möchtest du auch?"

Ahmet griff zu und bediente sich.

„Danke."

Dann ging er vor, Andreas folgte ihm.

Das Wohnzimmer war großzügig eingerichtet, zwei helle Sofagarnituren an einem Quader aus massivem Glas, ein Esszimmertisch aus Mahagoni, umringt von sechs Schwingern aus Leder und Edelstahl. An der Decke hingen drei Lichtbänder, die den Bereich des Esszimmers, das Wohnzimmer und die Minibar samt Theke optisch in verschiedene Zonen trennten. Ein großer weißgeschorener Teppich bedeckte das Zentrum der gefliesten Fläche. An den Wänden hingen Bilder, handgemalt, mit dick aufgetragener Farbe und auf Holzrahmen gespannt.

Ein Pfiff der Bewunderung entwich Andreas' Lippen. „Respekt! Hier scheint es jemand geschafft zu haben."

„Sie nicht!", widersprach Ahmet und zeigte auf die tote Helga, die abgedeckt unter einem Leinentuch am Boden lag.

„Wie schrecklich", bedauerte Andreas. „Warum ist die Leiche noch immer hier?"

„Kannst du Stefan fragen", schmunzelte Ahmet. „Wenn dir danach ist, tu dir keinen Zwang an."

„Später. Hast du doch gehört." Einen Moment dachte der Hauptkommissar nach. „Was ist mit den Leuten von der Gerichtsmedizin?"

„Sitzen unten im Auto und warten auf die Freigabe."

Die Wohnzimmertür schwang auf und Stefan kehrte zurück, strich angestrengt über seinen Nacken und begutachtete die Balkontür nach draußen. Kurz darauf folgte ihm Sarah.

„Timo Seibold wird nun unten im Krankenwagen behandelt. Ich habe angeordnet, dass die Sanitäter abwarten, ob wir noch Fragen haben."

„Ist gut", erklärte Andreas und beobachtete Stefan, wie er nervös durch das Wohnzimmer lief. Mit einem Mal blieb er stehen, ließ seinen Blick schweifen und bemerkte, wie Sarah, Ahmet und Andreas ihn gebannt bei dem verfolgten, was er tat.

„Ihr werdet mir keine Ruhe lassen, nicht wahr?", forderte er die drei Kollegen auf.

„Wir haben nichts gesagt", warf Sarah ein und lehnte sich gegen eine der Couchgarnituren.

„Nicht ein Wort", bestätigte Ahmet.

„Später! Wie besprochen", fügte Andreas hinzu.

„Mach erst in Ruhe fertig", begann Sarah von Neuem.

Als sie Stefan anschließend ein freundliches und aufmunterndes Lächeln schenkte, konnte er nicht länger an sich halten und schmunzelte. Der Punkt, an dem sie alle begannen zu lachen.

„Tut mir leid, Leute", entschuldigte er sich nach einiger Zeit. „Ich glaube, der Stress hat heute die Oberhand gewonnen."

„Besser der Stress ...", stimmte Ahmet zu, „... als 'ne Frau."

„Das ist ja wieder typisch", tadelte Sarah und knuffte ihn in die Seite.

„Aua, du Tier!", spielte er den Verletzten.

„Passt auf", unterbrach Stefan die Runde und kniete neben Helga Seibold nieder. Vorsichtig entfernte er das Tuch, mit dem sie abgedeckt worden war. „Seht ihr die Lippen?"

„Natürlich, tief blau."

„Und obwohl der Wein tief blau gefärbt ist ...", Stefan zeigte zu dem halb geleerten Glas, das noch immer an seinem Platz auf dem Teppich stand, danach zu der halb gefüllten Flasche auf dem Esszimmertisch, „... ist dieser Wein frei von Färbung. Ein erstes Indiz auf ein beigemischtes Gift. Rafael hat die gifthaltige Mischung bereits nachgewiesen, das genaue Toxin werden wir im Labor bestimmen."

Andreas reckte sich. „Ein Glas, niemand sonst in der Wohnung? Hat Frau Seibold sich das Leben genommen?"

„Wir müssen das Alibi ihres Mannes überprüfen", erklärte Sarah. „Als Stefan eben bei uns im Schlafzimmer gewesen ist, hat Herr Seibold noch einmal ausgesagt, erst kurz vor dem Telefonat mit Ahmet in die Wohnung heimgekommen zu sein."

„Ihr habt telefoniert?", hakte Andreas nach.

„Er hatte meine Karte, rief mich heute Morgen an, ohne sich zu melden. Spätere Rückrufe hat er ignoriert. Bis auf den letzten. Zu diesem Zeitpunkt befanden wir uns auf dem Gelände der Teuto-Solarlicht, trafen dort einen seiner Mitarbeiter."

„Curly hat ihn aufgespürt", fügte Sarah hinzu.

„Curly?"

„Mein Hund."

„Seit wann ...", Andreas winkte ab. „Ach, auch egal!"

„Laut der Aussage von Seibolds Angestelltem hatte er das Büro erst vor wenigen Minuten verlassen."

„Ein schwaches Alibi." Andreas schaute zu Sarah und Ahmet. „Bleibt da dran!"

Stefan deckte die Leiche ab, vorsichtig und gleichmäßig, dann stand er auf. „Gehen wir raus auf den Flur und lassen die Frau abtransportieren. Er griff zum

Handy und informierte die Mitarbeiter der Gerichtsmedizin.

„Ja, hallo, hier Wagner. Helga Seibold ist bereit zum Transport." Er lauschte seinem Gesprächspartner, dann legte er auf.

Stefan ging zur Wohnungstür und zeigte Andreas, Ahmet und Sarah das Schloss.

„Keine Kratzspuren. Das ist ein selbstverriegelndes Anti-Panik-Einsteckschloss. Typbezeichung B 2126."

„Also manipulationssicher?"

„Richtig. Außerdem kann man sich dafür nicht mal eben einen Schlüssel beim Schlüsseldienst nachmachen lassen. Alle Anfragen für eine Vervielfältigung laufen über eine Schließgesellschaft. Dort wird jedes Replikat dokumentiert." Stefan holte Luft. „Genau das müsst ihr überprüfen!"

„Werden wir!", bestätigte Sarah und hinterlegte eine entsprechende Notiz auf ihrem Smartphone.

„War das nun deine indirekte Art mir mitzuteilen, kein Einbruch durch die Wohnungstür, kein fremder Zutritt über den Balkon, und sofern wir den eigenen Ehemann mit einem Alibi entlasten: Endergebnis Selbstmord?"

Stefan schaute Andreas an und nickte.

„Sieht aus wie Selbstmord. Ja."

„Verdammt", schimpfte der Polizeihauptkommissar. „Sieht aus wie Selbstmord. Kannst du dich nie festlegen?"

Zwei dunkel gekleidete Männer klopften an den Türrahmen zur Wohnung und traten durch die offenstehende Tür ein.

„Wir holen sie dann jetzt ab", erklärte der vordere.

„Die Frau liegt im Wohnzimmer", wies Stefan den Weg, ging einige Schritte vor den beiden Männern mit ihrem Metallsarg her und öffnete die Zimmertür.

„Danke, wir kommen klar", bestätigte der zweite, und sogleich waren die beiden Gerichtsmediziner nebenan verschwunden.

„Zurück zu deiner Frage", wandte Stefan sich an Andreas. „Selbstmord oder nicht? Das wolltest du wissen."

„So sieht es aus."

„Du wirst jetzt keine Antwort bekommen", mischte Ahmet sich ein. „Kriminologen sind wie Anwälte. Weder die einen noch die anderen wagen eine Aussage, die du in Stein meißeln könntest."

„Stimmt", bestätigte Sarah und lachte.

„Ich gebe euch einen Denkanstoß", bot Stefan an. „Helga Seibold. Im besten Alter. Geradezu begnadeter Körperbau, das darf ich doch sagen. Lebt im Luxus, schaut euch hier um. Hat einen Mann, der offensichtlich sogar in der Mittagspause ausreichend Zeit für sie hat, um nach Hause zu kommen."

„Ich weiß, was du sagen willst", fuhr Sarah fort. „Warum sollte so eine Frau sich das Leben nehmen?"

„Genau!"

„Was dann?", wollte Andreas wissen.

„Wir haben es mit einem großen und zugleich in der Literatur weit verbreiteten Problem zu tun. Dem Phänomen des ‚locked room', einem Mord in einem verschlossenen Raum. Dieser Begriff umfasst alle Verbrechen, die scheinbar unmöglich zu begehen sind. Es herrscht die Tatsache vor, dass das Verbrechen an einem Ort begangen wurde, zu dem scheinbar niemand Zugang hatte, beziehungsweise den offenbar keine Person betreten oder verlassen haben konnte. Die Anwesenheit einer Leiche an diesem Platz stellt also einen Widerspruch zu den Tatsachen dar."

„Na toll", stöhnte Andreas. „Locked room!"

Das kleine Hotel im Norden der Stadt besaß keine Sterne. In den Zimmern standen Fernseher anstatt Flachbildschirmen, das Schwimmbecken im Untergeschoss kannte keine Wettkampfmaße. Trotz seines Rückschritts konnte die Unterkunft auf einen großen Kundenstamm verweisen, der hier tagaus, tagein höchst zufrieden (wenn nicht sogar befriedigt) Zeit verbrachte und sich hinter den Zimmertüren verwöhnen ließ. Sauberkeit und Verschwiegenheit aufzuwiegen mit Geld, war ein Geschäft, das funktionierte.

Zielstrebig und getrieben von Vorfreude nahm ein Mann, so um die achtunddreißig Jahre alt, gepflegt, braunhaarig und groß gewachsen, die Stufen zum Eingang. Die Schönheit, zumindest was die Vorstellung gängiger Modemagazine den eigenen Lesern projizierte, stand ihm nicht gerade ins Gesicht geschrieben. Trotzdem hatte er eine Freundin, die er liebte, mit der er sich gut verstand und mit der er viel gemeinsame Zeit verbrachte. Und dennoch gab es diesen Termin, heute am siebten März. Alle drei Wochen donnerstags, nirgends in seinen Kalendern notiert, weder auf dem an der Wand noch in dem digitalen seines Computers. Geschwind öffnete er die doppelflügelige Eingangstür und betrat das überschaubare Foyer.

„Guten Tag", grüßte er freundlich und ohne Scheu.

„Guten Tag", grüßte die Frau hinter dem Empfangstresen zurück. Sie erkannte ihren Gast, so wie sie jeden Besucher ihres Hotels kannte, der mehr als ein oder zwei Mal zu Besuch gekommen war. Darüber hinaus dokumentierte sie Vorlieben und Wünsche, um den Service über die Zeit zu perfektionieren. Stillstand war Rückschritt, und das Geschäft mit der Liebe im Zeitalter von Internetpornografie kein leichtes.

„Wie gewünscht haben wir Zimmer siebzehn für Sie reserviert. Die Fenster stehen auf Kippe, es ist gut gelüftet. Eine Flasche Sekt, dazu eine Karaffe Orangensaft, der helle, ohne Fruchtfleisch. Im Bad liegen dunkle Handtücher, nicht die weißen."

Maximilian lächelte. „Unglaublich, aber schön. Danke."

„Wenn Sie sonst etwas benötigen, rufen Sie einfach durch." Die Hotelfrau griff nach hinten und übergab im Anschluss den Zimmerschlüssel. „Bitte sehr."

„Wissen Sie, ob Lulu schon oben ist?"

„Der zweite Schlüssel hängt noch am Brett, heute sind Sie der Erste."

Für einen Augenblick haderte Maximilian, schien in Gedanken versunken über irgendetwas nachzugrübeln, dann blickte er auf.

„Ist gut, danke. Ich gehe schon mal nach oben."

Der junge Mann benutzte die Treppe. Um eine Etage zu überwinden, benötigte er keinen Aufzug.

Zeit verging und Maximilian wartete geduldig ab. Er duschte, bereitete das Bett und schaute durch das Fenster zum Innenhof.

Gegen halb eins langte er nach dem Hörer des Haustelefons.

„Haben Sie irgendetwas von Lulu gehört? Sieht ihr gar nicht ähnlich, zu spät zu kommen."

„Ist viel Verkehr, heute. Sie kommt bestimmt."

Viel Verkehr heute, wiederholte Maximilian in seiner Fantasie. *Auf der Straße oder im Bett?*

Er bedankte sich und legte auf.

In der kommenden Stunde rief er zwei weitere Male an der Rezeption an. Von Lulu keine Spur. Irgendwann gab er seine Zuversicht auf, besorgte es sich selbst, zog sich an, ging nach unten und bezahlte.

Als Maximilian nach draußen ins Freie trat, strich ihm der kühle Märzwind durchs Haar. Zufrieden schaute er zum Himmel und beobachtete eine Schar Kraniche, die offensichtlich zu faul gewesen waren, gen Süden zu fliegen.

Frei zu sein wie die Vögel, dachte er. *Das Beste, das es gibt.*

35. In Bewegung bleiben / 07. März 2013 / 12:11

Der Wind frischte auf, drückte in die Äste der umliegenden Bäume und Sträucher. Ein Taschentuch, bereits grau und zerfleddert, tanzte im Luftzug, wurde hochgewirbelt und fallengelassen. Etwas abseits standen Andreas, Sarah und Ahmet, nur wenige Schritte vom Krankenwagen mit Timo Seibold an Bord, entfernt.

„Als Erstes überprüft ihr sein Alibi. Vielleicht liegt Stefan mit seiner Prognose daneben und Herr Seibold ist der Mörder seiner eigenen Ehefrau. ‚Locked room', von so einer Theorie will ich nichts wissen."

„Zumindest ereignen sich die meisten Morde im Umfeld des engsten Familienkreises", stimmte Ahmet Andreas zu. „Das spielt deiner Hoffnung entgegen."

„Andererseits ist Stefan nicht auf den Kopf gefallen", gab Sarah zu bedenken. „Er ist kompetent, hat für jeden ein offenes Ohr, jederzeit."

Genervt vom Wind steckte sie ihre braunen Haare hinter die Ohren, zum wiederholten Mal.

„Warum stehen wir eigentlich inmitten dieses Vorplatzes? Es sollte hier genügend windstille Eckchen geben."

„Weil ich den Ehemann noch etwas fragen wollte." Ahmet deutete auf den Krankenwagen.

„Du brauchst Stefan nicht in Schutz zu nehmen. Ich weiß um seine Fähigkeiten." Andreas stutzte. „Ist da was zwischen euch beiden?"

„Was soll das jetzt?", schimpfte Sarah und warf ihrem Partner einen giftigen Blick entgegen.

„Ich habe nichts gesagt", riss Ahmet entschuldigend die Schulter nach oben, doch er dachte sofort an den

Spruch, den Stefan ihr an das Ende der E-Mail geschrieben hatte. *Sei glücklich, damit provozierst du sie alle am meisten.*

„Ist ja auch egal", kommentierte Andreas die Reaktion seiner beiden Kollegen.

„Kann es sein, dass dir heute recht viel egal ist?", hakte Ahmet amüsiert nach, nicht bereit, dieses Thema sofort beizulegen. „Erst Sarahs Hund, dann Sarahs Freundschaften. Alles egal?"

„Du kannst dir gleich 'ne andere Partnerin suchen", fuhr Sarah unverändert aggressiv fort. „*Wir* sind ein Team, *das* ist dein Chef! Wenn dir deine Position nicht klar ist, weiter viel Spaß beim Arschkriechen!"

Ahmet wollte antworten, doch er verkniff es sich. Nur zu gut wusste er, wie stark Sarah sich in ihrer Einschätzung, was seine Position zu ihr anging, irrte. Ohne ein Wort zu sagen, verließ er die kleine Gruppe, atmete tief durch und verfolgte das Windspiel des tanzenden Taschentuchs.

„Mit dem falschen Fuß aufgestanden oder Menstruationsbeschwerden? Mensch, Leute! Was ist denn heute mit euch los?"

„Wahrscheinlich ein wenig von beidem", resignierte Sarah, lief zu Ahmet und legte ihren Arm um seine Taille. „Tut mir leid."

Ahmet lenkte ein, doch Sarah merkte, dass er sich derartige Dinge in seinem Innern zu Herzen nahm. Nacheinander kehrten die zwei zu Andreas zurück.

„Wir überprüfen Seibolds Alibi. Anschließend versuchen wir, Jonas Falkner oder jemanden aus seinem Umfeld ausfindig zu machen. Zu guter Letzt ein Besuch bei Isabel Eckert. Mich interessiert, ob sie etwas zu dem nächtlichen Übergriff auf den Audi von Niclas Klohse sagen kann."

„Ahmet? Was genau haben Frau Eckert und Herr Klohse miteinander zu tun? Warum sollte sie etwas von der Sabotage wissen?"

Andreas sagte nichts, doch eine Antwort auf Sarahs Fragen interessierte ihn ebenfalls.

„Ist das so unverständlich?", wunderte sich Ahmet. „Vielleicht kennt Isabel Internas aus der Firma. Dinge, die Herr Seibold als Geschäftsführer uns vielleicht nicht erzählen würde. Überlegt mal!"

Er schaute Sarah und Andreas abwechselnd an. „Isabel steht dem undurchsichtigen Treiben der Teuto-Solarlicht womöglich anders gegenüber als einer der Angestellten."

„Ich verstehe, was du meinst." Erneut klemmte Sarah eine Strähne hinter ihr Ohr. „Sie ist ein Opfer, hat ihren Mann verloren, obwohl es nicht sein Auto war, das sabotiert wurde. Möglicherweise hat Roland ihr beim Abendessen Dinge aus der Firma erzählt, die sie uns zuvor verschwiegen hätte. Doch seit gestern ist ihr Leben aus dem Lot!"

„Und ihre Loyalität, sofern es eine gab, auch!", stimmte Ahmet zu. „Genau deshalb werden wir Isabel Eckert einen Besuch abstatten."

„Alles keine heißen Spuren, aber wenigstens bleibt ihr in Bewegung."

Andreas griff zur Hosentasche, sein Telefon surrte.

„Bewegung täte dir auch nicht schlecht."

Entweder hatte Andreas den letzten Satz aufgrund des Anrufes nicht wahrgenommen oder er wollte ihn beflissen überhören. Sarah lächelte, war ihr doch der gleiche Gedanke gekommen, den Ahmet ausgesprochen hatte.

Rafael verließ das Wohnhaus, über der Schulter eine ausladende Utensilientasche, in der einen Hand ein

Stativ, in der anderen den Fotoapparat. Er schien zu schimpfen, mit sich selbst, über das Gewicht der Tasche, darüber, dass der Streifenpolizist, der immer noch den Eingang bewachte, ihm nicht zur Hand ging. Von alle dem bekamen die Kollegen der Kriminalpolizei nichts mit. Erst als Rafael den tiefblau gestrichenen Kleintransporter belud, beendete Andreas sein Telefonat und richtete sich an ihn.

„Was ist mit Stefan? Seid ihr oben fertig?"

Rafael verstaute die Fotoausrüstung, dann gesellte er sich zu den drei Ermittlern.

„Ja. Wir haben die Spuren gesichert und den Tatort inklusive Wohnung auf Bildern dokumentiert."

Die Eingangstür schwang erneut auf und Stefan trat ins Freie. Er wechselte einige Worte mit dem Streifenpolizisten, dann verschwand dieser im Hausflur nach oben. Überrascht von der hohen Anzahl der Personen, die noch immer hinter den Fensterscheiben gafften oder in den geöffneten Balkontüren abwarteten, drehte er sich um sich selbst und zählte die Zaungäste. Dann stellte er sich in die Runde seiner Freunde.

„Wo immer wir sind, Standing Ovations. Wenn doch der Anlass nur ein angenehmerer wäre."

„Leider wahr!", stimmte Andreas zu.

„In drei Tagen, vier Leichen. Das ist mehr, als diese Stadt vertragen kann."

„Was diese Helga Seibold angeht, werden wir eine ausführliche Obduktion veranlassen", erklärte Stefan. „Gerade in dieser brenzlichen Situation zwischen Mord oder Selbstmord, bedarf es einer intensiven Untersuchung der Leiche."

„Sehr gut", willigte Andreas ein. „Ich brauche etwas Handfestes."

Einer der Sanitäter öffnete die Seitentür des Krankenwagens.

„Wie lange wird es noch dauern?“, fragte der Mann in Weiß ungeduldig und zeigte auf seine Armbanduhr.

„Wir kommen!“, bekundete Ahmet. „Einen Moment, bitte.“

„Andreas, wir machen uns auf den Weg. Mal sehen, was der Tag noch bringt.“

„Ich bin gespannt.“

Mit diesen Worten verließen Sarah und Ahmet die kleine Gruppe und stiegen wenig später durch die rückseitige Tür des Krankenwagens.

„Nun zu euch“, richtete Andreas seine Worte an Stefan und Rafael. „Vor einigen Minuten haben zwei Jugendliche einen Vorfall gemeldet, aus einem Waldstück nahe Wiedenbrück. Angeblich ein Hilferuf, jedoch ohne Opfer. Irgendjemand, der in einem Loch gefangen gehalten wurde.“

„Hört sich spannend an“, log Stefan unverhohlen.

„Dort ist Blut, eine Menge, direkt neben dem Ausstieg. Ich benötige eure Einschätzung, ob es menschlicher Herkunft ist. Womöglich gibt es weitere Hinweise.“

„Ruf die Leitstelle an, besorg dir die Adresse und fahr rüber“, delegierte Stefan Rafael. „Du kannst unseren Wagen nehmen, dann hast du die passende Ausrüstung dabei.“

„Wird erledigt. Was ist mit dir?“

Analog klopfte Stefan auf den Koffer in seiner Hand und richtete seine Frage an Andreas: „Nimmst du mich mit auf's Revier? Das gibt mir Freiraum, um die Spuren auszuwerten.“

„Kein Problem!“, stimmte der Kriminalhauptkommissar zu.

Einen Augenblick wartete Rafael unschlüssig ab.
„Der Schlüssel!", erinnerte er, nicht bereit zu gehen, bevor über dieses Thema gesprochen worden war.

„Richtig! Rafael hat bereits mit der Schließgesellschaft telefoniert."

„Und was ist dabei rausgekommen?"

Rafael ergriff nun doch selbst das Wort.

„Außer der Grundausstattung von genau zwei Schlüsseln wurde kein Satz nachbestellt. Ein Bestätigungsfax sollte bereits im Büro auf uns warten."

„Die habt ihr sichergestellt?"

Stefan griff zur Tasche und zog zwei durchsichtige Plastiktütchen mit je einem Schlüssel hervor.

„Der rot markierte ist von Herrn Seibold. Den hat er benutzt, als er nach Hause gekommen ist." Stefan hielt die andere Tüte hoch. „Der blau markierte ist von Frau Seibold."

Andreas wurde neugierig.

„Wo habt ihr den blauen gefunden?"

„Jetzt aufgepasst!", steigerte Stefan die Spannung. „Auf dem Bauch der Leiche, direkt oberhalb ihrer zusammengelegten Hände."

Aufmerksam beobachtete Stefan seinen Vorgesetzten.

„Ich weiß, was du jetzt denkst", setzte er nach.

„Was denn, Stefan?"

„Wenn wir Timo beweisen könnten, ohne standfestes Alibi zu sein, kann ich mir meine Theorie in die Haare schmieren."

„Haha!", lachte Andreas.

„Ich mache mich auf den Weg", unterbrach Rafael das Zwiegespräch und verabschiedete sich.

„Gute Arbeit, da oben", lobte Stefan. „Bis nachher."

„Denk noch mal darüber nach!“, spornte Stefan Andreas an. „Was, wenn Seibold als Mörder ausscheidet? Die Tür war laut seiner Aussage von innen verschlossen, er musste doppelt umschließen. Die Leiche hatte den zweiten Schlüssel direkt bei sich liegen. Der Zugang durch die Tür war somit versperrt, ein Weg durchs Fenster oder über den Balkon erscheint unrealistisch.“

Andreas schaute an dem mehrgeschossigen Wohnhaus nach oben, entdeckte die Wohnung der Seibolds.

„Soweit stimme ich dir zu. Wenn du kein Freeclimber bist oder beim Zirkus arbeitest, kommst du da weder rauf noch runter.“

„Siehst du! Und du willst diesen Todesfall doch nicht ernsthaft als Selbstmord verbuchen, wo erst gerade zuvor drei andere Personen ums Leben gekommen sind, die über nah oder fern im gleichen Unternehmen arbeiten, oder sich zumindest untereinander kannten?“

„Ich hasse deine Thesen!“, fluchte Andreas.

„Nein, insgeheim liebst du sie“, antwortete Stefan selbstbewusst. „Komm. Nun lass uns fahren.“

Währenddessen hatten Sarah und Ahmet Herrn Seibold im Krankenwagen befragt. Seine Geschichte stand wie in Stein gemeißelt.

„Ein Zwischenstopp zum Mittagessen. Verwundert über die doppelt verschlossene Tür. Helga in Bad und Schlafzimmer gesucht. Für gewöhnlich stand Helga nie vor Mittag auf, also gab es keinen Grund, sich wirklich zu wundern. Doch die Leiche am Boden liegen zu sehen, das Ende allen Lebens, ausgehaucht, vergiftet vom Wein, das brach mir das Herz. Viel mehr kann ich Ihnen nicht erzählen, so oft Sie mich auch fragen.“

Die Beruhigungsmedikamente zeigten Wirkung, Herr Seibold gab sich gefasst und ruhig. Doch in seinen Augen konnte Sarah sehen, wie tief ihn der Verlust seiner geliebten Frau schmerzte.

„Ich hätte eine letzte Frage", holte Ahmet aus. „Heute Morgen, so gegen 10:10 Uhr schellte mein Handy. Zu diesem Zeitpunkt waren Sie laut Aussage in der Firma, also weder in der Wohnung noch unterwegs. Der Anruf ereignete sich also weit bevor Sie vom Tod Ihrer Gattin erfuhren."

Timo Seibold zuckte zusammen. Er ahnte, worauf die Frage hinauslaufen würde.

„Bitte erklären Sie mir, aus welchem Grund haben Sie mich angerufen?"

Die dreitägige Geschäftsreise nach Amsterdam hatte Eva Rohrbeck viel abverlangt. Preisverhandlungen mit Kunden waren selten erbaulich und drückten ihr für gewöhnlich aufs Gemüt. Viele der Partner kannte sie seit Jahren, neben den Geschäftsbeziehungen hatten sich Freundschaften entwickelt. Gleichwohl galt ihre Loyalität dem Pharmakonzern, für den sie arbeitete. Auf dem Gebiet der Erforschung von Giften, ihrer Wirkung und deren Behandlung – mittlerweile führend in Deutschland – war Eva erstaunt, wie viel sie in ihrer vierjährigen Betriebszugehörigkeit über giftige Substanzen von Tieren, Pflanzen und Mikroorganismen, über die physiologischen Mechanismen der Giftwirkung und deren quantitative Aspekte bei der Toxika AG gelernt hatte.

Gewöhnlich verreiste die Vertriebsmitarbeiterin zwei- oder dreimal pro Monat für mehrere Tage. Umso größer war die Vorfreude auf Jonas, wenn sie sich dann, nach einer ausgeschlafenen Nacht, wiedertrafen. In Evas Tasche warteten verschiedene Pot-Mischungen, ein berauschendes Allerlei der niederländischen Hauptstadt. Vor der Abreise hatte Jonas ein gemeinsames Mittagessen vorgeschlagen – heute gegen halb eins bei ihm – und so fanden sich mehrere Gründe, wegen denen Eva sich auf ihren Freund und auf den Verlauf des heutigen Nachmittags freute. Überrascht über die verschlossenen Jalousien, schellte sie an der Wohnungstür. Schon nach dem ersten Klingeln durchwühlte die langhaarige, hellblonde Frau die Handtasche nach dem Schlüssel, den Jonas ihr bereits nach dem ersten Monat Beziehung überlassen hatte. Hektisch drückte sie den Schlüssel ins Schloss. Das verdunkelte Haus, gestern nur Jonas' Mailbox erreicht zu haben und dass er auch nicht zurückgerufen hatte, all das waren ausreichende Gründe, um Evas Puls ansteigen zu lassen. Die Tür sprang auf, beunruhigt trat sie ein.

„Ich bin da! Hallo Jonas?", rief Eva durch den sich weit öffnenden und zugleich dunklen Flur. „Jonas? Wo bist du?"

Ohne sich zu rühren, blieb sie stehen und lauschte, schließlich griff Eva zum Lichtschalter. Mit einem Klick sorgten die vier Deckenfluter aus saniertem Glas für ein Gefühl von Wärme und Behaglichkeit. Die Türen zu den angrenzenden Räumen standen offen, das konnte Jonas' Freundin sofort erkennen. In der Luft lag ein Geruch von Zigaretten und Alkohol, verbraucht und unangenehm. Offensichtlich waren alle Fenster verschlossen. Nacheinander durchsuchte sie die Zimmer, betrat Küche, Bad und Büro. Nirgends eine Spur ihres Lebensgefährten.

„Jonas?", rief sie lauter als zuvor. „Schläfst du noch?"

Sie betätigte die Schalter der elektrischen Jalousieantriebe, anschließend öffnete sie die Fenster. Frisch und zugleich kühl ließ die hereinströmende Märzluft Eva erschaudern.

„Ich bin da!", wollte sie rufen, da führte ihr Rundgang Eva ins Wohn- und Esszimmer. Ein Chaos aus Gläsern, die Flaschenparade auf der Fensterbank, dazu das Durcheinander gepaart mit all den Krümeln und dem Dreck, ließ Eva verstummen.

Der Geburtstag war am Dienstag, das war vor zwei Tagen.

Geschockt öffnete sie die Terrassentür nach draußen, ließ Licht durch die auffahrenden Rollos herein und betrachtete die Spuren einer offensichtlich exzessiven Geburtstagsfeier. Weißes Pulver, zweifelsfrei Kokain, lag in kleinen Mengen auf dem Wohnzimmertisch verteilt. Eva kniete nieder, betrachtete dessen Farbgebung und erfreute sich am klaren Weiß. Ohne zu zögern, befeuchtete sie den Mittelfinger, streifte durch den winzigen Pulverberg und rieb das, was an ihm kleben geblieben war, ins Zahnfleisch. Zufrieden stand sie auf und verschloss den gerade zuvor geöffneten Ausgang zum Garten. Durchzug und Koks, keine adäquate Konstellation.

Sonderbar. Wieso hat niemand aufgeräumt? Und wo ist Jonas?

Eine Stufe nach der anderen nehmend lief sie nach oben ins Dachgeschoss. Schlafzimmer, das zweite Bad, der Fitnessraum, allesamt duster und stickig. Das Bett war benutzt worden, zweifelsfrei hatte Jonas in den letzten Tagen darin übernachtet. Eva durchsuchte die dreckige Kleidung, die am Boden neben dem Bett abgelegt worden war und entdeckte Jonas' Portemonnaie samt Autoschlüssel.

„Verdammt, wo ist dein Handy?"

Eva wusste genau, Jonas würde ohne sein elektronisches Spielzeug niemals das Haus verlassen. Trotz aller Anstrengung, ihre Suche blieb erfolglos. Offensichtlich sollte dieser Tag anders ablaufen, als Eva es für sie beide geplant hatte. Jonas' Geld war da, das Auto stand in der Garage, Telefon und er selbst waren spurlos verschwunden, eine Sachlage, auf die Eva sich keinen Reim machen konnte. Besorgt griff die blonde Frau zur Handtasche. Gleichzeitig bemerkte sie, wie das Kokain seine betäubende Wirkung freisetzte. Ihre

Anspannung verschwand. Das Telefon aufgeklappt, wählte sie die Nummer ihres Liebsten und hoffte darauf, ihren Freund irgendwo zu erreichen. Gespannt erwartete sie seine Erklärung.

Der Rufton war hörbar, mehrmals, doch niemand hob ab. Irritiert durchkämmte sie das elektronische Adressbuch und wählte kurz darauf Niclas' Nummer. Vielleicht wusste er, wo Eva Jonas finden konnte.

„Teilnehmer derzeit nicht erreichbar." Synthetisch quäkte die Computerstimme aus der Ohrmuschel heraus.

Eva hielt inne und überlegte. *Was ist hier los?*

Abermals filterte sie das Adressbuch. Sicherlich wusste Roland Rat. In seiner ruhigen und vernünftigen Art gefiel er Eva aus dem Kreis der Freunde am besten. Sie bestätigte die hinterlegte Rufnummer, es klingelte, das Gespräch wurde entgegengenommen.

„Dieser Anschluss ist vorübergehend nicht erreichbar." Offensichtlich ein anderer Netzbetreiber, eine andere künstliche Frauenstimme, doch letztendlich das gleiche Ergebnis: Teilnehmer nicht erreichbar.

Wohin, um Herrgotts willen, habt ihr euch alle versteckt?!, grübelte die aufgebrachte Frau und kehrte ins Wohnzimmer zurück. Inzwischen war ihre Angst einer unglaublichen Neugier gewichen, was die ‚Truppe' in diesem Augenblick wohl wieder ausheckte. Schließlich wäre es nicht das erste Mal!

Für einen Moment erwog Eva, erneut ihren Finger durchs Kokain zu ziehen und sich einen kleinen Nachschlag zu gönnen, dann entschied sie, erst Jonas zu finden, um die verbliebenen Reste anschließend *gemeinsam* abzutragen.

„Versuche ich es bei Timo!", sprach sie zu sich selbst und suchte die Nummer. Unglücklicherweise war dessen Handynummer durch einen Vertragswechsel umgestellt worden. Nun rächte es sich, dass sie versäumt hatte, die neue Ziffernfolge zu speichern. Was blieb, waren die Alternativen, aber weder bei den Seibolds zu Hause noch unter der Firmenrufnummer der Teuto-Solarlicht hob jemand ab.

„Das kann doch nicht wahr sein!“, schimpfte Eva frustriert. „Sind denn alle wie vom Erdboden verschwunden?“

Jählings kehrte ihre Angst zurück.

Schlimmstenfalls war sie mitten in ein Verbrechen hineingeraten. Die Spuren im Schlafzimmer sprachen eine recht eindeutige Sprache, zumindest für diejenigen, die Jonas kannten. Vorsichtig öffnete die besorgte Frau die Tür zum Untergeschoss. Der Keller und der Rest von Jonas' Wohnung glichen sich wie Fleisch und Fisch, gar nicht. Und war der Wohnbereich auch noch so großzügig und protzig ausgestattet, der Keller ängstigte jeden Klaustrophobiker. Eva griff zum Lichtschalter und ekelte sich vor den Jahre alten Spinnweben, die die Haut ihrer Handoberfläche streiften. Das dunkle, gelb flackernde Licht reichte aus, um die einzelnen Stufen zu erkennen, zu sehen, wie steil es nach unten ging. Nach elf Stufen verschwand der Treppenverlauf nach rechts unter der Bodenplatte. Üble Gedanken von Monstern und mehrbeinigem Kriechzeug schossen in Evas Kopf. Getrieben von banger Neugier, beflügelt vom Koks, gehemmt von den Hirngespinsten ihrer Gedanken stieg sie nach unten. Es roch nach Feuchtigkeit und Schimmel. Eva schluckte, überlegte, nach oben zu rennen. Ein Anruf bei der Polizei, *genau das* wäre sinnvoll und einfach. Möglicherweise hatten die drei Freunde Jonas bereits als vermisst gemeldet. Wie aus heiterem Himmel verschwammen die Bilder vor Evas Gesicht. Monsterspinnen und körperlose Kopffüßler sprangen auf sie zu. Der Kopf dröhnte, die Schmerzen stachen hinter ihrem Auge. Mit letzter Kraft versuchte Eva Halt zu finden und gleichzeitig die Furcht einflößenden Fantasiewesen abzuwehren, die sie bedrängten. Da schleuderte sie bereits herum, verlor das Gleichgewicht und rutschte ab. Hart schlug sie über die steinernen Stufen nach unten, immer der Schwerkraft folgend. Die rechtsläufige Kurve bremste den Sturz, doch Eva fiel auch die letzen Stufen bis zum Kellerboden. Dort blieb sie bewegungslos liegen.

Das Gesicht brannte, wie betäubt und drauf eingeschlagen. Die linke Hand war eingeschlafen. Das nicht enden wollende Kribbeln behinderte sie in ihrer Motorik. Ein Teil der Schulter war geprellt, jede Berührung verursachte Schmerzen. Ohne ein Gefühl, wie viel Zeit Eva auf dem feuchten, muffigen Boden verbracht hatte, raffte sie sich auf. Vorsichtig tasteten ihre Fingerkuppen über die Wangen, anschließend seitwärts über die Lippen und aufwärts entlang der Nase. Mitten über den Augen tat es weh und die Finger färbten sich rot. Wie von einem Stich getroffen, fuhr sie zusammen. Erst jetzt wurde sie gewahr, dass eine Platzwunde an ihrer Stirn blutete und entdeckte den beachtlichen, roten Fleck auf dem Beton. Alles um sie herum erschien ihr doppelt, wie verschwommen wirkte ihr Blick.

Ein guter Tausch gegen die vorherigen Wahnvorstellungen.

Zitternd kam Eva auf den eigenen Füßen zum Stehen, dann orientierte sie sich in dem schummrigen Raum. Ein alter Spiegel, eine Werkbank, das Terrarium, das Eva Jonas vor einem halben Jahr geschenkt hatte, daneben einige Gartengeräte, und hinten am Ende des Kellers der Ausgang über die Außentreppe. Offensichtlich war nur ein Teil der Wohnung unter der Erde ausgebaut worden. Der Spiegel zog Eva magisch an. Bereit, ihrem Antlitz gegenüberzutreten, schleppte sie sich vorwärts. Das bleiche Glas reichte aus, um sich ihrer Verletzungen bewusst zu werden. Staub und Dreck zierte die blaue Jeans, mehrere Flecken Blut beschmierten das braunfarbene Sweatshirt und noch immer nässte die Stirn. Das ovale Gesicht mit seinem langen blonden Seitenscheitel, dem flachen Nasenrücken und den für ihren Geschmack zu blassen Lippen, das alles hatte seinen Glanz verloren, getrübt von den kleinen und großen Schnittverletzungen ihres Sturzes. Ein dreckiges Tuch half Eva die Blutung zu stoppen.

Blutvergiftung oder verbluten, dachte sie gleichgültig und kicherte.

Ihr Drache schaute sie an, kämpferisch, beide Flügel weit auseinandergebreitet und über jede Situation erhaben. Abermals musste sie kichern. Mit der rechten Hand langte sie nach dem Shirt und zog den Ärmel nach unten. Nie hatte sie es bereut, sich dieses Motiv mit Tinte unter die Haut des Oberarms stechen zu lassen. Einerseits ein Symbol ihrer eigenen Stärke, andererseits ein persönliches Sinnbild, das Eva, seitdem sie bei der Toxika AG arbeitete, gerne unter langer Kleidung verbarg. Ein Tribut an ihre Professionalität.

Mit einem Mal erinnerte sie sich des Grundes, warum sie überhaupt in den Keller hinabgestiegen war. Jonas! Sie suchte ihren Freund, doch stattdessen entdeckte sie Twinky. Ein seltsamer Name für eine Vogelspinne. Doch Jonas hatte den Namen aussuchen dürfen, und so war aus einem giftigen Spinnentier ein harmloser Twinky geworden. Eva erinnerte sich noch genau an den Tag, an dem sie das Terrarium aus ihrer Firma mitgebracht hatte. Aufgrund eines Gendefekts war das Tier im Labor ausgemustert worden. Anstatt es der Entsorgung zuzuführen, hatte ein Kollege Eva angesprochen, gefragt, ob sie etwas Nettes für zu Hause suche? Da Jonas schon lange den Wunsch hegte, ein ebenso giftiges Lebewesen sein eigen zu nennen, dessen Toxin vergleichbar war mit den Substanzen, mit denen seine Freundin alltäglich zu tun hatte, überreichte ihm Eva an jenem Abend das perfekte Geschenk.

Ergriffen betrachtete sie nun, ein halbes Jahr später, die Spinne. Regungslos lag der Gliederfüßer vor dem Glas des Terrariums. Das Hinterteil zerquetscht, die Giftzähne nach vorne herausgebogen, ließ sich nicht eindeutig erkennen, welches Schicksal Twinky widerfahren war. Nur eines stand fest: die Spinne hatte ihr Leben verwirkt.

Ein letzter Blick auf der Suche nach Jonas, dann quälte sich Eva die Stufen nach oben zurück in die Wohnung. Noch immer dröhnte der Kopf, die Prellung der Schulter würde so schnell nicht nachlassen. Sich zu konzentrieren, bereitete der Verunglückten Schwierigkeiten, doch es war ihr egal. Irgendwie war alles egal. Sie lief ins Wohnzimmer. Wie in Trance startete sie einen erneuten Versuch, ihren Freund auf dem Handy zu erreichen. Zu ihrem Handicap verschwammen die Tasten vor den Augen. Eva warf sich aufs Sofa, befeuchtete voller Vorfreude den Mittelfinger und zeigte ihm anschließend das Land aus Schnee. Eigentlich hatte Eva noch die Polizei informieren wollen, um Jonas als vermisst zu melden. Ja. Eigentlich hatte sie das tun wollen.

Zuerst will ich schlafen, beschloss sie und gähnte genüsslich. *Schlafen ist noch immer die beste Medizin.*

Das Gesicht verzerrt vor Schmerzen, die Augen von Tränen erfüllt, brach Ahmet nach vorne über und sackte zusammen. Der Schlag auf seinen Solarplexus verursachte ihm Schwindel und raubte jede Luft zum Atmen. Noch unklar über das, was sich im Bruchteil einer Sekunde im Innern des Krankenwagens abgespielt hatte, beobachtete er, wie Timo Seibold auf den seitlichen Ausstieg zusteuerte.

„Sarah! Er will fliehen!“, keuchte der Kommissar und rang nach Luft.

Im gleichen Maße von diesem surrealen Ereignis überrascht, verschenkte Sarah kostbare Zeit. Dann aber hechtete sie auf die Trage, die wie eine Barriere zwischen ihnen stand, und setzte den Flüchtenden fest. Timo schlug um sich, ohne zu zögern, ohne Skrupel, und er traf den Arm, der ihn hielt.

„Verfluchter Scheiß!“, schrie Sarah auf. „Was ist eigentlich in Sie gefahren?“

Timo riss sich los, trat hinter die Tür, die mit Schwung nach außen barst, und sprang ins Freie.

Die wartenden Sanitäter, ebenfalls vom stürmischen Ende der Polizeibefragung verblüfft, stellten keine Bedrohung dar und sprangen sich selbst schützend beiseite.

„Na toll!“, fauchte Sarah. „Zu was genau seid *ihr* zu gebrauchen?!“

„Ist nicht unser Job!“, antwortete der eine herablassend.

„Bei Gefahr für das eigene Leben, nicht eingreifen“, fügte der zweite selbstbewusst hinzu. „Hat schon Eduard Zimmermann gepredigt!“

Anstatt an einem törichten Streit festzuhalten, nahm Sarah die Verfolgung auf. Zur gleichen Zeit erschien Ahmet im Ausstieg, noch immer kurzatmig und zittrig auf den Beinen. Mit scharfem Blick fokussierte er die beiden Sanitäter.

„Euch nehme ich mir vor, wenn wir den Seibold sichergestellt haben. Betet, dass er uns nicht entkommt!"

Dann sprang er aus dem Rettungswagen und hechtete, eine Hand vor seine Brust haltend, hinter Sarah her.

„Willst du uns jetzt drohen, oder was?", rief einer der Sanitäter.

Zu leise für Ahmets Ohren.

Drei Straßenzüge hatte Sarah Schritt gehalten, da realisierte die Polizistin, wie der Abstand zwischen ihr und dem Verfolgten wuchs. Noch einmal mobilisierte sie ihre Kräfte und erhöhte die Laufgeschwindigkeit.

Hätte ich doch nur Curly dabei, dachte sie abgekämpft. Doch sogleich belächelte sie ihre Idee. *Wie hätte ich ihr sagen sollen, was sie tun soll? Wahrscheinlich wäre sie mir noch durch die Beine gelaufen.*

Sie verwarf ihre Gedanken, als Timo an der kommenden Straßenkreuzung nach rechts verschwand. Für Sarah war klar, sie musste den Anschluss halten, bevor der Flüchtende untertauchen konnte. Mühelos wechselte Timo die Straßenseite, umrundete mehrere parkende Autos und schien kein bisschen außer Atem. Zum ersten Mal schaute er nach hinten, vergewisserte sich, dass es lohnte, am Laufen zu bleiben.

„Nicht jetzt!", fluchte Sarah, als aufkommende Seitenstiche sie quälten. „Tief atmen! Sauerstoff!"

Für einen Augenblick sann die Kommissarin über einen Warnschuss nach, führte sogar die Hand zum Halfter.

In der Gütersloher Innenstadt? Vergiss es!, schalt sie sich selbst und rannte weiter.

Genau an diesem Punkt überholte Ahmet seine Partnerin. Er keuchte, schwitzte, offensichtlich hinkte er sogar. Das alles hielt ihn nicht davon ab, ein beachtliches Tempo vorzulegen. Sein Ziel vor Augen, den desertierenden Seibold heute Mittag zu stellen, anstatt viel Zeit in eine spätere Fahndung zu investieren, arbeitete sein Körper wie ein gut gewartetes Räderwerk. Er kämpfte.

„Ruf Unterstützung!", japste er. „Seibold ist gut trainiert. Der durchquert die *gesamte* Stadt ohne schlapp zu machen!"

Nicht undankbar über Ahmets Vorschlag, brach Sarah die Verfolgung ab.

Wir werden Unterstützung brauchen, da hat Ahmet recht.

Darüber hinaus kristallisierte sich ein weiterer Aspekt.

Ich kenne Ahmet nur zu gut! Diesen Gesichtsausdruck! Diese verbissene und zielstrebige Art!

Erneut setzte sich die Polizistin in Bewegung. Sie beide waren Partner, ein Team, der eine für den anderen da.

Auf keinen Fall darf ich die Männer sich selbst überlassen.

Während des Laufens griff Sarah zum Telefon und kontaktierte den Polizeinotruf.

„Hier Sarah Berger. Dienstnummer 48042699. Flüchtiger auf der Arndtstraße in Richtung Innenstadt. Gefahndet wird nach Timo Seibold, eins achtzig groß, blonde Haare."

„Wir schicken sofort einen Streifenwagen", bestätigte die Stimme der Einsatzzentrale.

„Ist gut", keuchte Sarah. Gleichzeitig zu laufen und zu reden, das vertrug sich nicht. „Seibold ... trägt eine dunkelblaue Jeans ... und eine auffällige silberne Winterjacke." Sie hustete. „Ich kann nicht mehr!"

Sarah meinte das Reden, nicht das Laufen, legte auf und konzentrierte sich auf die Verfolgung. Zu spät, wie sich im gleichen Moment herausstellte.

„Wo seid ihr hin?", eher eine Frage an sich selbst, als an die beiden Männer.

„Ahmet?", rief sie so laut sie konnte.

Passanten schauten sich nach der Polizistin um. Einige schüttelten den Kopf, andere zeigten auf den Mohns Park.

„Wenn Sie den blonden und den schwarzhaarigen Mann suchen? Die sind durch diese Büsche gehechtet!"

Die aufmerksame Beobachtung der älteren Dame ließ Sarah die Richtung ändern. Ein Sprung und sie verschwand im Unterholz.

Völlig außer Atem hielt sie an, suchte eine Spur, hoffte zumindest, einen Blick auf einen der Kontrahenten werfen zu können. Nichts! Weder der eine noch der andere waren zu sehen.

Unterdessen näherte sich Ahmet dem Gejagten, unaufhörlich, Schritt für Schritt. Der Polizist japste, rang nach Luft, hinterfragte sein Tun mit jedem weiteren Schritt, der in den Beinen schmerzte. Alles konnte passieren, außer dass er aufgeben würde. Inzwischen nervös geworden, bekundete Timos häufiges Umschauen, wie groß er die Gefahr zu seinem Verfolger einschätzte. Quer durch den Park, durch die Blumenbete, über den angrenzenden Zaun, raus auf die Straße. Während der Erste sprang und landete, setzte der Zweite zum Überwinden des

Hindernisses an. Ein Schlagabtausch und Kräftemessen, Mann gegen Mann.

„Bleiben Sie stehen!", rief Ahmet so lautstark er konnte, doch wirklich lautstark konnte er nicht mehr. „Seibold, Sie machen es doch nur schlimmer!"

Trotz des inzwischen geringen Abstandes ließ sich der Davonlaufende nicht beirren.

Das Rennen erreichte das nächste Level.

Nach dem Sprung vom Zaun kollidierte Seibold um ein Haar mit einem Fahrradkurier.

„Pass doch auf, du Idiot!", schimpfte der Jugendliche erbost.

„Jetzt pass du mal auf!"

Ein kurzes Ringen, da war das Rad getauscht, überraschend und unfreiwillig für den Besitzer, belächelt von Timo. Mit seinem kompletten Gewicht auf den Pedalen stehend, raste Helgas Mann von dannen. Ungläubig betrachtete Ahmet das sich entfernende Fahrrad.

„Scheiße!", fluchte er wutentbrannt. Doch er konnte nicht aufgeben, nicht nach dieser Jagd.

Frustriert und hilflos drehte er sich um, suchte nach Optionen, während er weiterlief.

Wo bleiben die Jungs von der Streife? Genau jetzt könnte ich Hilfe gebrauchen.

Die veränderte Situation brachte Ahmet vollends aus dem Takt. Er hustete, rang nach Luft, sein Magen zog sich zusammen und die Muskeln in den Oberschenkeln brannten. Zu pausieren erschien unumgänglich, wenigstens einen Moment lang. Er krümmte sich, stemmte die Arme auf die Knie und beugte den Kopf nach vorne über.

Aus den Augenwinkeln heraus bewertete Ahmet seine Situation: Timo auf der rechten Seite, als Punkt in der Landschaft, siegreich und triumphierend. Der Kipplaster eines Bauunternehmers links von ihm.

Kipplaster?

Irritiert über das Bild in seinem Kopf, richtete der Polizist sich auf. Die tief tönende Hupe wirkte wie ein Weckruf, ein Alarmsignal, als Fußgänger nicht auf der Straße stehen zu bleiben. In der gleichen Sekunde erfasste ihn der Luftzug des vorbeifahrenden Lkws, blies ihm ins Gesicht und warf ihn fast um. Was Ahmet fehlte, war Zeit, Zeit, um über die nächsten sinnvollen Schritte nachzudenken, bevor der Flüchtende endgültig am Horizont verschwand. Also handelte er instinktiv und unüberlegt. Er rannte los und sprang, erwischte mit dem linken Fuß die Rockinger-Anhängerkupplung, mit der rechten Hand die Rückwand der Kippmulde. Ahmet schleuderte herum. Die Geschwindigkeit des Lkws riss an seinem Arm. Sogleich verlor er den Halt, sein Fuß rutschte ab. Im letzten Augenblick gelang es, mit der zweiten Hand nachzugreifen.

Eine Polizeisirene ertönte. Sarahs gerufene Unterstützung traf ein. Schnell näherte sich ein Streifenwagen, jagte an Ahmet und dem nichts ahnenden Lkw-Fahrer vorbei und verschwand am Ende der Straße.

Ich bin hier, dachte Ahmet. *Seibold ist vor uns!*

Doch was sollte er rufen? Das wäre sinnlos!

Wie ein Fähnchen im Wind baumelte der abgekämpfte Polizist am Heck des Lastwagens. An der kommenden Kreuzung schaltete die Ampel auf Grün, kein Auto auf der Abbiegespur, kein Grund, aus dem der Lkw zum Stehen kommen müsste. Die Arme brannten, seine Hände verkrampften und Ahmet wusste nicht, wie lange er diese Tortur noch überstehen konnte. Panisch tastete er nach Halt und endlich gelang es ihm, die beiden Füße abzustützen, um das Gewicht von den Armen zu nehmen.

Erleichtert atmete der Kommissar auf, den Fahrtwind im Gesicht, den Blick schon wieder rastlos, triumphierend suchend nach ...

Vom Glück verfolgt, so muss es sein!

Direkt voraus radelte Timo Seibold, zielstrebig, unbekümmert und gedankenverloren. Meter um Meter holte der Lastwagen auf. Ahmet erwartete keinen komfortablen Stopp, verlagerte das Gewicht und bereitete seinen Absprung vor. Noch wenige Meter. Der Lkw scherte aus und begann seinen Überholvorgang. Ein passender Zeitpunkt, um den Flüchtenden durcheinanderzubringen.

„Hey du Nase!", rief der Trittbrettfahrer. Nicht zu laut, gerade so, dass er die Geräusche des Lkws übertönte.

Verwirrt schaute Timo sich um. Hatte *ihn* jemand angesprochen? Der passende Zeitpunkt war gekommen! Ahmet sprang ab, die Faust der rechten Hand geballt.

Er traf überraschend wie der Donner und vernichtend wie der Blitz. In hohem Bogen flog Timo vom Fahrrad, bar jeder Chance sich abzufangen oder gar zu realisieren, was in diesem Augenblick um ihn herum passierte.

Gleichstand! So überraschend wie Herr Seibold im Rettungswagen über Kommissar Yilmaz hergefallen war, so hatte er es nun zurückerhalten. Ahmet rollte sich ab. Mit geballten Fäusten wartete er auf seinen Kontrahenten, der sich wahrscheinlich, sobald er vom Boden aufgestanden war, erneut widersetzen würde. Langsam sortierte Timo die Gedanken. Kämpfte mit den Sternen vor seinen Augen und benötigte Zeit.

Dann erhob er sich und wie zum Selbstschutz ballte auch er die Fäuste.

„Was wollen Sie von mir?" Timo wirkte angeschlagen, nicht frei von Kampfeslust, aber geschwächt.

„Erklären Sie mir Ihren Angriff im Rettungswagen!", hielt Ahmet dagegen.

„Reden wir nicht lange drum herum! Sie halten mich für schuldig, meine eigene Frau umgebracht zu haben."

„Erklären Sie mir, warum ich das denken sollte?"

„Weil ich Sie heute Morgen angerufen habe. Das ist richtig, kein Einspruch. Nun denken Sie, ich hätte zu diesem Zeitpunkt den Mord an meiner Frau Helga melden wollen." Timo zog die Nase hoch. „Doch das stimmt nicht! Ich war arbeiten. In der Firma. Erst gegen Mittag fuhr ich heim. Wie übrigens jeden Mittag."

Ahmet schien unbeeindruckt: „Warum der Anruf heute Morgen? Und aus welchem Grund haben Sie aufgelegt, ohne etwas zu sagen?"

„Es hatte nichts mit Helga zu tun! Ich habe sie geliebt. Über alles!" Tränen füllten das Gesicht des Ehemannes.

„Zurück zur Problematik Krankenwagen. Sind Sie scharf auf eine Anzeige wegen Handgreiflichkeiten gegen Polizeibeamte?"

„Pah! Sie wollen mir einen Mord anhängen!"

„Sie sind schon sicher, dass wir beide an der gleichen Standardbefragung teilgenommen haben?" Ahmed lockerte seine Fäuste und nahm die Arme herunter. „Sie bleiben mir die Antwort schuldig, weshalb Sie mich um 10:10 Uhr sprechen wollten."

Timo dachte an Jonas, den letzten der drei Freunde, der ihm geblieben war. Er dachte an den Schacht, in dem Jonas seit nunmehr sechsundzwanzig Stunden verweilte und immer noch auf seine Befreiung hoffte. Und abermals wurde sich Timo gewiss, er hatte nicht die geringste Ahnung, in welches Erdloch Niclas und Roland Jonas geworfen hatten.

„Ich werde Ihnen den Grund nicht sagen!", antwortete Timo gleichgültig und dachte an Entführung und Freiheitsberaubung. *Das würde mich selbst belasten. Stattdessen muss ich Jonas finden, damit ich über ihn nicht doch noch zum Mörder werde.*

„Was genau fangen wir nun miteinander an?"

„Die Situation hat sich geändert", gab Ahmet zu bedenken. „Sie werden mich aufs Revier begleiten."

Zuerst sah es so aus, als halte Herr Seibold die Luft an, er wurde rot und schwitzte auf der Stirn. Mit einer Hand über dem Herzen ging er zu Boden. Atemnot, Herzinfarkt, alles war denkbar. Von der einen auf die andere Sekunde lag der Flüchtende am Boden, bewegte sich kaum. Ohne zu zögern, kniete der Kommissar nieder, gleichsam ratlos, welche Schritte er zur medizinischen Erstversorgung unternehmen sollte.

„Ich Hornochse!", schimpfte Ahmet mit sich selbst, als er das Klicken des Sicherungshebels seiner Pistole hörte.

„Sie werden mir keine Schwierigkeiten machen, nicht wahr? Auf dem Gehweg laufen Passanten. Wenn auch nicht viele, aber sie würden deren Leben gefährden."

„Ich verstehe", antwortete Ahmet zögerlich.

„Nun lassen Sie uns vom Boden aufstehen, ganz langsam und unauffällig." Timo drückte Ahmet die Dienstwaffe auf den Bauch. „Und bitte bedenken Sie, wer im Moment mit Ihrer Pistole bewaffnet ist. Sie wissen, wie Bauchschüsse für gewöhnlich enden?"

„Weiß ich sehr genau", lenkte Kommissar Yilmaz ein. „Ich werde mich nicht widersetzen, wenngleich ich mich für meine Naivität ohrfeigen könnte."

Timo lachte boshaft.

„Setzen Sie sich dort auf die Mauer!", Timo zeigte auf den Mauervorsprung hinter ihnen. „Und warten Sie, bis ich verschwunden bin. Vor allem: behalten Sie mich im Auge und beachten Sie, was ich mit Ihrer Pistole anstelle!"

„Sie werden doch nicht ..."

Timo verzichtete, auf die angedeutete Frage zu reagieren, und überquerte die Straße. Einige Passanten hatten das Verwirrspiel zwischen den beiden Männern verfolgt und blieben stehen. Ohne ihnen Beachtung zu schenken, verfolgte Ahmet genau, was der Mann weiter vorhatte, der ihn vor wenigen Sekunden mit einem einfachen Trick überrumpelt hatte. In seiner gesamten Dienstzeit war es niemandem gelungen, ihm die Dienstwaffe zu stehlen. Ein schwarzer Donnerstag für Ahmet und eine garantiert tiefgreifende Auseinandersetzung, wenn erst Andreas davon erfahren würde.

Währenddessen erreichte Timo einen kleinen Durchgang, eine Verbindung zwischen der Straße und einem zurückliegenden Parkplatz. Unerwartet blieb er stehen und schaute sich zu seinem Verfolger um. Er winkte, zeigte die Waffe in seiner Hand und deutete auf eine nahe stehende Abfalltonne. Sorgsam darauf achtend, dass er bei dem, was er tat, beobachtet wurde, verschwand die Pistole im Müll. Dann, so schnell ihn die Beine trugen, rannte Timo davon.

Die aufjaulende Polizeisirene verkündete die eintreffende Unterstützung. Zu spät! Ein Streifenwagen stoppte neben Ahmet. Zwei Beamte samt Sarah sprangen heraus.

„Ist er weg?“, fragte Sarah und schaute sich um.
„Er ist weg!“, antwortete Ahmet.
Zum Glück ohne meine Dienstwaffe.

Zufrieden über die erfolgreiche Flucht überlegte Timo, an wen er sich wenden könnte. Eine Zeit lang irrte er ziellos in der Stadt umher, dann stand seine Entscheidung fest: Da war ein einziger Platz, an dem er Zuflucht und Geborgenheit finden würde. Ein Ort, an dem in diesen Stunden nicht minder getrauert wurde, als er selbst es tat. Die Flucht vor der Polizei hatte seine Tränen gehemmt und die Gedanken an Helga beiseitegeschoben. Nun aber kehrte all der Wehmut und die Schmerzen über den Tod seiner Ehefrau zurück. Er verkrampfte die Hände, hätte am liebsten auf irgendetwas eingeschlagen, etwas, das ihm die Stirn bieten konnte: Eine harte Wand, ein Glascontainer oder ein Garagentor. Einfach ein Gegenstand, der ihm widerstand und ihn die anschließenden Schmerzen spüren ließ. Irgendein Ding, das ihm den Verlust bewusst machte, den er in den kommenden Tagen, Wochen oder Monaten verarbeiten musste.

Es dauerte ein Weile, bis die Haustür geöffnet wurde. Die Augen aufgeweicht von Tränen, das Gesicht rot von den Auswirkungen der Trauer. So glichen sie sich, die *beiden* Personen, die sich nun gegenüberstanden.

„Komm rein und lass uns Bruder-Schwester-Zeugs reden!“

Er nickte stillschweigend.

„Ich habe dich erwartet.“

Überrascht blickte Timo auf. „Erwartet?“

„Ja. Rike hat mich angerufen. Sie hat gesehen, wie Helga aus der Wohnung getragen wurde.“

„Sie ist tot!“, murmelte Timo.

Issy schwieg und nahm ihren Bruder in den Arm. „Ja, das ist sie.“

Eine Zeit lang standen sie umarmt im Eingang zu Isabels Wohnung, dann lösten die Geschwister ihren gegenseitigen Halt und Timo schlurfte ins Wohnzimmer.

„Rike sagt, du hast einen Krankenwagen gebraucht? Abgesehen von diesem unendlichen Verlust Helgas, wie geht es dir jetzt?“

Wie soll es mir gehen?, dachte Timo mutlos. *Beschissen!* Doch er antwortete nicht. In Gedanken zerstreut schaute er durch das Fenster nach draußen, raus in den Garten.

„Darf ich?“

„Natürlich!“

Timo hielt Issy seine Zigarettenschachtel entgegen.

„Danke, die sind mir zu stark. Außerdem versuche ich, aufzuhören. Ist besser für die Haut.“

Die Entscheidung seiner Schwester hielt ihn nicht davon ab, alleine zu rauchen. Sogleich rupfte er eine Zigarette aus der Verpackung und entzündete den Glimmstängel. Tief den Rauch in die Lungen atmend, befreiend den Qualm nach außen pustend, stand er da und genoss die vertraute Umgebung. Isabel trat neben ihn, und als er herumschwang, standen sich die beiden Geschwister gegenüber.

„Was geht hier vor?“, erkundigte sich Timo, während er lustlos die brennende Zigarette betrachtete. Er beobachtete den Qualm, dann erstickte er die Glut im Aschenbecher. „Gestern verunglückt dein Roland bei einem angeblichen Autounfall, heute ist es Helga bei einem mutmaßlichen Selbstmord?“

„Ich weiß, was du denkst!“ Isabel schluchzte. „Hast du schon mit der Polizei gesprochen?“

Timo schüttelte den Kopf.

„Jonas?"

„Ja. Jonas ...", sinnierte ihr Bruder.

„Und die Polizei?"

„Die denken, ich hätte Helga getötet. Welches Motiv sollte ich haben? Was ein Irrsinn!"

„Du hast keins, das weiß ich. Aber wenn sie das mit Lulu herausfinden, wirst du in Erklärungsnot kommen."

„Erklärungsnot?", fragte Timo aufgebracht. „Die habe ich jetzt schon! Ich bin geflohen! Habe einen Bullen geschlagen! Ich musste raus, brauchte Freiheit."

Isabel verstand nicht genau, was ihr Bruder meinte, aber letztendlich war es auch unbedeutend. Tröstend legte sie ihren Arm auf Timos Schulter und gab ihnen beiden Zeit.

„Was ist mit Jonas?", begann Issy irgendwann von Neuem.

„Er ist weg, und ich weiß nicht, wo er ist."

„Das ist die allgemeine Fassung", lenkte seine Schwester ein. „Erzähl mir die familientauglichere Variante."

„Roland, Niclas und ich wollten ihm eins auswischen. Ein Streich unter Freunden, eine Revanche für die Art, wie er in der Vergangenheit mit uns umgesprungen ist."

„Ich hoffe, ihr hattet mehr zu bieten, als eine Revanche?" Isabels Gesicht nahm strenge Züge an, ihr Mund verengte sich zu einem schmalen Schlitz.

„Der Plan war einfach." Timo räusperte sich. „Erster Schritt: Jonas zu Hause überraschen und entführen. Zweiter Schritt: Da Roland einen verlassenen Wartungsschacht kannte, wollten wir Jonas dort einquartieren."

Er hielt inne.
„Wenigstens eine Nacht“, fügte er hinzu.
„Was ist passiert?“
„Ich weiß es nicht! Roland und Niclas sind verunglückt. Und ich kann nicht einmal sagen, ob sie Jonas schon abgesetzt hatten oder nicht.“
„Wieso?“
„Ich war nicht dabei! Mein Bein, verletzt bei der Entführung.“ Timo zeigte auf seine Hose.
„Und du denkst, Jonas ist entkommen und steckt hinter allem?“, hakte Isabel aufgelöst nach.
„Mittlerweile denke ich das.“
„Ruf die Polizei, egal was vorgefallen ist! Die Situation läuft aus dem Ruder.“
„Nein, das geht nicht!“ Timo holte Luft. „Es gibt etwas, dass ich dir noch nicht erzählt habe.“
Auf das Schlimmste gefasst, erwartete Isabel eine Erklärung ihres Bruders.
„Es geht um Jonas’ Geburtstagsfeier. Lulu war auch da! Eingeladen - nein! Gebucht – *für diesen Abend!*“
Ungläubig lauschte Isabel den Worten, obwohl sie die Bilder, die ihr Jonas an jenem Abend aufs Handy sandte, nicht vergessen hatte.
„Jonas, Roland, Niclas und du? Ihr alle wart zum Feiern am Iburgweg?“
„Wir alle und Lulu.“
Geschockt steuerte Isabel auf einen der Esszimmerstühle zu und nahm Platz.
„Das ist pervers!“, hauchte sie. „Jonas hat *sie* für euch alle gebucht? Obwohl du eingeladen warst, obwohl deine Freunde da waren?“
„Privatleben und Business. Das sind zweierlei. Man muss das trennen“, rechtfertigte sich Timo.
Isabel schüttelte den Kopf.

„Du hast recht", stimmte sie unverhohlen zu. „Du kannst nicht zur Polizei. Nicht im Moment! Du würdest ihnen ein Motiv, Helgas Mörder zu sein, liefern."

Die Haustürklingel summte.

Erschrocken zuckte Timo zusammen.

„Wer ist das?"

„Warte!", wies Issy an. „Halte dich hier hinten versteckt!"

Sie lief über den Flur nach vorne und öffnete die Tür.

„Guten Tag. Mein Name ist Sarah Berger. Das ist mein Kollege Ahmet Yilmaz. Wir kommen von der Kriminalpolizei Gütersloh."

„Guten Tag", antwortete Isabel knapp. „Im Augenblick ist es nicht so passend."

„Wir ermitteln im Todesfall Ihres Mannes", erklärte Sarah. „Herzliches Beileid."

„Außerdem recherchieren wir im Todesfall Helga Seibolds, Ihrer Schwägerin."

Isabels Augen begannen von Neuem zu glänzen, Tränen rannen die Wangen entlang. Hektisch verwischte die dunkelhaarige Frau die Spuren ihrer Verzweiflung.

„Entschuldigung. Die beiden letzten Tage waren nicht leicht."

„Sie müssen sich nicht entschuldigen", lenkte Sarah ein. „Trauer ist ein Fluss, in dem man nicht gegen den Strom schwimmen kann."

Überrascht über Sarahs Worte hob Ahmet die Augenbrauen, gleichzeitig senkte Frau Eckert die Augenlider. „Danke", flüsterte sie schweren Herzens.

„Haben Sie Ihren Bruder gesehen?", durchbrach Ahmet die Anteilnahme. „Aufgrund seiner Handgreiflichkeiten und der daran angeschlossenen Flucht besteht der dringende Tatverdacht, dass Herr Seibold seine Ehefrau vergiftet hat."

„Vergiftet? Timo die Helga? Ausgeschlossen!", brauste Isabel auf. „Darauf gebe ich Ihnen mein Wort. Eine Garantie von Schwester zu Bruder!"

„Was immer so etwas wert ist", bremste Ahmet Isabel aus. „Glauben Sie mir. In unserem Beruf erleben wir tagtäglich die unglaublichsten Geschichten und Dramen. Wir können keine Ermittlung auf Basis von Gefühlen führen. Es zählen Fakten und die geht es zusammenzutragen und zu beweisen."

Ein plötzlicher Luftzug riss an der Wohnungstür, schlug das Holz von hinten gegen Isabels Oberkörper.

„Sie sind nicht allein zu Haus!", bemerkte Sarah zielsicher. „Ahmet! Jemand hat ein Fenster oder eine Tür geöffnet. Durchzug!"

Sofort rannte Sarah von der Haustür auf den Gehweg, ihr Blick folgte zielsicher dem kleinen Weg in den Garten. „Ich laufe hinten herum!" Mit diesen Worten war sie verschwunden.

„Bitte lassen Sie mich in Ihre Wohnung." Ahmets Worte klangen höflich, doch sie waren keine Bitte. Mit großen Schritten rannte der Kommissar den Wohnungsflur entlang, blickte in Küche, Bad und Wohnzimmer und entdeckte die aufstehende Terrassentür. Just, als er ins Freie treten wollte, erschien Sarah.

„Verdammt!"

Frau Eckert folgte durch die Wohnzimmertür. „Was soll das? Hier ist niemand!"

Ohne zu antworten, traten Sarah und Ahmet nach draußen in den Garten.

„Wo willst du suchen?", fragte Ahmet seine Kollegin. „Du warst schnell, aber Seibold ist dir nicht in die Arme gelaufen. Inzwischen kann er überall sein."

„Schon möglich! Geben wir wenigstens eine aktualisierte Fahndung raus."

Ahmet kehrte in die Wohnung zurück, um nach Frau Eckert zu schauen. Sarah blieb draußen, griff zum Handy und informierte die Einsatzzentrale.

„... letzter Kontakt vor wenigen Sekunden. Gesichtet bei Isabel Eckert, drittes Haus im Magnolienweg." Mit diesen Worten trat Sarah eine Minute später ins Wohnzimmer. Dann legte sie auf.

„Ihren Bruder zu verstecken, behindert unsere Ermittlungsarbeit", redete Ahmet Frau Eckert ins Gewissen.

„Was wollen Sie?", zeigte sich Isabel inzwischen kampfeslustig. „Eine Tür schlägt zu und Sie unterstellen mir Mittäterschaft? Absurd und durch nichts zu beweisen."

„Ich verstehe Ihre Familienbande. Aber so, wie Sie sich verhalten, bestärkt es uns, auf der rechten Spur zu sein", erklärte Sarah und versuchte damit, an Timos Schwester zu appellieren, die Polizei zu unterstützen.

Ahmet schien das nicht weiter zu interessieren. Suchend klopfte er über seine Manteltaschen.

„Entschuldigung. Dürfte ich mir bei Ihnen eine Zigarette schnorren?"

„Dürfen Sie, wenn Sie in absehbarer Zeit mein Haus verlassen und mich nicht weiter behelligen!"

Ohne zu zögern, griff Ahmet zur Zigarettenschachtel.

„Nehmen Sie es mir nicht übel. Haben Sie vielleicht auch eine andere Zigarettenmarke im Haus? Die Grünen sind nicht so mein Ding."

„Erst betteln und dann mosern? Nein, ich rauche diese Marke seit Jahren. Nichts anderes!"

Ahmet lächelte, dann zeigte er auf den Aschenbecher neben dem Terrassenausgang.

„Zwei Dinge. Ein einziger Stummel ... und ... im Wohnzimmer riecht es nach frischem Rauch."

Er schaute zu Sarah.

„Es riecht nach Rauch", stimmte sie zu.

„Doch die Kippe, die dort ausgedrückt liegt, ist keine von Ihren! Stattdessen gehören die Reste zur gleichen Marke, wie sie zuhauf auf dem Grundstück der Teuto-Solarlicht herumliegen. Herr Breitschneider äußerte, Timo sei der einzige, der seine Zigaretten achtlos nach draußen auf den Innenhof werfe. Wenn ich hinzufügen darf, es handelt sich um genau diese Marke."

„Sie haben gelogen!", erklärte Sarah zufrieden. „Timo Seibold ist vor wenigen Minuten in diesem Zimmer gewesen."

Zwei Pizzastücke für Ahmet, einmal überbackene Tortellini für Sarah, danach waren die Polizisten für den Nachmittag gestärkt.

„Lass uns mal eben Zigaretten besorgen", bat er, nachdem sie bezahlt hatten. „Am Berliner Platz ist ein Tabakladen."

„Ich warte hier, beeil dich!"

Eine ganze Weile verfolgte Sarah das erfolglose Unterfangen ihres Partners, in dem vollkommen überfüllten Kiosk Zigaretten zu ordern. Dann entdeckte die Kommissarin einen Mauerabsatz und nahm Platz. Gelangweilt beobachtete sie das rege Geschäftstreiben der nicht enden wollenden Menschenmassen. Mittagspause! Angestellte und Arbeiter drängten in die Innenstadt, um ihre Tätigkeiten zu unterbrechen, ein wenig abzuschalten und den Magen zu füllen. Sarah schmunzelte. Sie und Patrick hatten es nicht anders gemacht.

Es kam unerwartet und Sarah stutzte. Doch sie glaubte, in der Königstraße ein vertrautes Gesicht entdeckt zu haben. Gleich darauf war es verschwunden. Sarah sprang auf und fokussierte die fremden Menschen, die ihr aus der Gasse entgegenkamen. Tatsächlich, sie hatte sich nicht getäuscht! Ein lauter Dreiklang-Pfiff ließ Ahmet aufhorchen, der herumdrehte, als er das Signal seiner Partnerin erkannte. Mit ausgestrecktem Arm wies sie zum hinteren Teil des Platzes. Eine Zeit lang musterte der Kommissar die kleineren und größeren Gruppen von Passanten, dann erblickte er den einzelnen Mann und wusste das Signal zu deuten. Sofort setzten sich beide von ihrer Position aus in Bewegung und sprinteten auf das gemeinsame Ziel zu.

Keine gute Zeit für Timo Seibold. Sein Bein schmerzte. Bei der halsbrecherischen Flucht aus Isabels Wohnung war er gestolpert und anschließend auf das ohnehin schon verletzte Bein gestürzt. Das längliche Pflaster, der Verband vom gestrigen Tag, hatte zwar das Schlimmste verhindert. Trotz alledem spürte Timo, die Wunde darunter war erneut aufgerissen. Als wäre das allein nicht schon schlimm genug, vermisste der an sich durchtrainierte Mann, der nun die Königsstraße entlanghumpelte, sein Portemonnaie. Irgendwo zwischen zu Hause, der Befragung im Rettungswagen und der zweimaligen Flucht vor der Polizei musste er sein Geld samt Kreditkarten verloren haben. Doch die Karten zu sperren, schien sein derzeit kleinstes Problem zu sein. Timo hasste Schmerzen, aber weit mehr als das verachtete er all die Passanten, die ihm wegen seiner Art sich zu bewegen abmusternd nachschauten. Was unterschied einen hinkenden Mann von einem geradeaus laufenden, was einen kranken von einem gesunden?

Warum auch immer, vielleicht, um Zeit zu sparen, vielleicht, weil er sich in den Menschenmassen sicher fühlte, Timo entschied, nicht weiter dem Schutz der verwinkelten Gassen und kleineren Straßen zu folgen. Darüber hinaus benötigte er eine neue Bleibe, und über den Berliner Platz abzukürzen, kam ihm aufgrund seines Beins gerade recht.

Dieser Ort, die große steinerne Fläche, hatte vor Jahren sicherlich etwas dargestellt. Heute wirkte das Karree heruntergekommen, in Beige und Grau. An einigen Stellen brach das Straßenpflaster auf, die Grünflächen hatte man zugunsten des Wochenmarktes aufgegeben. Darüber konnte auch das jährliche Straßenfest nicht hinwegtäuschen, zu dessen Termin die Veranstalter im Zentrum des Berliner Platzes eine grüne Oase gestalteten. Timo benötigte eine Pause und hielt Ausschau, nicht eine einzige Sitzgelegenheit, um zu rasten. Plötzlich stutzte er, als am gegenüberliegenden Ende des Platzes die Ruhe der Passanten aufbrach und zwei Personen schnellen Schrittes in seine Richtung gelaufen kamen. Dieses Duo war zweifelsfrei nicht zum Einkaufen in die Stadt gekommen, unverkennbar ihre Hast, mit der sie sich auf ihn zubewegten. Timo prüfte die Leute links und rechts in seinem Umfeld, doch niemand fühlte sich von den beiden angesprochen. Sie, ein Mann und eine Frau, liefen schnell, und erst jetzt erkannte Timo die beiden Polizisten von heute Vormittag.

Wie nicht anders zu erwarten, weckte die Hetzjagd der Polizisten in Zivil das Interesse der Passanten. Die einen blieben neugierig stehen, die anderen deuteten aufgeregt in die Richtung des Flüchtenden. Dessen ungeachtet, liefen die meisten von ihnen schon wenig später gleichgültig weiter. Eine alleinstehende Person verfolgte das Geschehen aus ganz anderen Beweggründen. Wie ein Schatten war sie Timo Seibold seit der Flucht aus der Wohnung seiner Schwester Isabel gefolgt. Nun diente das Durcheinander, um in der Menge versteckt zu bleiben.

„Sapperlot!", fluchte Timo und schaute sich um. „Dreimal an einem Tag, das ist zu viel!"

Was immer sie wollen, ich will nichts von ihnen!

Hinter ihm lag die Gasse, durch die er gekommen war, zu den Seiten wenig Möglichkeiten, um zu flüchten. Im gleichen Augenblick machte er kehrt und setzte sich in Bewegung. Sein Humpeln würde ihn bremsen, aber was die Polizisten an körperlicher Fitness in das Verfolgungsrennen einbringen würden, wollte er durch Kraft und Ortskenntnis ausgleichen. Schnellen Schrittes hastete er zurück zu den Gassen hinter dem Berliner Platz.

Mit Argusaugen beobachtete *der Schatten* das Wirrwarr inmitten der Einkaufsstraße, Timo unablässig fest im Blick. Die reflektierende Schaufensterscheibe half, einerseits mit abgewandtem Oberkörper unentdeckt zu bleiben, andererseits jeden Schritt der *aktuellen* Kontrahenten zu verfolgen. Der Augenblick, als die beiden Kommissare das Spielfeld betraten, änderte alles. Jetzt hieß es, wachsam zu sein und abzuwarten, um nicht selbst in das Interesse der polizeilichen Ermittlungen gerückt zu werden.

Mittlerweile liefen Sarah und Ahmet wenige Schritte voneinander entfernt. „Er hat uns bemerkt!", rief Sarah ihrem Partner entgegen.

„Das hat er! Warum sonst sollte er davonlaufen?"

Als die beiden Verfolger das Ende des großen Platzes erreichten, verschwand der humpelnde Mann bereits in einer kleinen Seitengasse am Fuße der Hauptstraße.

„Wir müssen uns beeilen, sonst verlieren wir den Sichtkontakt und er ist verschwunden!"

„Durchgänge und kleine Läden zum Untertauchen gibt es zur Genüge", stimmte Sarah prustend zu.

Also bemühten sich die Polizisten, ihr Lauftempo aufrechtzuerhalten, um so den Abstand noch weiter zu verkürzen.

Als Timo in die gegenüberliegende Gasse flüchtete, überlegte *der Schatten* zu rufen: „Nicht die Gasse! Dort gibt es kein Durchkommen!"

Doch er schwieg und schützte sich selbst. Sekunden später hechteten Timos Verfolger an ihm vorbei.

Die Polizisten erwartete ein kleiner, überbauter Gang frei von Passanten. Ahmet griff zum Pistolenholster.

„Lass stecken!", riet Sarah. „Wir sind mitten in der Innenstadt. Du würdest dir das nie verzeihen, wenn du einen Unschuldigen anschießt."

„Wird so sein. Wo soll Seibold hier auch hin? Hinkend und angeschlagen, wie er ist?"

Langsam tasteten sie sich vorwärts, gewappnet, nicht in einen Hinterhalt zu geraten. Sarah übernahm die Führung und Ahmet folgte ihr, bis sie am Ende der Gasse vor einer Baustelle zum Stehen kamen.

„Über diesen Graben ist er keinesfalls geflüchtet. Schau, wie viele Reihen Pflastersteine die Bauarbeiter abgetragen haben, um da unten an die Gasleitung zu kommen."

„Aber es gab nirgends eine Tür oder einen abzweigenden Weg. Was haben wir übersehen?"

Behäbig, aber frei von Furcht, kletterte Timo an der verrosteten Feuerleiter nach oben. Für einen Moment hielt er inne, als er drei Etagen unter sich die Verfolger wahrnahm. Hier oben gab es keinen Zwang zur Eile. Voller Freude formte sich das Bild vor seinen Augen, wie überrascht sie gleich an der Baustelle stoppen würden. Schon letzte Woche hatte er einen Umweg zurück zum Berliner Platz in Kauf nehmen müssen, als er von den Arbeitern nach einer Einkaufstour an genau dieser Stelle in die entgegengesetzte Richtung geschickt worden war. Timo fasste nach oben und griff die nächste Sprosse. Schon bald würde er über das Dach entschwinden. Und sie könnten ihn suchen, wo sie wollten. Er hatte eine Bestimmung, die galt es zu erfüllen.

Ich scheiß auf euch!, dachte er. *Ihr beraubt mich der Möglichkeit, in Eintracht und Gleichmut um meine Helga zu trauern.*

Aufgebracht und zugleich zornig kletterte er weiter, als ein unglücklicher Umstand seine Deckung auffliegen lassen sollte. Kurz vor der Dachgeschossetage zerquetschte Timo beim Zugreifen eine langhaarige Nesselraupe. Noch irritiert von dem klebrigen, rauen Gefühl, entdeckte er auf dem nahegelegenen Mauervorsprung das dazugehörige Nest und den Rest der Kolonie. Eine Berührung mit Folgen, denn die Insekten begannen unverzüglich mit der Verteidigung ihrer Behausung und attackierten den unerwünschten Eindringling. Das durch den Kontakt mit den Brennhaaren injizierte Gift glühte wie Feuer. Er wollte schreien, doch er wusste, er durfte nicht. Binnen Sekunden entwickelte der Giftstoff rote Verfärbungen und Pusteln, folgend formten sich erste Schwellungen, beginnend an den Fingerkuppen bis rauf zum Handrücken. Auch wenn der Schmerz an der Einstichstelle nicht lange anhielt, Timo spürte, wie das Toxin der Nesselraupe in seinen Unterarm wanderte. Er würde in der nächsten Stunde sein Antiseptikum benötigen, denn auf viele Insektenarten und ihre Angriffe reagierte er allergisch. Frustriert schüttelte er den toten Leib der Raupe ab, während ihm die andere Hand den nötigen Halt verschaffte.

„Was, eigentlich, bleibt mir heute erspart?“, schnaufte er. „Gute Reise ihr Biester!“

Ohne zu zögern, schob er seinen Ellenbogen über den Vorsprung und reinigte den Absatz von der Raupenbehausung. Jählings segelte eine gesamte Kolonie abwärts, gebremst in ihrer Fallgeschwindigkeit durch die eigene Leichtigkeit, um nach kurzem Flug den sicheren Boden zu erreichen. Erneut prüfte Timo die linke Hand. Das Kribbeln schwächte ab, begann dafür im gesamten Arm. Er musste nach Hause.

Nachdem sich Sarah und Ahmet von der Unüberwindbarkeit der Baustelle überzeugt hatten – zumindest unbezwingbar für einen humpelnden Flüchtenden – folgten sie dem Gang dahin, woher sie gekommen waren. Sorgsam prüften sie jede Ecke und jede Nische. Irgendetwas mussten sie übersehen haben. Mit einem Mal blieb Ahmet stehen: Vor ihnen am Boden sammelte sich eine Gruppe Raupen, unkoordiniert und aufgebracht krabbelten die Tiere durcheinander.

„Vorsicht!", warnte Ahmet. „Nicht berühren!" Dabei hielt er Sarah am Ärmel zurück. „Lass uns mal abwarten."

„Was erwartest du? Ein Tänzchen?"

„Normalerweise bin *ich* für die Ungeduld zuständig. Heute scheint es andersherum zu sein."

Einhellig verfolgten die Ermittler das Geschehen zu ihren Füßen.

„Wir wollen den Tieren Zeit geben, sich zu ordnen."

Nachdem einige der Insekten die nahegelegene Hauswand gemustert hatten, wählte die Gruppe genau diese Wand. Langsam löste sich das Durcheinander am Boden auf und die Raupen folgten einem Anführer. Nach und nach bildete sich eine schlangenartige Prozession, so stolzierten die Tiere an der

Fassade nach oben, um alsbald aus dem Sichtfeld der beiden Polizisten zu verschwinden.

„Er ist dort raufgeklettert!", zeigte Ahmet. „Über die alte Feuerleiter!"

„Aha ..., und das haben dir gerade diese Insekten verraten?!"

„Nesselraupen! Sie leben eigentlich ausschließlich über dem Erdboden, in Wäldern an Bäumen und Ästen, in den Städten gerne an Wohn- oder Fabrikgebäuden. Auf keinen Fall sind sie auf dem Boden anzutreffen und schon gar nicht in einer derartigen Akkumulation. Ich bin mir sicher: Seibold ist *hier* raufgeklettert. Vielleicht hat er aus Versehen eines ihrer Nester gestreift, vielleicht hat er sich auch einfach nur Platz für einen Durchgang verschafft. Hautkontakt mit Nesselraupen ist nicht ungefährlich. Ich denke, er weiß das und wird sie beiseitegestoßen haben."

Sarah staunte, hielt die Erklärung aber für plausibel. „Gut. Und was machen wir jetzt?"

„Wir trennen uns! Ich folge Seibold über das Dach. Unter Umständen finde ich Spuren, die uns weiterhelfen oder ich kann ihn von oben flüchten sehen. Derweil umrundest du das Gebäude. Schau, ob du ihn von unten aufspüren kannst."

„Übernimm dich nicht!", rief Sarah mit süffisantem Unterton und spurtete alsdann, um keine weitere Zeit zu verlieren, die Gasse zurück zum Berliner Platz.

Für einen Moment folgte ihr Ahmets erstaunter Blick, dann entschied er, den Aufstieg anzutreten. Bereits nach der zweiten Etage empfand der Polizist größten Respekt für die Kraftanstrengungen des Flüchtenden. Viele der ehemaligen Sprossen waren stark verrostet, verbogen oder abgebrochen. Den eigenen Körper über weitere vier Stockwerke nach oben zu ziehen und dabei teilweise große Abstände ohne sicheren Halt überwinden zu müssen, brachte ihn an die Grenze seiner Kraft. Es wurde Zeit für eine Pause. Da entdeckte Ahmet die Raupenfamilie, die bereits eifrig die Reste des Nestmaterials zusammentrug. Behutsam kletterte er nach rechts auf Augenhöhe, hielt inne und betrachtete das emsige Treiben der ahnungslosen Insekten. Unverhofft entdeckte Ahmet Blut an einem der rostigen Steigbügel, nass und frisch.

Eine Spur vom Täter?

Außer einem benutzten Papiertaschentuch waren seine Taschen leer. Das musste reichen, um die Spur zu sichern. Er hatte Zeit verloren, atmete kräftig aus und setzte die Klettertour fort.

Oben angekommen sprintete Ahmet über das desolate Flachdach und stellte sich an den geländerlosen Rand der gegenüberliegenden Seite. Ein frischer Wind pfiff ihm entgegen, beflügelte den Kommissar, einen Schritt zurückzutreten. Es war hoch hier oben und ihm wurde leicht schwindelig. Routiniert prüfte der Polizist die verbleibenden Fluchtrichtungen, doch von Seibold fehlte jede Spur. Zu lange hatte sein eigener Aufstieg gedauert, Zeit genug für den Ausreißer, um spurlos über das Dach zu verschwinden.

Ahmet entdeckte Sarah. Sie winkte und er winkte zurück. Ihre Suche war in gleicher Weise erfolglos verlaufen und jede weitere Verfolgung erschien sinnlos.

Frustriert ging Ahmet in die Hocke und gönnte sich eine Pause. Für einige Minuten würde er das Panorama Güterslohs genießen.

Zum dritten Mal entkommen. Seibold, du bist gut!

Der Schatten hatte geduldig abgewartet, hatte an Timos Stärke und List geglaubt. Und er war belohnt worden.

Hoch über ihm thronte der eine der Polizisten, ratlos in der Ferne suchend. Auf dem Berliner Platz winkte dessen Kollegin, auch sie frei jeder Ahnung, wohin ihr Verdächtiger geflohen war. Doch *der Schatten* kannte die Richtung und er kannte das Ziel. Eine Handvoll zertretene Nesselraupen auf dem Boden der Gasse wiesen den Weg.

40. Gemeinsame Ideen / 07. März 2013 / 16:00

Jonas Falkner
Eva Rohrbeck

Roland Eckert
Isabel Eckert

Niclas Klohse
Victoria Lirot

Timo Seibold
Helga Seibold

Der Besprechungsraum roch muffig, eine Mischung aus verbrauchter Luft und menschlichen Ausdünstungen. Aufmunternd lächelte Andreas Ackermann Sarah zu, die auf dem Flipchart hinter sich acht Namen notiert hatte. Währenddessen kämpfte Stefan mit dem widerspenstigen Sicherheitsverschluss des Fensters. Irgendwann überlistete er die fünfzehn Jahre alte Technik und sperrte den Rahmen bis zum Anschlag auf. Die anwesenden Kollegen dankten es ihm mit ihren Blicken oder einem Lächeln, doch niemand sagte ein Wort. Dann rutschte Andreas auf seinem Stuhl nach vorne, das Zeichen, die Besprechung würde beginnen.

„Wir wollen uns gar nicht lange mit der Einführung aufhalten“, begann er.

„Sarah und Ahmet unterrichten uns über den aktuellen Stand im Fall *Teuto-Solar*. Jana und Oren wohnen dieser Sitzung bei, weil die das Team unterstützen werden. Stefan, so hoffe ich, hält noch die eine oder andere Neuigkeit aus Sicht der Forensik für uns bereit.“

Da sei dir sicher!, attestierte der Spurenermittler in Gedanken. Ein kurzer Blick in seine Kladde, er hatte alle Dokumente dabei.

„Warum sind Jana und Oren mit von der Partie?", hakte Ahmet überrascht nach.

„Weil ihr den Fall nicht ohne uns knackt!", konterte Jana, noch bevor Andreas seine Version darstellen konnte.

„Ich dachte, ihr seid an der Einbruchserie bei den Rentnern?" Ahmet rieb seine Hand über die Augenbrauen. „Mord ist eigentlich nur was für die Großen!"

„Sprach unser Zwerg", erwiderte Oren und alle bis auf einen lachten.

„Es waren zwei Russen, die die Rentner geschröpft haben", erklärte Andreas. „Der Fall ist geklärt und die beiden sitzen in U-Haft."

„Wie sind sie aufgeflogen?" Sarah war neugierig.

„Eigentlich gar nicht unser Verdienst", lenkte Oren ein. „Einer der Betroffenen, ein älterer Herr, hat die Betrüger in seinem Schlafzimmer überrascht, wie sie sein Erspartes plünderten ..."

„... und hat sie kurzerhand eingeschlossen", vervollständigte Jana den Satz. „Die Tür hielt, bis die Streife eintraf."

„Warum sind sie nicht durchs Fenster raus?"

„Ahmet? Siebter Stock! Die Russen waren blöd, aber nicht lebensmüde."

„So Leute, zurück zum Thema." Andreas schlug die Hände zusammen. „Sarah steht nicht umsonst da vorne ihre Beine in den Bauch, während wir hier im Schwingstuhl sitzen und debattieren. Lasst uns zusammentragen, was wir haben!"

„Wieso habe ich den Eindruck, du willst uns antreiben? Wir sind gerade einmal zwei Tage mit dem Fall beschäftigt. Die Dinge kommen in Bewegung, Sarah und ich sind auf einer heißen Spur: Timo Seibold."

„Und wieso plötzlich sogar mit doppelter Laufgeschwindigkeit?", stimmte Oren Ahmet zu und zeigte auf Jana und sich selbst.

„Die Presse!", antwortete Andreas ohne Umschweife und zerrte einen Ausdruck aus seinen Unterlagen hervor. „‚Unfall kristallisiert sich als Mord. Gütersloh im Brennpunkt der Bluttat'", zitierte er und legte den Abzug der Onlinenachrichten vor seinen Kollegen in die Tischmitte.

„Was heute Nachmittag auf der Homepage der *Glocke* steht, finden wir morgen bei der *Neuen Westfälischen* und dem *Westfalen-Blatt*", bestätigte Stefan. „Woher kommen die Infos?"

„Keine Ahnung!", erklärte Andreas unglücklich. „Aber ganz offensichtlich ist das Ganze mehr in Bewegung gekommen, als wir uns wünschen."

„Als *du* dir wünscht!", spottete Ahmet. „Heute schon mit Janus Grone telefoniert?"

„Das Lachen wird *dir* genau in dem Moment vergehen, nachdem ich den Hörer auf die Gabel gelegt habe. Hab keine Angst, ich werde es dich wissen lassen, was den Bürgermeister nicht schlafen lässt."

Ahmet grinste.

„Also nehmt euch für die nächsten Abende mal nicht allzu viel vor. Was immer ihr herausfinden könnt, bevor mir der Alte im Nacken sitzt, es rettet euch die Freizeit."

Sarah räusperte sich, machte darauf aufmerksam, dass sie noch immer darauf wartete, mit ihrer Darstellung der aktuellen Situation zu beginnen.

„Du hast recht", stimmte Andreas zu. „Ach übrigens. Für heute Abend habe ich eine Pressekonferenz anberaumt. Angriff nach vorne, oder wie sagt man so schön? Okay. Übergeben wir nun das Wort an Sarah."

Die brünette Kommissarin lächelte in die Runde, vergewisserte sich der Aufmerksamkeit der fünf Anwesenden, dann wandte sie sich zum Flipchart und zeigte auf die acht Namen.

„Vier Gesellschafter, vier gebundene Frauen ..." Sarah stutzte und belächelte ihre eigenen Worte. „Also Ehefrauen oder Freundinnen. Wie wir alle wissen, sind vier dieser Personen inzwischen tot. All das sehen wir auf diesem Chart."

Sarah skizzierte einen Kreis in die freie Mitte zwischen den Namen.

„Beginnen wir mit Jonas Falkner. Geboren am 05.03.1970, studierte Maschinenbau, gründete vor vier Jahren eine eigene Firma für Fotovoltaikanlagen. Die drei anderen ...", Sarah zeigte auf deren Namen , „stiegen als gleichwertige Partner ein. Herr Falkner ist seit dem ersten Todesfall verschwunden."

„Dazu können wir sofort etwas sagen", erklärte Jana. „Von Andreas auf den Weg geschickt, an der Solarfirma zu warten, ob Timo Seibold dorthin flüchtet, haben wir uns mit den Angestellten unterhalten."

„Ihr habt jemanden angetroffen?", fragte Ahmet ungläubig.

„15:00 Uhr. Feierabend!", lachte Oren. „Wie die Lemminge kamen sie in ihren Bullis angerauscht. Altes Material raus, neues für den nächsten Tag rein, Arbeitskleidung gegen die Jeans getauscht, da waren sie auch fast schon wieder weg."

„Wir haben einige von ihnen befragt", fuhr Jana fort. „Über Jonas, aber auch über die anderen Geschäftsführer. Kein allzu gutes Bild, das sie hinterlassen haben. Am Dienstagabend gab es eine rauschende Geburtstagsfeier bei Jonas Falkner, seitdem hat ihn niemand mehr gesehen. Zwei Mitarbeiter berichteten, sie wären gestern Nachmittag wegen einer dringend benötigten Unterschrift bei ihm zu Hause vorbeigefahren. Sämtliche Jalousien waren verschlossen, niemand reagierte auf ihr Schellen."

„Und das kam niemandem komisch vor?", fragte der Hauptkommissar, während er die Notizen auf seinem Block erweiterte.

„Herr Falkner ist offensichtlich als Chef und Mensch nicht sonderlich beliebt. Seine Mitarbeiter gaben an, ganz froh gewesen zu sein, einen Tag ohne ihn arbeiten zu dürfen."

„Das ist so nicht ganz richtig", warf Stefan freudestrahlend ein.

„Falkner wurde noch nach diesem Dienstag gesehen, zumindest indirekt."

„Was soll das bedeuten?" Andreas legte seinen Stift beiseite und Stefan genoss die Aufmerksamkeit, die er sich wünschte.

„Wir haben *sein* Blut gefunden, zumindest einen Blutfleck. Draußen im Wald in Richtung Rheda-Wiedenbrück. Zwei Quadfahrer entdeckten einen alten Wartungsschacht, nahe des Ausstiegs frisches Blut. Sie riefen die Polizei und der Streife folgte Rafael."

„Moment, das verstehe ich nicht", stutzte Andreas.

„Ich auch nicht", schloss sich Sarah an.

Andreas überlegte: „Wieso wissen wir, dass es Falkners Blut ist?"

„Willst du wirklich wissen, dass wir die Blutprobe illegal gegen die Blutspende-Datenbank Stand 2011 abgeglichen haben?", schauspielerte Stefan breit grinsend. „Das Ergebnis ist eindeutig."

„Manchmal frage ich mich, wo das größere kriminelle Potential sitzt, außerhalb oder innerhalb dieser Mauern?"

„Der Zweck heiligt die Mittel", äußerte Oren und erntete dafür einen strafenden Blick seines Chefs.

„Ich warne euch! Wenn sie euch bei so etwas erwischen: Disziplinarverfahren!"

„Stefan, mich würde interessieren, was für einen Rückschluss die gefundene Blutspur zulässt?"

Der Forensiker freute sich über Janas Neugier.

„Es waren nicht Unmengen Blut, aber in einem Radius von einem halben Meter verteilt. Möglicherweise eine Verletzung vom Klettern, oder eine Schnittwunde vom scharfkantigen Rand."

„Du meinst etwa in der Art: Blutet ordentlich, aber nicht wirklich lebensbedrohlich?"

„Schon denkbar", antwortete Stefan vage. „Was ich sicher sagen kann: die Spuren waren frisch, von heute."

Sarah prüfte den Einsatzbericht der Streifenpolizisten.

„Also datiere ich Jonas' letztes Lebenszeichen auf heute Morgen. Aufenthaltsort: unbekannt."

„Das ist richtig."

Stefan stand auf und rieb über den Stoff seiner Hemdsärmel. Anschließend veränderte er die Position des Fensters auf Kippstellung. „Genug frische Luft!"

„Was wissen wir über Eva Rohrbeck?", drängte Andreas vorwärts. „Welchen Platz nimmt sie in diesem Puzzle ein?"

„Wir wissen nicht allzu viel", erklärte Ahmet. „In den Akten finden wir das Foto einer blonden, langhaarigen Frau, an mehreren Stellen tätowiert, ansonsten, bis auf diesen einen Vorfall – sie wurde im Besitz von Drogen erwischt – ist sie unauffällig."

„Von den Angestellten kennt sie niemand. Was ich meine, Jonas und Eva wurden nie gemeinsam in der Firma gesehen."

„Und was Jana noch vergessen hat", fügte Oren hinzu, „Jonas hatte in der Vergangenheit angeblich einen immens hohen Frauenverschleiß. Bis er Eva kennenlernte."

„Sie wohnt nicht in Gütersloh." Ahmet wechselte zu den Notizen seines Telefons. „Ach, hier habe ich es. Ihr derzeitig gemeldeter Wohnort: Stromberg. Ein kleines Örtchen einundzwanzig Kilometer südwestlich von hier."

„Verpass ihr ein Zeichen für unbedeutend und dann machen wir weiter."

Sarah nickte Andreas zu und markierte Evas Namen mit einem Blitz.

„Wie steht es um Niclas Klohse?"

„Definitiv kein Unfall! Da ist die Presse auf der richtigen Spur", bestätigte Stefan und kratzte mit dem Zeigefinger im Ohr herum. „Der Wagen gehörte Klohse. Zweifelsfrei galt ihm der Anschlag."

„Wird uns die Spurensuche noch weitere Informationen liefern können?", wollte Andreas wissen.

„Ich denke nicht. Wir konnten fremdes Einwirken nachweisen, für mehr sind die Spuren nach dem, was mit dem Audi passiert ist, nicht zu gebrauchen."

„Wie sieht es im Umfeld des Toten aus?", richtete Andreas seine Frage an Sarah und Ahmet.

„Keine Verschuldung, eine auf den ersten Blick intakte Beziehung zu seiner Freundin, ein Beruf mit Höhen und Tiefen. Bisher fehlt uns das Motiv für den Mordanschlag."

Andreas zeigte auf Jana. „Das prüft ihr auch noch einmal nach. Vielleicht wurde etwas übersehen."

„Brauchen wir jetzt einen Babysitter?"

„Locker bleiben, Ahmet! Manchmal sehen acht Augen mehr als vier. Sollen die beiden auf ihre Art suchen."

Jana und Oren schienen nicht wirklich begeistert. Aber nun hieß es, zuarbeiten. Sarah versah Klohses Namen mit einem Kreuz, dahinter ein Fragezeichen.

„Victoria Lirot", stellte Sarah die Ergebnisse ihrer Ermittlungsarbeit vor. „Eine spannende Geschichte, die sich den Indizien zufolge zumindest so darstellt: Victoria wird nachts in Klohses Wohnung wach und sieht vor dem Haus einen Lkw der Reinigungsfirma Kroschewski. Irgendetwas veranlasst die junge Frau nach draußen zu gehen und den Transporter zu verfolgen."

„Im Schlafanzug!", fügte Ahmet hinzu. „Auf ihrem Roller!"

„Es ist kurios und letztendlich fehlt uns die Erklärung, wer sie später auf Kroschewskis Grundstück erschlagen hat. Dennoch ist es nicht unwahrscheinlich, dass sie die Sabotage an Klohses Audi bemerkte und aus genau diesem Grund nicht das Auto, sondern den Roller wählte, um dem Täter zu folgen."

„Stellt euch vor, sie hätte den Audi genommen und wäre irgendwo auf dem Weg ihrer Verfolgung mit dem manipulierten Fahrzeug verunglückt." Oren schaute in die Runde. „Wer hätte so einen verzwickten Fall noch aufklären können?"

„So war es aber nicht, bleiben wir beim Thema!" Andreas überprüfte seine Notizen. „Wenn eure Überlegungen stimmen, ist Frau Lirot ein Zufallsopfer."

„Ja. Zur falschen Zeit am falschen Ort", bestätigte Ahmet. „Wäre sie zu Hause geblieben, würde sie noch leben und um ihren einen Tag später verunglückten Freund trauern."

„Hört sich für mich nicht gerade erbaulicher an", spottete Stefan.

Sarah markierte Victoria Lirot mit einem Kreuz, dahinter das Fragezeichen, als Hinweis auf den möglichen Täter.

„Wie sieht es mit den Ermittlungen zu Timo Seibold aus?" Der Hauptkommissar fasste Ahmet ins Auge. „Jemandem in dieser Runde soll er bereits dreimal entwischt sein."

„Lach du nur!", ließ Ahmet sich nicht aus der Ruhe bringen. „Du und dein wulstiger Körper, ihr hättet keine dreißig Schritte mit ihm mitgehalten. Ich habe ihn durch die halbe Stadt gejagt. Doch ich muss gestehen, der Mann ist durchtrainiert und ausdauernd. Das ist sein Kapital."

„Schon gut! Vor Seibolds Haus wartet ein Beamter in Zivil. Doch bisher ist Seibold nicht nach Hause zurückgekehrt."

„Was ist mit seiner Schwester, Isabel Eckert? Nicht, dass er dort erneut Unterschlupf sucht."

„Keine Sorge, Sarah. Wird ebenfalls observiert." Andreas' Blick wechselte zwischen Sarah und Ahmet. „Was denkt ihr beiden? Hat er seine Frau umgebracht? Ist er vielleicht auch in den Mord an seinem Kompagnon verwickelt?"

„Schon möglich", antwortete Sarah. „Auf jeden Fall bemüht er sich, jeden Verdacht auf sich zu ziehen."

„Frag mal meinen Solarplexus, der Mann schlägt zu wie ein Bär."

„Er hat dich geschlagen?", wollte Oren wissen.

„Hat er! Vor der Wohnung im Krankenwagen, dann ist er geflohen."

„Genau auf diesen Punkt der Besprechung habe ich mich gefreut." Stefan wippte unruhig auf seinem Stuhl hin und her, dann griff er in seine Kladde und holte ein Foto hervor.

„Wer möchte zuerst schauen?"

Sarah näherte sich von hinten, griff nach der Aufnahme und entriss ihm das Bild.

„Hey, hey, immer mit der Ruhe!"

„Das Foto einer Radarfalle?"

„Genau! Habe ich von Frank. Ihr wart unterwegs, da habe ich die Post entgegengenommen."

„Herr Seibold wurde auf dem Nordring geblitzt, am 07. März 2013 um 10:32 Uhr."

„Das war fünfundzwanzig Minuten bevor er uns vom Neißeweg aus angerufen hat!", staunte Ahmet. „Nach seiner Erzählung war er auf direktem Weg aus der Firma zur Wohnung gefahren, bevor er anschließend seine tote Frau entdeckte. Die Geschichte würde demnach stimmen."

„Was ist, ...", überlegte Sarah laut. „... wenn er zuerst seine Frau vergiftet hätte, dann absichtlich mit überhöhter Geschwindigkeit in eine Radarfalle gefahren wäre und danach den überraschten, trauernden Ehemann spielte?"

„Weil ich schon mit Einwänden gerechnet habe ...", Stefan kramte erneut in seiner Kladde und zerrte einen Messbericht hervor.

„Das Protokoll der Radarmessung. Die Anlage wurde erst um 10:30 Uhr installiert und in Betrieb genommen. Herr Seibold war der erste Fahrer, den sie geblitzt haben."

„Er konnte den Standort der Radarmessung nicht kennen", erklärte Ahmet. „Das war nicht planbar."

„So sehe ich das auch", stimmte Stefan zu.

„Scheidet Timo Seibold damit als Verdächtiger aus?“ Angespannt betrachtete Andreas seine Kollegen. „Denkt ihr, das gibt ihm ein Alibi?“

„Nicht das, aber genau das, was ich euch jetzt erzähle!“ Stefan gelangte in Fahrt.

„Die Eingangstür verschlossen, die Wohnung in der vierten Etage, von außen, trotz geöffnetem Fenster, nicht zugänglich, aber auch nicht als Fluchtweg nutzbar ...“

„Wieso?“, hakte Oren dazwischen.

„Hast du nicht den Bericht gelesen?“, rügte ihn seine Partnerin, noch bevor Stefan antworten konnte. „Die Wände sind glatt verputzt, keine Regenrinnen oder Vorsprünge. Da kommt nicht einmal ein Affe rauf.“

„Ich habe letzte Woche so ein Video auf YouTube ...“

„Schon gut“, bremste der Hauptkommissar Oren aus. „Wir wissen, was du meinst. Aber ich bin selbst am Tatort gewesen. Kein normaler Mensch klettert an dieser Fassade rauf oder runter.“

„Dann darf ich fortfahren?“ Stefan hatte bereits den nächsten Zettel in der Mitte des Tisches platziert. „Das ist ein Spurenvergleich auf microzellularer Basis.“

„Ich sehe zwei Diagramme, Zahlen und Werte, die mir nichts sagen“, sprach Andreas das aus, was alle anderen dachten.

„Laut dem Ehemann war die Wohnung von innen verschlossen. Somit geht es um die Fragen: Wie viele Schlüssel existieren zur Wohnung der Seibolds? Welcher Schlüssel wurde als letzter benutzt? Könnte die Tür manipuliert und mit irgendeinem Werkzeug verriegelt worden sein? Und lassen diese Erkenntnisse den Rückschluss zu, dass Helga Seibold mit dem vergifteten Wein den Freitod gewählt hat?“

„Spann uns nicht auf die Folter!"

„Die Antwort ist eindeutig: Der letzte benutzte Schlüssel ist genau der, den wir auf der Brust der Toten gefunden haben."

„Wieso das?"

Neugierig beugten sich Jana und Ahmet nach vorne. Oren schien fürs Erste von Andreas ausgebremst und hielt sich zurück. Sarah verließ ihren Platz vorne beim Flipchart und betrachtete den Messwertzettel.

„Ich will es so erklären, dass es normale Menschen, wie ihr es seid, verstehen könnt."

Stefan hatte seinen Satz noch nicht komplett zu Ende gesprochen, da holte Sarah aus und versetzte ihm einen Klaps gegen den Hinterkopf.

„Autsch!"

„Hattest du verdient. Und nun erklär!"

„Eigentlich ist es recht einfach. Wir mussten das Schloss ausbauen und untersuchen. Im Schließzylinder fanden sich kleinste Spuren einer grünen Flüssigkeit, Spuren die auch an Helga Seibolds Schlüssel zu finden sind."

„Was für eine Flüssigkeit?", wollte Andreas wissen.

„Hellgrüne Farbe. Aber das ist nicht entscheidend. Was wirklich wichtig ist, ist die Tatsache, dass die Farbpigmente auf den Spitzen der Zylinderstifte zu finden waren, also unmittelbar vom Abrieb stammten."

„Helgas Schlüssel könnte in den letzten Tagen benutzt worden sein. Was beweist, dass die Farbe wirklich vom letzten Schlüsseleinsatz zurückgeblieben ist."

Neugierig nahm Sarah neben Stefan Platz.

„Der Gegentest", erklärte Stefan. „Wir haben ein Duplikat erstellt, rein und sauber. Schon bei der ersten Benutzung raspelten wir das Grün von den Spitzen."

„Ich glaube trotzdem nicht, dass Frau Seibold Selbstmord begangen hat", machte Ahmet deutlich.

„Ich auch nicht", stimmte Stefan seinem Kollegen zu. „Aber das war auch nicht die Fragestellung. Fassen wir zusammen: Herr Seibold war vor der Tötung seiner Frau unterwegs, das beweist das nette Foto, das dort vorne bei Andreas liegt. Frau Seibold dürfte sich mit recht großer Wahrscheinlichkeit selbst von innen in die Wohnung eingeschlossen haben."

„Der Ehemann oder eine dritte Person hätte den Wein schon im Vorfeld vergiften können und müsste so nur auf die Leerung der Flasche warten."

„Das ist richtig, Andreas. Würde aber trotzdem nicht erklären, warum Helga Seibold im Wohnzimmer lag und den Schlüssel auf ihrer Brust trug."

„Ist doch Scheiße!", schimpfte Ackermann unzufrieden. „Dieser ganze ‚locked room'-Kram bringt ja mehr Rätsel mit sich als Aufklärung."

Sarah stand auf und trat zum Flipchart.

„Ich markiere dann Seibold mit einem Ausrufezeichen, dazu das Tagesdatum von heute. Seine Frau erhält das Kreuz, und weil wir uns bezüglich der Todesursache uneinig bleiben, erweitere ich um ein Fragezeichen."

„Bleibt uns wahrscheinlich nichts anderes übrig", stimmte Ahmet zu.

Andreas nickte frustriert.

„Zumindest nähern wir uns unserem letzten Pärchen. Ehrlich gesagt, wird es langsam Zeit für einen Kaffee."

„Weitermachen!", drängte Andreas.

„Roland Eckert dürfte eher Leidtragender denn ausgewähltes Opfer gewesen sein. Verunglückt im sabotierten Fahrzeug seines Freundes."

„Können wir so abhaken", stimmte Andreas zu. „Was ist mit Isabel Eckert?"

„Unauffällig, Anfang vierzig, Sanitäterin. Ist im Zusammenhang mit der Teuto-Solarlicht nie in Erscheinung getreten. Ahmet und ich hatten ihr heute einen Besuch abstatten wollen, da ist uns Timos Flucht dazwischen gekommen."

„Okay. Bleibt dran!"

Sarah markierte Roland mit einem Kreuz, Isabel erhielt einen Blitz, genau wie Eva.

„Dann darf ich das Ganze noch einmal zusammenfassen, bevor wir uns wieder in die Arbeit stürzen. Dass wir heute länger arbeiten, hatte ich erwähnt?"

„Du wolltest zur Pressekonferenz ...", erinnerte Ahmet, „... und darüber hinaus vor Janus Grone in Deckung gehen."

„Ziemlich witzig!"

„Bleibt ruhig!", ermahnte Sarah. „Und bringen wir das hier zu Ende. Ich muss raus. In diesem Raum bekomme ich Kopfschmerzen."

„Einverstanden", räusperte sich Andreas und stand auf. „Gehen wir die Schritte der Verdächtigen durch und vergleichen sie mit unseren. Jana und Oren, ihr hängt euch an Eva Rohrbeck ran, die Lebensgefährtin des Verschwundenen. Checkt auch Falkners Zuhause. Ahmet, du besuchst noch einmal die Schwester vom Seibold. Vielleicht ist ihr ja inzwischen etwas Neues eingefallen. Sarah, schnapp dir einige Uniformierte und befrag die Leute auf der Straße nach allem, was irgendwie auffällig war oder Aufmerksamkeit erzeugt haben könnte. Und bring mir diesen Tobias Breitschneider, den von euch befragten Mitarbeiter der Teuto-Solar. Ich möchte noch einmal selbst mit ihm reden. Offensichtlich kennt er die Firma seit Anbeginn.

Stefan, nimm dir die Telefonliste dieser Firma vor. Überprüf die Privatanschlüsse der Gesellschafter und besorg dir einen Freifahrtschein vom Staatsanwalt. Ich will wissen, was auf den Festplatten des Solarunternehmens gespeichert ist."

Die Anwesenden wirkten wenig begeistert, doch niemand murrte.

„Ziehen wir folgendes Fazit: Wir haben acht Leute analysiert. Vier von ihnen sind tot, bei dreien bleibt die Frage nach dem Warum und wer ist der Täter? Zwei Personen sind flüchtig und wir wollen wissen, wieso und wo halten sie sich versteckt? Isabel Eckert und Eva Rohrbeck scheinen ohne direkte Verbindung zu den Ereignissen. Doch gute Polizisten ..."

„... lassen nie etwas außer Acht!", stimmten die anderen im Chor ein.

Zu oft schon hatte Andreas Ackermann ihnen diesen Spruch eingebläut.

Autark wie ein Vogel fliegen zu können, wohin man will. Den frischen Wind unter den Schwingen zu spüren und frei von Angst in luftigen Höhen zu kreisen. Sie war die Krähe, ein Wesen in einem Lebensraum ohne räumliche Beschränkung. Eva genoss das Panorama und entdeckte ihre Heimat Stromberg unter sich. Sogleich änderte sie den Kurs, hielt zu auf die Ruine der alten Burg. Die Menschen am Boden glichen winzigen Stecknadelköpfen. Der schwarze Vogel legte sein Gewicht nach vorne, um an Höhe zu verlieren. Steil ging es abwärts, fast einhundert Meter, und erst jetzt erkannte Eva, was sie sich erhofft hatte: Die Menschen winkten ihr zu, aufgeregt, freudig, jeder einzelne. Die Stromberger gaben ihr Geborgenheit, und es war so schön, von allen geliebt zu werden. Sie wollte ihnen zurufen: „Hallo! Seid gegrüßt! Hier oben bin ich!" Doch die Worte verkümmerten in ihrem Hals, und was blieb, war ein krächzender Laut. „Wa, Wa, Wa!" Eine Windböe drückte den leichten Körper seitwärts und Eva flog eine weiträumige Kurve über die alte Burganlage. Dann ging es weiter, hinweg über die unzähligen Bankreihen der Burgbühne, gerade zu auf die gotische Hallenkirche.

Unvorhergesehen läuteten die Glocken des Paulusturms. Laut und schmerzhaft hallte der Gong in Evas kleinem Kopf. Tief in ihr keimte der Wunsch auf, mit den Händen die Ohren zu schützen, doch wie sollte das gehen? Undenkbar für den schwarzen Vogel. Ein zweiter Gongschlag riss die Krähe aus der Flugbahn, ließ sie taumeln und ganz plötzlich zu Boden stürzen.

Eva ruderte mit ihren Schwingen. Nein! Sie ruderte mit den Armen und Händen. Verwirrt suchte sie Halt, während das Gelände um sie herum verschwamm. Sie fiel und fiel und fiel. Hart schlug der Körper am Boden auf.

Eva öffnete die Augen. Eingepfercht zwischen Couch und Wohnzimmertisch, schmerzte der Rücken vom Sturz über den Sofarand. Ihrem Kopf erging es kaum besser. Noch immer dröhnte der Schädel wegen des unglücklichen Ausrutschers über die Kellertreppe. Ein fahler Geschmack, Zeuge ihres Kokainkonsums, verklebte den Mund.

Keine Macht den Drogen!, dachte sie benommen und lachte über den albernen Werbeslogan. Dann griff sie zu einem der herumstehenden, halb vollen Gläser und tat einen kräftigen Schluck.

Erneut erklang der Gong.

Es schellt!, stellte die blonde Frau erstaunt fest, und jetzt erkannte sie, welches Geräusch in ihre Wahnvorstellung hineingespielt hatte. Weder der Kirchturm noch ein anderes Gebäude Strombergs war Ursache des Bimmelns gewesen, sondern die Klingel an Jonas' Haustür. Müde und schlapp raffte Eva sich hoch, schwankte und suchte nach Halt. Sie registrierte die verbliebenen Spuren Kokains, die geleerten sowie halb vollen Flaschen Sekt auf der Fensterbank und all den Dreck am Boden um sie herum.

Offensichtlich eine folgenreiche Party. Doch wenn Jonas glaubt, ich räume hier für ihn auf, hat er sich getäuscht!

Die Situation erreichte eine neue Brisanz, als eine weibliche Stimme von draußen rief.

„Wir wissen, dass jemand zu Hause ist. Polizei Gütersloh! Öffnen Sie unverzüglich die Tür!"

Polizei? Eva zuckte zusammen.

Hektisch durchsuchte sie den Raum, fand eine weiße Decke und verbarg den Wohnzimmertisch mit allem, was sich darauf befand. Dann sprintete die Frau den Flur entlang, pausierte, weil ihr Kreislauf rebellierte und bewältigte die letzten Schritte abgestützt an der Wand entlang. Vorsichtig öffnete Eva die Tür.

„Guten Tag. Ich heiße Oren Bührmann. Das ist Kriminalkommissarin Jana Dorn."

„Hallo", entgegnete Eva zögerlich. „Sie wünschen?"

„Eigentlich suchen wir nach Jonas Falkner. Dies ist seine gemeldete Adresse."

„Jonas ist nicht da."

„Was ist mit Ihnen?", erkundigte sich Jana.

„Mit mir? Ich bin Eva, Eva Rohrbeck."

„Das meinte ich nicht. Benötigen Sie ärztliche Hilfe?"

„Wie kommen Sie darauf?"

Oren wies auf Evas Stirn.

„Sie haben geblutet! Und wenn wir Ihre Kleidung betrachten, nicht allzu knapp."

„Ist nur Blut", antwortete Eva lapidar und betrachtete ihr beflecktes, braunfarbenes Sweatshirt.

Jana hielt der verletzten Frau ihre Dienstmarke entgegen. „Wir würden uns gerne davon überzeugen, dass Herr Falkner nicht zu Hause ist, falls doch, ob es ihm gut geht. Und sollte sich die Situation noch anders darstellen, möchten wir gewährleisten, dass sie selbst nicht in Gefahr sind."

„Jonas ist verschwunden." Eva betastete ihre Stirn. Überrascht brach sie ab. Offensichtlich war ihre Verletzung stärker, als sie sich hatte eingestehen wollen. „Vor meiner Geschäftsreise hatten wir vereinbart, uns heute Mittag hier zu treffen. Doch als ich eintraf, war niemand daheim. Ich habe es auf dem Handy versucht, doch ich erreiche weder ihn noch einen seiner Freunde."

„Dann dürfen wir eintreten und uns von der Wahrheit Ihrer Geschichte überzeugen?"

Eva stutzte, dachte an die Drogen, die sie entdeckt und konsumiert hatte.

„Durchsuchungsbefehl? Haben Sie so etwas?"

„Sollten Sie gerade keinen Kuchen gebacken haben und das unter Ihrer Nase ist weder Backpulver noch Vanillezucker ..." Jana rieb ihren Finger bildhaft unter der Nase entlang. „... sollten Sie uns in die Wohnung lassen."

Eva trat zögernd beiseite. „Ich verstehe, treten Sie ein."

„Ich schlage vor, wir beide führen ein Gespräch unter Frauen und währenddessen darf Kollege Bührmann das Haus inspizieren."

„Einverstanden, wenn Sie dem Wohnzimmer nicht mehr als einen kurzen Blick spenden." Eva rieb mit dem Handrücken über die Stirn und verschloss die Augen.

„Sollen wir vielleicht doch einen Krankenwa ..."

„Nein! Es geht mir gut! Kommen Sie rein und schauen Sie sich in Ruhe um. Sie werden sehen, Jonas ist nicht hier."

Oren begann im Erdgeschoss, lief von Raum zu Raum.

„Frau Rohrbeck. Erzählen Sie mir, was passiert ist."

Eva nickte und offensichtlich schmerzte ihr Kopf bei dieser Bewegung.

„Jonas und ich wollten heute gemeinsam zu Mittag essen. Da niemand öffnete, benutzte ich den Zweitschlüssel."

„Den hat Herr Falkner Ihnen zur Verfügung gestellt?"

„Natürlich! Wir kennen uns schon einige Jahre. Ich glaube schon am dritten Tag unserer Beziehung hatte ich Zugang zu seiner Wohnung.“

„Verstehe“, entgegnete Jana grübelnd und lief den Flur entlang. „Sie führen also eine recht enge Beziehung?“

„Das würde ich nicht gerade sagen, wie kommen Sie darauf? Eigentlich genießt jeder seine eigenen Freiräume.“

Eva zwinkerte mit einem Auge und lachte.

Unterdessen erschien Oren.

„Parterre, nichts zu finden!“, äußerte er kurz angebunden, nahm die Treppe nach oben und verschwand mit großen Schritten.

Eva zögerte, doch Jana drängte immer weiter in Richtung Wohnstube.

„Woher kommt das Blut an Ihrem Kopf?“ Konzentriert musterte Jana jede Verletzung und Abschürfung. „Haben Sie die Beule gesehen? Das dürfte Sie einige Tage entstellen.“

„Wissen Sie, genau wie Ihr Kollege gerade, so bin ich vorhin durch die Wohnung gehechtet. Hab jeden Raum nach meinem Freund abgesucht und letztendlich war ich dabei so erfolglos wie er.“

Wie zur Bestätigung erschien Oren von oben und schüttelte den Kopf.

„Als Letztes bin ich in den Keller gestiegen, auf der Treppe abgerutscht und mit dem Kopf gegen die Wand geschlagen. Ich glaube, ich bin sogar eine Zeit lang bewusstlos gewesen.“

Eva öffnete die Tür zum Gästebad, betrachtete ihr lädiertes Gesicht im Spiegel und fluchte. Das Wasser kühlte die Stirn, während die Reste des verkrusteten Blutes in einem Schwall aus Rot im Abfluss verschwanden. Zufrieden trocknete die Zweiunddreißigjährige ihre Stirn, die Augen und die Wangen.

„Schon besser!", lobte Jana, als Eva Rohrbeck auf den Flur zurückkehrte. „Sie sagten eben, Sie waren bewusstlos? Und dann haben wir an der Tür geklingelt und Sie dadurch geweckt?"

„So war es", log Eva.

„Bin mal nach unten unterwegs!" Neugierig öffnete Oren die Tür zum Keller und verschwand.

„Verdammter Scheiß!", erklang wenig später seine Stimme von unten. „Was für ein Sturz!"

Jana verdrehte die Augen, wandte sich dem Wohnzimmer zu und betrachtete den abgedeckten Tisch samt Couch.

„Was für eine Orgie!", staunte die Polizistin. „Hier hat es aber mal jemand richtig krachen lassen!"

„Scheint so", bestätigte Eva unglücklich.

„Sie haben nicht mitgefeiert? Schließlich wurde ihr Freund dreiundvierzig."

„Wie bereits erwähnt, ich war auf Dienstreise."

Eva lief über den Flur zur Garderobe, durchwühlte ihre Jacke und fand eine der gesuchten Visitenkarten. Danach kehrte sie zur Polizistin zurück.

„Hier, meine Kontaktdaten. Mein Vertriebsleiter heißt Kipfmüller. Er wird die Geschichte bestätigen."

„Danke." Jana überlegte, dann griff sie ein altes Thema erneut auf. „Können Sie mir sagen, wer zu dieser Party eingeladen war?"

„Jonas' Freunde, also seine Partner aus der Teuto-Solar."

„Sonst niemand? Keine Frauen? So wie ich Sie zuletzt verstanden habe, führen Sie und Herr Falkner eine offenherzige Beziehung. Nehmen Sie es mir nicht übel, aber wenn ich mich in diesem Wohnzimmer umschaue ... Ein reiner Männerabend hinterlässt andere Spuren."

„Ich hatte Jonas von Amsterdam aus angerufen und ihm ein Geburtstagsständchen gesungen, da waren die Gäste bereits in bester Laune. Und Sie haben recht, die Jungs waren nicht alleine. Im Hintergrund habe ich *sie* lachen hören."

„Sie? Wen?"

„Lulu! Ein unverkennbares Lachen. Das würde ich unter Hunderten heraushören."

Jana griff zur Tasche, holte ihren Zeitplaner hervor und notierte den Namen. „Sie sagen, die Frau heißt Lulu? Eine Adresse wäre hilfreich."

„Neißeweg 15."

„Moment!" Jana blätterte in den Berichten, die sie über den aktuellen Fall ausgedruckt hatte. „Dort wohnen doch auch die Seibolds?"

„Natürlich!", antwortete Eva wie selbstverständlich. „Privat unterwegs als Helga Seibold und beruflich als Lulu."

42. Weitere Spuren / 07. März 2013 / 17:33

Auch wenn Eva nicht oft zusammen mit Jonas' Freunden ausgegangen war, die kommende Geschichte riss die Zweiunddreißigjährige aus dem Gleichgewicht. Vier Personen, die sie zumindest persönlich gekannt hatte, waren in den vergangenen vierundvierzig Stunden ums Leben gekommen. Darüber hinaus fahndete die Polizei nach Jonas und Timo. Mit zittrigen Beinen hatte Eva im Esszimmer Platz genommen, damit beschäftigt, auch nur annähernd zu begreifen, was sich in ihrer Abwesenheit in Gütersloh ereignet hatte. Jana füllte ein Glas mit Mineralwasser und stellte es ihr hin. Gierig leerte die entmutigte Frau das erfrischende Nass, dann richtete sie sich mit zittriger Stimme an die Polizistin.

„Denken Sie, Jonas hat etwas mit den Vorkommnissen der letzten beiden Tage zu tun?"

„Zumindest erscheint es so, dass Herr Falkner seit Ihrem Anruf wie vom Erdboden verschluckt ist, niemand hat ihn danach gesehen. Herr Seibold, der, wie wir nun wissen, ja der Ehemann von Lulu ist, wurde gegen die Polizei handgreiflich und ist geflohen."

„Timo?", hinterfragte Eva überrascht. „Das kann ich gar nicht glauben."

„Und wissen Sie, was ich nicht glauben kann?"

„Natürlich! Timo, Lulu, die Party."

„Ganz richtig!", bestätigte Jana verständnislos. „Da feiert jemand eine Geburtstagsparty, lädt seine Freunde ein und darüber hinaus ein Strichmädchen. So weit, so gut, passiert in Deutschland jeden Tag dutzende Male."

Eva nickte zustimmend, doch sie schwieg.

„Sobald einer der Partygäste aber der Ehemann der Professionellen ist, wird die Geschichte schwierig. Wenn ich Timo Seibold wäre, wie bekommt man so einen Abend hintereinander? Wie ist das, wenn deine Freunde sich vor deinen Augen mit der eigenen Ehefrau vergnügen?"

„Timo und Helga haben das immer getrennt", verteidigte Eva ihre Freunde.

Jana rollte mit den Augen. Daran anschließend durchsuchte sie ein weiteres Mal die ausgedruckten Berichte. „Einen Moment, bitte." Auf Seite drei wurde sie fündig.

„Hier steht es: Die Angestellten haben bei der Befragung ausgesagt, Herr Falkner war ein schwieriger Chef. Einen Tag ohne ihn arbeiten zu müssen, war kein Beinbruch. Darüber hinaus schikanierte er seine Kompagnons."

Fragend blickte die Kommissarin Frau Rohrbeck an.

„Jonas kann gelegentlich ein Arsch sein, das weiß ich", lenkte Eva ein.

„Stellen wir uns Folgendes vor: Das Verhältnis von Herrn Falkner und Herrn Seibold ist bereits angeschlagen. Trotz alledem bucht er Seibolds Ehefrau für den Männerabend. Ganz nach dem Motto: Spaß für alle!"

„Das ist ekelig."

„Ekelig? Nein, das ist reinste Provokation! Da wir heute Morgen eine Blutspur gefunden haben, die sich Herrn Falkner zuordnen lässt, ..."

„Jonas ist verletzt?", reagierte Eva panisch. „Das sagen Sie mir erst jetzt?"

„Immer mit der Ruhe! Laut unserer Forensik nur eine kleine Verletzung, wahrscheinlich nicht mehr."

„Wo haben Sie das Blut gefunden?"

„In einem Waldstück nahe Gütersloh, wieso?"

„Jonas wollte gegen den Willen der drei anderen Gesellschafter expandieren. Die Teuto-Solarlicht steht auf wackligen Füßen. Gekürzte Bezuschussungen für private Haushalte vom Staat und neueste Analysen zur Wirtschaftlichkeit der Fotovoltaik-Technik machen es der Branche schwer. Jonas hatte Visionen, Ideen zusätzlich in Erdwärme oder Windkraft zu investieren."

„Das ist nicht verwerflich. Warum machen Sie sich Sorgen?"

„Vor meiner Abfahrt nach Holland gestand er mir seinen fragwürdigen Plan. Und fragen Sie mich gleich bitte nicht, warum ich ihm nicht davon abgeraten habe. Niemand kann Jonas etwas ausreden, wenn er sich erst einmal etwas in den Kopf gesetzt hat."

„Sie machen es spannend", gestand die Polizistin. „Was hatte ihr Freund vor?"

Eva stockte, griff zur Mineralwasserflasche und füllte das Glas nach. Jana gab ihr die Zeit zu trinken. Währenddessen erschien Oren. Noch gerade rechtzeitig erkannte er Janas Fingerzeig, nicht das Gespräch der beiden Frauen zu unterbrechen und stattdessen abzuwarten. Unbemerkt trat er in den Flur zurück.

„Diese Geburtstagsfeier verfolgte ein vordefiniertes Ziel", begann Eva leise. „Was glauben Sie, warum Jonas nur seine Arbeitskollegen eingeladen hat? Er hat nicht viele Freunde, das stimmt. Aber Kegelverein, Altherren-Fußball und als Vorsitzender der Freiwilligen Feuerwehr ... Zwanzig oder dreißig Mann hätten schon mit ihm gemeinsam gefeiert."

„Jetzt verstehe ich!", bestätigte Jana. „Drei Männer, Alkohol, Drogen und ein Strichmädchen. Sie wollen mir erzählen, Jonas Falkner versuchte sich in Erpressung?"

„Eindeutige Fotos, richtig!", gestand Eva. „Einzusetzen als Druckmittel bei deren Frauen und Freundinnen, zur Untergrabung der Glaubwürdigkeit bei den Banken und als Pfand für die anstehenden Entscheidungen bezüglich der geplanten und von den anderen kritisierten Expansion."

„Jetzt bin ich platt!", räumte Jana ein. „Nach dem, was Sie mir gerade erzählt haben, sollten wir uns vielleicht doch Sorgen um die Gesundheit ihres Freundes machen. Abgesehen davon, navigiert ihre Geschichte Timo Seibold auf Platz eins unserer Verdächtigen."

„Viel mehr Personen bleiben auch kaum übrig", spottete Eva erschöpft.

Jana erhob sich vom Esszimmertisch und lief zum Flur. „Oren?"

„Ja, ich bin hier."

„Kannst du bitte bei Frau Rohrbeck bleiben. Ich muss Ackermann über den aktuellen Stand der Ermittlungen informieren."

„Gute Idee!", stimmte Oren zu. „Ich habe alles mitbekommen. Eine unglaubliche Geschichte!"

Jana verließ die Wohnung, trat nach draußen ins Freie und genoss die kühle Abendluft, die in leichten Böen durch das Haar strich. Eine Zeit lang dachte sie über Frau Rohrbecks Geschichte nach, dann benachrichtigte sie ihren Vorgesetzten.

Zehn Minuten später kehrte Jana ins Wohnzimmer zurück. Oren wartete gelangweilt im Lehnsessel, Eva nach wie vor am Esszimmertisch. Ihre Arme hatte sie übereinandergeschlagen, den Kopf in der Mulde verborgen. Als sie die Polizistin kommen hörte, schreckte sie hoch und versuchte in deren Gesicht zu lesen.

„Jonas Falkner und Timo Seibold sind weiterhin flüchtig", informierte Jana kurzum. „Es gibt keine neuen Erkenntnisse."

„Verstehe, aber irgendwo muss Jonas doch sein!"

Mit einem Mal wurde Jana nachdenklich. „Was genau befindet sich eigentlich unter diesem Tuch?"

Als die Polizistin im nächsten Augenblick zielstrebig auf den abgedeckten Couchtisch zulief, blieb Eva beinahe das Herz stehen.

„Was machen Sie da?"

Ohne zu zögern, griff Jana nach der Decke und riskierte einen Blick.

„Mich interessieren weder Ihre Backrezepte noch die Zutaten", antwortete sie lächelnd. „Ich gehöre der Mordkommission an. Trotzdem möchte ich mich vergewissern, dass Herr Falkner nicht zusammengerollt unter dem Tisch liegt."

„Okay", lenkte Eva ein. „Doch ich finde das absurd!"

„Vielleicht solltet ihr mal schauen, was ich gefunden habe!"

Oren hielt vier transparente Spurensicherungsbeutel in die Luft.

„Was hast du?", wollte Jana wissen, und auch Eva trat neugierig auf Oren zu.

„Spuren aus dem Keller", erklärte Oren stolz. „Beutel eins: Eine Blutprobe von der Wand."

Eva zeigte auf ihren Kopf.

„Beutel zwei: Eine Blutprobe vom Kellerboden."

„Dort bin ich aufgewacht", erklärte Eva nachdenklich.

„Beutel drei: Dieser rostige Nagel steckte in der Werkbank. Sein Metall ist ebenfalls überzogen mit Blut."

„Das ist nicht meins", widersprach die blonde Frau. „Zumindest glaube ich das."

„Und Beutel Nummer vier: ..."

Jana schrie auf und sprang einen Schritt zurück. „Was für eine Scheiße ist das?"

„Das ist ..., das war Twinky. Eine Vogelspinne", erklärte Eva sachlich.

„Falkners Haustier, oder was?"

„Habe ich ihm geschenkt. Allerdings ist das Tierchen nun tot. Sehen Sie! Jemand hat das Hinterteil zerquetscht und die Giftzähne nach vorne herausgebrochen."

„Warum sollte jemand das tun?", hakte Oren nach.

„Ich würde sagen, weil er von Spinnen null Ahnung hat, aber unbedingt an das Gift wollte. Hier hat jemand das arme Tier auf unprofessionelle Art gemolken. Darf ich?"

Eva griff den Beutel und betrachtete die Reste der Vogelspinne. „Wie vermutet. Die Drüsen sind leer."

„Wieso kennen Sie sich so gut mit Spinnen aus?" Jana trat interessiert näher, nachdem sie erkannt hatte, dass von dieser Spinne keine weitere Gefahr ausging. „Nicht jeder hält sich so etwas im Eigenheim."

„Ist berufsbedingt", gab Eva an. „Ich arbeite bei der Toxika AG. Wir entwickeln Gifte und Antidote."

„Antidote?"

„Ja, Gegengifte."

Eva gab den Beutel an Oren zurück und betrachtete nervös den dritten Beutel.

„Mich irritiert das Blut an diesem Nagel. Ich würde schwören, es ist nicht meins."

„Keine Sorge, das werden wir herausfinden."

Jana griff zur Tasche, holte eine Visitenkarte hervor und überreichte diese Frau Rohrbeck.

„Rufen Sie uns an, falls Herr Falkner hier auftaucht."

„Moment!", rief Eva aufgebracht. „Sie wollen jetzt schon gehen?"

„Wieso? Was wollen Sie uns noch erzählen?", fragte Oren überrascht.

„Gar nichts! Aber Sie glauben doch nicht ernsthaft, dass ich in diesem Chaos zurückbleibe und abwarte."

Ohne zu zögern, folgte Eva den beiden Polizisten über den Flur, riss ihre Jacke vom Garderobenhaken und trat mit Jana Dorn und Oren Bührmann ins Freie.

Rums. Und die Eingangstür war sicher verschlossen.

Es war ein einfacher Klingelton, doch der reichte aus, um Curly aus der Fassung zu bringen. Erst vor wenigen Minuten hatte die Tierarztpraxis Sarikaya geschlossen, doch offensichtlich erwartete die kleine Hündin mehr von diesem Abend als die Zweisamkeit mit Maren. Hastig, mit erwartungsvoll aufgerissenen Augen und unablässig wedelndem Schwanz sauste der Mischling den Flur entlang, Maren folgte. Dann endlich öffnete die Tierärztin die Haustür.

„Wuff, wuff", und schon stürmte Curly nach draußen.

Schließlich galt es, die neue Freundin angemessen zu begrüßen.

„Hast du mich etwa vermisst?", empfing Sarah ihren Hund.

Ihren Hund! Ein aberwitziger Gedanke, mit dem sich die brünette Polizistin noch immer nicht so recht anfreunden konnte.

Dann wandte sie sich an Maren: „Wie ist es gelaufen? Ich hoffe, es war mit *ihr* auszuhalten?"

„Alles in bester Ordnung", bestätigte Maren liebevoll. „Eine angefressene Gardine, als wir das Mädchen unbeaufsichtigt ließen, ansonsten ist Curly gefüttert und abreisefertig."

„Oh je. Die Gardine ist hin?"

Sogleich veränderte sich Sarahs Laune und die Hündin ergatterte einen strafenden Blick.

„Nichts, was uns mit anderen Hunden nicht auch passieren würde. Dies ist eine Tierklinik, hier geschehen derartige Unfälle."

Maren kam auf Sarah zu und drückte sie beschwichtigend.

„Mach dir deshalb keinen Kopf."

Sarah zögerte und Curly schien sofort zu verstehen, dass seinem Frauchen irgendetwas auf die Laune geschlagen war. Jählings beendete der Hund seine Freudesbekundungen und legte sich, die Vorderpfoten unter den Kopf geschoben, zu Sarahs Füßen nieder.

„Ihr versteht euch glänzend", lachte Maren. „Schön zu sehen!"

„Ja! Ich lach mich schlapp!", bemühte sich die Kommissarin ernst zu bleiben, kniete nieder und kraulte dem Mischling den Hals.

„Auf jeden Fall danke, dass Curly seit heute Mittag bei euch bleiben konnte."

„Da gibt es nichts zu danken. Ich habe dich ermutigt, ein Tier aufzunehmen. Da helfe ich auch, wenn's schwierig wird."

„Trotzdem danke!"

„Deine Zustimmung vorausgesetzt, habe ich euch zwei in der nächsten Woche einen Hundetrainerkurs gebucht. Abends ab sechs. Die Termine samt Adresse schicke ich dir per Mail."

„Das hilft bestimmt, die eigenen Gardinen zu schützen und dem Racker Manieren beizubringen", stimmte Sarah zu und seufzte. „Hoffentlich habe ich bis dahin mehr Freizeit."

„Wuff." Curly verstand es, im passenden Moment auf sich aufmerksam zu machen.

Maren trat einen Schritt beiseite und musterte ihre Freundin.

„Was ist denn los?", fragte sie besorgt.

Sarah zögerte.

„Geht es um einen deiner Fälle? Ich muss bestimmt keine Details wissen ...", wiegelte die Ärztin beruhigend ab. „... aber sich jemandem Außenstehenden anzuvertrauen, könnte ..." Sie entschied sich, den Satz nicht zu beenden. „Ich sehe doch, irgendetwas belastet dich!"

„Vielleicht hast du das schon einmal erlebt?", begann Sarah irgendwann. „Auf den ersten Blick erscheint dir alles klar und schlüssig, doch nach dem zweiten Hinsehen stellst du deine eigene Wahrnehmung infrage, denn dein Bauchgefühl sagt dir etwas anderes."

„Das kenne ich", bestätigte Maren. „Doch ich könnte mir vorstellen, in deinem Beruf beschäftigt dich jeden Tag die Frage, welcher Teil ist beweisbar oder was beruht auf Indizien. Wahrscheinlich ist es schwierig, die wahre Geschichte hinter jedem Schicksal zu finden?"

Mit einer einfachen Kopfbewegung stimmte Sarah zu, dann blickte sie Maren an.

„Unser Hauptverdächtiger im aktuellen Fall verhält sich mutmaßlich schuldig. Da ist der Tod seiner Ehefrau, vielleicht Selbstmord, vielleicht auch nicht. Darüber hinaus gab es Meinungsverschiedenheiten mit den anderen Gesellschaftern. Er und seine Frau besaßen getrennte Konten, wobei sich zeigt, seine Sparbücher sind leer und das Giro läuft in tiefroten Zahlen."

„Was ist mit ihrem Konto?", hakte Maren interessiert dazwischen.

„Sie ist reich!" Sarah lachte. „Das ist von allem die unglaublichste Geschichte ..."

„Erzähl schon!", forderte die Freundin neugierig auf.

„Ich habe es eben erst erfahren." Sarah legte ihren Zeigefinger auf die Lippen.

„Ich bin verschwiegen! Da machst du dir doch wohl keine Gedanken?"

„Nein. Trotzdem. Diskretion ist wichtig, solange der Fall geöffnet ist."

Maren nickte ungeduldig.

„Die Ehefrau unseres Verdächtigen ist anschaffen gegangen. Hat offensichtlich Unmengen Geld damit verdient. Ich denke, ich darf sagen: Sie ist, beziehungsweise sie war reich."

„Ist das euer Motiv?"

„Es kommt noch besser. Die Strichbiene wurde auch im direkten Bekanntenkreis gebucht, sogar von den Freunden des Ehemannes."

„Was?", prustete Maren ungläubig heraus.

„Und so wie sich die Geschichte derzeit darstellt, wurde die Ehefrau sogar zu einem gemeinsamen Männerabend von einem der anderen Gesellschafter geladen, eigener Ehemann eingeschlossen."

„Verstehe. Das ist euer Motiv? Eifersucht und Intrige."

„Irgendwie passt alles zusammen, zumindest ist sich Ahmet sicher. Aber genau an diesem Punkt hadere ich. So viele Jahre Polizeiarbeit, da lernst du Menschen kennen. Dieser ist kein Mörder, das sagt mir meine Intuition!"

„Wuff", bellte Curly dazwischen.

Sarah kniete nieder und rieb dem Mischling über den Kopf. „Du hast recht. Was immer du sagen wolltest."

„Was ist mit dem Selbstmord?"

„Ihr Mann hat die Frau tot in der Wohnung aufgefunden."

„Dann war er der Mörder!", entschied Maren.

„Das ist zu einfach! Vielleicht funktionierte Polizeiarbeit so in den fünfziger Jahren", schmunzelte Sarah.

„Aber 2013 recherchieren wir detailliert und verlassen uns auf die Aussagen der Spurensicherung. Stefans Zeitschiene entlastet den Ehemann. Die Spuren am Tatort schließen Gewalteinwirkung an der Leiche aus, ebenso an den Türen und Fenstern."

„Es gibt Tage, da beneide ich dich um deine Arbeit. So viel Abwechslung und immer wieder Neues. Aber ehrlich gesagt, an anderen Tagen bin ich froh, mich einfach nur um kranke Kaninchen, Hunde und Katzen kümmern zu können. Sarah?"

Die Polizistin schreckte auf, als sie ihren Namen hörte.

„Entschuldige. Ich glaube, ich habe dir gerade nicht richtig zugehört."

„Komm! Es wird Zeit, dass wir beide nach Hause fahren. Bleibt es bei unserer Verabredung zum Wochenende?"

„Natürlich. Doch für mich ist noch nicht Feierabend."

Mit einem Mal wirkte Sarah hellwach und fest entschlossen.

„Curly?"

Der Hund sprang auf.

„Lass uns etwas überprüfen! Keine Ahnung, wieso ich gerade jetzt darauf komme. Aber ich habe einen Verdacht, wie der Mörder in die Wohnung gelangt ist. Und genau das würde den Selbstmord widerlegen."

Währenddessen an einem anderen Ende Güterslohs. Zufrieden kauend beendete Ahmet den Abstecher zur eigenen Wohnung an der Mozartstraße. Genüsslich verzehrte er den letzten Bissen seines Schokocroissants, unter dem Arm klemmte eine frische

Flasche Wasser, dann zog er die Wohnungstür hinter sich zu und eilte das Treppenhaus nach unten.

Es war dunkel geworden. Leichter Wind hatte die angekündigten Regenwolken vertrieben und der Türke genoss den ungehinderten Blick auf die Sterne über ihm. Trotz der verordneten Sonderschicht an diesem Abend freute sich der Kommissar auf den bevorstehenden Einsatz. Langsam aber stetig fanden er und Sarah die Puzzleteile ihres Falls zusammen, und auch wenn Jana und Oren, die beide Eltern waren, dem Nachtdienst skeptisch gegenüberstanden, er verspürte dieses magische Etwas, diesen Drang, der ihn antrieb. Und so galt es, der Spur aus Indizien zu folgen, um Timo Seibold zu stellen und Jonas Falkner ausfindig zu machen.

Ahmet verstaute die Wasserflasche auf dem Rücksitz seines Passats, danach stieg er ein. Ein Griff zum Schalter reichte aus, damit die Innenraumbeleuchtung im Dauerbetrieb erstrahlte. Ohne zu zögern, langte er nach den beiden Akten, die er aus dem Polizeirevier mitgenommen hatte, und studierte deren Inhalt. Da klingelte sein Handy und störte.

„Ahmet Yilmaz, hallo?"

„Ich bin's, Andreas. Es gibt Neuigkeiten."

Ahmet wechselte das Telefon in die andere Hand.

„Dann schieß mal los."

„Tobias Breitschneider hat vor wenigen Minuten mein Büro verlassen. Ein interessantes Gespräch, zumindest insofern, als dass sich der alte Mann heute Abend recht redselig zeigte."

„Ist doch logisch", scherzte Ahmet. „Endlich konnte er mal wieder mit einem Gleichaltrigen quatschen. So auf Augenhöhe, verstehst du?"

„Ich lach mich schlapp!", mäkelte Andreas.

„Schon gut. Lass dich nicht ärgern. Was gibt es, das er uns nicht erzählt hat?", interessierte sich Ahmet.

„Kündigungen! Zwei Stück. Die beiden Kollegen stehen bereits in der nächsten Woche auf der Straße. Was glaubst du, wie die Stimmung derzeit in dieser Firma ist?"

„Oh. Das ist interessant!"

„Und liefert uns neue Verdächtige, die Hand an den Audi ihres Geschäftsführers gelegt haben könnten."

„Hast du die Namen?" Ahmet kramte in der Mittelkonsole und suchte einen Bleistift. „So, ich bin so weit, schieß los!"

Wenig später hatte der Kommissar die Namen der gekündigten Mitarbeiter notiert, da stockte er.

„Ist noch etwas?", fragte Ahmet vorsichtig.

Andreas räusperte sich.

„Dir bleiben vierundzwanzig Stunden, um den Fall zu lösen!"

Ahmet überlegte. Sofort war ihm aufgefallen, dass Andreas' Tonfall sich von einem Moment auf den anderen geändert hatte.

„Mir?", hinterfragte er. „Du meinst Sarah und mir?"

„Da du auf eigene Faust ermittelst und deinem Vorgesetzten nur sporadisch Bericht erstattest, können wir unterstellen, dass dieses Telefonat nicht stattgefunden hat und ich stattdessen den ganzen Abend lang versucht habe, dich zu kontaktieren. Erfolglos!"

„Was meinst du, ich verstehe das nicht."

„Du erscheinst morgen nicht auf dem Revier! Ob Sarah mit dir gemeinsam ermittelt, muss sie für sich selbst entscheiden!"

„Bist du jetzt verrückt geworden, Andreas? Was erzählst du da?"

Eine Zeit lang schwieg der Hauptkommissar der Gütersloher Kreispolizeibehörde, dann platzte die Bombe.

„Ralf Schönborn ist vor einer halben Stunde verstorben. Das Krankenhaus aus Paderborn hat gerade eben angerufen. Ich werde dich decken, vierundzwanzig Stunden lang. Danach musst du dich stellen, oder du stehst auf der Fahndungsliste der Streife. Mehr kann ich nicht für dich tun."

44. Unterwegs im Dunkeln / 07. März 2013 / 19:12

Seit fast zehn Minuten hatte Timo eingekeilt zwischen Wertstofftonnen und Lebensbaum-Hecke verbracht. Aus seinem Versteck heraus beobachtete er den einzelnen Mann, der vor dem Mehrparteienwohnhaus am Neißeweg auf und ab spazierte. Die Polizei würde ihn, Timo, suchen, daran gab es keinen Zweifel. Doch erst nachdem ihn seine Schwester mittels Anruf über einen Unbekannten vor ihrem eigenen Haus informiert hatte, gab dies Timo Gewissheit, dass auch dieser Mann zu den Güterslohher Gesetzeshütern gehörte.

Verärgert verfolgte Timo jeden einzelnen Schritt des Polizisten in Zivil, der bereits die zweite gerauchte Kippe auf den Boden schnippte und so den Eingang vor Timos Zuhause verunstaltete. Sein Arm brannte und Timo spürte, wie sich das Gift der Nesselraupen unaufhaltsam in seinem Körper verteilte. Bei Allergikern, wie er einer war, würde bereits ein einziger Stich zu einer lebensbedrohlichen Reaktion führen. Damit hatte er das große Los gezogen, zu den drei Prozent der Erwachsenen zu gehören, die auf Insektenstiche heikel reagierten. Der Flüchtige betrachtete seine Hand: Die anfängliche Rötung war einer unübersehbaren Schwellung gewichen. Quaddeln übersäten den Unterarm. An diesem Punkt machten sich Kopfschmerzen bemerkbar und Timo wusste, es würde höchste Zeit, um das Antiseptikum zu nehmen, das oben in der Wohnung im Kühlschrank auf ihn wartete. Nur wenige Minuten, dann erwarteten ihn Atemnot und Schweißausbrüche, ein kurzer Schritt bis zum lebensbedrohlichen anaphylaktischen Schock.

Ich muss mir etwas einfallen lassen, dachte Timo und bereitete sich vor, zu handeln. *Wenn mir der Eingang weiterhin verwehrt bleibt, brauche ich eine Alternative.*

Geschwind öffnete er die Schnürbänder, entstieg seinen Halbschuhen und griff das Paar mit der unverletzten Hand. Genau in dem Moment, als der Polizist ihm den Rücken zuwandte, stand er auf. Behutsam und leise. Dann rannte er los, um wenig später auf der Kellertreppe nach unten zu verschwinden. Der Boden war kalt, dazu feucht, und auch wenn er andere Sorgen hatte, zwängte er sich zuerst in seine Schuhe und band die Schleife so gut er konnte. Seinem Plan folgte die prompte Ernüchterung. Am Ende der Stufen wartete ein abgestelltes Herrenfahrrad, die Tür nach innen war verschlossen.

Kann doch nicht wahr sein!, fluchte er. *Wahrscheinlich hatte hier jemand das gleiche Problem.*

Missmutig betrachtete er das Fahrrad und ärgerte sich im gleichen Atemzug über die nächste Unordentlichkeit im Umfeld seiner eigenen vier Wände. Es half alles nichts, die eigene Situation hatte sich weiter verschlechtert.

Nun saß Timo in diesem Kellereingang gefangen, sich nicht sicher, ob er mit dem ersten Blick über die Bodenkante direkt in die Augen eines übereifrigen Polizisten blicken würde.

Und was dann?

Er konnte nicht fliehen! Nicht diskutieren. Er musste nach oben in seine Wohnung.

Langsam stieg er die Stufen zurück nach unten, betrachtete den Drahtesel und entwickelte einen Plan.

Er ist nicht abgeschlossen, das ist gut. Sehr gut!

Timo untersuchte die Ausstattung und entdeckte die aufgesteckten Lampen.

Kein Dynamo! Das Licht wird vom Akku gespeist. Oh Gott, lass die Batterien geladen sein.

Vorsichtig, mit einer Hand vor dem Scheinwerfer, überprüfte der blondhaarige Mann die Funktionsfähigkeit der Vorderlampe. Sein Gesicht erstrahlte, als das Licht die Haut seiner Finger durchleuchtete.

Danke!, schickte er als Stoßgebet zum Himmel.

Rasch aktivierte er das Rücklicht und der Kellerschacht schimmerte in sattem Rot. Ein letztes Mal durchatmen, dann betätigte er den Schalter des vorderen Scheinwerfers und erhellte die vor ihm aufsteigenden Stufen in gleißendem LED-Licht.

„Hallo, ist dort jemand?", rief er laut und durchdringend. „Könnten Sie mir wohl helfen?"

Timo wartete kurz, da tauchte der Polizist an der obersten Stufe auf. Sofort hob er das Vorderrad an und strahlte dem überraschten Auge des Gesetzes in seinesgleichen, mitten ins Auge. Geblendet hob der Mann seine Hand vors Gesicht, doch Timo trieb seine Geschichte ohne Unterlass voran.

„Entschuldigung, dass ich Sie um Hilfe bitte. Sie waren mir schon aufgefallen, als ich vor wenigen Minuten ins Treppenhaus trat. Wissen Sie, meine Wohnung liegt im ersten Stock", log er. „Da konnte ich Sie bereits da draußen stehen sehen."

„Würden Sie bitte das Licht nach unten nehmen?"

„Natürlich. Verzeihung."

Insgeheim hoffte Timo, dass die erste Blendung ausgereicht hatte, um von seinem eigenen Aussehen abzulenken und darüber hinaus die ausgedachte Geschichte seinen Plan unterstützen würde. So fuhr er fort.

„Wissen Sie, ich habe mir den Rücken verrenkt. Könnten Sie mit das Rad nach oben tragen?"

Der Polizist nickte, ging an Timo vorbei und griff zu.

„Kennen Sie Timo Seibold?"

Die Frage des Polizisten ließ Timos Herz für einen Augenblick aussetzen. Er dachte nach, zwang sich zu einer hilfreichen Lüge.

„Timo, aus dem vierten Stock? Den kenne ich. Man läuft sich gelegentlich im Treppenhaus über den Weg. Sind Sie ein Freund?"

„So ähnlich", entgegnete der Mann in Zivil.

„Da haben Sie kein Glück. Sehen Sie, Timos Auto steht nicht auf dem Parkplatz. Er parkt immer vorne rechts."

Mühelos erreichten die beiden Männer samt Fahrrad das Ende der Kellertreppe und standen nun oben vorm Haus.

„Das war es. Bitte sehr!"

„Danke."

Ohne den Plan bis zum Ende durchdacht zu haben, geriet Timo ins Schwanken. Auf jeden Fall wollte er weiteren Blickkontakt zu seinem Helfer vermeiden. Doch jeden Moment würde dieser das Fahrrad übergeben und ihm womöglich einen angenehmen Abend wünschen. Von Mann zu Mann. Von Angesicht zu Angesicht. Da machte sich Timos Magen vor Hunger knurrend bemerkbar und steuerte eine Ausweg verheißende Lösung bei.

„Ich glaube, der Backfisch war nicht gut", stöhnte Timo und verschränkte beide Hände vor dem Bauch. Er krümmte den Oberkörper nach vorne, blickte mit dem Gesicht zu Boden. „Schnell! Lassen Sie mich durch! Ich muss zurück aufs Klo."

Ohne sich umzuschauen, rannte Timo auf die Eingangstür zu, griff zum Schlüsselbund und öffnete.

„Was ist mit Ihrem Fahrrad?", rief der überraschte Polizist ihm nach.

„Einfach an die Lampe lehnen. Wird schon niemand klauen!", stöhnte Timo in halbgebückter Haltung. „Ich glaube, ich habe Magendurchbruch!"

Dann war er verschwunden.

Der Polizist schüttelte den Kopf, lehnte das Rad an die Lampe und grinste.

„Schönen Gruß an die Schüssel!", murmelte er und lachte auf.

Sogleich verfinsterte sich sein Gesicht und er folgte dem fremden Hausbewohner bis zur Eingangstür. Das Treppenhaus war noch immer dunkel.

Warum hast du kein Licht gemacht?, dachte er nervös und bemühte sich, jemanden durch die bis an den Boden grenzenden Scheiben zu erkennen.

Wo bist du geblieben?

Mit einem Mal wurde eine der Wohnungstüren in der ersten Etage geöffnet. Das Licht fiel von innen auf den Flur und gab dem Beamten in Zivil die Bestätigung, die er gesucht hatte. Der Fahrradfahrer wohnte wirklich im ersten Stock und nicht im vierten, wo auch Timo Seibolds Appartement lag. Woher auch sollte der Polizist wissen, dass Timo auf dem Weg nach oben wie ein Besessener an die Wohnungstür der alten Kothenschulte geschlagen hatte. Die schüttelte den Kopf und stellte überrascht fest, dass sie abermals irgendeinem Lausbubenstreich zum Opfer gefallen war.

Erschöpft und schlapp und trotz alledem mit einem süffisanten Grinsen im Gesicht öffnete Timo die Eingangstür und huschte in die eigene Wohnung hinein. Er war zufrieden mit seinem Plan, der ausgereicht hatte, um den Polizisten auszutricksen. Der Arm, mehr noch beinahe die gesamte rechte Seite, schmerzte, und Timo war froh, mit dem Rücken an die Tür gelehnt, für einen Augenblick verschnaufen zu können. Dann wurde es Zeit! Der Körper des jungen Mannes rebellierte auf den Biss der Nesselraupe und die Einnahme seines Antiseptikums noch länger hinauszuzögern, war alles andere als ratsam.

Timo schnappte nach Luft, atmete schwer und hektisch. So tastete er sich den dunklen Flur entlang und erreichte die Küche. Das Mondlicht fiel fahl durchs Fenster, reichte aus, um die nötigsten Konturen sichtbar zu machen und auf Licht zu verzichten, das seine Anwesenheit nach draußen hin verraten würde. Mit der einsatzfähigen Hand griff er zum Kühlschrank, zielgerichtet, um seinem Insektenbiss Herr zu werden.

Endlich!

Doch der Blick vorbei an der geöffneten Tür ließ sein Herz erstarren.

Verflucht! Wo bist du?

Panisch durchwühlte Timo das Seitenfach der Kühlschranklade. Die kleine Ampulle aus Glas war verschwunden, genauso die Einwegspritzen, die für gewöhnlich im gleichen Fach lagerten. Schweiß rann über Timos Stirn, er rang nach Luft.

„Das gibt es doch nicht", raunte er.

Keines der eingelagerten Lebensmittel war vor seiner Verzweiflung sicher, als Käse, Margarine, Milch und Kopfsalat aus den Ablagefächern gerissen vor ihm auf den Boden aufschlugen. Das Medikament fand er nicht!

Der Schatten, der Timo auch schon am Berliner Platz verfolgt hatte, genoss den Augenblick ganz und gar. Aus der Ecke heraus war er, eingeklemmt zwischen Besenschrank und Schornsteinschacht, unentdeckt geblieben und beobachtete den Mann, von dem er nicht wusste, ob ihre einstige, beiderseitige Freundschaft gebrochen war oder nicht. Zu sehen, wie die kleine Glühlampe des Kühlschranks genügte, um Timo Seibold zitternd und am Ende seiner Kräfte in Szene zu setzen, war zumindest ein Ausgleich für die Qual der vergangenen Tage. Dann räusperte er sich und Timo fuhr erschrocken zusammen.

„Wolltet ihr mich etwa in diesem Erdloch im Wiedenbrücker Wald krepieren lassen?"

„Jonas?", verdattert trat Timo zurück und suchte Halt am Küchentisch. „Du lebst!"

„Natürlich!", zischte Jonas. „Im Gegensatz zu dir, scheint es mir sogar gut zu gehen." Er hielt die gläserne Ampulle in die Höhe und schüttelte die transparente Flüssigkeit. „Hast du hiernach gesucht?"

„Gib her!", flehte Timo. „Ich brauche mein Antiseptikum. Dringend!" Er rang nach Luft und stotterte: „Ich ... wurde ..."

Jonas streckte mahnend die Hand aus. „Sag nichts! Ich habe dich beobachtet. Dumme Sache, wenn man als Allergiker in ein Nest giftiger Raupen fasst."

„Wieso weißt du davon?"

„Unsere Wege haben sich bereits bei Isabel gekreuzt. Hat sie dir nicht erzählt, dass ich dagewesen bin?" Jonas schüttelte gespielt den Kopf. „Ihr beide führt schon eine seltsame Bruder-Schwester-Beziehung." Er hielt inne und überlegte. „Auch egal", fuhr er fort. „Auf jeden Fall bin ich dir seitdem auf den Fersen. Als ich die zerquetschten Raupen fand, war mir klar, dein einziger Weg würde der nach Hause sein."

Timo zeigte auf sein Medikament.

„Bitte!", flehte er. „Gib mir mein Gegenmittel! Oder willst du mich umbringen wie die anderen?"

Ruhig, fast gleichgültig, fasste Jonas sein Gegenüber ins Auge. „Ihr wolltet mir eins auswischen, mir einen Denkzettel verpassen. Das war euer gutes Recht. Aber glaubst du allen Ernstes, dass mich so eine Aktion zu einem Mord treiben würde?"

Timo schluckte, hob seinen Arm und wischte den nasskalten Schweiß von seiner Stirn. „Du willst die Firma verändern, willst neue Wege beschreiten und ganz offensichtlich sind deine Kompagnons anderer Meinung."

„Die Teuto-Solarlicht? Na und?"

„Bist du für den Tod der anderen verantwortlich? Hast du Niclas ... Hast du Helga getötet?"

Timo sackte zusammen, sein rechter Arm zitterte wie von Schüttelfrost getrieben, dann verlor er den Halt am Tisch und fiel auf die Knie.

„Hast du Helga getötet?", wiederholte er unter Tränen.

„Das ist doch albern! Helga, ich würde lieber Lulu sagen, war eine Granate, eine Bombe im Bett. Warum sollte ich ihr etwas antun, wo wir so viel Spaß miteinander hatten?" Er trat auf Timo zu und lachte hemmungslos. „Und sicher hätten wir noch viele vergnügliche Stunden miteinander verbracht."

„Was ist mit Niclas und Roland? War das deine Rache für den Schacht im Wald?"

„So ein Quatsch! Was wollt ihr alle von mir? Erst die Polizei, jetzt du?"

„Die Polizei?" Timo blickte zu Jonas auf, der das Antiseptikum noch immer fest umklammert in der Hand hielt.

„Was glaubst du, wie ich nach der Nacht im Erdloch ausgesehen habe? Es war dreckig, kalt und unmenschlich. Aber *ich* bin entkommen! Und natürlich bin ich als Erstes nach Hause gelaufen."

Timo atmete schwer, doch er wartete ab, ohne etwas zu sagen.

„Zum Glück war die Kellertür offen." Er stutzte. „Da seid ihr eingebrochen, nicht wahr?"

Timo nickte. „Es ist alles aus dem Ruder gelaufen!"

„Das wäre es beinahe, nachdem ich in meiner Wohnung war", gestand Jonas, und die beiden blondhaarigen Männer musterten einander in dem fahlen Licht, das der aufstehende Kühlschrank ihnen spendierte. „Eva war da! Doch sie hatte mich nicht bemerkt, zumindest nicht sofort. Dann schellten die Bullen an der Tür, haben meine gesamte Bude durchsucht und Eva dumme Fragen gestellt." Jonas trat ans Küchenfenster und vergewisserte sich, dass draußen nichts Auffälliges geschah. „Daher weiß ich von den Todesfällen. Ich war da, als die Polizisten Eva über die Geschehnisse der vergangenen Tage unterrichteten."

„Und niemand hat dich bemerkt?", hakte Timo unter Schmerzen nach. „Mein Antibiotikum!" Er streckte die Hand aus und griff in Jonas' Richtung.

„Moment noch! Wir sind noch nicht fertig!" Jonas steckte die Ampulle in seine Hemdtasche. „Eva hat mich erst bemerkt, als sie in die Gästetoilette trat, um sich das Blut von der Stirn zu waschen."

„Was für Blut?" Timo fühlte sich kaum imstande, Jonas' Geschichte zu folgen.

Weiteres Blut, eine verletzte Eva, das alles trieb seinen Verstand an die Grenze.

„Vergiss es und lass mich erzählen! Überrascht von der Ankunft der Bullen, hatte ich so schnell kein anderes Versteck gefunden. Was glaubst du, wie geschockt Eva war, als sie mein Antlitz im Spiegel sah. Ich dachte schon, sie würde schreien, doch Eva ist cool. Sie hat mich gedeckt. Der doofe Polizist hat nicht einmal im Gästebad gesucht, warum auch? War ja von Eva belegt."

„Sag mir eins", bat Timo unter Schmerzen. „Erklär mir, wie du aus deinem Versteck im Wald entkommen konntest?"

Jonas schmunzelte, griff zur Jackentasche und kramte einen einzelnen Kabelbinder hervor.

„Hellermann-Kabelbinder, siebenhunderteinundsechzig mal vier Komma sechs Millimeter. Sollte dir nicht unbekannt vorkommen! Wir sichern mit diesen hochbelastbaren Befestigern immer die montierten Solarmodule unabhängig der gesetzten Verschraubung."

„Schon klar!", keuchte Timo. „Und was soll mir so ein einzelner Kabelbinder sagen?"

„In meinem Überlebensrucksack befand sich ein komplettes Paket davon."

Timo zuckte die Schultern, verstand nicht, worauf Jonas hinaus wollte.

„Wenn du drei Stück parallel nebeneinander gruppierst und jeweils zur Schlaufe bindest, kannst du recht gut dein Gewicht verteilen. Und aus einhundert Stück im Paket lassen sich über dreißig dieser Dreifach-Schlingen zu einem Kletterseil aneinanderreihen." Jonas grinste und fuhr fort: „Dort unten in so einem Dreckloch musst du in deiner Verzweiflung erst einmal auf so etwas kommen!" Er hoffte auf Lob für seine Idee, doch Timo antwortete nicht. „Letztendlich ergab die Konstruktion über neun Meter." In Gedanken erinnerte sich Jonas an seine aussichtslosen Versuche, mit dem Seil den Rand des Schachts zu erreichten. „Es war nicht einfach", gestand er. „Doch verbunden mit dem Rucksack als Wurfanker gelang es irgendwann, festen Halt zu finden."

„Bemerkenswert", keuchte Timo. „Jetzt zieh mir eine Spritze mit dem Antiseptikum auf, sonst ist es zu spät."

Jonas befreite die Ampulle aus seiner Hemdtasche und besorgte eine der von ihm versteckten Spritzen aus dem Besenschrank. „Wobei ich mir nicht sicher bin, ist die Frage, ob *ihr* die Glassplitter oben am Schachtrand platziert hattet oder ob das Zufall war? Ein böser Schnitt, mitten durch die Handinnenseite! Das Blut war kaum zu stoppen. Die Scherben habe ich verschwinden lassen, um das Blut kümmert sich der Regen."

Jonas zeigte seine Hand, da kippte sein ehemaliger Freund und Kompagnon nach hinten über und schlug mit dem Kopf gegen den Unterschrank. Ein anaphylaktischer Schock nahm Timos Bewusstsein.

45. Teuto-Solarlicht / 07. März 2013 / 19:47

Das Licht der Straßenlaternen reichte aus, um die Verler Straße samt Bürgersteig zu beleuchten, für den unscheinbaren Abzweig Am Coesfeld reichte es nicht. Der Wind frischte auf und zerzauste der dunkelhaarigen Frau die Haare, noch bevor ihr Kopf unter der Kapuze des cremebraunen Parkas verschwinden konnte. Zu Fuß den Tatort aufzusuchen, verschaffte ihr ausreichend Bewegungsfreiraum, um in den angrenzenden Wäldern unterzutauchen, wenn in wenigen Minuten die ‚Blauen' anrückten. Und dass es hier schon bald von Polizisten nur so wimmeln würde, daran gab es keinen Zweifel!

Eins zwei Polizei, drei vier Grenadier, fünf sechs alte Gags, sieben acht gute Nacht.

Schon den ganzen Tag über war ihr der Reim aus Kindheitstagen durch den Kopf gespukt. Ja, die Polizei. *Die* konnte sie mal kreuzweise!

Ein letztes Mal vergewisserte sich die vermummte Frau, keinem allzu neugierigen Passanten aufgefallen zu sein, der ihren Zeitplan durchkreuzen könnte, dann ging es los. Kräftig am Seitenfenster zum Hof zu rütteln reichte aus, um den Signalgeber der Alarmanlage in Aktion zu versetzen. Eine durchdringende Sirene unterbrach die Stille des an sich so friedlichen Abends. An zwei Stellen, vorne heraus direkt neben dem Haupteingang und nach hinten am Rolltor der Werkshalle, pulsierten grell rot blitzende Lichter und informierten über den versuchten Einbruch in die Büroräume der Teuto-Solarlicht.

Genau so war es vor zwei Tagen abgelaufen und auch gestern. Die Polizei würde sieben Minuten benötigen, um auf das Anschlagen der Alarmanlage zu reagieren. Nach den Fehlalarmen der vorausgegangenen Tage, die Isabel genutzt hatte, um die Reaktionszeit der Gesetzeshüter auszuloten, war es möglich, dass sie heute - weil genervt - vielleicht sogar ein wenig länger benötigten. Fest entschlossen setzte die Frau den mitgebrachten Schraubenzieher am Rahmen an, und es bedurfte lediglich den Bruchteil einer Sekunde, um das schlecht gesicherte Fenster aus seiner Verankerung zu hebeln. Anschließend drückte sie den obersten Knopf ihres Chronografen und initiierte den Countdown.

Es kann beginnen!

Erwartungsvoll drückte Isabel das Fenster nach innen auf. Irgendwo in diesen Räumen musste sich der Vertrag befinden, für den die verwitwete Ehefrau heute Nacht ihre Freiheit riskierte.

In das geöffnete, hoch stehende Fenster einzusteigen, gestaltete sich als erste Hürde. Unbeholfen suchte Isabel am Rahmen Halt, griff immer wieder um und rutschte indessen mehrmals ab. Bis es ihr letzten Endes gelang, keuchend und prustend den eigenen Körper in das dahinter liegende Büro zu wuchten, war mehr Zeit vergangen als eingeplant. Mit über vierzig galt es sich einzugestehen, dass sie die Fitness vergangener Jahre verloren hatte. Doch an diesem Abend gelobte sie, wieder mehr Sport zu treiben und sich nicht länger gehen zu lassen.

Und nun konzentrier dich!, hielt sie sich selber an. *Der Vertrag ist dein Ziel, die Zeit dein Gegner.*

Piep! Der Countdown der Armbanduhr verkündete den ersten verstrichenen Zeitblock. Noch sechs Minuten!

Die Luft in den vier nebeneinander liegenden Gesellschafterbüros roch muffig und fad, an manchen Stellen stapelten sich die Arbeitsberichte und Materialbestellscheine der Angestellten, an anderen die nicht geöffnete Post. Unverkennbar lief die Produktivität des Unternehmens seit Tagen auf Sparflamme, zumindest was die Tätigkeiten in der Verwaltung abseits der Werkshalle angingen. Durch die gemeinsamen Besuche mit Roland kannte Isabel sich in den Räumlichkeiten aus, wusste, wem welches Büro gehörte und dass das Fenster zum Hof seit Jonas' dilettantischer Benutzung marode war. Getreu dem Motto: ‚Der Alarm wird es sichern, warum soll ein Handwerker es richten', war es nie repariert worden.

Zielstrebig marschierte die frischgebackene Einbrecherin in den dritten Raum und fand alles wie in ihrer Erinnerung abgespeichert. Sie passierte den Schreibtisch, um kurz darauf an Niclas' Tresor niederzuknien. Das Ziel ihrer Begierde war erreicht: Das für sie wichtigste Dokument, geschützt hinter Unmengen Stahl.

Piep! Noch 5 Minuten! Alles im Zeitplan, kein Grund zur Panik.

Die Stahltür schmückte ein einfaches Zahlenschloss, ein Nummernblock, der eine Eingabe von vier aufeinanderfolgenden Ziffern erwartete.

Zehntausend Möglichkeiten, überlegte Isabel und lächelte gleichgültig.

Ohne zu zögern, tippte sie los: Eins-null-null-drei.

Ein kurzer Signalton, ein grünes Licht, dann entriegelte sich die massive Tür.

Dass der Freund Victorias Geburtstagsdaten gewählt hatte, erschien Isabel nicht die klügste Idee gewesen zu sein. Ihr war es recht.

In drei Tagen hättest du Geburtstag gehabt, grübelte Isabel über Victoria nach. *So jung sollte niemand sterben.*

Dann packte sie den massiven Griff und öffnete den Panzerschrank. Drei DIN-A4-Ordner, gefüllt mit Vertragspapieren der Teuto-Solarlicht. Eine Zigarrenschachtel, in der sich mit Wasserdampf abgelöste, aber zweifelsohne seltene Briefmarken häuften. Zehn Bögen Blanko-Briefpapier mit Firmenlogo. Darüber hinaus das Buch ‚Das Potential der Energiegewinnung durch Erdwärme', mehr konnte die überraschte Isabel nicht entdecken. Sie durchwühlte die Dokumente ein zweites Mal und ließ diesem Durchlauf mehr Sorgfalt walten. Dessen ungeachtet, einen Vertrag, abgeschlossen zwischen Niclas Klohse und Isabel Eckert, fand sie nicht. Frustriert raffte die dunkelhaarige Frau den Inhalt des Tresors zusammen und sortierte alles so ordentlich ein, wie es ihr in der Eile möglich war. In einem Atemzug versperrte sie die Stahltür und öffnete ihren cremefarbenen Parka.

Signalton. Rotes Licht. Safe verschlossen. Langsam wurde ihr heiß.

Piep! Noch 4 Minuten! Nachdem die Situation nicht war wie erwartet, musste die nächtliche Einbrecherin sich eingestehen, die Zeit lief ihr davon.

Das Blut kam in Wallung, ihr Herz raste. Ohne zu zögern, sprang Isabel auf, schaute sich um, überlegte krampfhaft und untersuchte jede noch so aberwitzige Stelle in Niclas' Büro.

Wo hast du ihn nur versteckt?

Ihre Augen kreisten, forschten und klopften in Gedanken jeden einzelnen Gegenstand ab. Den Schreibtisch hatte sie durchwühlt, genauso alles, was sich darauf befand. Mit dem Regal und dem Schrank war sie fertig, komplett auf den Kopf gestellt. Pornohefte und

Fußball-Magazine hatte sie zur Genüge gefunden, den Vertrag, der die beiden verband, entdeckte sie nicht. Isabel kehrte in die Mitte des Zimmers zurück.

Zu Hause hätte deine Freundin die Papiere finden können, hier in der Firma deine Mitstreiter. Es bleibt nur dieser Raum!

Piep! Noch 3 Minuten!

Mit einem Mal erinnerte sich Isabel daran, wie Roland ihr eines Abends beim Essen erzählt hatte, in Niclas' Büro gelegentlich den Geruch feinen Whiskeys gerochen zu haben. Roland gestand, es brauchte einige Tage, bis der edle Tropfen in der Abwesenheit seines Freundes gefunden war. Am Ende der Geschichte erntete Niclas das Kompliment, nicht nur beim Verstecken des Alkohols erfinderisch gewesen zu sein.

Erfinderisch ..., Erfindung ..., Modell ...

Isabel schoss herum und betrachtete die Konstruktion aus Plastik. Eine Sphäre, gespickt mit unzähligen Solarkollektoren, platziert auf einem Dreibein aus Metall. Maßstabsgetreu nach Niclas' Plänen in mühevoller Kleinarbeit zusammengebaut, wartete ihr Erfinder seit Monaten auf die Eintragung beim Patentamt. Von den anderen Gesellschaftern für seine Fiktion belächelt, wurde Isabel schlagartig klar, wofür Niclas die geborgte Investitionsspritze benötigt hatte.

Piep! 2 Minuten!

Nervös betrachtete die Einbrecherin ihren Chronographen, doch zu Recht fühlte sie sich ihrem Ziel nah. Der graue Kubus unter dem Modell wirkte unscheinbar. Ein hölzerner Kasten mit gerade einmal einem halben Meter Kantenlänge. Ohne Unterlass klopfte und tastete die Frau über die vier freiliegenden Seiten. Ihr Tun wurde an dem Punkt belohnt, an dem die Verkleidung nachgab und ein geheimes Fach aufdeckte.

Die Ausbeute am Ende einer nervenaufreibenden Suche: Eine Flasche Whiskey, ein benutztes Glas und ein brauner Umschlag. Isabels Herz raste, als sie den Inhalt des Kuverts leerte.

Endlich hatte sie gefunden, wonach sie ihr eigenes Zuhause vergeblich auf den Kopf gestellt hatte: Die Forderung über siebzigtausend Euro, geerbtes Geld, das sie Niclas vor wenigen Monaten als privaten Kredit geliehen hatte. Sie stutzte, als sie anstatt der einen Ausfertigung, die Niclas gehörte, zwei Verträge entdeckte. Beide wechselseitig unterschrieben, einmal ausgestellt auf Niclas Klohse, der andere auf Isabel Eckert. Und da realisierte sie, was sie in Händen hielt.

Niclas muss mein Exemplar des Vertrages gestohlen haben!

Wütend ballte die betrogene Frau ihre Hand zur Faust.

Ganz offensichtlich wollte er mir jeden Beweis auf die Liquidation der Rückzahlung entziehen. Ich hätte nicht beweisen können, dass das Geld rechtmäßig mir gehört.

„Man soll ja nichts Schlechtes über die Toten sagen!", schimpfte sie. „Aber das schlägt dem Fass den Boden aus!"

Dann, so schnell sie konnte, räumte Isabel den Inhalt des Geheimfachs beisammen, griff nach dem Deckel und verschloss den Hohlraum. Die beiden Verträge verschwanden in der Innentasche ihres Parkas, schließlich stand sie auf und verließ zufrieden den Raum.

Ohne Sirene, aber mit aktiviertem Blinklicht preschte der eingesetzte Streifenwagen in die Einfahrt der Firma für Solartechnik. Zeitgleich signalisierte Isabels Armbanduhr den Beginn der verbleibenden Minute:

Piep!

„Shit!“, fluchte sie leise. Ganz offensichtlich war ihre Planung nicht aufgegangen.

In gebückter Haltung kroch die verdutzte Frau zum nächst gelegenen Fenster und beobachtete von dort aus, wie zwei Beamte aus ihrem Polizeifahrzeug hechteten und das Gebäude entlang der Außenmauern auf Einbruchspuren untersuchten.

„Hier drüben!“, rief der größere. „Ein aufgebrochenes Fenster!“

Taschenlampenlicht fiel von draußen in den Flur und trieb Isabel in das angrenzende Zimmer, das ehemalige Büro Rolands. Der andere Polizist antwortete, doch Isabel konnte nicht verstehen, was er sagte. Vielleicht hatte er zu leise gerufen, wahrscheinlich aber war sie zu überwältigt gewesen von den hereinbrechenden Eindrücken im Arbeitszimmer ihres verstorbenen Ehepartners. Isabel versuchte sich zu konzentrieren, lauschte und vernahm Geräusche aus dem Raum, durch den sie selbst in die Firma eingebrochen war. Offensichtlich folgte der Polizist auf dem gleichen Weg. Vorsichtig huschte sie weiter, hierzubleiben glich einer Sackgasse. Einen Fuß vor den anderen setzend eilte die Einbrecherin über den Flur auf die Eingangstür zu. Vielleicht, so hoffte sie, könnte sie nach vorne entwischen. Abermals strahlte Taschenlampenlicht von draußen durch die Fenster und verschreckte das Tun der in die Enge getriebenen Frau. Hektisch kniete Isabel nieder, sammelte ihre Gedanken, sprang sogleich wieder auf und lief nach links auf den Durchgang zur Werkshalle zu. An der Metalltür hielt sie inne und lauschte nach ihren Verfolgern. Behutsam und darauf bedacht, keinen Laut zu erzeugen, betätigte Isabel die Klinke, huschte hinein und verschloss die Verbindungstür hinter sich.

Glücklicherweise genügte das von oben durch die Dachgiebel einfallende Mondlicht, um sich in der mit Firmenbullis und Materialträgern vollgestellten Montagehalle zu orientieren. Ein Wirrwarr, das Isabel helfen konnte, vor den Streifenpolizisten unterzutauchen. Gleichwohl war ihr klar, weitere Beamte oder gar ein eingesetzter Fährtenhund würden ausreichen, um sie binnen kürzester Zeit aufzuspüren. Vorsichtig und vor allem bemüht, leise zu sein, überwand die Flüchtige umherstehende Solarmodule. Suchend hielt sie im Halbdunkeln nach einem geeigneten Versteck Ausschau. Mit einem Mal konnte sie Schritte draußen im Flur des Verwaltungstrakts hören, und sogleich wurde ihr der grundlegendste Fehler ihrer eigenen Verstecksuche bewusst.

Ich bin verloren, sobald jemand die Deckenbeleuchtung einschaltet. Sich im Dunkeln zu verstecken ist einfach, aber nicht bei Helligkeit. Die Polizisten werden jeden Bulli durchsuchen und jeden Karton öffnen. Das ist mein Ende!

„Hier ist niemand!“, hörte Isabel einen der beiden Beamten rufen. „Lass uns das Nebengebäude inspizieren.“

„Ich komme!“, bestätigte der zweite.

Das war der Punkt, an dem Isabel instinktiv reagierte, Zeit für mehr blieb ihr nicht. So schnell die Beine trugen, lief sie auf das große Rolltor für die Montagefahrzeuge zu. Mit einer Hand nach dem automatischen Öffner greifend, mit der anderen sämtliche Geldscheine aus ihrem Portemonnaie befreiend, drängte sie ungeduldig auf das Hochfahren der Paneele. Immer wieder wechselte ihr Blick zwischen Tor und Tür, und noch bevor einer der Polizisten die

Klinke drücken konnte, hatte Isabel ihren Kopf unter dem Rolltor hindurchgeschoben, um mit kräftigem Schwung all ihr Geld von sich zu schleudern.

„Los komm!", hörte die panische Frau irgendwo hinter sich, da öffnete bereits einer der Polizisten die Verbindungstür. Dann ging alles sehr schnell. Die Lichtkegel der Taschenlampen, dahinter die beiden Gesetzeshüter mit gezogener Pistole. Im Laufschritt hechteten die Verfolger auf den inzwischen fast vollständig geöffneten Durchgang zu, suchten links und rechts und sprinteten anschließend ins Freie.

„Einbruch mit Diebstahl!", diagnostizierte der Voranlaufende selbstsicher und zeigte auf die umherwehenden Geldscheine aus Isabels Geldbörse.

„Wahrscheinlich die Portokasse", stimmte der Kollege zu und folgte um das Gebäude herum.

Es ist nicht sonderlich gemütlich, doch lieber hier drinnen verharren und die Zeit absitzen, als draußen gejagt zu werden.

Zufrieden schmunzelte Isabel über die Eingebung in wahrhaft letzter Sekunde.

Von hier oben, aus dem kleinen Lagerraum für Hohlrohre und Kabelführungen, ließ sich das Abrücken der Polizei geduldig abwarten.

Eins zwei Polizei, drei vier Grenadier, fünf sechs alte Gags, sieben acht gute Nacht.

Vor einer halben Stunde hatte sich Andreas Ackermann seinen für heute letzten Café Latte aus dem Automaten im Aufenthaltsraum gezogen. Manche Kollegen, die höflichen, nannten das Getränk Milchkaffee, die anderen beschimpften es als eingefärbtes Wasser. Der Polizeihauptkommissar schmunzelte, als ihm die nicht erschöpfen wollenden Diskussionen seiner Mitarbeiter über eine fachgerechte, kulinarische Röstung in den Sinn kamen. Seinem eigenen Gaumen war es gleich. Gehörte er doch zu den wenigen, die sich auch nach Jahren zu den regelmäßigen Automatenbesuchern zählten. Hauptsache, der Trunk war ausreichend gesüßt.

Während das Licht in Ackermanns Büro auf Sparflamme leuchtete, weil lediglich die Schreibtischlampe brannte, beobachtete der vom langen Arbeitstag gezeichnete Polizeibeamte den schwächer werdenden Verkehr auf der Herzebrocker Straße.

Die meisten von ihnen sind inzwischen zu Hause bei ihren Familien. Behütet. Geborgen. In der Obhut eines Menschen, den sie lieben und der ihre Liebe erwidert.

In einem Hauch von Sentimentalität überlegte der korpulente Mann Anfang fünfzig, wieso er selbst nie das große Glück gefunden hatte, nie die Liebe für sein eigenes Leben. Er dachte an vergangene Tage, an Zeiten, wo er mit seiner Clique um die Häuser gezogen war. Damals, als der Bekanntenkreis wuchs, weil seine Freunde Freundinnen fanden, hingen die Jugendlichen fast jedes Wochenende gemeinsam ab. Schließlich aber, nach und nach, brachen sie alle auf, in ein eigenes

Leben: Gründeten Familien, wechselten berufsbedingt den Wohnort oder entfremdeten sich einfach. Er, Andreas, war zurück geblieben, hatte leibhaftig nie den Absprung geschafft. Einsam und auf sich und sein Tun fixiert, schien es für ihn nach all den Jahren zu einem vertrauten Gefühl geworden zu sein, abends in eine Wohnung heimzukehren, in der ihn niemand erwartete.

Das mit dem Feierabend hat Zeit, dachte er. *Meine Arbeit ist für heute noch nicht beendet.*

Andreas stand auf, verließ seinen Schreibtisch und trat ans Fenster. In der reflektierenden Scheibe betrachtete er sein Antlitz, seine hellen, ausgedünnten Haare, die grauen Härchen in seinem Vollbart. Zufrieden legte er eine Handfläche auf die kalte Fensterscheibe und lächelte.

Die Spiegelung im Glas wirkt wie ein Filter, ergriff es ihn. *Alle Unebenheiten, jede Asymmetrie, jeder Makel, einfach alles verschwimmt zu einem wunderschönen Bild.*

Eine unerwartete Schmerzattacke, ein beißender Stich direkt hinter dem rechten Auge, zwang Ackermann den Kopf zu senken und mit beiden Händen die Schläfen zu massieren. Aufkommender Schwindel und schwarz schwirrende Punkte behinderten sein Sehvermögen. Er schwankte und atmete kräftig, hoffte durch die rasche Sauerstoffzufuhr den eigenen Zustand verbessern zu können. Die Fensterscheibe, zum Greifen nah, bot abermals Halt. Mit der Stirn gegen das kühle Glas gelehnt, wartete der vom Kopfschmerz völlig überraschte Kommissar ab und ließ die Zeit für sich arbeiten. Als er aufblickte, tränten seine Augen und der Blick verschwamm. Das eigene Spiegelbild war ihm fremd geworden und unheimlich, seine Empfindungen erschienen ihm absonderlich, wie jemandem anders gehörend. Zu realisieren, die eigenen Gedanken nicht kontrollieren zu können, machte ihm Angst. Unaufhaltsam zwängten sich die Ereignisse vom August 2011 in Ackermanns Bewusstsein. Dagegen anzukämpfen, beschleunigte die Assoziationen. Wie im Schnellvorlauf, und ohne es steuern zu können, visualisierte sich sein gesamter Zyklus. Hin- und hergerissen sprang der Hauptkommissar durch die Zeit, fünf Jahre vor, fünf Jahre zurück.[3]

Zeit verrann.

Ein auf der Herzebrocker Straße hupendes Auto beendete Andreas' Tagtraum. Den Kopf an die kalte Scheibe zu pressen, hatte geholfen die Schmerzen zu lindern. Die Stirn glänzte, drinnen im Kopf brannte es, Andreas' wenige Haare lagen zerzaust am Kopf. Doch nichts von dem hatte Bedeutung. Gerade den eigenen Dämon besiegt zu haben, war das Einzige, das zählte.

„Wie eine Laborratte!", fluchte Andreas erschöpft. „Du siehst dein Spiegelbild, doch du nimmst dich nicht wahr."

Pling!

Das E-Mail-Programm signalisierte eine eingetroffene, neue Nachricht. Überrascht und zugleich froh über die unerwartete Ablenkung wandte der Kommissar sich vom Fenster ab und trat auf seinen Schreibtisch zu.

Wer schickt mir zu dieser späten Stunde Post?

Seitdem Systemadministrator Michael Funke den neuen SPAM-Filter installiert hatte, wurden die Mit-

---

[3] Anmerkung: Erlebnisse Andreas Ackermanns aus dem vorangegangenen Thriller: Und ich vergebe dir nicht,
ISBN 978-3-8271-9562-3

arbeiter der Kreispolizeibehörde äußert selten mit Werbe-E-Mails konfrontiert. Also rechnete Andreas mit Neuigkeiten.

```
Absender:
no_one_knows@Und_dein_Lohn_ist_der_Tod.de
Empfänger:
Andreas.Ackermann@Polizei.NRW.de
Uhrzeit: 07.03.2013 / 19:55
Betreff:Hinweise bezüglich Jonas Falkner
Nachricht: J. F. ist bei seiner Freundin
untergetaucht. Eva Rohrbeck, Im Goliath
37, 59302 Stromberg
```

Mit offen stehendem Mund las der Polizeihauptkommissar die anonyme Nachricht, anschließend ein zweites und sogar ein drittes Mal. Danach handelte er, griff zum Telefonhörer und wählte die Nummer der EDV-Abteilung.

„Hier Funke", erklang wenig später die müde Stimme eines Mannes Anfang dreißig.

„Ich bin's, Andreas. Du musst kommen! Es geht um eine dubiose Mail."

„Ist gut", entgegnete Funke.

„Dauert zehn Minuten."

„Wieso so lange?", forderte Andreas.

„Hast du auf die Uhr geschaut? Es ist kurz vor acht. Rufumleitung!"

Andreas schnaufte.

„Sei froh, dass ich nichts vorhabe. Ich setz mich jetzt ins Auto und bin gleich da. Warte einfach oder hol dir 'nen Kaffee."

Nicht noch einen, dachte der Kommissar, stattdessen antwortete er: „Bitte beeil dich! Es ist wichtig."

Als Michael das Büro betrat, wartete sein Chef bereits ungeduldig und klopfte nervös mit den Fingern über die Tischplatte. Sogleich rückte Andreas seinen Bürostuhl beiseite, um den Platz für die Inspizierung seines PCs freizugeben.

„Ich muss wissen, wer diese Mail geschickt hat! Wer der Benutzer des Accounts ist. Sein Standort. Der verantwortliche Provider."

Michael nickte, öffnete seine Winterjacke, die kurz darauf über der Lehne endete und setzte sich an Andreas' Schreibtisch. Interessiert las er den Text und stutzte: „Hat ja nicht gerade viel Inhalt."

„Das nicht! Aber entweder soll hier jemand verpfiffen oder ein Rivale ausgestochen werden."

„Schauen wir mal, was hinter der Nachricht steckt."

Nach wenigen Sekunden stand der Fernzugriff zum E-Mail-Server, der Administrator untersuchte die Logfiles, anschließend die Trägerinformation der eigentlichen Nachricht.

„Willst du zuerst die schlechte Nachricht oder die schlechte?"

„Der Spruch geht anders!", protestierte Andreas.

„In diesem Fall nicht. Schau hier: `Und_dein_Lohn_ist_der_Tod.de`. Das ist die sogenannte Domain, also der Ort, an dem der Nachrichtenschreiber einen Mail-Server gemietet hat."

„Dann kommen wir über die hinterlegten Benutzer- und Kontodaten an den Täter."

„Wahrscheinlich nicht. Derzeit ist es in Mode, Usern für einen bestimmten Zeitraum, z.B. einen Monat, eine URL-Adresse zum Testen anzubieten. Die angegebene Postadresse wird irgendwie gültig sein, darüber wurde ein Proforma-Vertrag ausgetauscht, ob dich das aber zum echten Täter führt? Mich würdest du so nicht kriegen!"

Michael blickte zu Andreas auf.

„Du bist unser Administrator, das ist etwas anderes."

„Mag sein, aber glaub mir. Es ist im Moment nicht besonders schwierig, so eine Test-Domain einzurichten."

Zwei Klicks später öffnete sich ein Browserfenster und bot den beiden Männern die Möglichkeit, Abfragen im Internet zu starten. Nach den klassischen drei Ws erweiterte der Admin dann den gewünschten Seitenaufruf um den Namenszusatz der E-Mail: `www.Und_dein_Lohn_ist_der_Tod.de`.

„Und jetzt pass auf!", lächelte Michael. „Und erwarte nicht zu viel."

Er betätigte die Eingabetaste, der Computer lud die entsprechende Seite aus dem weltweiten Netz und präsentierte einen bildschirmgroßen Smiley.

„Offensichtlich besitzt dein Briefchenschreiber sogar Humor."

„Der will mich verspotten!", blaffte Andreas und griff sich sogleich zur Stirn, um die dröhnenden Kopfschmerzen abzufangen.

„Was ist? Migräne?"

„Ich glaube schon. Ist vorhin einfach so ausgebrochen."

Michael verließ seinen Platz, griff zur rechten Jackentasche und befreite einen Tablettenstreifen *Ibuprofen*.

„Hier! Nimm eine mit Wasser und dir wird es gleich besser gehen."

Kritisch betrachtete Andreas die Verpackung.

„Die sind in Deutschland gar nicht freigegeben."

„Aber in Spanien!"

Andreas zögerte.

„Willst du dich mit ihnen unterhalten oder deinen Schmerz bekämpfen?"

„Schon gut! Bin gleich wieder da."

Der Hauptkommissar drückte eine der Tabletten aus der Verpackung und verließ anschließend das Büro, um diese mit Wasser herunterzuspülen. Wenig später kehrte er zufrieden und frisch gekämmt zurück.

„Die Frisur liegt, da geht es gleich besser", zog Michael Andreas auf.

„Spotte du nur. Mir sind nicht allzu viele Haare geblieben. Um die wenigen muss ich mich kümmern."

Ohne zu zögern, kehrte der Hauptkommissar zum Thema zurück.

„Was haben wir sonst? Du sprachst von zwei schlechten Nachrichten?" Andreas überlegte. „Der Smiley kann es nicht gewesen sein, von dem wusstest du vor dem Öffnen der Internetseite nichts."

„Wenn jemand Smileys benutzt, will er in einer elektronischen Kommunikation Gefühlszustände ausdrücken. Diese einfachen Zeichenkombinationen stammen aus der Zeit, in der der Informationsaustausch über das Internet vorwiegend über Texte geschah. Daran ist nichts Schlechtes!"

„Und ich glaube, du verbringst zu viel Zeit an diesen Kisten."

„Genug, um dir jetzt mit Informationen weiterzuhelfen." Verblüfft schüttelte der Administrator den Kopf. „Schau hier im Mail-Protokoll: Diese IP-Adresse ist wie eine Art Telefonnummer. Sie zeigt dir, von wo aus der Zugang ins Internet gestartet wurde."

Michael öffnete ein Kartenprogramm, fügte die zuvor kopierte IP in das Eingabefeld und bestätigte den Suchlauf. Ein Ladebalken dokumentierte den Fortschritt der Datenabfrage, dann visualisierte sich die Innenstadt Güterslohs. Ein rotes Kreuz blinkte über dem Kolbeplatz, streng genommen über der Miner's Coffee Bar.

„Genau das ist die schlechte Nachricht!“, erklärte Michael und zeigte zum Bildschirm.

„Ein öffentliches WLAN“, veranschaulichte Andreas sich selbst.

„Ein frei zugängliches Funknetzwerk, aus dem jeder seine Nachrichten verschicken kann, ohne im Einzelnen nachvollziehbar zu sein.“

„Besser hätte auch ich es nicht erklären können. Was wirst du nun tun?“

Andreas rieb mit der flachen Hand über den Kopf. „Die Tablette wirkt bereits, danke.“

Michael nickte zur Bestätigung widerspruchslos.

„Besorg mir zu dieser Domain die Kontaktdaten, die Bankverbindung, einfach alles, was du finden kannst. Auch wenn die Daten fingiert sind, vielleicht bringt uns das Ganze auf eine Spur.“

„Ist gut. Ich gehe runter in den Serverraum und sehe, was ich finden kann. Später werde ich deine Unterstützung benötigen.“

„Was meinst du?“, forschte Andreas nach.

„Den Anruf beim Staatsanwalt, wenn es um die Anforderung zur Herausgabe vertraulicher Daten geht.“

„Das übernehme ich, kein Problem. Inzwischen werde ich die Kollegen in Oelde informieren, dass wir dem kleinen Burgdorf Stromberg einen Besuch abstatten werden.“

„Wenn sonst etwas ist, ich bin im Keller.“ Mit diesen Worten erhob sich Michael von Andreas' Platz, schnappte die Winterjacke und verabschiedete sich.

Ackermann trat ans Fenster und schaute nach draußen. Erneut kam ihm in den Sinn, worüber er vorhin schon nachgedacht hatte.

Meine Arbeit ist für heute noch nicht beendet.

Eine Zeit lang beobachtete er eine Radfahrerin, die beladen mit Tüten über den Seitenstreifen in Richtung Herzebrock schwankte.

Zum Fahrradfahren ein eigentlich zu kalter Abend.

Er befühlte seinen Kopf und es tat gut, frei von Schmerzen zu sein.

Wie viele Jahre mögen vergangen sein, seitdem ich die Burgbühne besucht habe?

Der Mann Anfang fünfzig erschrak, wie das Leben ohne Unterlass verstrich. Bereit, die Kollegen anzurufen und den Einsatz nach Stromberg zu koordinieren, verließ der Polizist das Fenster. Ein letzter Blick auf die Hauptstraße und Andreas zuckte zusammen. Ganz gewiss war das projizierte Doppelbild der ungleichmäßig ausgerichteten Thermopanescheibe aus dieser Blickrichtung für jeden zu sehen, doch nur Andreas Ackermann erinnerte sein doppeltes Abbild an die Geschichte von Dr. Jekyll und Mr. Hyde.

Noch eine, entschied sie, *so viel Zeit muss sein.*

Ohne die erste Zigarette komplett aufgeraucht zu haben, entzündete Eva nervös eine zweite. Kurzes Zögern. Dann löschte sie die Reste der vorangegangenen in dem hüfthohen Ascheimer aus Edelstahl und atmete erleichtert aus.

Endlich werde ich Jonas wiedersehen, freute sich die langhaarige, hellblonde Frau.

Ein Griff zum Smartphone ersetzte die Uhr. Sie musste aufbrechen, wenn sie vor ihrem Freund in ihrer Wohnung in Stromberg eintreffen wollte.

Noch zwei oder drei Züge, bis die Glut den Filter erreicht. Bleib ruhig! Du kommst schon früh genug.

Beunruhigt durch die heutigen Ereignisse in Jonas' Wohnung, fühlte sich Eva hin- und hergerissen.

Man versteckt nicht jeden Tag den eigenen Freund vor der Polizei, grübelte sie. *Was für ein Schock, beim Händewaschen aufzublicken und ihn im Spiegel zu entdecken. Wenn ich geschrien hätte ... Doch Jonas nach all den Tagen der Suche und des Bangens wohlbehalten im Gästebad zu entdecken, glich dem Glück auf Erden.*

Ein letzter Zug, dann erstickte Eva die Glut im Ascher und blies den verbliebenen Rauch gen Himmel.

Egal. Gleich treffe ich den Mann, den ich seit Tagen vermisse. Die Zeit des Wartens und des sich Verzehrens sind vorbei. Endlich!

Als Jonas vor einer Stunde angerufen und sich nach ihr erkundigt hatte, war er irgendwie verändert gewesen. Ruhig und interessiert, und im Gegensatz zu sonst drehte sich das Gespräch nicht um ihn. Genau aus diesem Grund war Eva voller Vorfreude auf das gemeinsame Wiedersehen. Seit ihrer eigenen Dienstreise und Jonas' Geburtstag war viel Zeit vergangen.

Zu viel Zeit! Trotzdem werden wir so einiges zu bereden haben, mein lieber Jonas. Ich will wissen, warum du in meiner Abwesenheit spurlos verschwunden bist und warum sich die ‚Blauen' für dich interessieren. Was hast du ausgefressen?

Ohne ein festes Ziel vor Augen verfolgte Eva die wenigen Menschen, die zu dieser Zeit den Kolbeplatz passierten, um nach einem langen Arbeitstag nach Hause zu fahren, oder aber umgekehrt, sich bereits wieder ins Nachtleben schwangen. Währenddessen mit dem Handy die E-Mails zu checken und den Status auf Facebook zu aktualisieren, erschien ihr 2013 genauso normal wie den Menschen zwanzig Jahre zuvor auf die Post vom Briefträger zu warten.

„Warum stehst du hier draußen in der Kälte?"

Einer der Angestellten der Café-Bar lächelte Eva freundlich durch die halb geöffnete Tür entgegen. „Komm doch rein!"

„Hallo Tom!", antwortete die junge Frau und ließ ihr Handy in der Jackentasche verschwinden. „Heute nicht, hab' mein Geld vergessen. Ich zapfe noch ein wenig euer WLAN an, dann bin ich verschwunden."

„Kein Problem! Und falls du es dir anders überlegst, schreib' ich dir 'nen Kaffee an."

Die Tür schwang zu und sie und ihr Smartphone waren wieder alleine.

Sorgsam überprüfte Eva die Systemeinstellungen. Nachdem der Wechsel zu dem neuen Handy-Provider nicht reibungslos funktioniert hatte, war sie bemüht, die eigenen Telefonkosten zu minimieren. Der

HotSpot im Miner's kam ihr da gerade recht. In Windeseile beantwortete sie eine Terminanfrage zum Sushi-Essen mit ehemaligen Schulkolleginnen, anschließend verschickte sie zwei Nachrichten, die schon den gesamten Tag darauf gewartet hatten, geschrieben zu werden.

Unterdessen schwang oben im ersten Stock der Café-Bar die Tür der Damentoilette auf. Eine dunkelhaarige Frau, gekleidet in Jeans und schwarzem Rolli-Shirt, trat auf den Flur hinaus, betrachtete schmunzelnd ihr Handy und gestand sich ein, auch auf dem stillen Örtchen nicht auf Internet, E-Mail und WLAN verzichten zu wollen. Mit geübtem Griff trennte sie die Verbindung zum hauseigenen Funknetz, trat zur Treppe und lief nach unten.

„Hey, warte mal!", rief ihr unerwartet jemand hinterher.

Die Frau schwang herum, erblickte Tom und lächelte.

Süßes Kerlchen, dachte sie bei sich. Natürlich waren ihr ihre Gedanken nicht anzusehen.

Sie griff zu ihrem Mantel, schob den Stuhl an den Tisch, erst dann blickte sie wieder auf.

„Du kennst doch Eva?", fuhr Tom fort. „Falls ihr verabredet seid, sie steht draußen im Eingang."

„Ach wirklich? Das ist ja interessant."

Sogleich verschwanden Geldbörse und Handy im Mantel. Sie winkte zum Abschied, öffnete die Tür und lief ins Freie.

Viel Zeit auf die Suche verwandte sie nicht. Falls Tom richtig geschaut hatte, war Eva inzwischen verschwunden.

Was das Geheimnis um die verschlossene Wohnung der Seibolds betraf, war Sarah sich sicher, das Rätsel gelöst zu haben. Vor Ort würde sich zeigen, ob ihre Einschätzung stimmte. Vergnügt entschied die Kommissarin, dass derjenige, der die mysteriöse These über das unzugängliche Appartement ins Leben gerufen hatte, den ersten Anruf verdiene. Wenige Klicks in ihrem Handy reichten aus, um den entsprechenden Eintrag im Telefonbuch auszuwählen, dann wartete sie geduldig, bis das Gespräch entgegengenommen wurde.

„Hey Stefan!"

„Hallo ...", erwiderte der Forensiker müde. Erst als er Sarahs Stimme erkannte, riss er sich zusammen und verließ den Schreibtisch, um in Schwung zu kommen. „Was gibt es?"

„Ich wollte dich über mein Vorhaben informieren."

Sarah schmunzelte, denn sie wusste, wie sehr ihr Kollege es hasste, wenn man in unvollständigen Sätzen redete.

„Welches Vorhaben?", hakte Stefan begierig nach und rieb sich die Augen.

„Ich fahre gerade zum Neißeweg."

Mit einem Schlag genoss Sarah Stefans volle Aufmerksamkeit.

„Um diese Uhrzeit?" Der verantwortliche Forensiker wurde unruhig. „Was haben wir übersehen?"

„Es gibt da eine Idee! Meine Idee", entgegnete Sarah stolz. „Ich könnte mir vorstellen, wie der Täter zu Helga Seibold in die Wohnung eingedrungen und nach dem Mord getürmt ist."

Stefan benötigte einen Augenblick, um zu antworten. Seine Gedanken überschlugen sich.

„Wie?“, presste er irgendwann heraus.

„Vielleicht, mein lieber Stefan, denkst du einfach zu gradlinig. Möglicherweise hat der Eindringling die Wohnung gar nicht so verlassen, wie du es erwarten würdest.“

„Jetzt lass dich nicht bitten!“, griff Stefan nach der Lösung.

„Nicht so hektisch! Wenn du willst, treffen wir uns bei den Seibolds. Ich kann meine Idee aber auch erst einmal alleine überprüfen. Falls ich ...“

„Ich bin unterwegs!“

Seine Wissbegier trieb den Spurenermittler unmittelbar aus dem Labor in den tiefblau gestrichenen Kleintransporter, mit dem er wenig später zum Tatort aufbrach.

Sarah lächelte zufrieden und blickte zum Beifahrersitz.

„Na, Curly, was meinst du? Haben wir Stefan aufgeschreckt?“

„Wuff. Wuff“, bestätigte der Mischlingshund aufgeregt.

Auch wenn die Kommissarin sich nicht sicher war, ob die kleine Streunerin ihre Worte überhaupt verstand, passend war der gebellte Kommentar allemal. Liebevoll kraulte Sarah den Nacken der Hundedame, dann griff sie erneut zur Mittelkonsole und wählte Ahmets Adressbucheintrag.

Ahmet reagierte sofort.

„Hey Sarah!“

„Ich wollte dir Bescheid geben, dass ich Curly eingesammelt habe. Jetzt geht's zu Seibolds Wohnung. Kommst du rüber und hilfst mir?“

„Natürlich, aber ich verstehe nicht ganz", wandte Ahmet ein. „Das Appartement ist verriegelt, niemand ist dort."

„Für meinen letzten Partner Patrick wäre so etwas kein Problem gewesen." Sarah überlegte. „Du bringst uns da schon rein, sollte der unten postierte Streifenpolizist keinen Schlüssel besitzen."

„Ist klar!", spottete Ahmet. „Ist das so ein Türken-Ding?"

„Was meinst du?", gab seine Kollegin sich ahnungslos. Dann wich sie dem Thema aus. „Ich bin schon auf dem Weg. Wir treffen uns dort."

„Ist okay. Aber warte mal!"

Der Kommissar zögerte, doch er wusste, seine Partnerin musste es als Erste erfahren. Von ihm persönlich!

„Was ist?"

„Schönborn, dieser Rocker aus der Auseinandersetzung in Paderborn, er ist heute gestorben."

„Das ist schlimm!", entgegnete Sarah unverwunden. „Ein Mann, mit dem du dich geschlagen hast, ist tot."

Sie holte Luft und prustete hörbar aus.

„Andreas gibt mir vierundzwanzig Stunden, dann ist unsere Zusammenarbeit beendet", ergänzte Ahmet zögerlich.

„Zu unterstellen, du bist ein Mörder, ohne die Untersuchung der Indizien abzuwarten, das ist vermessen. Ich denke, wir werden uns gedulden müssen, bis die Autopsieergebnisse eintreffen."

„Dass du zu mir hältst, ehrt dich. Aber es wird dich in Schwierigkeiten bringen!"

„Wir werden sehen", erwiderte Sarah loyal. „Immer einen Schritt nach dem anderen nehmen, hat schon früher mein Vater zu mir gesagt. Zuerst schnappen wir uns den Mörder Helga Seibolds und der anderen

Opfer. Anschließend benötigst du jemand mit passender Qualifikation, der sich um die Frage kümmert, ob ein Zusammenhang zwischen deinen Wutausbrüchen und dem Tod des Paderborners besteht."

„Jemand Qualifiziertes?"

„So ein Fall gehört in die Hände einer Rechtsberatung. Das kannst du nicht selbst stemmen. Und jetzt mach dich auf! Ich brauche dich am Neißeweg."

„Hätte mich Andreas doch nie nach Paderborn auf Einsatz geschickt", seufzte Ahmet resigniert. „Bei dir hört sich alles so einfach an."

„Es wird nicht einfach!", versicherte Sarah. „Da pendeln Todschlag und Notwehr in deiner Waagschale. Andreas hat das nicht zu verantworten." Sarah fügte eine künstliche Pause ein. „Die Schuld für dieses Dilemma liegt bei dir allein."

Hart aber fair, dachte Ahmet bei sich. Aber er schwieg.

„Nach der Zeit, die wir uns kennen, solltest du wissen: Ich richte niemanden, bevor die Fakten nicht dessen Schuld untermauern."

„Ist gut. Ich bin jetzt fast beim Auto, brauche zehn Minuten bis zu dir."

Ahmet betrat die Tiefgarage am Kolbeplatz über den nördlichen Eingang. In Gedanken versunken durchsuchte er die Hosentasche nach dem Parkschein. Bis er bezahlen konnte, verging Zeit. Zerstreut und ganz mit sich selbst beschäftigt lief er auf seinen schwarzen Passat zu. Eva Rohrbeck, die kurz vor ihm ihr Parkticket gezahlt hatte und nun zu ihrem dunklen Geländewagen eilte, bemerkte er nicht.

Mit geschlossenen Augen genoss Sarah die kurze Pause, die ihr blieb. Hin- und hergerissen in ihrer Loyalität zu Ahmet und ihrem Rechtsverständnis von Gesetz und Ordnung, errechnete die Kommissarin die Chancen des Teamkollegen in einem drohenden Disziplinarverfahren. Wie sehr sie den Vorfall drehte und wendete, über ihrem Partner glomm ein düsterer Stern.

Für keinen Polizisten ist das leicht, sinnierte sie. *Jeden Tag auf der Straße im Einsatz zu sein, erinnert an eine Gratwanderung, begrenzt durch Gesetze und Vorschriften einerseits, und der persönlichen Motivation eines jeden Ermittlers, die Unschuldigen zu schützen und den Tätern eine gerechte Strafe zukommen zu lassen, andererseits.*

Aus eigener Erfahrung kannte Sarah all das nur zu gut. Nicht ohne Grund war sie zwei Jahre zuvor von Emsdetten nach Gütersloh versetzt worden. Strafversetzt.

Das mit der gerechtfertigten Strafe war niemals einfach, da war die Kommissarin sich sicher.

Wenn es einen Grund gab, aus dem Curly und Sarah miteinander harmonierten, dann den, dass die Hündin nicht das geringste Bedürfnis verspürte, auf sich aufmerksam zu machen oder den Menschen, in diesem Fall ihrem Frauchen, zu gefallen. Trotz alledem verstand es Curly, sich nützlich zu machen und ihren Anteil am gemeinsamen Miteinander einzubringen.

Das Auto, das sich langsam der Einfahrt näherte, nahm der Mischling wahr, noch bevor das Scheinwerferlicht das sich nähernde Fahrzeug verriet. Ein knappes Knurren genügte, um Sarahs Sinne zu schärfen. Freudig richtete Curly den Oberkörper nach oben, ihr Schwanz wedelte über den Beifahrersitz. Eine Situation, die Sarah noch vor Tagen als nahezu absurd abgetan hätte. Nun tätschelte sie dem Tier den Kopf.

„Los komm! Ahmet trifft gerade ein. Und wer hätte das gedacht, sogar noch vor Stefan.“

Sarah und Curly verließen das Auto an der Fahrerseite, da rauschte der tiefblau gestrichene Kleintransporter aus der entgegengesetzten Richtung auf den Parkplatz am Neißeweg.

„Na, siehst du!“, redete die Kommissarin auf die Mischlingsdame ein und schüttelte belächelnd über ihre neue Mensch-Hund-Beziehung den Kopf. „Nun sind wir vollzählig.“

Wachsam musterte die Kommissarin ihre Umgebung. Irgendetwas passte nicht ins Bild, doch sie erkannte nicht, was es war. Ahmet trat neben sie, kraulte Curly den Nacken und schwieg.

„Kopf hoch!", bestärkte Sarah ihren Partner, während die beiden auf Stefan warteten.

„Wenn du willst, reden wir später. Unter vier Augen. Zuerst überprüfen wir die Seiboldsche Wohnung."

Seiboldsche Wohnung, schmunzelte Ahmet über Sarahs Wortwahl, obgleich ihm innerlich gar nicht zum Lachen zumute war.

„Ist gut", stimmte er zu. „Weißt du, ich hätte niemals erwartet, dass Schönborn sterben könnte. Er war kräftig, trainiert und augenscheinlich kerngesund. Ich muss das erst einmal sacken lassen und mich an das Unvorstellbare gewöhnen."

Sarah schloss ihre Jacke und wechselte daran anschließend das Thema: „Hauptsache Stefan bekommt endlich sein Gefährt geparkt."

Während sie beobachteten, wie der Forensiker den Kleintransporter zwischen zwei Bäumen hindurch rangierte, näherte sich der Streifenpolizist in Zivil, der vor dem Haus Wache geschoben hatte. Unbekümmert und achtlos schnippte er eine halb gerauchte Zigarette beiseite, dann stellte er sich vor.

„Joses Kekos. Guten Abend!"

Im gleichen Atemzug zog er seinen Dienstausweis hervor, den er Sarah und Ahmet entgegenhielt. Als die Kommissarin ihre eigene Identität bestätigen wollte und zur Außentasche ihrer Jacke griff, wiegelte Kekos ab: „Schon gut, ich kenne Sie!"

„Erzählen Sie mal! Hat Timo Seibold versucht, seine Wohnung aufzusuchen?"

„Natürlich nicht", entrüstete sich Kekos. „Ich hätte sofort Bescheid gegeben. Außer einem Besucher und zwei Hausbewohnern ist niemand ein- und ausgegangen. Alle drei verkehrten in Wohnungen der ersten oder zweiten Etage." Kekos zeigte auf das gläserne Treppenhaus. „Man kann genau sehen, wenn jemand kommt oder geht. Selbst bei dunklem Treppenaufgang verrät einen das herausstrahlende Licht, sobald ein Mieter seine Wohnungstür öffnet und sein Appartement verlässt."

Der Zivilpolizist dachte zurück an den Radfahrer, dem er unlängst beim Tragen geholfen hatte. Innerlich lachte er über dessen Magenverstimmung. *Armer Tropf!*

Dessen ungeachtet konzentrierte sich Sarah auf jede einzelne Etage der Wohnanlage, betrachtete Fenster für Fenster. Nur aus wenigen strahlte Licht, die meisten Bewohner hatten ihre Jalousien geschlossen.

Endlich gesellte sich auch Stefan zu ihnen.

„Hallo Leute!", grüßte er. „Ach, hallo Joses. Wieder mal Nachteinsatz?"

„Solange es nicht regnet, alles kein Problem."

„Timo wohnt in der vierten Etage?", vergewisserte sich Sarah nachdenklich.

„Ja, in der vierten", bestätigte Ahmet, drehte sich um und versuchte zu erkennen, warum seine Partnerin gefragt hatte.

„Rechts vom Treppenhaus", fügte Kekos hinzu und wurde sich bewusst, was er übersehen hatte.

Schnellen Schrittes rannten Sarah und die drei Männer auf die Eingangstür des Appartementhauses zu.

„Unten ist offen!", rief Kekos. „Ich habe den Schnapper aktiviert."

Es war nur ein kleines Leuchten gewesen, kein Lichtkegel, keine Deckenbeleuchtung. Gleichwohl existierte dort ein Schimmer, wo keiner sein durfte. In der Wohnung der Seibolds!

„Ahmet, was meinst du?", rief Sarah nach hinten, während sie im Treppenhaus nach oben stürmte. „Ein Kühlschranklicht oder die Beleuchtung einer Dunstabzugshaube?"

„Kühlschrank!", bestätigte er. „Anderes Licht ist heller und wäre selbst unserem Kekos aufgefallen."

„Hey Leute, was soll das?", prustete der Polizist in Zivil. „Niemand außer diesen drei Personen ist rein oder raus!"

Sarah erreichte als erste Etage vier, Ahmet folgte leichtfüßig, Kekos rang nach Luft.

„Wo ist Stefan geblieben?"

Es dauerte einen Moment, da öffnete sich die Fahrstuhltür und der Forensiker trat auf den Flur heraus.

„Kommissare wollen immer die harte Tour?", flüsterte er. „Hab' ich mal schnell den zweiten Fluchtweg abgeschnitten." Stefan grinste zufrieden.

Verärgert wandte sich Sarah an Kekos.

„Es war Ihr Job, hier auf Ungewöhnliches zu achten. Licht in einer verlassenen Wohnung gehört dazu!"

Der Grieche schluckte.

„Aufmachen!", forderte Sarah streng in leisem Ton.

„Ich habe keinen Schlüssel", entschuldigte sich Kekos.

„Für was sind Sie hier zu gebrauchen?", schimpfte die Polizistin verärgert. „Aufpassen funktioniert nicht und in die Wohnung bringen können Sie uns auch nicht."

Der Zivilpolizist entschied zu schweigen und trat beiseite.

„Was dann?“ Sarah warf Ahmet einen fragenden Blick zu.

„Lasst mich helfen!“, entgegnete Stefan, griff in seine Tasche und beförderte einen Wohnungstürschlüssel hervor. „Das war Helgas. Habe ich aus dem Labor mitgebracht. Dachte, könnte hilfreich sein.“

„Dann lass dich nicht lange bitten!“, forderte Ahmet Stefan auf und zeigte zur Tür.

Das Schloss klackte, der Eingang sprang auf.

Abermals übernahm Sarah die Führung und lief zielstrebig den Wohnungsflur entlang, direkt zu auf die Zimmer mit Ausblick nach vorne. Ahmet und Stefan folgten ihr, Joses Kekos, obwohl er neugierig war, blieb zögernd zurück. Als die drei die Küchentür erreichten, vernahm Sarah, wie Ahmet seine Pistole aus dem Halfter löste und entsicherte.

Kein Risiko, dachte sie. *Er hat recht!*

Sie trat beiseite und überließ ihrem Partner den Vortritt. Vorsichtig öffnete Ahmet die Tür, spähte zur rechten und linken Seite, erst dann trat er ein. Wie erwartet, war es das Licht des Kühlschranks gewesen, das die Küche in einen leichten Schimmer getaucht hatte. Weit geöffnet präsentierte das Weißgerät seine ausgeräumten Fächer, darunter, auf dem Boden, die achtlos rausgerissenen Lebensmittel. Mittendrin ein bewusstloser Timo Seibold.

Der Rettungswagen hatte sieben Minuten benötigt, um am Neißeweg einzutreffen. Der Notarzt, ein älterer Mann Mitte fünfzig, wirkte routiniert und erfahren. Die beiden Sanitäter dagegen, Anfang zwanzig, erschienen Ahmet übermüdet und antriebslos. Während

Stefan das Wohnzimmer inspizierte und versuchte herauszufinden, was er nach Sarahs Einschätzung übersehen haben konnte, verfolgten die beiden Kommissare das Tun des Arztes.

„Wir nennen das einen anaphylaktischen Schock. Sehen Sie den rechten Arm des Opfers? Eine derartige Schwellung ist das Indiz eines Insektenstichs", bezog der Mediziner die Polizisten mit ein. „Wir haben März. Herr Seibold scheint ein echter Pechvogel zu sein. Zu dieser Zeit existieren nur wenige Gefahren für einen Insektenallergiker."

„Nesselraupen", erklärte Ahmet kurzum. „In der Nähe des Berliner Platzes. Es dürften so sechs bis sieben Stunden vergangen sein."

„Erscheint logisch." Der Notarzt maß Timos Puls. „Wie Sie sehen, stabilisieren die beiden Injektionen bereits den Blutdruck. Die Augenlider zucken, die Rötungen am Arm schwächen ab. Wir bringen Herrn Seibold nun ins Krankenhaus. Wahrscheinlich ist er bei Bewusstsein, bevor der Rettungswagen die Klinik erreicht."

„Ist gut", pflichtete Sarah bei, dann richtete sie sich an Ahmet. „Schickst du Herrn Kekos hinterher? Er soll vor dem Krankenzimmer Position beziehen. Falls er nörgelt, kannst du ihm gern ausrichten, dies ist seine Chance, das geleistete Bubenstück zu rehabilitieren."

„Mach ich!" Ohne eine Regung verließ der Kommissar die Küche und machte zugleich den beiden Sanitätern Platz, die die Trage ausrichteten, um Timo Seibold aufzunehmen.

Gespannt betrat Sarah das Wohnzimmer, Ahmet folgte ihr. So, wie sich die Situation darstellte, hatte Stefan nichts Neues entdeckt. Frustriert schloss er die Schubladen der Beistellkommode und trat auf seine Kollegen zu.

„Timo ist auf dem Weg ins Krankenhaus. Er wird den Anfall ohne bleibende Schäden überstehen."

„Und Kekos hat sie gleich mitgeschickt", fügte Ahmet grinsend hinzu.

„Dann spann uns nicht länger auf die Folter!", bohrte Stefan und ließ seinen Blick zum tausendsten Mal an den Wänden entlangkreisen. „Was, in diesem Raum, haben wir übersehen? Womit hat es zu tun?" Er holte Luft und begann aufzuzählen: „Die Terrassentür? Der Rauchmelder? Das Portrait Helgas? Was, um Herrgottsnamen, ist der Schlüssel?"

Ahmets Augen weiteten sich. Er drückte sich von dem Sofa ab, an dem er gelehnt hatte und schaute gebannt nach oben.

„Seht ihr das?"

„Du meinst den Rauchmelder?", differenzierte Sarah gleichgültig. „Natürlich!"

„Ich meine das rötliche Licht hinter dem weißen Plastikgehäuse", erklärte Ahmet neugierig. „Was macht das für einen Sinn? Die externe LED ist aus und innen drin glimmt ein Licht."

„Ha! Ich wusste es!", jubelte Stefan. „Sarah hat etwas im Rauchmelder entdeckt."

Die Kollegin kräuselte überrascht die Augenbrauen. „Nicht, dass ich wüsste. Was soll damit sein?"

Schon hatte Ahmet einen Stuhl herangezogen und stieg nach oben. Ein einfacher Handgriff löste den Deckel vom angeschraubten Boden und befreite die darin verborgene Technik.

„Tada!", jubelte Stefan. „Jackpot!"

Ahmet sprang vom Stuhl, in der Hand eine Miniaturkamera samt Akkupack und Funksender.

„Das gibt es doch nicht!"

„Wie nur konntest du davon wissen?", erkundigte sich Stefan irritiert.

„Würde mich auch interessieren", stimmte Ahmet zu.

„Ich wusste es nicht!", wehrte Sarah überrascht ab. „Ich habe zu keiner Zeit den Rauchmelder erwähnt. Und abgesehen davon, was sollte das Aufnehmen eines Videos mit der Frage zu tun haben, wie jemand zum Töten Helgas unbemerkt in dieses Appartement eindringen und anschließend fliehen konnte?"

„Stimmt auch wieder", akzeptierte Stefan. „Aber wieso haben wir die Kamera nicht schon heute Morgen bemerkt?"

„Es war zu hell! Das Tageslicht hat das Leuchten überdeckt. Derjenige, der heute Abend als Erster das Wohnzimmer betrat, hat lediglich indirektes Licht aktiviert, die Strahler an den beiden Seitenwänden. Unter der eher dunklen Decke fiel es auf, dass die rote LED durchs Plastik schimmerte."

„Wie wahr, Sarah. Eine Kamera im Rauchmelder, worauf läuft das hinaus?"

„Vielleicht filmten sich die Seibolds einfach gerne beim Sex", überlegte Ahmet. „Möglicherweise ein geiler Freier. Zumindest wissen wir dank Jana und Oren, Helga und Lulu waren ein und dieselbe Person. Kann doch sein, dass jemand sein privates Video abdrehen wollte."

„Denkbar", fügte Sarah nachdenklich hinzu. „Doch schließen wir nach all den Intrigen, die wir zwischen den Gesellschaftern der Teuto-Solarlicht festgestellt haben, die anderen Teilhaber nicht aus. Spionage ist ein hochtrabendes Wort, aber wer weiß, was die vier untereinander zu verheimlichen hatten."

Sie wandte sich an Stefan.

„Was denkst du, wie weit senden die Funkwellen einer derartigen Ausstattung?"

„Keine dreihundert Meter", bestätigte der Forensiker, ohne länger darüber nachdenken zu müssen. „Dies ist Hobbyequipment. Da kannst du nicht viel erwarten."

„Und was bedeutet das?"

„Irgendwo in dem näheren Umfeld, entweder hier in diesem Appartement, direkt in einer der Nachbarwohnungen oder draußen im Treppenhaus befindet sich ein Empfänger mit Aufzeichungsmöglichkeit. Ich würde einen kleinen PC mit WLAN und großer Festplattenkapazität erwarten."

„Kümmerst du dich darum?"

„Später!", zügelte Stefan. „Schließlich sind wir aus einem anderen Grund hier zusammengetroffen."

„Es geht um die Ehre unseres Forensikers", stichelte Ahmet.

„Und leider werden wir genau diese Ehre in den nächsten Minuten brechen, zumindest, wenn ich mit meinen Überlegungen nicht komplett daneben liege." Sarah schaute sich um. „Hat eigentlich jemand Curly gesehen?"

„Die liegt auf dem flauschigen Teppich im Flur."

„Nun gut, dann setzt euch." Die Polizistin zeigte auf die geräumige Sofacouch und wartete, bis ihre Kollegen Platz genommen hatten.

„Ich fasse noch einmal zusammen: Um die Frage zu klären, ob Frau Seibold von einem Dritten ermordet wurde, ist es nicht entscheidend zu wissen, wie viele Schlüssel zu dieser Wohnungstür existieren."

„Das ist richtig!", bekundete Stefan. „Der Schlüssel, den ich heute aus dem Labor mitgebracht habe, ist der, den wir auf Helgas Bauch gefunden haben. An ihm fanden wir hellgrüne Pigmente von genau der Farbe, mit der das Zimmer hinten links gestrichen wurde. Da die gleichen Farbspritzer in der forensischen Abteilung im ausgebauten Zylinderschloss nachgewiesen wurden, und weitere Tests zeigten, dass Grün abblättert, sobald ein anderer Schüssel benutzt wird, steht einwandfrei fest, die Wohnungstür der Seibolds wurde als Letztes mit genau diesem Schlüssel von Innen verriegelt."

„Das wollte ich hören", grinste Sarah. „Danke!"

Stefan stutzte und rutschte unruhig über die Sofakante. Ahmet dagegen lehnte sich entspannt zurück. Was immer seine Partnerin herausgefunden hatte, er würde die Show genießen.

Dem für sich einzeln stehenden Sessel entnahm Sarah das herausnehmbare Rückenkissen. Sie öffnete die Terrassentür und platzierte das Polsterelement inmitten der beiden aufstehenden Scheiben.

„Die Situation von heute Mittag: Der Durchgang zum französischen Balkon ist geöffnet, das Kissen übernimmt die Rolle Helgas."

Die Kommissarin richtete den gepolsterten Statisten in Richtung Edelstahlgeländer aus, dann nickte sie zufrieden.

„So sollte es stimmen."

„Es ist genau so, wie wir Frau Seibold fanden", bestätigte Stefan und schloss den Reißverschluss seiner Jacke. Es wird kalt. Ich hoffe, die Vorführung dauert nicht allzu lange."

„Ich werde ein wenig Zeit benötigen, um alles vorzubereiten. Zuerst muss ich an mein Auto, die mitgebrachten Utensilien holen, anschließend wieder die Treppe rauf. Ich melde mich per Handy. Bleibt sitzen und wartet ab!"

„Treppe rauf? Handy?"

Stefan bekam keine Antwort, stattdessen rief seine Kollegin nach ihrem Hund.

„Curly? Komm, wir gehen!"

„Wuff! Wuff!", bestätigte die Hündin aufgeregt.

Sarah winkte und sogleich waren sie verschwunden.

Es hatte länger gedauert als erwartet. Das Klingeln seines Telefons ließ Stefan aufhorchen, er griff danach und nahm das Gespräch entgegen.

„Ja. Sarah? Okay ... verstehe ...", danach legte er auf.

„Es geht jetzt los!", wandte der Forensiker sich an Ahmet. „Wir sollen sitzenbleiben und abwarten."

„Ich sitze! Alles ist gut. Und solltest *du* dich beruhigen, könnte ich mich auch auf das Schauspiel konzentrieren."

„Tssss", moserte Stefan.

Mit einem Mal vernahmen die Polizisten ein Geräusch. Irgendetwas schlug von außen gegen das Geländer der Balustrade. Dann ein zweites Mal, danach ein drittes. Offensichtlich bemühte sich Sarah, einen Gegenstand von außen durch das Karomuster der Edelstahlverzierung zu fädeln. Und es gelang! Zur Überraschung der beiden Männer erschien ein graues Hohlrohr aus Plastik.

„So etwas haben wir doch schon einmal gesehen", grinste Ahmet.

„Teuto-Solar! Die Firma verwendet derartige Rohre, um ihre Kabelführungen an den Wänden zu befestigen", pflichtete Stefan bei.

Das graue Rohr reichte inzwischen bis über das platzierte Sesselkissen. Ein surrender Laut, zuerst ganz leise und unscheinbar, bald aber unüberhörbar. Wenig später schoss Helgas Wohnungsschlüssel aus dem Ende des Rohrs, schlug auf dem bereitgelegten Kissen auf, rutschte ab und fiel zu Boden.

Stefan sprang auf und rannte zum Fenster.

„Wahnsinn!“, rief er nach draußen und schaute sich um.

Sarah stand im Treppenaufgang des benachbarten Wohnblocks, eine Etage höher als er, aber durch die verwinkelte Bauweise nicht zu weit entfernt für das verlängerte Plastikrohr.

Ahmet stellte sich neben den Spurenermittler, der immer noch baff nach oben schaute, und schlug ihm aufmunternd auf die Schulter.

„Ja. Hinterher ist es immer leicht!“, lachte der kleine Türke. „Der Vorsprung ist zu weit abseits, um bis nach drüben springen zu können. Für die gebastelte Schlüsselrutsche aber machbar.“

„Erstaunlich.“

„Schau. Sie hat *drei* Rohre benutzt! Die ersten beiden sind ineinander gesteckt, lang genug, um bis an den Balkon zu reichen, das dritte hat sie offensichtlich nach hinten befestigt, um ein Kontergewicht zum Ausgleich zu haben.“

Sarah winkte zufrieden. Stück für Stück manövrierte sie die Rohrstücke zurück in den schräg angrenzenden beleuchteten Hausflur, demontierte ihre Konstruktion und verschloss anschließend das Fenster.

Abermals klingelte Stefans Telefon, das Display zeigte ihren Namen: Sarah Berger.

Der Schlüssel ist nicht auf dem Torso liegen geblieben, überdachte der Kriminologe seine Eindrücke kritisch. *Doch das ist unbedeutend.*

Er drückte die grüne Taste des Handys und nahm das Gespräch entgegen.

„Du hast richtig gelegen!“, lobte er anerkennend. „Helga Seibold wurde ermordet!“

Erschlagen von den Strapazen des heutigen Tages, strengte es Janas Augen zusehends an, den Informationen auf ihrem Bildschirm zu folgen. Der Analysebericht, den Rafael an alle Ermittler des Morddezernats geschickt hatte, enthielt interessante Neuigkeiten zum aktuell laufenden Fall.

```
Absender: Rafael.Strunk@Polizei.NRW.de
Empfänger: Verteilergruppe_Morddezernat
Uhrzeit: 07.03.2013 / 20:44
Betreff: zwei Spuren, ein Ergebnis
Nachricht:
1. Blutanalyse - Iburgweg 25,
GT - Wohnung Jonas Falkner
Träger: rostiger Nagel - 99,9% Ident
Timo Seibold

2. Blutanalyse - Königsstraße 13,
GT - Einkaufsstraße
Träger: Taschentuch/Feuerleiter - 100%
Ident Timo Seibold
(Flüchtiger bezeugt durch Ahmet Yilmaz)

Gruß - Rafael
```

Bestätigt in ihren eigenen Überlegungen, beantwortete Jana die E-Mail mit einer aussagefähigen Smiley-Buchstabenkombination, wenig später landete das Dokument im virtuellen Ablagearchiv. Die Polizistin navigierte ihren Stuhl nach hinten, als die Tür ihres Hauptkommissars aufschwang und Andreas in das fast verlassene Großraumbüro trat. Nur wenige Arbeitslampen erhellten die dazugehörigen Schreibtische, und außer Jana und den beiden Mitarbeitern des Betrugsdezernats waren die anderen Arbeitskollegen, eine Abteilung ausgeschlossen, im Feierabend.

„Hey!“ Andreas trat auf Jana zu und nahm auf der vordersten Ecke ihres Schreibtisches Platz, die sich unter der Last seines massigen Körpers nach unten bog.

„Keine Sorge. Die wird halten.“

Die selbstbewusste Polizistin kräuselte besorgt die Stirn, in Gedanken war sie anderer Meinung.

„Du hast Rafaels Mail gesehen? Das sichergestellte Blut in Falkners Keller stammt von Herrn Seibold. Wäre er nicht entkommen, könnte ich ...“

„Seibold wird gerade ins Krankenhaus transportiert“, unterbrach Ackermann. „Allergischer Schock inklusive Zusammenbruch.“

„Manches fügt sich besser als erwartet. Ich fahre rüber und knöpfe ihn mir vor.“

„Einverstanden“, genehmigte ihr Hauptkommissar zuversichtlich.

„Sprich aber zuerst mit dem behandelnden Arzt. Keine Extratour!“

„Geht klar. Ich sortiere nun meine Unterlagen, anschließend mache ich meinen Krankenbesuch.“ Jana lächelte gekünstelt und fuhr ihren Computer herunter. „Mal schauen, was Seibold zu Protokoll zu geben hat.“

Der Hauptkommissar wollte gerade antworten, da klingelte sein Telefon. Ruf der Einsatzzentrale.

„Hier Ackermann, ... ja ... verstehe ... danke.“

Er zögerte, legte dann auf und grübelte: „Stefan ist wieder auf dem Weg zur Teuto-Solar. Er hat einen Streifenwagen zur Unterstützung angefordert."

„Ich fahre in die Klinik. Wäre nicht das erste Mal, dass die forensische Abteilung dem Morddezernat den Rang abrennt."

Andreas lachte auf. „Schon gut, der alte Wettkampf. Verstehe!" Irritiert über Stefans Alleingang, verlor er seinen Gedanken und stockte. „Also los! Mach dich auf den Weg und setz Seibold ein wenig unter Druck!"

Begierig suchte Jana nach Handy, Schlüssel und Diktiergerät, packte Jacke und Schal. Wenig später war sie verschwunden.

„Mord oder Selbstmord?"

Erschrocken und sichtlich überrascht zuckte Hauptkommissar Ackermann zusammen und fuhr herum.

„Müsst ihr euch so von hinten anschleichen? Einem Herzen meines Alters kann so ein derartiger Überfall den Garaus machen, und zwar schneller, als mir lieb wäre."

„Es geht hier aber nicht um dich", blockte Sarah ab. „Es geht um die Seibold!"

„Also doch Mord!", stieg Andreas ein, der Sarah lang genug kannte, um ihre hypothetischen Fragen zu deuten.

„Sie hat unseren Stefan ganz schön alt aussehen lassen. Von wegen ‚locked room'. Eine Schlüsselrutsche aus Hohlrohren für Kabelführungen ist des Rätsels Lösung."

Ahmet wandte sich an Sarah.

„Erstaunlich, was man in so einem japanischen Stadtei unterbringen kann."

„Sag nichts gegen meinen Honda. Es war knapp, aber die drei Rohre passten rein. Es wird mich doch keiner belangen, weil ich das Material aus der Werkstatt der Solarbutze habe mitgehen lassen?“

„Stopp! Stopp!“, bremste Andreas ab und riss die Arme nach oben. „Ich verstehe das nicht! Wenn ihr beweisen konntet, dass es möglich war, Helga Seibold zu ermorden, warum ist Stefan jetzt schon wieder Richtung Am Coesfeld unterwegs?“

„Wieso das? Ich habe keine Ahnung. Ich hatte ihn angewiesen, den Funkempfänger zur Rauchmelder-Kamera ausfindig zu machen. Von einem Ausflug war nie die Rede.“

Andreas ließ seinen Blick zwischen den beiden Polizisten pendeln.

„Ihr wollt aber schon, dass ich euch noch folgen kann? Verdammt! Was hat es mit diesem Rauchmelder auf sich?“

„War eher ein Zufall“, erklärte Ahmet ohne Andreas anzuschauen. „Stefans letzter Versuch, selbst hinter die Lösung des Einbruchs zu steigen, endete in der Entlarvung einer Funk-gestützten Kamera. Montiert und versteckt im Rauchmelder unter der Decke des Wohnzimmers.“

„Okay. Aber diese neue Erkenntnis schränkt den Kreis der Verdächtigen nicht wirklich ein“, stöhnte Andreas und rieb sich verzweifelt die Stirn. „Wäre für die Ermordung Lulus ein eifersüchtiger Freier verantwortlich, mich würde es nicht weiter verwundern.“

„Denkst du ...“, fragte Sarah erwartungsvoll „... zwei Fälle laufen hier ineinander?“

Bevor Andreas antworten konnte, schwang die Tür zum Großraumbüro auf, schlug lärmend gegen den Gummistopper der Wand und Oren trat ein.

„Entschuldigung!", nuschelte er leise, sein Gesicht zog Farbe.

„Passiert dir ständig!", ergänzte Andreas trocken. „Nun steh nicht rum und erzähl!"

„Das ... war ... interessant ... ", stotterte Oren irritiert, langte in seine Hosentasche und beförderte sein Smartphone hervor. Aufgeregt benötigte er zwei Anläufe, bis das Telefon den Zugangscode akzeptierte, danach betrachtete er den kleinen Bildschirm und überlegte, wie er beginnen könnte.

„Ich sollte mich um die Bankkonten und Zahlungsbewegungen der vier Kompagnons kümmern." Er rang nach Luft. „Wenn möglich auch um die der Partnerinnen, also der Ehefrauen oder Freundinnen."

„Was ist rausgekommen, das so interessant gewesen ist?"

Oren tat sich schwer, direkt zum Ergebnis vorzustoßen, schließlich hatte er eine Menge Zeit in die Recherche investiert. Alleine die Auseinandersetzung mit dem Staatsanwalt zur Freigabe der Informationen des bei der Bank gespeicherten oder beliehenen Geldes war eine Herausforderung gewesen. Doch er entschied, zumindest diesen Teil in seiner Erzählung auszulassen.

„Ausgeschöpfte Dispositionskredite einerseits, kleine Ersparnisse andererseits. Aber alles in allem nichts Außergewöhnliches. Bis auf den Zahlungsfluss Isabel Eckerts an Niclas Klohse."

„Wann? Wie viel?", redete Ahmet dazwischen.

„Siebzigtausend Euro. Im Oktober des letzten Jahres von Isabels privatem Girokonto transferiert an den toten Gesellschafter."

„Ein Motiv?", grübelte Sarah.

„Geld ist immer ein Motiv!", bestätigte Ahmet. „Wir sollten herausfinden, warum Frau Eckert nicht ihrem eigenen Ehemann, sondern einem seiner Geschäftspartner eine derartige Summe überwiesen hat."

„Das sollten wir!", stimmte Andreas zu.

Seitdem Sarah den Benachrichtigungston ihres PCs für eintreffende Nachrichten auf den Klang eines wiehernden Pferdes umgestellt hatte, nervte sie damit so ziemlich jeden Kollegen. Jetzt aber, da der Ton erklang, wusste sie, ohne aus diesem Blickwinkel auf ihren Bildschirm schauen zu können, eine neue Nachricht war eingetroffen.

Das Bewegen der Maus deaktivierte den Bildschirmschoner, ein Doppelklick und der Inhalt der E-Mail präsentierte sich.

Absender: Stefan.Wagner@Polizei.NRW.de
Empfänger: Sarah.Berger@Polizei.NRW.de, Ahmet.Yilmaz@Polizei.NRW.de
Uhrzeit: 07.03.2013 / 20:47
Betreff: Rauchmelder, Empfänger-PC, Jonas Falkner
Nachricht:
Empfänger-PC im Sicherungskasten entdeckt!!! Die PC-Daten ähnelten denen des TeutoNetzwerks. Musste somit vor Ort die PCs der Gesellschafter überprüfen. Ältere aufgezeichnete Videos auf Falkners PC entdeckt. Falkner beobachtet die Seibolds (Lulu!!!) seit längerer Zeit.

Nachricht von meinem Smartphone gesendet
Gruß Stefan

Während Sarah die Mitteilung des Forensikers vorlas, lauschten die drei Männer aufmerksam.

„Ausgezeichnet! Endlich mal ein Schritt vorwärts", lobte Ackermann, als Sarah mit der Absendefloskel endete. Auf die Schnelle kontrollierte er die Zeigerstellung seiner Armbanduhr und trat auf Oren zu. Er zögerte.

„Kennt ihr das? Man guckt auf die Uhr und weiß danach nicht, wie spät es ist."

Erneut hob er das Handgelenk und las die Zeit ein zweites Mal ab, diesmal bewusst und aufmerksam.

„Bei mir ist es der Kühlschrank. Manchmal schaue ich fünfmal am Tag hinein und weiß, obwohl gefüllt, doch nicht, was ich essen soll", stimmte Sarah zu und grinste.

„Eure Sorgen möchte ich haben", stöhnte Oren. „Ich denke, um diese Zeit könnte Frau Eckert noch wach sein. Ich werde sie wegen des Geldes befragen."

„Aber zieh das bloß anständig durch!", drängte Andreas. „Wir brauchen langsam einen Fahndungserfolg."

Ich brauche einen Erfolg, vergegenwärtigte sich der Hauptkommissar und dachte an das Telefonat mit seinem Bürgermeister. Janus Grone drängte auf Schlussergebnisse.

Oren verschwand gleichermaßen wie er eingetroffen war: lärmend und rücksichtslos. Noch bevor die Tür an der Wand anschlagen konnte, bemerkte der junge Polizist seinen wiederholten Fehler. Schnell genug zu reagieren, gelang ihm nicht. Rums!

„'Tschuldigung!" In der gleichen Sekunde war Oren verschwunden.

„Das kann doch nicht wahr sein!", schimpfte Andreas los und meinte ausnahmsweise nicht seinen Angestellten, sondern das erneut ertönende Telefon. „Irgendwann schmeiß ich den Scheiß an die Wand!"

Sarah und Ahmet ließen ihren Vorgesetzten stehen, traten ans Fenster und beobachteten die verlassene Straße.

„Langsam wird es Zeit für den Feierabend", seufzte Ahmet.

Er wusste nichts von den Plänen seines Hauptkommissars, noch heute Abend die Wohnung von Eva Rohrbeck und das somit mögliche Versteck Jonas Falkners zu inspizieren, doch er ahnte, dass die zusätzlichen Erkenntnisse bezüglich der Überwachungskamera den Büroschluss nach hinten schieben würden.

„Wird es!", stimmte Sarah zu. „Heute gab's genug Zunder."

„Hört mal!"

Als die beiden Kommissare ihr Augenmerk auf Andreas richteten, konnten sie nicht übersehen, das geführte Telefonat hatte ihren Chef aschfahl werden lassen.

„Das war die Einsatzzentrale. Burgstraße 38 in Stromberg. Das Haus steht lichterloh in Flammen!"

„Na und?", nörgelte Ahmet.

Andreas zeigte auf die Tafel mit den Fotos der Verdächtigen im Fall Teuto-Solarlicht.

„Dort wohnt Eva Rohrbeck!"

51. Burgdorf in Flammen / 07. März 2013 / 21:11

Drei Kommissare, zwei Fahrzeuge in Zivil, in dieser Aufstellung preschten die Ermittler die Bielefelder Straße stadtauswärts und folgten anschließend der Umgehung Wiedenbrücks. Die für Ahmets Verhältnisse eher unspektakuläre Fahrt ließ Sarah anstandslos über sich ergehen. Gegen die müden Augen anzukämpfen, fiel ihr schwer. Zweifelsohne, es war ein langer Arbeitstag gewesen und noch war er nicht vorüber.

Angetrieben von einem über die vergangenen Jahre schlecht gewarteten Motor, schwankte Hauptkommissar Ackermann in seinem braunen Ford Scorpio die B61 entlang, direkt dahinter, knapp verfolgt, Ahmet und Sarah im dunklen Passat. Die mit Magnethaltern auf dem Fahrzeugdach montierten Blinklichter tauchten die von Frost überzogenen Felder in ein wogendes Meer aus Blau. Das trübe Fernlicht des Vorausfahrenden kämpfte gegen den aufkeimenden Bodennebel.

Nun, da sie sich Stromberg näherten, drängte Ahmet aufs Gas und wurde ungeduldig. Die beinahe schnurgerade Verbindung zwischen Batenhorst und dem Burgdorf war langsam, dafür aber stetig angestiegen. Doch erst als die nahende Bergkuppe den Blick auf die dahinter liegende Talsenke versperrte, entschied der Kommissar zu überholen.

„Was machst du?“, fauchte Sarah. „Kannst du darauf vertrauen, dass dir niemand entgegenkommt?“

„Was erwartest du? Es ist tiefdunkle Nacht. Die einzigen beiden Pkws, die unterwegs waren, haben wir seit der Abzweigung Wadersloh hinter uns gelassen.

Ein tief konzentrierter Fahrer ...", Ahmet zeigte auf sich, „... beobachtet den Horizont!"

Genau in diesem Augenblick verließ ein ahnungsloser Waldkauz sein Nachtquartier, überflog die Straße im Tiefflug und kreuzte das Sichtfeld des überholenden Passats.

„Vorsicht!", schrie Sarah verschreckt auf, und wie, als wolle sie ihr Gesicht schützen, nahm die Polizistin die Hände nach oben.

Mit dumpfem, markerschütterndem Knall schlug die Eule gegen die Windschutzscheibe. Blut spritzte. Der Aufprall drückte den Oberkörper zusammen und entstellte den Torso, der in einem Durcheinander von auseinanderberstenden Federn über das Dach entglitt. Panisch trat Ahmet auf die Bremse. Über die Geschwindigkeit des Wechsels vom Gas- auf das Bremspedal erkannte das ESP die bevorstehende Vollbremsung und legte die Bremsbeläge an die Scheiben. Nur der Bruchteil einer Sekunde genügte, um den zur Erreichung der Maximalverzögerung benötigten Bremsdruck zu aktivieren.

Als Sarahs ‚Pass auf!' erklang, war der getötete Kauz bereits aus ihrem Sichtfeld verschwunden. Curly, die bisher dösend auf der Rücksitzbank verweilt hatte, rutschte überrascht ab und landete kopfüber im Fußraum. Mit kurzem ‚Wuff!' bestätigte sie ihre eigene Verwunderung.

Überrascht vom Fahrmanöver seiner Kollegen, versuchte Andreas zu reagieren. Schon schlingerte der Passat nach rechts auf die eigentliche Fahrspur zurück. Abermals übernahm die Technik die Kontrolle des Fahrzeugs. Gezielt bremste das ESP einzelne Räder, verhinderte ein Aufschaukeln oder gar Schleudern und stabilisierte den schwarz lackierten Wagen.

Reaktionsschnell steuerte Ahmet gegen, gab Gas und fädelte sich einen bangen Moment später vor seinem Hauptkommissar ein.

„Gerçek olamaz!", schimpfte der Türke. „Herrscht hier nicht Tiefflugverbot?"

„Ziemlich witzig!", moserte Sarah dem entgegen. „In unseren Ermittlungen gibt es bereis genug Tote!"

Sie schluckte. „Bring uns einfach nach Stromberg."

„Das hätte überall passieren können." Ahmet aktivierte die Scheibenwischer, sprühte immer wieder Wasser nach und verwischte das Blut. „Eine Sekunde eher und die Eule hätte sich über Andreas' Scheibe verteilt."

„Stimmt schon", lenkte Sarah ein. „Und wer weiß, wie sich der alte Scorpio verhalten hätte."

„Oder der alte Mann!"

Für einen Moment schwiegen die beiden Polizisten sich an. Sie wandte sich um und half Curly zurück auf die Sitzbank, er beobachtete Andreas im Rückspiegel. Unerwartet, direkt hinter einer Kurve, zeigte Ahmet zum Ortsschild. „Schau! Wir sind da."

Sarah blickte nach vorne. „Wie viele Menschen wohnen hier?"

„Nicht ganz fünftausend ...: und trotzdem ein heißes Pflaster!"

„Sieht mir gar nicht danach aus."

Der Polizist zeigte zu einer Praxis linksseits.

„Da vorne! Vor einigen Jahren wurde dort ein Zahnarzt erschossen."

„Aha."

„Fast zur gleichen Zeit beförderte es einen Einbruch beim ortsansässigen Juwelier auf den Sendeplatz von *Aktenzeichen XY.*"

„Okay", entgegnete Sarah skeptisch.

Am Oelder Tor blockierte ein Streifenwagen die Zufahrt zur Münsterstraße. Das pulsierende Blaulicht und der dort stehende Streifenpolizist in seiner reflektierenden Warnweste waren weithin sichtbar. Ahmet bremste ab.

„Ich war vor Jahren einmal hier. Andreas hat irgendwann von einem Besuch bei der Burgbühne erzählt."

„Andreas?", hakte Sarah ungläubig nach.

„Zusammen mit seiner Nichte, glaube ich."

Ahmet hielt an, fuhr seine Seitenscheibe nach unten und zeigte den Dienstausweis. Er schaute zu Sarah. „Ich war dann im gleichen Jahr dort."

Sarah lachte.

Der Streifenpolizist, dem die beiden Kommissare nicht eben viel Aufmerksamkeit gezeigt hatten, reagierte erwartungsgemäß kühl und reserviert.

„Ich wurde informiert." Trotzig zog er die Nase hoch. „Folgen Sie dieser Straße, Sie sehen kurz darauf die Löschfahrzeuge."

„Ist gut. Im nächsten Wagen sitzt Herr Andreas Ackermann, Leiter der Mordkommission Gütersloh."

„Schon recht", erwiderte der Beamte müde.

Er trat beiseite und winkte die Fahrzeuge durch.

Die liebevoll restaurierten Fachwerkhäuser, miteinander verbunden durch Kopfsteinpflaster, verloren umgehend jede Wirkung, denn die rotierenden Blaulichter der Feuerwehrwagen gepaart mit der gleißenden Feuersäule aus rot züngelnden Flammen, die aus Evas Wohnhaus gen Himmel schossen, vergegenwärtigten ein Gefühl von Ohnmacht und Unvermögen.

„Parken Sie dort drüben!", rief ein aufgebrachter Feuerwehrmann und blieb unbeeindruckt von ihren aufgepflanzten Blinklichtern. „Sie blockieren uns ansonsten die Durchfahrt!"

Ahmet und Andreas folgten der Anweisung und steuerten in einen benachbarten Hinterhof.

Sarah wies Curly an, im Wagen zu warten, dann stiegen sie aus. Gemeinsam liefen die Polizisten auf die gepflasterte Straße zurück, um aus sicherer Entfernung und gleichsam erschrocken auf das niederbrennende Haus zu starren.

„Unglaublich!", staunte Sarah. „Du spürst die Hitze des Feuers bis hierher."

„Ich habe so etwas noch nie aus der Nähe gesehen", stimmte Ahmet zu. „Was für eine Feuerhölle. Das überlebt niemand!"

Andreas rieb sich gefrustet die Stirn. „So ein Fachwerkhaus brennt schneller als du löschen kannst."

Die kleine Gruppe war dermaßen auf das Feuer fixiert, sie bemerkten gar nicht, dass noch immer jemand auf sie wartete.

„Schröter, guten Abend. Folgen Sie mir!", rief der Feuerwehrmann den drei Beamten ungeduldig zu. „Ich bringe Sie zum Einsatzleiter."

„Yilmaz, Berger und Ackermann", machte der Hauptkommissar seine eigene Gruppe bekannt.

Ein gellender Donnerschlag ertönte, Holzbalken brachen ächzend ineinander, glimmende Glut schoss eruptionsartig nach oben. Schockiert fuhren die Ermittler zusammen. Dann bemerkten sie, wie sich die Hitze um das brennende Haus ausbreitete.

„Was ist?", erkundigte sich Schröter gleichgültig. „Das war nur das oberste Gebälk!"

Im gleichen Augenblick sackte der Dachstuhl zusammen und leerte das Dach von seinen schwer tragenden Tonpfannen.

Umringt von drei Seiten, bekämpften die Feuerwehrleute den lodernden Brand mit Wasser aus einsatztypischen C-Mehrzweckstahlrohren. Zu den angrenzenden Grundstücken gewährten die Männer einer unterstützenden Einsatzgruppe Gebäudeschutz und verhinderten das Überspringen der Flammen. Abermals knallte es, das Bauwerk ächzte.

„Keine Sorge!", beruhigte der Feuerwehrmann, der Andreas und seine Kollegen an den Brand herangeführt hatte. „Holz besteht hauptsächlich aus Zellulose. Dieses wiederum besteht aus einem Gerüst von Kohlenstoffketten. Herrschen extreme Bedingungen von einigen hundert Grad, werden die Ketten instabil, das Gas verbindet sich mit dem Luftsauerstoff und es kommt im Feuer zu Explosionen."

„Und das soll uns beruhigen?", protestierte Sarah sichtlich unwohl.

„So ein Job ist unser täglich Brot, ein Brand unter vielen. Fachwerkhäuser zündeln für gewöhnlich ein wenig stärker. Aber seien Sie versichert, wir wissen, was zu tun ist."

„Was ist mit den Bewohnern des Hauses?", kümmerte sich Andreas.

„Das ist die einzige kritische Komponente heute Abend. Kai und Armin sind noch im Gebäude, versuchen zu helfen."

„Was sagen Sie?", überlegte Ahmet laut und ungläubig.

„Jemand befindet sich inmitten dieser Feuersbrunst?"

„Ja! Es gab den Verdacht auf im Feuer eingesperrte Personen. Wie ich schon sagte, ein alltäglicher Job."

Der Feuerwehrmann lächelte zögerlich.

Dass er die Wahrheit gesagt hatte, zeigte sich, als die Haustür aufschwang, sämtliche Löschteams wie ein Mann reagierten und ihre Wasserstrahlen von der Fassade abwandten, während ein kleines Rettungsteam zur Unterstützung auf den Eingang zuhastete.

Erwartungsvoll stierten die drei Polizisten auf das brennende Haus.

Und dann traten sie heraus, die beiden Brandbekämpfer, die eine blondhaarige Frau aus dem ungnädigen Flammeninferno gerettet hatten.

Die Kameraden gewährten den Rettern einige Schritte, schon schwenkten die Wasserfontänen auf die eigentlichen Brandherde zurück.

„Warum beteiligen *Sie* sich eigentlich nicht an den Löscharbeiten?"

Ahmet betrachtete den Feuerwehrmann fragend.

„Sehen Sie den Mann mit der gelben Weste? Das ist Oberbrandmeister Schubert. Er hat mich abkommandiert, um Ihnen nach Ihrem Eintreffen beiseitezustehen. Das ist meine Aufgabe."

„Ich finde das beruhigend", lobte Sarah, noch immer überwältigt von der brutalen Kraft des Feuers.

Andreas wechselte das Thema und trat auf das brennende Haus zu. „Habt ihr zwei die geborgene Frau erkennen können?"

„Bitte bleiben Sie stehen! Sie dürfen nicht näher an den Brandherd heran, das behindert die Löscharbeiten und gefährdet Ihr Leben."

Schröter fasste Ackermann am Mantel und drängte ihn, stehen zu bleiben.

„Das könnte Eva Rohrbeck gewesen sein!"

„Schwer zu sagen“, zögerte Ahmet. „Auf diese Entfernung war nicht allzu viel von ihr zu erkennen.“

Andreas wandte sich um. „Bringen Sie uns zu dieser Frau! Sofort!“, forderte er.

Schröter grübelte. „Okay. Ich werde sehen, was ich tun kann.“

Nach einem Umweg durch benachbarte Gärten erreichte die kleine Gruppe den Burgplatz und den dort geparkten Rettungswagen. Es roch verkohlt und überall auf dem abfließenden Löschwasser schwammen Partikel von Ruß und Asche. Von dieser Seite aus betrachtet erkannte Sarah das wahre Ausmaß des Brandes. Auch ohne Experte zu sein, wusste sie, das Fachwerkhaus würde bis auf die Grundmauern niederbrennen.

„Da vorne!“, zeigte Schröter und lief auf die beiden Retter zu, die die Blondine aus den Flammen geborgen hatten.

„Hey Armin! Das sind Beamte der Kriminalpolizei Gütersloh, wie sieht es im Innern des Gebäudes aus?“

Andreas, Sarah und Ahmet grüßten und erwarteten voller Spannung den Bericht von Schröters Kameraden.

„Wir haben das Erdgeschoss abgesucht und die Frau im hintersten Zimmer entdeckt.“

„Das hat ihr das Leben gerettet“, vervollständigte Kai. „Rauch und giftiger Qualm wurden vom Wind nach vorne gedrückt.“

„Ansonsten war das Gebäude verlassen? Kein Mann?“ Ackermann musterte die beiden Männer erwartungsvoll.

„Irgendjemand muss dort gewesen sein! Zum einen besitzt das Opfer eine dicke Platzwunde seitlich der

Stirn, und ich meine keine, die der Brand oder heruntergefallene Trümmerstücke ihr zugesetzt haben könnten. Zum anderen war die Türklinke mit einem verkeilten Stuhl versperrt."

„Sie wollen sagen, die Frau sollte in den Flammen ums Leben kommen?" Neugierig trat Sarah auf die beiden Feuerwehrleute zu. „Sie reden von einem Mordversuch?"

Armin nickte.

„Entschuldigung?", einer der Rettungssanitäter klopfte Ahmet von hinten auf die Schulter. „Ich habe vorhin jemanden da drüben in den Büschen gesehen." Er zeigte neben den Paulusturm. „Dort rechts beim Kindergarten!"

„Was ist mit dem Opfer, können wir die Frau sehen?", drängte Andreas und hielt Ahmet zurück, der bereit war, gemeinsam mit seiner Partnerin die Verfolgung aufzunehmen.

„Natürlich."

Der Sanitäter trat beiseite und gab den Blick auf den hinteren Einstieg des Rettungswagens frei. Sein Begleiter versorgte gerade die blutüberzogene Stirn.

„Kein Zweifel, das ist Eva Rohrbeck."

Noch bevor Sarah Evas Nachnamen ausgesprochen hatte, hob die junge Frau irritiert den Kopf und schaute sich um.

„Ich kenne euch nicht", stammelte sie. „Was ist hier los?"

Ihre Kräfte schwanden und ihr Kopf sank auf die Trage.

„Was ist mit Jonas? Er ... ist ..."

Eva verstummte.

53. Im Wald / 07. März 2013 / 21:39

Die beiläufige Beobachtung, die der Sanitäter gemacht und den Kommissaren geschildert hatte, erweitert um die Ortskenntnisse Schröters, bestimmten den möglichen Fluchtweg desjenigen, der Eva niedergeschlagen und den Flammen überlassen hatte. Schnellen Schrittes liefen die Polizisten über den spärlich beleuchteten Vorplatz und folgten den Treppenstufen zum Hauptportal der gotischen Hallenkirche. Ahmet und Sarah vorweg, Andreas hinterdrein.

„Wir müssen Unterstützung anfordern! Ruf die Streife aus Oelde!"

Ahmet griff zum Handy und wählte den Notruf.

„Ein StW soll das Gassbachtal absichern!" Andreas rang nach Luft. Zu laufen und gleichzeitig zu reden, ließ sich nicht mit seinem korpulenten Körper vereinbaren. „Erinnere ich mich recht, dann geht es kurz hinter dem Gotteshaus steil bergab."

An dem beeindruckenden Eingangsportal der Kreuzkirche kam der Hauptkommissar zum Stehen, benötigte eine Pause, um durchzuatmen. Er dachte an seine eigene Kirchengemeinde Hl. Christ in Gütersloh und lächelte friedvoll.

Wie viele schöne Stunden habe ich dort verbracht. Welche Glücksmomente habe ich erlebt.

Von oben beleuchtete das Mondlicht die steinernen Reliefs, die von Löwen, Greifen und Adlern erzählten. Von hinten schien das Rot des lodernden Feuers und es wirkte, als würden die Figuren miteinander tanzen.

Ein wahrlich magischer Ort, entschied Andreas und war sich sicher, er würde wiederkommen.

Ahmet und Sarah waren inzwischen vorausgelaufen. Ackermann stöhnte, riss sich zusammen und folgte.

„Unterstützung ist angefordert!", berichtete Ahmet, als ihr Chef endlich auftauchte.

Hinter der Kirche wurde es düster. Vereinzelte im Boden eingelassene Lichter zierten einen Weg, der das Burggelände umrundete. Kalte Luft drückte vom Tal herauf und Sarah begann zu frieren.

„Von Jonas keine Spur!", erklärte sie bibbernd und verschloss den Reißverschluss ihrer Jacke.

Ein auffälliges Geräusch im Unterholz, rechts aus dem Wald, offerierte die nächste Spur.

„Trennen wir uns! Lauft ihr direkt auf die Bäume zu, ich nehme die Stufen nach unten. Möglicherweise erhöht das unsere Chancen."

„Oder wir brechen uns in der Dunkelheit die Knochen."

„Gleiches Handikap für alle!" Dann war Andreas verschwunden.

Ein Griff zum Halfter, schon hatte Ahmet seine Dienstwaffe entsichert und in Vorhalte.

„Und du glaubst nicht, du übertreibst? Wir jagen einen Brandstifter!"

„Sei einfach wachsam! Unbekanntes Terrain, ein schwer einzuschätzender Gegner, dazu ein dunkles Waldstück."

Die Kommissarin zögerte.

Holz knackte, eine Stimme fluchte, alles keine einhundert Meter entfernt. Ahmet hob warnend die Hand und schaute zu Sarah.

„Pssst. Rechts vom Kiesweg!"

Zu ihrer beiden Überraschung sprang eine Person aus dem Unterholz, eine zweite folgte.

„Sofort stehen bleiben!", schrie Sarah so laut sie konnte. „Kriminalpolizei!"

Irritiert von der Lautstärke, mit der seine Partnerin gerufen hatte, verstand Ahmet im zweiten Anlauf, was Sarah bezweckte. Vielleicht würde Andreas sie hören und vom unteren Pfad aus den Fluchtweg abschneiden.

„Polizei!", wiederholte die Kommissarin. „Weisen Sie sich aus!"

Das Duo, ob Mann oder Frau war im Dunkeln nicht zu erkennen, schien die eigene Situation abzuschätzen, während die Polizisten sich langsam näherten. Ruckartig verpasste die linke Gestalt der rechten einen Stoß und die zwei verschwanden im Dickicht.

„Verdammter Mist", schimpfte Sarah, entsicherte nun die eigene Pistole und rannte los.

„Schon besser!", rief Ahmet. „Und jetzt halt bloß die Augen offen!"

Es war ein kurzer Sprint gewesen, da lag die letzte Bodenbeleuchtung hinter ihnen und ihre Augen benötigten Zeit, um sich an das fahle Mondlicht zu gewöhnen. Wachsam und skeptisch tasteten die Ermittler sich vorwärts. Der Kies unter den Füßen knarzte, ihr Atem stieg wie Nebel vor den Augen nach oben.

„Wenn das Jonas gewesen ist?", überlegte Sarah flüsternd. „Wer war die andere Person?"

„Wir werden es herausfinden", war Ahmet sich sicher.

Endlich erreichten die Kommissare die letzte Position der Flüchtenden, da durchbrachen zwei Schüsse die Nacht.

Andreas war unterdessen dem unteren Weg gefolgt und näherte sich nun, wie von Sarah erhofft, aus der entgegengesetzten Richtung. Er hatte die Kollegin rufen hören. Zumindest war dies ein Anhaltspunkt, um die aktuelle Situation als kritisch einzuschätzen. Vorsichtig betrat er den Wald, lauschte und huschte vorwärts. Auch er hatte seine Dienstwaffe entsichert, im Vertrauen darauf, sie nicht einsetzen zu müssen. Der Waldboden unter seinen Füßen federte weich und lautlos. Das Mondlicht genügte, um sich orientieren zu können, und Andreas war froh, dass die Bäume ihr Laub verloren hatten.

Mit einem Mal blieb er stehen. Ein Licht! Klein und unscheinbar, aber trotz alledem nicht zu übersehen. Einen Fuß vor den anderen setzend, lief er darauf zu. Schnell kam er näher, doch noch immer konnte er nicht erkennen, was dort vor ihm leuchtete. Er rieb seine ausgetrockneten Augen, blinzelte mit den Augenlidern und neigte den Kopf.

Es hilft alles nichts, entschied er. *Ich muss näher ran!*

Währenddessen in Gütersloh. Orens Bestreben, Isabel Eckert an diesem Abend zu ihren ungewöhnlichen Kontobewegungen zu befragen, war gescheitert. Warum hatte sie siebzigtausend Euro an Rolands Kompagnon überwiesen, warum war das Geld nicht direkt dem eigenen Ehemann überlassen worden? Der Polizist hatte es nicht herausfinden können. Niemand hatte auf sein Klingeln geöffnet und das, obwohl Isabels Auto auf dem Parkplatz gestanden hatte. Seine Versuche, sie anzurufen, Nachbarn zu Auskünften zu bewegen oder über einen Blick in die Wohnungsfenster an neue Erkenntnisse zu gelangen, waren allesamt gescheitert. Frustriert und gewiss über die Reaktion seines Chefs, suchte Oren Andreas' Nummer im Adressbuch des Handys.

Nichts kann ich dir recht machen, fluchte Oren. *Ich wünschte, dein Verhalten wird sich irgendwann rächen.*

Er betätigte die grüne Anruftaste, das Telefon wählte.

Ungläubig betrachtete Andreas, was er sah. Endlich hatte er den Ursprung der Lichtquelle erreicht: An beiden Händen mit Handschellen gefesselt, umklammerte Jonas Falkner einen der unzähligen Bäume, fixiert und unfähig, sich selbst zu befreien. Beinahe hätte der Hauptkommissar über den unerwarteten Anblick gelacht, doch die Situation blieb ernst. Die in Jonas' Mund steckende und nach innen strahlende LED-Taschenlampe durchdrang die Haut seiner Wangen und ließ den hilflos zurückgelassenen Mann glühen wie einen Leuchtturm. Kaum ein Zeitpunkt hätte ungünstiger sein können, als das Handy schellte. Andreas befreite das Mobiltelefon aus seiner Hosentasche und betrachtete genervt dessen Display.

Mensch Oren, was ist nun schon wieder?

Erschrocken vom kuriosen Klingelton des Hauptkommissars, spuckte Jonas die Lampe von sich. Als Andreas die zweite Gestalt im Lichtkegel der nach unten fallenden Taschenlampe bemerkte, wusste er, die Ablenkung durch Oren würde er bereuen. Zwei Schüsse durchschlugen sein Herz.

Der frisch renovierte Flur roch nach Farbe und Kleber. Hier und da fehlten die Fußbodenleisten, die die Monteure in den kommenden Tagen nachliefern und befestigen würden. Die Krankenschwestern hatten damit begonnen, das Mittagessen auszuteilen und diskutierten über die neuen Pastellfarbtöne an den Wänden ihrer Station.

Zufrieden betrachtete Timo den rechten Arm. Die Schwellung war vollends abgeklungen, körperlich war er gesund. Lediglich der Tod seiner Frau Helga lastete schwer auf ihm, gerade jetzt, wo er zur Ruhe kam und Zeit fand, zu grübeln.

Wie soll es nur weitergehen, ohne dich?

Er verwischte die trübsinnigen Gedanken, genauso die Tränen, die seine Wangen entlanggeronnen waren, dann stand er auf und verließ die kleine Bank in der Warteecke.

11:30 Uhr! Zeit für die Verabredung.

Timo raffte den Gürtel seines Bademantels und schlurfte über den Krankenhausflur.

„Herr Seibold! Es gibt Essen!“, rief eine der Schwestern hinter ihm her.

Ich gehe lieber in die Kantine, beschloss er.

Doch anstatt zu antworten, betätigte er schweigend die Klinke und verließ seine Station.

Eva und Jonas genossen es, sich nach den undurchsichtigen und vor allem angsteinflößenden Tagen einfach nur gegenseitig im Arm zu halten, den Körper des jeweils anderen zu spüren und sich küssen zu können.

„Siehst richtig hübsch aus mit deinem Stirnverband", neckte Jonas.

Seine Freundin tastete über die Platzwunde am Kopf und verzog ihr Gesicht.

„Was ist mit dir?" Sie zeigte auf Jonas' Handgelenke. „Hilft die Salbe gegen die aufgescheuerte Haut?"

„Handschellen im Bett, das ist nett", grinste er. „Aber im Wald, wenn dir jemand eine Knarre gegen den Kopf drückt, das empfehle ich niemandem."

Er wurde ernst.

„Was ist?"

„Timo ist gerade zur Kantine hereingekommen." Bedrückt rutschte Jonas über die Sitzfläche der Holzbank. „Wie soll ich mich ihm gegenüber verhalten?"

Eva nahm Jonas' Hand und verzahnte ihre Finger in seine.

„Sei offen und ehrlich!"

Timo blieb im Eingang stehen, und obwohl er den Tisch mit seinen beiden Freunden entdeckt hatte, zögerte er und schindete Zeit. Dann gab er sich einen Ruck und trat vor Jonas.

„Hallo", brach Eva das erste Eis. „Setz dich zu uns."

Widerwillig nahm Timo auf dem gegenüberstehenden Stuhl Platz.

Nachdem sie sich eine Zeit lang angeschwiegen hatten, stand Eva auf.

„Ihr müsst das miteinander klären! Ich hole jetzt Kaffee. Sprecht euch derweil aus!"

Jonas überlegte wie, doch als Eva gegangen war, begann er.

„Ihr hättet mich in diesem Loch im Wiedenbrücker Wald verrecken lassen."

„Was sollte ich tun?", hielt Timo dagegen. „Es ging darum, dir eine Abreibung zu verpassen, und als Roland einen Abend von diesem Wartungsschacht aus seiner Jugendzeit erzählte, waren wir drei uns einig. Hätte ich mir bei der Entführung nicht das Bein an einem abstehenden Nagel deines Kellers aufgerissen, ich wäre dabei gewesen und hätte das Versteck gekannt."

Jonas antwortete nicht. Offensichtlich besaß sein Freund eine andere Sichtweise der Dinge, die sich ereignet hatten. Jonas hingegen konnte nicht von der Hand weisen, dass die Argumentation logisch war.

„Was ist mit mir?" Timo zeigte auf seine Hand, fuhr sich über den Oberarm, hoch bis zur Schulter. „Das Antiseptikum zu verstecken hätte mich umbringen können."

„Hätte es, aber ich war zur Stelle und die Spritzen lagen griffbereit im Besenschrank. Ich gestehe, die Situation am gestrigen Tag war verwirrend. Ich wusste nicht mehr, wem ich trauen und glauben konnte."

„Dafür hast du einen anaphylaktischen Schock riskiert?!"

„Ich habe so etwas noch nie erlebt." Jonas schluckte. „Als du zusammengebrochen bist ... Was glaubst du, warum der Krankenwagen so schnell gekommen ist?"

Fragend schaute Timo Jonas an.

„Danke deinem anonymen Anrufer." Er zeigte auf sich selbst.

Unerwartet schnell kehrte Eva an den Tisch zurück. In der Hand drei Becher gefüllt mit Kaffee.

„So Jungs, wie sieht es aus? Konntet ihr das Kriegsbeil begraben?"

„Von mir aus ist die Sache vom Tisch", lenkte Timo, ohne zu zögern, ein. „Was ist mit dir?"

„Das war eine Lehrstunde", gestand Jonas. „Doch der Preis, den wir zahlen mussten, war eindeutig zu hoch."

„Wissen Sie, eigentlich ist es ganz einfach. Bevor Niclas sich bei mir privat Geld geliehen hat, konnte er mir gar nicht genug schöne Augen machen. Eine Frau, wie ich, in gesetztem Alter, fühlt sich da schon umgarnt. Das können Sie mir glauben!“

Unabhängig vom Mitschnitt auf dem Diktiergerät fertigte Sarah eigene Notizen an. Sie schaute auf.

„Nach Ihrem Privatkredit ließ Ihr Seitensprung von Ihnen ab?“

„Wie eine heiße Kartoffel wurde ich fallengelassen!“

Die Handschellen, mit denen Isabel Eckert an den Verhörtisch gekettet war, gaben zu wenig Spielraum, um wütend ausholen zu können.

„Also forderte ich mein Geld zurück. Doch Niclas lachte mich aus, warf mir vor, eine dumme Gans zu sein, die nicht einmal das Kleingedruckte im Vertrag gelesen hatte. Was sollte ich tun? An Roland konnte ich mich nicht wenden, nicht, nachdem ich ihm untreu gewesen war.“

Skeptisch musterte Ahmet die Frau, die neben drei Bekannten, den eigenen Ehemann und den Chef der Mordkommission getötet hatte.

„Timo hat in der Jugend viel an seinen Autos geschraubt. Ich fand das immer interessant. Sicherlich habe ich mir schon damals genügend bei meinem Bruder abgeschaut, damit die Sabotage an Niclas' Wagen gelang. Und genau das sollte mein Segen sein! Bei einem Unfall habe ich Anspruch auf vorzeitige Rückzahlung. Fixiert gemäß Vertrag.“

„Mord verändert alles", erinnerte Ahmet, trat unter eine der beiden Überwachungskameras und kontrollierte die ordnungsgemäße Funktion.

Abgelenkt vom Bewegungsdrang des Kollegen, verlor Sarah den Faden. Sie überflog die letzten Zeilen ihrer Notizen und richtete sich erneut an Frau Eckert.

„Aber es kam anders, als von Ihnen erwartet?"

„Victoria, die dumme Pute! Wollte wohl besonders schlau sein und einen auf Detektivin mimen. Da leiht man sich extra einen Reinigungsbulli bei einem Mitarbeiter Kroschewskis und dann hängt sich *Madame* mitten in der Nacht auf dem Motorroller an die Fersen." Isabel drehte abfällig den Kopf beiseite. „Eine Verfolgung mit Folgen!"

Alle schwiegen, solange Sarah die für sie wichtigen Kommentare niederschrieb. Schließlich richtete die Polizistin ihre nächste Frage an die Mörderin.

„Der Unfall galt ausschließlich Niclas?"

„Selbstverständlich, er war mein Ziel! Meinen Mann umzubringen, war nicht geplant. Dass die zwei den Audi gemeinsam benutzen würden, war für mich zu keiner Zeit vorhersehbar."

Mit einem Mal wechselte Isabels Mimik und die Frau begann zu weinen.

„Wir haben uns geliebt." Sie schluchzte. „Zumindest geachtet. Wir wollten gemeinsam alt werden." Sie rieb ihr Gesicht über den Oberarm, mehr Freiraum ließen die Handschellen ihr nicht. „Was für ein Schock, als ich in meinem Beruf als Sanitäterin zum Unfall kam und Roland da liegen sah."

Ahmet schwang herum, lief auf Isabel zu, stützte sich am Verhörtisch ab und fasste sie fest ins Auge.

„Das Schicksal hat sich gerächt, könnte man meinen!"

Sarah legte ihre Hand auf Ahmets und schüttelte kaum sichtbar den Kopf.

„Schon gut!", lenkte der Kommissar ein und ging auf Abstand.

„Erzählen Sie uns von Frau Seibold."

Sarah blätterte ihren Block um und begann eine neue Seite.

„Sie wissen von Lulu und Helga?", erkundigte sich Isabel.

„Dass beide ein und dieselbe Person sind, ja, das wissen wir."

„Da waren diese Fotos, auf denen Lulu sich mit ihrem nackten Hintern über Rolands Knien rieb. Ich konnte das nicht ertragen und musste handeln."

„Gilt denn nicht gleiches Recht für alle?", hielt Ahmet ihr vor. „Ihr Seitensprung war okay? Rolands nicht?"

Isabel verweigerte die Antwort.

„Für eine Sanitäterin dürfte es nicht allzu schwer gewesen sein, an ein passendes Gift zu kommen?"

„Nicht allzu schwer", bestätigte die verbitterte Frau. „Da betreibe ich den ganzen Aufwand mit der abgeschlossenen Wohnung und Helgas eigenem Schlüssel, um einen Selbstmord vorzutäuschen und gleichzeitig meinen Bruder zu entlasten, und dann wurde mein ganzes Unterfangen auf Film gebannt."

„Auf Festplatte."

„Klugscheißer!"

„Na, na", bremste Sarah. „Bringt uns diese Thematik zu Jonas und Eva?"

„Eva hat mich nie interessiert", entgegnete die angekettete Frau inzwischen wieder gefasst und kühl. „Kollateralschaden, oder wie sagt man? War im Weg, als ich an Jonas heran musste."

„Da hatten Sie bereits den Punkt erreicht", hakte Ahmet dazwischen, „an dem es für Sie keine Rolle spielte, ob es weitere Opfer geben würde?"

„Wenn Sie's sagen. Gestern Mittag, bevor Sie bei mir geklingelt haben und meinen Bruder jagten, erfuhr ich von dem Rauchmelder. Timo selbst hatte die integrierte Kamera erst wenige Tage zuvor entdeckt, doch er ließ das System aktiv, um dem Spion oder einem möglichen Spanner Helgas auf die Schliche zu kommen."

„Das muss für Sie wie ein Schock gewesen sein, als Ihr Bruder davon erzählte!"

„Natürlich! Schließlich hatte ich Helga vergiftet. Genau in diesem Raum." Isabels Gesichtszüge erstarrten.

„Also zogen Sie Ihre Schlüsse ..."

„... und meine Wahl fiel auf Jonas. Er ist genau der Typ, von dem man erwartet, dass er heimlich andere Leute filmt. War nicht leicht, ihn aufzuspüren. Aber nachdem ihr Bullen ihn zur Fahndung ausgeschrieben hattet, beschränkten sich seine Möglichkeiten."

Abermals kehrte Ahmet zum Verhörtisch zurück und stemmte seine Hände auf.

„Warum Ackermann?"

Isabel überlegte, zumindest ließ sie sich Zeit zu antworten.

„Ich hatte ihn nicht bemerkt! Lediglich die beiden Polizisten auf dem Kiesweg hinter der Kirche waren mir aufgefallen. Waren Sie das?"

Sarah bejahte.

„Plötzlich stand er im Dunkeln neben mir. Der abstruse Klingelton seines Handys ... ich habe überreagiert ... wahrscheinlich die Kurzschlusshandlung einer in die Ecke getriebenen Täterin."

Ahmet schüttelte den Kopf und trat neben Sarah. Die Kommissarin vervollständigte ihre Aufzeichnungen, anschließend stoppte sie die Aufnahme und übergab ihrem Partner das Diktiergerät.

„Wir werden jetzt ein Protokoll anfertigen, darunter benötigen wir Ihre Unterschrift.“

Ein Monat war vergangen, seitdem Andreas Ackermann sein Leben verloren hatte. Zwei Schüsse aus nächster Entfernung direkt in die Brust und das mitten in Stromberg. Die Tageszeitungen, allen voran *die Glocke,* hatten sich mit ihren Reportagen überschlagen. Über einen Gütersloher Hauptkommissar zu berichten, der in der Ausübung seiner Pflicht nicht die geringste Chance gegenüber einer offenbar eiskalten und verbitterten Mörderin gehabt hatte, gelang nicht jeden Tag.

Auf Andreas' Grab war ein schlichter Grabstein errichtet worden, mit Name, Geburtstag und Todesdatum.

Kein Wort darüber, wer er gewesen war oder was er in seinem Leben getan hatte.

Noch einmal las Ahmet die letzten Zeilen des Untersuchungsberichts, der ihm heute per Einschreiben zugestellt worden war.

... aufgrund verschiedener chronischer Erkrankungen, an denen Ralf Schönborn litt und unter Beachtung dessen Lebenswandels, kann eine Tötung durch körperliche Gewalteinwirkung nicht zweifelsfrei als Todesursache festgestellt werden. Das Verfahren gegen Ahmet Yilmaz wird zum 05.04.2013 eingestellt.

Freundschaftlich legte Sarah ihren Arm auf Ahmets Schulter.

„Das sind doch gute Nachrichten! Und jetzt lass uns Feierabend machen. Curly hat am Wochenende im Stadtpark einen Rüden kennengelernt."

Ahmet grinste.

„Los, komm!“ Sie stupste ihn an. „Du kannst uns begleiten.“

Ich danke meiner Familie, insbesondere meiner Frau und meinen beiden Töchtern, für ein wundervolles System aus Liebe und Getragensein sowie deren ständige Unterstützung. Ansgar und Petra ein Dankeschön für den regen Informationsaustausch und ihr konstruktives Miteinander. Eine besondere Verbundenheit gilt dem gesamten Team meines Verlages, das meinem Tun unermüdlich zur Seite steht und mich mit diesem Roman ein weiteres Mal begleitet.

Allen Lesern wünsche ich kurzweilige sowie spannende Unterhaltung und vor allem viel Freude beim Lesen.

Gütersloh 2011. Ein Serienmörder verunsichert die Stadt. Seine grausame Bilanz nach nur fünf Tagen: Jeden Tag ein neues Opfer. Kriminalkommissar Patrick Gruber und Sarah Berger übernehmen den Fall. Warum liegen alle Leichen entlang der Autobahn A 2 und warum hinterlässt der Mörder am Oberarm seiner Opfer diesen rätselhaften Zahlenaufdruck? Schon bald müssen die Partner erkennen, dass ihr Gegner ihnen immer einen Schritt voraus zu sein scheint.

Erasmus Herold. Und ich vergebe dir nicht
392 Seiten. Paperback. ISBN 978-3-8271-9562-3
E-Book 978-3-8271-9626-2 (Pdf)
978-3-8271-9826-6 (Epub)

Wesemanns 4. Fall

Merkwürdige Dinge erschüttern die Kleingartenkolonie „Grüne Bohne“ an Töneböns Teichen. Der Knochen eines menschlichen Zehs taucht auf und verschwindet wieder. Kleingärtnerulk? In einigen Parzellen bricht ungewöhnlicher Wohlstand aus. Niemand scheint misstrauisch zu werden. Wesemann muss zu Spaten, Harke und Gießkanne greifen, um undercover zu ermitteln und wird fündig …

Günter v. Lonski. Teufelskralle
288 Seiten. Paperback. ISBN 978-3-8271-9418-3
E-Book 978-3-8271-9629-3 (Pdf)
978-3-8271-9829-7 (Epub)

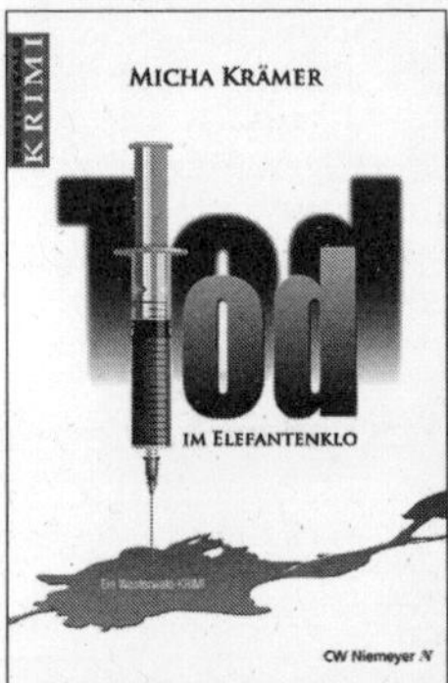

Nina Morettis dritter Fall

Schnell wird klar, woran Natascha Watzlaw gestorben ist, deren Leiche in der Betzdorfer Innenstadt gefunden wird. „KROK!“ Eine Droge aus Russland, die ihre Konsumenten bei lebendigem Leib verfaulen lässt. Doch wer rammte der jungen Frau die Nadel mit der tödlichen Injektion in den Nacken? Richtig knifflig wird es für Kommissarin Nina Moretti, als der Lebensgefährte einer Kollegin tot aufgefunden wird.

Micha Krämer. Tod im Elefantenklo
288 Seiten. Paperback. ISBN 978-3-8271-9520-3
E-Book 978-3-8271-9634-7 (Pdf)
978-3-8271-9834-1 (Epub)

Wem gehört die Hand, die vertrocknet aus der Entengrütze des Hexenteiches ragt? Wer ist der Serienmörder, der seine Opfer mit einem Draht vom Leben ins Jenseits befördert? Diese und andere spannende Fragen stellen sich Hauptkommissar Wolf Hetzer, seine Kollegen in anderen Städten. Oft geschehen böse Taten im Schatten des Alltags und niemand kommt auf die Idee, dass eine arme Seele noch leben könnte, wenn sie denn gehört worden wäre.

Nané Lénard. KurzKrimis und andere SchattenSeiten
288 Seiten. Paperback. ISBN 978-3-8271-9419-0
E-Book 978-3-8271-9630-9 (Pdf)
978-3-8271-9830-3 (Epub)

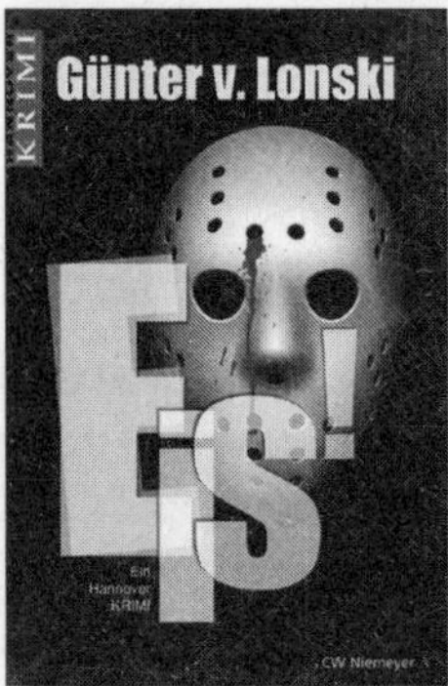

Eine Schießerei am Steintor. Fast zeitgleich ein Überfall mit Geiselnahme am Raschplatz. Kommissarin Kalenberger muss hin, gerät in die Schusslinie und wird arbeitsunfähig. Da verschwindet Pia, die beste Freundin ihrer Tochter. Pia wollte nach Hannover und hat angeblich den Mann ihres Lebens kennengelernt. Der Mann wird brutal ermordet. Kalenberger ermittelt nur widerwillig. Doch dabei gerät sie immer tiefer in die Loverboy-Szene. Sie bringt sich in tödliche Gefahr.

Günter v. Lonski. Eis
296 Seiten. Paperback. ISBN 978-3-8271-9455-8
E-Book 978-3-8271-9620-0 (Pdf)
978-3-8271-9820-4 (Epub)

In Leipzig tobt der OB-Wahlkampf. Clemens Völker sieht schon wie der sichere Sieger aus. Da erhält PR-Profi Michael Lenk den Auftrag, zugunsten des Gegenkandidaten für einen Umschwung in der Wählermeinung zu sorgen. Lenks Plan sieht vor, mithilfe eines Doppelgängers Völker innerhalb seiner Partei und in den Medien in Misskredit zu bringen. Die zufällige Begegnung mit seinem Double nimmt einen dramatischen Verlauf ...

Joachim Anlauf. Völkers Schlacht
272 Seiten. Paperback. ISBN 978-3-8271-9421-3
E-Book 978-3-8271-9640-8 (Pdf)
978-3-8271-9840-2 (Epub)